LA PESTE

역병 La Peste

옮긴이 이정서 2014년 기존 알베르 카뮈 『이방인』의 오역을 지적하는 새로운 번역 서를 내놓으며 학계에 파장을 불러일으켰다. 작가가 쓴 그대로, 서술 구조를 지키는 번역을 해야 한다는 그의 주장은 의역에 익숙해 있는 기존 번역관에는 낯선 것이었 다. 이후 그는 여전히 직역을 주장하며 『어린 왕자』를 불어·영어·한국어로 비교하 고, 그간 통념에 사로잡혀 있던 여러 개념들, 즉 『어린 왕자』에서의 '시간 개념', '존칭 개념' 등을 바로잡아 '어린 왕자'를 새로 번역해냈다. 그간 지은 책으로는 『카뮈로부 터 온 편지』, 『당신들의 감동은 위험하다』, 『어린 왕자로부터 온 편지』 등이 있고, 옮 긴 책으로는 『이방인』, 『단종애사』, 『어린 왕자』, 『노인과 바다』, 『헤밍웨이』, 『1984』, 『위대한 개츠비』, 『투명인간』, 『동물농장』, 『킬리만자로의 눈』 등이 있다.

지은이 알베르 카뮈 **옮긴이** 이정서 **발행인** 한명선
발행처 (주)새움출판사 **주소** 서울시 종로구 평창길 329(우편번호 03003)
전화 02-394-1037 **팩스** 02-394-1029 **전자우편** saeum2go@hanmail.net
ISBN 979-11-7080-044-6 03860 **발행일** 2024년 3월 15일
© 새움출판사, 2024

역병

알베르 카뮈 · 이정서

LA PESTE

새움

일러두기

1. 번역 대본은 Les Editions Gallimard(1947년 초판)의 347쇄 판(1955년)과
   Folio 판(2015년)을 사용하였다.
2. 원서 속 겹화살괄호(《》)는 줄표(-)와 서체를 달리하는 것으로 재편집했다.
3. 본문의 각주는 모두 역자주이다.

『라 페스트La Peste』는 '페스트'가 아니다

이 책을 펼친 독자는 아마 '역병La Peste'이라는 제목부터 낯설 것이다. 웬만한 독자라면 카뮈의 '페스트'라는 제목은 들어봤을 테고, 그런 점에서 이 책이 그 소설이라는 걸 알면 왜 번역자는 제목을 굳이 이렇게 '고루한' 것으로 바꾸었을까, 의문이 들 것이다. 그만큼 '카뮈의 페스트'는 한국인들에게는 이미 고유명사처럼 굳어 있는 게 사실이다.

그러나 카뮈의 『라 페스트La Peste』를 '페스트'로 번역하는 것은 잘못이다. 같은 작가가 쓴 『이방인L'Étranger』의 첫 문장 속 '마망maman'을 '엄마'가 아닌 '어머니mère'로 바꾸어 번역하는 것만큼이나 어색한 것이다. 실제로 프랑스인들은 말할 것도 없고 영미권 독자들도 이것을 단순한 '페스트'로 인식하지 않는다. 카뮈는 본문 텍스트를 통해 '페스트peste'와 '라 페스트la peste'를 분명히 구분해 쓰고 있고, 둘 사이의 의미 차이는 작품의 내용 전개에 대단히 중요한 역할을 하고 있기 때문이다.

제목으로 사용되고 있기까지 한 'la peste'는 정관사 'la'와 함께 사용되면서 보통의 '전염병'이 아닌, 다른 역사적 사건으로서의 특정한 전염병을 의미한다. '쥐' 이야기가 나오니 누군가는 이것을 '흑사병'으로 오해하고 있기도 한데, 그건 더 큰 잘못이다. 우리가 흔히 아는 흑사병은 'peste noire'라고 해서 별도의 단어가 쓰이고 있거니와, 작품 속 질병의 이름은 더군다나 아니기 때문이다.

그렇다면 '라 페스트la peste'의 가장 정확한 우리말 번역은 어찌 될까? '역병'쯤이 될 것이다.

당연히 『La Peste』는 영어 번역서의 제목도 『The Plague』이다. 영어에도 우리가 아는 '페스트'나 '전염병'을 가리키는 용어로는 'pestis', 'plague'가 있다(흑사병은 'the block plague'다). 그럼에도 모든 영어 번역자가 그냥 '페스트'나 '플라그'가 아닌 'The Plague(역병)'라 번역하고 있는 것이다.

영어 번역의 문제는 논외로 치더라도 이것을 '페스트'와 구분되는 '역병'으로 달리 번역해 주지 않으면 절대 안 되는 이유가 따로 있다. 둘을 같은 의미로 보면 사실은 본문 속에서 수많은 혼선이 빚어지기 때문이다.

예컨대 아래의 문장에서 '라 페스트la peste', '페스트peste', '페스트 느와르peste noire' 등을 모두 하나의 '페스트'로 번역하는 것이고, 실제 우리 번역은 그렇게 되어 있다.

"당연합니다." 도지사가 말했다. "하지만 저로서는 이 것이 '**페스트**peste'라는 전염병과 관계되어 있다는 여러분들의 공식적인 승인이 필요합니다."

"단순화시켜서 말하자면, 리외, 나는 이 도시와 이 전 염병을 알기 전부터 이미 그 '**역병**la peste'으로 고통받고 있었 소. 그건 나 역시 남들과 똑같다는 말로 충분할 거요. 하지만 그걸 알지 못하는 사람도 있고, 또는 그 상태로 잘 지내는 사 람도 있고, 그것을 알고 벗어나고 싶어 하는 사람들도 있지. 나 는, 항상 벗어나고 싶었소."

역병 환자들로 인해 새떼들로부터도 버려졌던 아테네, 조용한 몰락으로 채워지던 중국의 도시들, 물이 떨어지는 시체 를 구덩이에 밀어 넣고 있는 마르세유의 도형수들, 그 역병의 맹렬한 바람을 멈춰 세우기 위해 쌓았던 거대한 담의 프로방스 안의 건축물, 자파와 그곳의 흉측한 몰골의 걸인들, 콘스탄티 노플 병원의 다져진 땅에 들러붙은 젖고 썩은 침대들, 갈고리 로 꿰어진 환자들, '**흑사병**peste noire' 기간 동안 마스크를 쓴 의 사들의 축제, 밀라노 공동묘지에서의 살아 있는 사람들의 성교 性交, 공포에 사로잡힌 런던의 죽은 이들의 짐수레들, 그리고 밤 과 낮을 가리지 않고 언제 어디서나 채워지던 인간들의 끊임없는 울음들. 아니, 이 모든 것으로도 여전히 이날의 평화를 죽이기에는 충분치 않았다.

이렇듯 저자가 의도적으로 저들을 구별하여 쓰고 있는 이상 번역자는 그 차이를 명확히 구분해 번역해 줄 수 있을 때라야만 작품의 본래 의미를 제대로 전달할 수 있게 된다.

'엄마maman'와 '어머니mère'가 다르듯 번역은 단어 하나의 차이로도 많은 것이 달라질 수 있다. 특히 상징과 은유의 예술인 문학이기에 더욱 그러하다. 이 책은 처음부터 끝까지 작가가 쓴 그대로의 원뜻을 찾아 직역하려 애썼다(여기서 '직역'은 원래 문장의 서술구조 그대로의 번역을 말한다). 모두는 그것이 불가능하다고 하지만, 그게 아니다. 영어의 단순성으로 인해 영어권 학자들이 앞서 그런 이론을 펼쳤지만 본래는 문장구조 그대로 번역되지 않는 문장은 거의 없다고 봐야 한다. 오히려 직역을 할 때라야만 작가가 고민해 쓴 원래의 좋은 문장이 될 것은 명백하다. 그렇다는 것을 이 책은 확인시켜 줄 것이다.

앞서 다른 번역서들의 '의역'을 지적할 수밖에 없었지만, 그 의역들의 불가피성이나 그 나름의 가치와 수고는 당연히 존중받아 마땅하다. 그럼에도 이제 시대가 달라졌고, 번역 환경 자체도 바뀌었으니, 번역에 대한 우리의 인식도 달라질 필요가 있다.

이 책은 내게 있어 그냥 단순한 한 권의 번역서가 아니다.

『이방인』 번역 이후, 10년, 훌륭한 선학들을 부정하며 '의역' 이라는 일반적인 길을 놔두고 왜 사서 고생을 하나, 회의에 빠졌던 적이 수도 없이 많다. 실제 포기하고 도망쳤던 적도 여러 번이다. 그럼에도 결국 여기까지 왔다. 와중에 아이러니하게도 실제 코로나라는 팬데믹을 경험한 것도 이 작품의 '직역'에 큰 도움이 되었다. 이는 결코 내 능력이 아니라 어떤 보이지 않는 힘이 밀고 당겨 왔다는 방증이기도 할 테다. 당연히 그 힘이 지하의 카뮈였을 리는 없다. 그렇다고 그가 아니었다고도 할 수 없다. 그게 누구였건 이제라도 시시포스의 바위 굴리기 같은 이 작업을 끝낼 수 있게 해준 '그분'에게 감사할 따름이다.

2024년 봄

이정서

차
례

한 종류의 감옥 생활을 다른 것으로 표현하는 것은,
실제 존재하는 것을 존재하지 않는 것으로
표현하는 것만큼이나 합리적이다.

다니엘 디포

I

이 연대기의 주제가 되는 기묘한 사건들은 1940년, 오랑에서 발생했다. 일반적인 견해로는, 통상적인 경우에서 좀 벗어난, 그것이 발생할 만한 위치가 아니었다는 것이다. 언뜻 보기에도, 실제 오랑은 알제리 해안에 위치한 프랑스의 한 도청 소재지에 불과한 보통의 도시에 지나지 않는다.

이 도시의 기후가 흉하다는 것은 인정해야만 한다. 겉으로 보기에, 그렇게 많은 위도상의 다른 모든 지역의 상업도시들과 다른 점을 알아보는 데는 얼마간 시간이 걸린다. 예를 들어, 비둘기가 없고 나무와 정원이 없는 도시, 새의 날개 치는 소리나 나뭇잎 바스러지는 소리를 만나볼 수 없는, 자연적인 곳을 어떻게 상상할 수 있을까? 계절의 변화는 오직 하늘에서만 읽을 수 있다. 봄은 단지 공기의 결이나 작은 행상들이 교외에서 가져오는 꽃바구니를 통해 알려진다. 시장에서 파는 봄인 셈이다. 여름 동안에는, 햇볕이 바짝 마른 집들을 내리쬐고 담벼락들은 회색 재로 뒤덮인다. 사람들은 닫힌 덧문의 그늘 안에서밖에 살 수 없게 되는 것이다. 반대로 가을이면, 폭우로 진창이 되는 날씨다. 맑게 갠 날들은 단지 겨울에만 도래한다.

도시 하나를 이해하는 적절한 방식은 사람들이 거기서 어떻게 일하고, 사랑하고 죽어가는가를 파악하는 일일 테다. 우리의 작은 도시에서는 기후의 영향인지 이 모든 것이 열정적이면서도 부재한 상태에서 함께 행해진다. 즉 지루해 하면서, 자신의 습관을 형성하는 데 열중하는 것이다. 우리 시민들은 많은 일을 하지만, 언제나 자신들의 부를 위해서다. 주로 상업에 관심이 많고, 그들의 표현에 따르면, 일을 우선 챙기는 편이다. 또한 자연스럽게, 여성과 영화와 해수욕을 좋아하는 소박한 즐거움에 대한 풍취도 지니고 있다. 하지만, 매우 이성적으로, 그 주의 다른 날들은 많은 돈을 벌기 위해 애쓰면서 토요일 저녁과 일요일을 위해 즐거움을 남겨둔다. 저녁이면, 그들은 사무실을 나서, 카페에서 정해진 시간에 만나거나, 같은 가로수길을 걷거나 발코니에 나와 앉는 걸 좋아한다. 젊은 사람들의 욕망은 격렬하고 간결하지만, 반면에 좀 더 나이 든 이들의 취미는 공굴리기 놀이에 참여하거나, 친목 모임에서 큰돈을 걸고 벌이는 카드 게임에 참여하는 정도의 한계를 넘어서지 않는다.

분명 그것은 우리 도시만 특별한 게 아니고, 간단히 말해 동시대인이 그렇다고 말해질 테다. 의심의 여지 없이, 오늘날, 사람들이 아침부터 저녁까지 일하고 남은 시간을 카드, 커피, 가십에 낭비하는 것을 보는 것보다 더 자연스러운 일은 없을 테

17

다. 그러나 사람들이 이따금, 다른 의심을 품는 도시와 국가가 있다. 일반적으로, 그것이 그들의 삶을 바꾸지는 못한다. 단지, 의심을 품는 것이고, 그것은 언제나 이익을 가져다준다. 그에 반해, 오랑은, 외형상으로는 다른 의심을 품지 않는 도시로, 말하자면, 전적으로 현대적인 도시이다. 그러므로 우리 지역에서 서로를 사랑하는 방식을 일일이 열거할 필요는 없을 것이다. 남자들과 여자들은, 소위 사랑의 행위라 불리는 것에 빠르게 열중하거나, 아니면 둘의 오랜 습관에 관여하게 된다. 이러한 극단 사이에는, 대체로 중간 지점이 없는 경우가 많다. 이것 또한 고유한 것은 아니다. 다른 곳에서처럼 오랑에서도, 기회와 성찰의 부족으로 그것에 관해 알지도 못한 채 서로를 사랑할 수밖에 없게 되는 것이다.

우리 도시에서 더 고유한 것은 아마 죽음을 맞을 때 겪는 어려움일 것이다. 어려움은, 다른 점에서 보면, 정확한 표현이랄 수 없고, 불편하다고 하는 것이 좀 더 적당할 것 같다. 병에 걸리는 것이 결코 좋은 일도 아니지만, 그래도 병이 들면 지원하는 도시나 나라들이 있는 반면, 그냥 내버려둔다고 할 수 있는 곳도 있다. 환자는 돌봄을 필요로 하고, 어떤 대상에 의존하길 좋아하는데, 그것은 매우 자연스러운 일이다. 그러나 오랑에서는, 과도한 기후, 그곳에서 행해지는 사업의 중요성, 보잘것없는 경치, 빠른 황혼과 즐거움의 질 등, 모든 것이 좋은 건강을 요구한다. 병자는 거기에서 정말 혼자라는 것을 깨닫게 된다. 모든 주민들이 전화 부스나 카페 안에서 융통어음을 말하고, 선하증권과 할인율에 대해 대화를 나누는 시간 동안, 열기가 탁탁 소리를 내는 수백 개 벽 뒤에 꼼짝 못하고 갇혀서 죽어가는 사람들에 대해서 생각해 보라. 비록 현대적이라 해도, 따라서 우리는 그 같은 곳에서 발생하는 죽음이 불편할 수 있다는 것을 이해하게 될 것이다.

이 몇 가지 암시들은 아마 우리 도시 지역에 대한 충분한 이해를 제공할 것이다. 그렇다 해도, 어떤 것도 과장되어서는 안 될 것이다. 강조되어야 할 것은, 도시와 일상생활의 평범한 외형이다. 그러나 관습에 익숙해지는 순간부터 우리는 하루하루를 어려움 없이 지낼 수 있다. 우리 도시가 이런 관습을 엄밀히 장려하는 한, 모든 게 최선이라고 말할 수 있을 것이다. 이런 관점에서 보면, 분명히 생활은 그리 흥미롭지 않을 수 있다. 그래도 우리는 적어도 무질서하지는 않았다. 우리의 솔직하고 동정심 있고 활동적인 주민들은 항상 여행객들에게 합리적인 존경심을 불러일으켰다. 풍취도, 초목과 영혼도 없는 이 도시는 마침내 안식을 주는 것으로 여겨지고, 우리는 결국 이곳에서 잠들게 된다. 하지만 거기에는 다른 곳에서는 볼 수 없는, 벌거벗은 고원 중앙에, 빛나는 언덕에 둘러싸여 있고, 완벽한 형태의 만을 앞에 둔, 풍경이 접목되어 있다는 것이 덧붙여져야 마땅

할 것이다. 다만 그것이 이 만의 뒤쪽을 향해 있고, 따라서 바다를 보는 게 불가능하여, 바다를 보려면 언제나 그곳을 찾아가야만 한다는 점에서 애석해 할 수는 있다.

이쯤에 이르면, 그해 봄에 발생한 사소한 사건들과 우리가 후에 이해하게 된 것처럼, 여기에 제시한 연대기로서의 일련의 중대한 사건들의 첫 신호에 대해 시민들이 예상할 수 있었던 게 아무것도 없었다는 사실을 어렵지 않게 받아들일 수 있을 것이다. 이러한 사실들은 누군가에게는 자연스럽게 여겨질테고, 반대로 다른 누군가에게는 기이하게 여겨질 것이다. 그러나, 결국에, 기록자는 이러한 모순들까지 고려할 수는 없다. 그의 임무는 단지, 이 같은 일이 실제로 발생했고, 그것이 전체 사람들의 삶에 관계되는 일이며, 또한 그가 말하는 것의 진실을 마음속으로 평가해 주는 수천 명의 증인들이 있다는 것을 알았을 때, "이 같은 일이 발생했다"고 말할 수 있을 따름이다.

뿐만 아니라, 언제건 때가 되면 알려질 화자는, 만약 어느 정도의 증언들을 모을 기회가 없었고, 그가 기록하길 바란 모든 것들을 엮어낼 힘이 없었다면, 거의 이런 종류의 것을 시도할 위치에 있지도 못했다는 사실이다. 그것이 그가 역사가로서의 역할을 가능케 했던 것이다. 의당, 역사학자는, 심지어 그가 아마추어라 할지라도 언제나 증거자료들을 가지고 있다. 이 이야기의 화자도 따라서 자신만의 자료를 가지고 있다. 우선 자신의 증언, 그다음, 그러니까, 그의 역할에 의해 이 연대기의 모든 인물들의 속내 이야기에서 끌어내 선택한 다른 이들의 증언과, 마지막으로, 그의 손에 들어와 완성된 텍스트들이 있다. 그는 적합하다고 여겨질 때 그것들을 필요에 따라 끌어내 사용할 계획이다. 그는 게다가…, 하지만 이제 이야기 자체에 들어가기 위해 코멘트와 주의해야 할 말을 마쳐야 할 때가 된 것 같다. 처음 며칠간의 관계는 얼마간의 세심함이 요구된다.

4월 16일 아침, 의사인 베르나르 리외는 자신의 진찰실을 나서다가 층계참 중간에서 죽은 쥐 한 마리와 맞닥쳤다. 그 순간, 그는 별 관심을 기울이지 않고 그 짐승에게서 멀어져서 계단을 내려갔다. 하지만 거리로 나오자, 거기는 쥐가 나올 곳이 아니라는 생각이 밀려왔고 그는 관리인에게 주의를 주기 위해 돌아갔다. 연장자인 미셸 씨의 반응 앞에서, 그는 자신의 발견이 기괴한 것이라는 사실을 한층 더 깊이 깨달았다. 죽은 쥐의 존재는 그에게 있어서 단지 드문 일에 불과했지만 반면, 관리인에게는, 구설에 오를 일이었다. 더구나 마지막 보루로서 이 사람의 입장은 단호했다. "이 건물 안에는 쥐가 없었습니다." 의사는 좋은 말로 확인해 보라고, 이층 층계참에 한 마리가 있는데, 아마도 죽었을 거라고까지 말했지만, 확신에 찬 미셸은 뜻을 굽히지 않았다. 이 건물 안에는 쥐가 없었으니, 그것은 밖에서 들여왔을 것이라는 거다. 요컨대, 이건 누군가의 장난이라는 것이다.

같은 날 저녁, 베르나르 리외는, 건물 복도에 서서, 그의 집으로 올라가기에 앞서 열쇠를 찾고 있다가, 구석의 어둠으로부터 나타난 불안정한 걸음걸이에 털이 젖어 있는 커다란 쥐 한 마리를 보았다. 이 짐승은 균형을 잡으려고 애쓰고 있는 것처럼 보였는데, 의사를 향해 오다 다시 멈추었고, 작게 울부짖으며 스스로 돌아섰다가는 마침내 주둥이로 피를 토하며 쓰러졌다. 의사는 잠깐 동안 응시하다가 그의 집으로 올라갔다.

그가 생각하는 것은 쥐가 아니었다. 그 토해 낸 피는 그를 자신의 걱정으로 되돌아오게 했다. 일 년 전 병에 걸린 그의 아내는, 다음 날 산속의 한 요양소로 떠나야만 했다. 그는 자신이 시킨 대로 방 안에 누워 있는 그녀를 찾았다. 이동에 따를 피로를 위해 그렇게 대비하고 있었던 것이다. 그녀는 미소 지었다.

"기분이 정말 좋아요." 그녀가 말했다.

의사는 머리맡 램프의 불빛 속에서 자신을 향하는 그녀의 얼굴을 보았다. 리외에게, 그 얼굴은 나이 서른에 병색이 짙었음에도 불구하고, 항상 젊어 보였는데, 아마도 그것은 나머지 모든 근심을 날려버리는 그 미소 때문일 터였다.

"가능한 한 자도록 해." 그가 말했다. "간호인이 11시에 올 테니, 내가 정오 열차로 데려다줄 거야."

그는 그녀의 젖은 이마에 부드럽게 입을 맞추었다. 그 미소는 문까지 그를 배웅했다.

4월 17일인 다음 날, 8시에, 관리인은 지나가는 의사를 가로

막고는 형편없는 장난꾼들이 죽은 쥐 세 마리를 복도 중앙에 떨어뜨려 놓았다고 비난했다. 커다란 쥐덫으로 잡은 것 같은데, 왜냐하면 그것들이 온통 피투성이였다는 것이다. 관리인은 한동안 문턱 위에 서서, 그 쥐의 뒷발을 쥔 채 남아 있었는데, 범인이 얼마간 빈정대며 모습을 드러내길 기다리는 중이었다. 하지만 아무도 나타나지 않았다.

"아! 이놈들을…" 미셸이 말했다. "내가 꼭 잡고 말 테다."

궁금증을 느낀 리외는 그의 가장 가난한 환자들이 거주하는 외곽 지역부터 회진을 시작하기로 결정했다. 쓰레기 수거는 매우 늦게 이루어졌고 이 지역의 길고 곧게 뻗은 먼지가 날리는 길을 따라 달리는 차는 인도 변에 내버려진 쓰레기 상자들을 스치며 지났다. 그렇게 그가 따라가는 거리에서, 의사는 야채 더미와 더러운 넝마 조각들 위로 던져진 쥐들을 십여 마리나 헤아렸다.

그는 침대에 있는 그의 첫 번째 환자를 찾았는데, 거리가 내다보이고 잠을 자고 음식을 먹는 곳으로 사용되는 방이었다. 그 사람은 거칠고 주름이 깊게 팬 얼굴의 늙은 스페인 사내였다. 그의 앞, 이불 위에는 완두콩이 채워진 냄비 두 개가 놓여 있었다. 막 의사가 들어섰을 때, 환자는 침대에서 반쯤 몸을 일으켜, 늙은 천식환자로서의 거친 호흡을 회복하기 위해 몸을 뒤로 젖히고 있었다. 그의 아내가 세숫대야를 가져왔다.

"음, 의사 선생님." 주사를 놓는 동안 그가 말했다. "그놈들이 밖으로 나오고 있어요, 보셨나요?"

"맞아요." 아내가 말했다. "옆집에선 세 마리나 모아 버렸대요."

노인은 두 손을 비볐다.

"그놈들이 밖으로 나오고 있어요, 쓰레기통 어디에서나 볼 수 있죠. 굶주린 거예요!"

리외는 곧이어 온 동네가 쥐에 관해 이야기하고 있다는 것을 알아차리기에 어려움이 없었다. 회진들이 끝났고, 그는 집으로 돌아왔다.

"거기 위에 선생님께 온 전보가 있습니다." 미셸 씨가 말했다.

의사는 그에게 다른 새로운 쥐를 보았는지를 물었다.

"오! 아닙니다." 관리인이 말했다. "아시다시피, 제가 감시하고 있습니다. 그래서 그 돼지 같은 놈들이 감히 엄두도 못 낼 겁니다.

전보는 리외에게 다음 날 어머니가 도착한다는 걸 알리고 있었다. 그녀는 병으로 떠난 아내를 대신해 아들을 돌봐주러 오는 것이다. 의사가 집에 들어섰을 때, 간병인이 이미 와 있었다. 리외는 아내가 색조 있는 화장에 투피스 차림을 하고 서 있는 걸 보았다. 그는 미소 지었다.

"잘했어." 그가 말했다. "정말 잘했어."

잠시 후, 기차역에서, 그는 그녀를 침대칸으로 안내했다. 그녀는 실내를 둘러보았다.

"우리에겐 너무 비싼 거 아녜요?"

"할 건 해야지." 리외가 말했다.

"그 쥐 이야긴 뭐예요?"

"나도 몰라. 이상한 일이야. 하지만 지나가겠지."

그러고 나서 그는 매우 빠르게, 자신이 간호했어야만 했는데 너무 돌보지 못했다는 것에 대해 용서를 구한다고 말했다.

그녀는 고개를 저으며, 더 이상 말하지 말라는 표정을 지었다. 하지만 그는 덧붙였다.

"당신이 돌아올 때면 모든 것이 좋아질 거야. 우리 다시 시작해."

"그래요." 그녀가 눈을 빛내며 말했다. "우리 다시 시작해요."

잠시 후, 그녀는 등을 보이며 창밖을 내다보았다. 플랫폼 위에서는, 사람들이 걸음을 재촉하며 몸을 부딪치고 있었다. 디젤기관차의 슈우 하는 소리가 그들에게까지 들려왔다. 그는 아내의 이름을 불렀고, 그녀가 돌아보았을 때, 그는 그녀의 얼굴에 눈물이 덮여 있는 것을 보았다.

"그러지 마." 그가 부드럽게 말했다. 눈물이 흐르는 가운데, 미소는 다소 긴장된 상태로 돌아왔다. 그녀는 깊게 심호흡을 했다.

"가세요, 모든 게 잘될 거예요."

그는 그녀를 꼭 끌어안아 주었고, 이제 플랫폼 위, 창문 반대편에서, 단지 그녀의 미소를 볼 수 있었을 뿐이었다.

"부탁이야, 몸조심해." 그가 말했다.

하지만 그녀는 그의 말을 들을 수 없었다.

기차역 플랫폼, 출구 근처에서, 리외는 아이 손을 잡고 있는, 예비수사판사 오통 씨와 마주쳤다. 의사는 그에게 여행을 떠나느냐고 물었다. 크고 검은, 그리고 반쯤은 신사면서 반쯤은 장의사 일꾼처럼 보이는 오통 씨가 친절한 목소리로, 하지만 짧게 대답했다.

"예, 시댁에 인사차 갔던 아내를 기다리고 있소."

증기선이 기적을 울렸다.

"쥐들이…" 판사가 말했다.

리외는 전차 쪽으로 향했다가, 다시 출구로 돌아섰다.

"네, 별것 아닙니다." 그가 말했다.

그 순간 그가 기억하는 전부는 죽은 쥐로 가득 찬 궤짝 하나를 팔에 낀 팀원 한 사람이 지나갔다는 것뿐이었다.

같은 날 오후, 진찰이 시작되었을 때 리외는 한 젊은 남자의 방문을 받았다. 기자라는 그는 앞서 아침에도 다녀갔다고 한다. 그의 이름은 레몽 랑베르였다. 작은 키에 벌어진 어깨, 맑은 눈과 영리하고 결단력 있는 얼굴을 한 랑베르는 스포티한 옷을 입고 있었고 생활에 여유가 있어 보였다. 그는 바로 용건으로 들어갔다. 그는 파리의 주요 신문사를 위해 아랍인들의 생활 실태를 조사 중인데, 그들의 건강 상태에 관한 정보를 원했다. 리외는 그에게 상황이 좋지 않다고 말해 주었다. 하지만 더 나아가기 전에, 기자로서 진실을 말할 수 있을지를 물었다.

"물론입니다." 상대가 말했다.

"내 말은 전적으로 비판을 할 수 있겠느냐는 겁니다."

"'전적으로'라고 말씀드릴 수는 없을 것 같군요. 하지만 제 생각엔 그 비판들도 근거가 없을 것 같은데요."

리외는 조용한 목소리로, 사실 이러한 비판은 근거가 없을 수 있지만, 이렇게 물은 건, 랑베르 씨의 증언이 유보되는 것 없이 받아들여질 수 있는지를 알고 싶었던 것이라고 대답했다.

"저는 유보 없는 증언만 받아들입니다. 따라서 제 정보를 당신에게 제공할 수는 없을 것 같군요."

"생 쥐스트의 언어군요." 기자가 미소 지으며 말했다.

리외는 목소리를 높이지 않고, 정말 그런지는 모르겠지만, 그것은 자신이 살고 있는 세상에 지친 사람의 언어로, 동료들에 대한 애정을 갖고 있지만, 자신은 부당함과 타협을 거부하기로 결심한 사람의 언어일 거라고 말했다. 랑베르는 목을 움츠리며 의사를 바라보았다.

"당신을 이해했다고 생각합니다." 그는 마침내 자리에서 일어섰다.

의사는 문까지 그를 배웅했다.

"그렇게 받아주셔서 감사합니다."

랑베르가 초조하게 말했다.

"예." 그가 말했다. "이해합니다. 불편을 드려 죄송합니다."

의사는 악수를 하고 그에게 지금 이 도시에서 발견되는 죽은 쥐의 양에 대해 알아보면 흥미로운 르포기사가 될 수 있을 것 같다고 말했다.

"아!" 랑베르가 소리쳤다 "그거 흥미롭군요."

오후 5시, 새로운 회진을 나가는 중에, 그 의사는 계단 위에서 투박하면서 주름진 얼굴에 짙은 눈썹의, 아직은 젊은 육중한 체격의 한 사내와 마주쳤다. 의사는 그를 가끔, 건물 맨 위층에 거주하는 스페인 댄서들의 집에서 만났었다. 장 타루는 담배 피우기에 몰두하면서 그의 한 걸음 발 앞에서 마지막 경련을 일으키며 죽어가고 있는 쥐 한 마리를 응시하고 있었다. 그는 인사를 하고 회색 눈으로 침착하면서도 어느 정도 의도적인 시선으로 의사를 바라보면서, 쥐들의 이러한 출현은 신기한 일이라고 덧붙였다.

"그러게요." 리외가 말했다. "그렇지만 결국 성가시게 되겠죠."

"한편으로는 그렇죠, 의사 선생님, 한편으로는요. 이와 같은 일을 본 적이 없으니. 하지만 이거 참 흥미롭네요, 예, 정말로 흥미로워요."

타루는 머리칼을 뒤로 넘기기 위해 머리에 손을 대면서, 이 제는 움직임이 없는 쥐를 다시 한 번 보고 나서, 리외에게 미소 를 지었다.

"의사 선생님, 하지만 결국에, 이건 우선 관리인이 처리할 문 제겠죠."

마침, 의사는 집 앞에서 관리인을 발견했는데, 입구 옆 벽에 기대서 있는 그는, 평소 상기되어 있는 얼굴이 풀어져 있는 것 을 보았다.

새로운 발견물을 알려주자 연장자인 미셸이 리외에게 말했 다.

"예, 압니다. 이제 두세 마리씩 보입니다. 하지만 다른 건물들 도 마찬가지입니다."

그는 기가 꺾이고 걱정스러운 듯 보였다. 그는 무의식적인 태 도로 목덜미를 훔쳤다. 리외는 그에게 몸은 괜찮은지를 물었다. 관리인은 좋다고 할 수는 없었지만 물론, 안 좋다고 말할 수도 없었다. 단지, 그는 마음이 편치 않았다. 그의 견해로는 일에 대 한 도의적인 문제였다. 그 쥐들이 그에게 충격을 가졌다주었으 니 그들이 사라질 때 모든 것이 좋아질 것이다.

그러나 다음 날인 4월 18일 아침, 역에서 어머니를 모시고 오 던 의사는 더욱 핼쑥해진 미셸 씨를 발견했다. 지하실에서 다 락방까지, 열댓 마리의 쥐들이 계단에 널브러져 있었던 것이다. 이웃집들의 쓰레기통은 그것으로 가득 찼다. 의사의 어머니는 놀라지 않고 그 뉴스를 받아들였다.

"이건 일어날 수 있는 일이란다."

그녀는 검고 부드러운 눈에, 은발의 작은 여인이었다.

"너를 다시 만나니 행복하구나, 베르나르. 쥐들 따위가 이걸 방해할 수야 없지." 그녀는 말했다.

그는 동의했는데, 그녀와 함께 있으면 언제나 모든 게 쉽게 여겨지는 게 사실이었다.

리외는 그렇더라도 시청의 쥐를 박멸하는 부서의, 그가 알고 있는 국장에게 전화를 걸었다. 밖으로 나와 죽는 많은 수의 쥐들에 대해 들어봤나? 메르시에 국장은, 그에 관해 이야기를 들어왔고, 강가에서 멀리 떨어져 있지 않은 곳에 위치한, 그의 사무실에서도 50여 마리가 발견되었다고 했다. 그렇더라도 그것을 심각한 일로 여겨야 하는지에 대해 그는 궁금해 했다. 리외는 그렇다고 단정지을 수는 없었지만, 쥐를 박멸하는 부서가 개입해야만 한다고 생각했다

"알겠네." 메르시에가 말했다. "명령서가 있어야겠지. 만약 자네가 실제로 그럴 가치가 있다고 생각한다면, 명령서가 발부되도록 애써 보겠네."

"그럴 가치야 항상 있지." 리외가 말했다.

그의 가정부가 다가와 그에게 남편이 일하는 큰 공장에서

죽은 쥐 수백 마리를 수거했다고 알려주었다.

아무튼 우리 시민들이 걱정을 하기 시작한 것은 대략 이즈음부터였다. 왜냐하면, 18일부터, 정말이지, 수백 마리 쥐들의 시체가 공장들과 창고들에 넘쳐났던 것이다. 어떤 경우에는, 단말마가 너무 길어지는 짐승들을 직접 죽여주어야만 했다. 그러나 외곽지역에서 시내 중심까지, 리외가 지나는 어디든, 시민들이 모이는 어디든, 쥐들은 쓰레기통 속이나, 또는 개골창 속에서 길게 줄을 이루어, 무더기로 준비되어 기다리고 있었다.

그날, 석간신문은 이 사건을 낚아채서, 가부간에, 시 당국은 행동을 취할 것인지, 그리고 이 혐오스러운 침공으로부터 시민의 안전을 위해 어떤 비상조치를 검토하고 있는지를 물었다. 시 당국은 결코 어떤 시도도 하지 않았고 어떤 것도 검토하지 않고 있었지만 토의를 위해 회의를 소집하는 일에 착수했다. 쥐 박멸 부서에 매일 새벽에, 죽은 쥐를 수거하라는 지시가 내려졌다. 수거가 마쳐지면 불에 태우기 위해 서비스 차 두 대가, 짐승들을 소각장으로 운반했다.

그러나 이후 며칠간, 상황은 악화되었다. 모아진 설치류들의 수는 증가했고, 수거량은 매일 아침 더욱 많아졌다. 나흘째부터, 쥐들은 무리를 이루어 밖으로 나와 죽기 시작했다. 골방, 지하실, 와인 저장고, 하수구로부터, 그것들은 긴 줄을 이루어 비틀거리며 빛으로 나와, 사람들 가까이에서 맴돌다 죽어갔다. 밤이면, 복도나 골목길에서, 사람들은 그들이 내는 단말마의 작은 울부짖음을 명확히 들을 수 있었다. 외곽에서는, 아침에 봇도랑에서 날카로운 주둥이에 꽃망울 같은 피를 묻힌 채, 퉁퉁 부어올라 썩어가고 있는, 어떤 것들은 여전히 수염을 뻣뻣이 세우고 있는 그것들을 볼 수 있었다. 시내에서도, 층계참이나 마당에서 작은 무더기를 만나볼 수 있었다. 그것들은 또한 관청의 홀에서, 학교 운동장에서, 카페테라스에서, 때때로, 개별적으로 죽어갔다. 우리 시민들은 그것들이 도시 내 사람이 붐비는 곳에서 발견되는 것에 아연실색했다. 아름 광장, 가로수길, 프롱-드-메르 산책로, 곳곳이 더럽혀졌다. 새벽에 깨끗이 치워진 죽은 짐승들이, 낮 시간 동안 점점 더 많아져, 하나하나 다시 발견되었다. 그것들은 또한 인도에서, 밤 산책을 하는 적잖은 사람들의 발밑에서 미처 식지 않은 시체로 물컹거리는 몸뚱이를 느끼게 만들기에 이르렀다. 사람들은 집들이 세워진 땅자체에 쌓여 있던 화를 빼내고, 지금까지 내부에서 작동하고 있던, 종기와 혈농을 표면으로 올라오게 만든 것만 같다고 말하곤 했다. 단지 그때까지 너무나 평온하기만 했던, 그리고 진한 피가 갑자기 전부 역류하게 된 건강한 사람처럼, 단 며칠 사이에 엉망이 된, 아연실색한 우리의 작은 도시를 생각해 보라!

사태는 랑스도크 통신이 (정보, 기록, 별의별 문제를 다루는) 무료 정보 라디오 프로그램을 통해, 6,231마리의 쥐가 단지

25일 하루 동안에 수거되어 소각되었다고 발표하기에까지 이르렀다. 이 숫자는, 이 도시가 눈앞에서 매일 보고 있는 게 무엇인지에 대한 확실한 의미를 가져다주면서, 혼란을 가중시켰다. 그때까지, 사람들은 그리 대수롭지 않은 혐오스러운 사태에 대해 불평만 해대고 있었을 뿐이었다. 사람들은 이제 여전히 규모를 계측하지도, 근원을 규명하지도 못한 이 현상이 어느 정도 위협적이라는 것을 깨달았다. 오직 늙은 스페인 천식환자만이 그의 손을 비비며 '노년성 환희'까지 더해 되풀이 말하길 계속했다. "그것들이 나오고 있어, 그것들이 나오고 있다고."

4월 28일, 그렇지만, 랑스도크 통신이 약 8천 마리의 쥐를 수거했다고 발표했고 불안은 도시에서 최고조에 이르렀다. 사람들은 근본적인 대책을 요구했고, 당국을 비난했으며, 바닷가에 집을 가지고 있는 얼마간의 사람들은 이미 거기로 떠날 것에 대해 이야기하고 있었다. 하지만, 다음 날, 통신사는 그 현상이 갑자기 멈추었으며 쥐 박멸 부서가 수거한 죽은 쥐의 양은 무시해도 좋을 수준이라고 발표했다. 도시는 안도의 숨을 쉬었다.

그렇지만 같은 날, 정오에, 의사 리외는, 그의 건물 앞쪽에 차를 세우면서, 길 끝에서 머리를 숙이고, 팔과 다리를 벌린 채, 우스꽝스러운 자세로 힘겹게 나아가고 있는, 관리인을 얼핏 보았다. 노인은 의사도 알고 있는 한 신부의 팔을 잡고 있었다. 그 사람은 파늘루 신부로, 그가 몇 번 마주친 적이 있고, 우리 도시에서 심지어 종교 문제에 무관심한 이들 사이에서조차 존경받는 매우 박식하고 활동적인 예수회 사람이었다. 그는 그들을 기다렸다. 나이 든 미셸의 눈초리는 빛이 났고 호흡은 거칠었다. 그는 기분이 매우 좋지 않아서 맑은 공기를 쐬고 싶었다. 그러나 목과, 겨드랑이와 사타구니의 생생한 고통으로 돌아오기가 힘들어서 파늘루 신부에게 도움을 요청했던 것이다.

"종기가 났습니다." 그가 말했다. "과로를 한 것 같아요." 차문 밖으로 팔을 내밀어, 의사는 손가락으로 미셸이 그에게 뻗친 목 밑을 어루만졌다. 나무옹이 같은 것이 형성되어 있었다.

"좀 누워 계세요, 열도 재보시구요, 제가 오늘 오후에 보러 가겠습니다."

관리인이 떠나고, 리외는 파늘루 신부에게 쥐들에 관한 이야기에 대해 물었다.

"아! 틀림없이 전염병이죠." 신부가 말했다. 그러는 그의 눈이 둥근 안경 뒤에서 미소 짓고 있는 듯했다.

점심을 먹고 나서, 리외가 요양원으로부터 아내의 도착을 기별해 온 전보를 읽고 있는데, 전화벨 소리가 들렸다. 그의 과거 환자 중 한 사람으로, 그가 '시청 사무원'이라 부르는 이였다.

그는 오랫동안 대동맥 협착증으로 고통받아 왔었는데, 가난했기에, 리외는 그를 무료로 치료해 주었었다.

"예," 그가 말했다. "저를 기억해 주시는군요. 그런데 이번엔 다른 사람입니다. 빨리 와주실 수 있겠습니까? 이웃집에 무슨 일이 생긴 것 같습니다."

그의 목소리가 헐떡였다.

리외는 관리인을 떠올렸지만 그를 나중에 보기로 결정했다. 몇 분 후에, 그는 외곽지역인, 페데브르 거리의 낮은 집 문을 넘어서고 있었다. 축축하고 악취가 풍기는 계단 한가운데서 그는 마중하러 내려오던 시청 사무원, 조제프 그랑을 만났다. 길고 굽은 노란 콧수염에, 좁은 어깨와 마른 팔다리를 가진 오십대의 사내였다.

"지금은 나아졌습니다." 그가 리외에게 다가오며 말했다. "하지만 그에게 무슨 일이 생긴 거 같았거든요."

그가 코를 풀었다. 마지막 층인 3층, 왼쪽 문 위에서, 리외는 붉은 분필로 쓰인 것을 읽었다. "들어오시오, 나는 목매달았음."

그들은 들어갔다. 엎어진 의자 위로 로프가 매달려 걸려 있고, 테이블은 한쪽 구석으로 밀쳐져 있었다. 하지만 그것은 비어진 채였다.

"제가 때마침 떼어냈습니다." 심지어 가장 단순한 용어를 구사할 때조차 항상 단어를 고르는 것처럼 여겨지는 그랑이 말했다. "제가 나가는 중이었는데, 마침, 소리가 들렸어요. 어떻게 설명해야 할지 모르겠는데, 저 글을 보았을 때까지만 해도 짓궂은 장난이겠거니 생각했습니다. 하지만 그가 이상한, 한마디로, 어떤 음산한 신음 소리를 낸 겁니다."

그는 머리를 긁었다.

"제 견해로는, 그 일이 고통스러웠을 게 틀림없어요. 당연히, 저는 안으로 들어갔죠."

그들은 문 하나를 밀고 밝은, 그러나 초라한 가구가 있는 방 문지방 위에 섰다. 작고 포동포동한 사내 하나가 구리 침대 위에 누워 있었다. 그는 가쁜 숨을 토해 내며 충혈된 눈으로 그들을 바라보았다. 의사는 멈춰 섰다. 가쁜 숨을 내쉬는 중간에, 나지막한 쥐들의 울음소리를 들은 것 같았기 때문이다. 그러나 방구석에서 움직이는 건 아무것도 없었다. 리외는 침대로 갔다. 사내는 그리 높은 곳에서 떨어진 것도, 아주 급작스럽게 떨어진 것도 아니었음에도, 척추를 쥐고 있었다. 물론, 약간의 질식 상태이긴 했다. 엑스레이를 찍어보아야만 할 것 같았다. 의사는 강심제 주사를 놓고 나서 며칠이면 전부 괜찮아질 거라고 말했다.

"감사합니다, 의사 선생님." 사내는 숨 막혀 하는 목소리로 말했다.

리외가 그랑에게 경찰서에 신고했는지를 물었고 사무원은 당황한 기색으로 얼굴이 굳어졌다.

"아! 아니요." 그는 말했다. "저는 이게 더 급하다고 생각해서…."

"물론입니다." 리외가 말을 잘랐다. "그렇지만 저는 해야만 해서."

그러나, 그 순간, 환자가 손을 저으며 침대에서 일어나 앉더니 자신은 괜찮으니 그럴 필요가 없지 않느냐고 이의를 제기했다.

"진정하세요." 리외가 말했다. "별일 아니에요. 저를 믿으세요. 또한 저는 신고를 해야만 합니다."

"아!" 그가 신음했다. 그러고는 몸을 뒤로 누이고 작게 흐느끼기 시작했다. 그사이 자신의 콧수염을 만지작거리고 있던 그랑이 그에게 다가갔다.

"자, 코타르 씨, 생각해 보세요. 의사 선생님껜 책임이 있다고 할 수 있어요. 예를 들어, 만약 당신이 다시 이런 짓을 벌이게 되면…"

그러나 코타르는 눈물을 흘리는 도중에, 다시는 하지 않을 것이라고, 그건 단지 정신이 나가서 순간적으로 행했던 일이라며, 그냥 자신을 가만 내버려두길 바란다고 말했다. 리외는 처방전을 적었다.

"알겠습니다." 그가 말했다. "그만둡시다. 내가 이삼 일 후 다시 오죠. 하지만 어리석은 짓은 하지 마세요."

층계참에서, 그는 그랑에게 자신은 신고해야만 할 의무를 가지고 있지만 경찰에 이틀이 지나기 전까지는 조사를 하지 말아 달라고 요청하겠다고 말했다.

"누군가 오늘 밤 저분을 지켜보아야만 합니다. 저분 가족이 있나요?"

"그건 모릅니다. 하지만 제가 지켜볼 수 있습니다." 그는 고개를 끄덕였다.

"저이도 나를 모르겠지만 나도 저 사람을 안다고는 할 수 없습니다. 하지만 서로 도와야만 하겠지요."

복도에서 리외는 무의식적으로 구석진 곳을 보고는 그랑에게 쥐들이 그 구역에서 완전히 사라졌는지를 물었다. 시청 사무원은 그에 관해 아무것도 모르고 있었다. 실상 사람들은 그에게 그 이야기를 했지만, 그는 구역에서의 소문에 크게 신경을 쓰지 않았던 것이다.

"제겐 다른 고민거리가 있어서요." 그가 말했다. 리외는 이미 악수를 하고 있었다. 그는 아내에게 편지를 쓰기 전에 관리인을 보기 위해 서두르고 있었던 것이다.

석간신문 가두판매원들이 쥐들의 침공이 멈췄다고 소리치고 있었다. 그러나 리외는 그의 환자가 침대 밖으로 반쯤 몸을 내밀고, 한 손으로 배를 잡고 다른 한 손으로 목을 감싼 채, 불그죽죽한 담즙을 배설물 통에 왕창 게우고 있는 것을 발견했다.

오래 애쓴 후에, 관리인은 숨을 헐떡이며 다시 누웠다. 체온이 39.5도였다. 목의 멍울과 사지가 부었고 두 개의 거무튀튀한 반점이 옆구리로 번져가고 있었다. 그는 이제 속이 아프다고 하소연했다.

"불로 지지는 것 같아요." 그가 말했다. "망할 게 저를 불로 지지고 있어요."

그의 거무스름한 입은 말을 씹게 만들었고 아픈 머리로 눈물이 고인 퉁방울눈을 의사에게 돌렸다. 그의 아내가 침묵을 지키고 있는 리외를 불안하게 바라보았다.

"선생님, 뭘까요?" 그녀가 물었다.

"뭐든 가능성이 있겠지만, 확실한 건 아무것도 없습니다. 오늘 저녁까지는 금식하고 정화제를 씁시다. 물을 많이 마시게 하세요."

때마침, 관리인은 갈증으로 허겁지겁 물을 마셨다.

리외는 집으로 돌아와, 그 도시에서 가장 중요한 의사 가운데 한 명인 동료 리샤르에게 전화를 걸었다.

"아니요." 리샤르는 말했다. "저는 특별한 건 보지 못했는데요."

"국부 염증을 동반한 발열 같은 건 없었나요?"

"아! 그러고 보니, 멍울에 염증이 매우 심했던 경우가 둘 있었군."

"변종이었나요?"

"음." 리샤르가 말했다. "표준이라는 게, 당신도 알다시피…"

아무튼 관리인은 저녁에 헛소리를 했고, 열이 40도까지 오르는 가운데, 쥐들에 대해 불평을 늘어놓았다. 리외는 고정종양을 치료하려 시도했다. 테레벤틴을 바르는 데 따른 통증으로, 관리인이 절규했다. "아! 망할 것들!"

멍울은 오히려 더 커졌고, 만져보니 나무같이 단단했다. 관리인의 아내는 얼이 빠져 있었다.

"밤새 지켜보죠." 그녀에게 의사가 말했다. "필요하면 저를 부르세요."

다음 날, 4월 30일, 이미 포근한 공기가 푸르고 눅눅한 하늘 아래 불어왔다. 그것은 더 먼 외곽으로부터 꽃향기를 날라왔다. 아침의 거리 소문은 여느 때보다 더 생기 있고, 유쾌하게 여겨졌다. 좁은 도시 곳곳에서 그 주 내내 경험했던 은밀한 두려움이 제거된 그날은, 그곳이 부흥한 날인 셈이었다. 아내의 편지로 안심한 리외 자신도, 관리인의 집으로 가벼운 마음으로 내려갔다.

그리고 실제로, 그 아침에, 열은 38도로 떨어져 있었다. 허약해진 환자는 그의 침대에서 미소 짓고 있었다.

"나아지는 거죠, 그렇죠, 의사 선생님?" 그의 아내가 말했다.

"아직 기다려보죠."

그러나 정오에, 열은 갑자기 40도까지 올랐고, 환자는 계속해서 헛소리를 해대며 되풀이해서 토했다. 관리인은 목의 림프절에 손만 대도 고통스러워했고, 머리를 몸으로부터 떼어내 버리고 싶어 하는 것처럼 여겨졌다. 그의 아내는 침대 발치에 앉아, 손을 이불 위에 올리고, 환자의 발을 지그시 잡고 있었다. 그녀는 리외를 바라보았다.

"잘 들으세요." 그가 그렇게 말했다. "격리시켜서 별도의 처치를 받게 해야겠습니다. 제가 병원으로 전화를 할 테니 구급차로 옮기도록 하죠."

두 시간 후, 구급차 안에서 의사와 관리인 아내는 환자에게 몸을 숙이고 있었다. 진균성 종양이 뒤덮인 그의 입으로부터 단어들이 토막져 나왔다. "쥐들!" 녹색을 띤, 납빛 입술과, 감긴 눈꺼풀, 짧고 발작적인 호흡, 멍울로 인해 이러지도 저러지도 못하는 가운데 간이침대 밑바닥에 가라앉은 채로, 그가 말했다. 마치 자신을 위해 또는 어떤 사항을 위해 결말이 지어지길 바라는 것처럼, 땅속 밑바닥으로부터 오는 휴식 없는 부름으로서, 관리인은 눈에 보이지 않는, 무게 없는 것에 숨 막혀 하는 듯했다. 그의 아내는 울고 있었다.

"그러니까 더 이상 희망이 없는 건가요, 의사 선생님?"

"숨을 거두셨습니다." 리외가 말했다.

관리인의 죽음, 그것은 당황스런 징후로 가득 찬 이 시기의 끝이자 초기의 놀라움이 점차 공황상태로 바뀌어, 상대적으로 더 어려워진, 또 다른 시작이라고 말해질 수 있었다. 시민들은 이제, 우리의 작은 도시가 햇볕 안에서 쥐들이 죽고 관리인이 이상한 질병으로 죽어나가는데, 특별히 적합한 장소가 될 수도 있다는 사실에 대해, 한 번도 생각해 본 적이 없었다는 것을 깨달았다. 이런 관점에서 볼 때, 자신들의 잘못된 생각을 점검해 볼 필요가 있었다. 만약 모든 것이 거기서 끝났다면, 분명 이 사태를 또 습관적으로 그냥 흘려보내고 말았을 것이다. 그러나 시민들 중에, 꼭 그처럼 가난하지 않더라도 앞서 희생된 미셸 씨의 길을 따른 이들이 생겨났고, 두려움과 그에 따른 성찰이 시작된 것은, 바로 그때로부터였다.

그럼에도, 이 새로운 사건의 세부 묘사에 들기에 앞서, 화자는 그 기간 중의 다른 목격자의 견해를 기술해 두는 게 유용하리라고 생각한다. 장 타루, 우리가 이미 이 이야기의 초기에 만났던 그는, 그 시기에, 몇 주 더 앞서 오랑 중심부의 큰 호텔에 자리를 잡고 살고 있었다. 겉보기에 그는 생활을 위한 수입이 충분히 넉넉해 보였다. 그러나, 도시는 그에게 점차 익숙해져 갔음에도 불구하고, 그가 어디에서 왔고, 그곳에 왜 왔는지를 말해 줄 수 있는 사람은 없었다. 우리는 공공장소 어디에서건 그와 마주쳤다. 봄이 시작되면서, 해변에서 자주 수영을 하며 몹시 즐거워하는 그를 자주 볼 수 있었다. 호인에다, 항상 웃는 얼굴을 한 그는 무엇에 얽매이는 법 없이 일상의 즐거움을 모두 즐기는 것처럼 여겨졌다. 실상, 그에 대해 알려진 유일한 습관은 우리 도시에 있는 꽤 많은 스페인 무용가와 음악가들을 규칙적으로 자주 만난다는 것이었다.

아무튼 그의 노트는, 이 힘든 시기를 기록한 일종의 연대기이기도 하다. 그러나 그것은 하찮은 것으로 채워진, 매우 사적인 연대기랄 수 있었다. 언뜻 보면, 타루는 망원경 끝을 통해 사항과 실체를 가려서 보느라 애썼다고 믿어질 수도 있다. 전반적인 혼란 속에서, 그는 요컨대, 역사적이랄 수 없는 일들을 기록하는 역사가가 되기 위해 전념했고, 사람들은 이 좁은 시각에 대해 유감스러워 하고, 그가 냉담한 사람은 아닐까 하는 의심을 가질 수도 있을 것이다. 그러나 그것이 적어도 이 수첩이 제공하고 있는, 이 시기의 연대기로서, 부가적 디테일을 압축해 제공하고 있다는 중요한 사실까지 부정하게 만들 수는 없으며 심지어 이 흥미로운 인물을 성급하게 방해꾼으로서의 이상한 사람으로 판단하게 만들지는 않을 것이다.

장 타루에 의해 쓰여진 초기의 기록들은 그가 오랑에 도착한 날짜로부터 시작되고 있었다. 그것들은 또한 처음부터, 불순한 날씨의 도시에서 일하는 것에 희한한 만족감을 느꼈다는 것을 보여준다. 우리는 거기서, 시청을 장식한 사자상 두 개의 상세한 묘사와, 나무가 없는 것에 대한 너그러운 관찰, 볼품없는 집들과 부조리한 도시 계획에 대해 쓴 것까지 발견할 수 있다.

타루는 거기에 심지어 전차 안과 거리에서 들은 대화를 섞어 넣는데, 조금 후에, 캉이라는 이름의 인물에 관한 대화 가운데 하나를 제외하곤 논평을 덧붙이지 않는다. 타루는 전차 차장 두 명이 나누는 대화를 목격했었다.

"자네 캉 잘 알지." 한 사람이 말했다.

"캉? 키 크고, 검은 콧수염 기른 친구?"

"맞아, 선로변경소에 있었던."

"그래, 그랬지."

"글쎄, 그가 죽었네."

"뭐라고! 아니 언제?"

"쥐떼 사건 이후에."

"저런! 그에게 무슨 일이 있었나?"

"나도 모르지만, 열이 있었대. 그리고, 건강하지 못했다더군. 겨드랑이에 종양이 생겼는데 견뎌내지 못했던 모양이야."

"그렇지만 다른 사람들과 별반 다르지 않았는데."

"아닐세, 그 사람 폐가 약했는데, 합창단에서 악기를 연주했다더군. 항상 피스톤에 바람을 불어대면 폐가 상하거든."

"그랬군!" 두 번째 사람이 마무리 지었다. "사람이 아프면 악기를 불지 말았어야지."

이 몇 가지 정보 후에, 타루는 자문하고 있었다. 왜 캉은 가장 명백히 자신의 이익에 반하는 합창단에 들어갔던 것이며, 목숨을 걸고 주일 시가행진에 참여했던 걸까? 그가 위험을 무릅쓰게 된 근본적인 이유가 무엇이었을까?

타루는 그런 다음, 마침 그의 창에서 마주 보이는 발코니에서 종종 펼쳐지는 하나의 장면에 깊은 인상을 받은 것으로 보인다. 그의 방은 작은 길 옆에 있었는데 그곳 담벼락 그늘에는 고양이가 잠을 잤다. 그러나 매일, 점심식사 후, 도시 전체가 더위로 잠에 빠져 있는 시간이면, 한 작은 노인이 길 건너편 발코니에 나타났다. 잘 빗은 흰 머리칼에, 짧게 자른 군복 차림으로 꼬장꼬장하고 험악해 보이는 그는 '나비야, 나비야' 하고 냉정하면서도 부드럽게 고양이들을 불렀다. 고양이들은 그럴 때 여전히 흐트러짐 없이, 졸음에 겨운 무거운 두 눈을 들어올렸다. 상대는 종이 조각들을 거리 위로 흩뿌렸고, 짐승들은 이 흰 나비 비에 이끌려서, 주저하며 도로 중앙까지 나아갔다. 그러고 나서 작은 노인은 그 고양이들 위로 힘차고 정확하게 침을 뱉었다. 그 침이 목표에 명중하면, 좋아라 웃어댔다.

마침내 타루는 결정적으로, 외관과 활기, 심지어 쾌락까지, 거래의 필요에 의해 움직이는 그 도시의 상업적 성격에 매료된 것으로 보인다. 이 독특함(이것은 그의 수첩에 쓰여진 말이다)을 타루는 인정했고, 찬사로 가득한 고찰 가운데 하나는 심지어 '마침내!'라는 외침으로 끝을 맺었다. 그것이 그 날짜, 그 여행자의 노트에, 개인적 성격을 띠고 있는 것으로 보이는 유일한 대목이다. 다만 그것의 의미와 진지함을 평가하는 것은 어려운 일이다. 예를 들어, 죽은 쥐 한 마리가 발견된 뒤 호텔 회계원이 회계노트에 실수를 했다는 것을 기록한 후에, 타루는 평소보다 흐릿한 글씨로 덧붙였다. "의문; 시간 낭비를 피하려면 어찌해야 하나? 답; 시간의 길이를 구체적으로 체험해 볼 것. 방법; 치과 대기실의 불편한 의자 위에서 여러 날을 소비해 보기와 발코니에서 일요일 오후를 보내보기. 이해할 수 없는 언어로 하는 강의 들어보기와 가장 길고도 불편한 철도 노선을 골라 자유롭게 서서 여행해 보기. 붐비는 공연 매표소 후미에 서되 좌석표는 끊지 않기… 등등." 그러나 이러한 언어나 생각의 일탈이 있은 직후, 노트는 우리 도시 레일 전차의 곤돌라 같은 형태, 또렷하지 못한 색깔, 평소의 더러움에 대한 묘사로 시작해 아무런 설명도 되지 못하는 "그것은 주목할 만하다."라는 말로, 그 고찰을 끝맺었다.

어쨌든 쥐 이야기에 대해 타루가 제시한 징후는 다음과 같다.

—오늘, 맞은편 작은 노인이 당황했다. 더 이상 고양이들이 없었던 것이다. 거리에서 발견되는 많은 수의 죽은 쥐들의 영향 때문인지, 실제로 고양이들은 사라졌다. 내 생각에, 고양이들이 죽은 쥐를 먹는다는 것은 의심스럽지 않을 수 없다. 내 고양이가 그것을 혐오하던 것을 나는 기억한다. 그러건 말건 그것들은 와인 창고 안을 뛰어다니고 있을 테니 키 작은 노인은 당황했던 것이다. 그는 빗질도 대충했고, 기운도 덜했다. 근심스러운 기색이 역력했다. 얼마 후에 그는 다시 들어갔다. 하지만 허공에 침을 한 번, 뱉고 나서였다.

—도시에서, 오늘 전차가 멈췄다. 어떻게 거기 있게 된 건지 누구도 알지 못했지만, 누군가 거기서 죽은 쥐 한 마리를 발견했기 때문이다. 두세 명의 여자들이 내렸다. 누군가 쥐를 내던졌다. 차는 다시 출발했다.

—호텔에서, 야간 경비원이, 그는 믿을 만한 사람인데, 내게 쥐떼들로 불행한 일이 일어날 것 같다고 말했다. '쥐들이 배에서 떠나면…' 나는 그에게 그건 배의 경우에는 맞는 말이지만, 도시에서는 결코 확인된 바 없다고 답해 주었다. 그렇지만, 그의 믿음은 확고했다. 나는 그가 생각하는, 우리가 예상할 수 있는 불행이 어떤 게 있을 수 있겠느냐고 물었다. 그는 불행은 예측할 수 있는 게

아니니 알지 못한다고 말했다. 하지만 만약 지진이 일어난다 해도 자신은 놀라지 않을 것 같다고도 했다. 나는 그럴 수도 있겠다고 인정했고 그는 내게 걱정되지 않느냐고 물었다.

나는 말했다. "내 유일한 관심사는, 내면의 평화를 찾는 일입니다."

그는 나를 전적으로 이해했다.

—호텔 식당에, 매우 흥미로운 한 가족이 있었다. 아버지는 키가 크고 마른 사람으로, 풀 먹인 빳빳한 깃의 까만 옷을 입고 있었다. 머리 한가운데가 벗겨진 채로, 좌우로 회색 머리칼이 한 움큼씩 남아 있었다. 작고 동그란 눈, 가느다란 코, 수평진 입, 잘 길러진 올빼미 같은 인상을 풍겼다. 그는 언제나 레스토랑 문에 맨 먼저 도착해 비켜서서는 까만 생쥐처럼 자그마한 아내를 먼저 들어가게 했고, 그러고 나서 신통한 강아지들처럼 차려입은 작은 소년소녀와 함께 따라 들어섰다. 식탁에 다다르면, 아내가 먼저 앉기를 기다렸다가 자기도 앉았고, 그러고 나야 두 푸들도 자신들의 의자를 차지할 수 있었다. 그는 아내와 아이들을 '당신'이라고 높여 불렀는데, 전자에게는 조악한 정중함으로 자식들에게는 단정적 언사로 말했다.

"니콜, 당신은 더할 나위 없이 불쾌해 보이는군요!"

그러면 작은 소녀는 울먹일 준비를 한다. 마땅히 그래야만 하는 것이다.

오늘 아침에는, 어린 아들이 쥐떼에 관한 이야기로 무척 흥분해 있었다. 그는 식탁에서 그 이야기를 하고 싶어 했다.

"식탁에서 쥐에 관해 말하는 거 아니에요, 필리프. 앞으로는 그런 말 입 밖에 내지 마세요."

"너희들 아빠가 옳단다." '까만 생쥐'가 말했다.

두 푸들은 자신들의 음식에 코를 박았고 올빼미는 말없는 고갯짓으로 생쥐에게 감사를 표시했다.

— 이런 좋은 예도 없지 않았지만, 시내에서는 온통 그 쥐에 관한 이야기였다. 신문도 관련되어 있었다. 평소 매우 다양했던 지역의 기사들이, 이제는 시 당국에 반대하는 캠페인으로 온 지면이 채워졌다. "시 당국자들은 이 설치류들의 시체가 부패해 갈 수 있는 위험성에 대해 고민해 보았을까요?" 호텔 지배인은 이제 온통 그 얘기였다. 그것은 분해서이기도 했다. 명예로운 호텔 엘리베이터 안에서 쥐가 발견된 것은 그에게 상상조차 할 수 없는 일이었다. 그를 위로하기 위해, "하지만 모두가 겪고 있는 일입니다." 하고 말했다.

"바로 그 얘기입니다." 그가 답했다. "우리도 이제 다른 사람들과 똑같아졌다는 겁니다."

— 우리가 걱정하기 시작한 이 놀랄 만한 열병의 초기 사례들에 관해 말해 준 것도 그였다. 그곳 메이드가 병에 걸렸다.

"하지만 확실히, 전염병은 아닙니다." 그는 서둘러 부인했다.

나는 그에게 신경 쓰지 않는다고 말했다.

아! 알겠습니다. 선생님도 저와 같으시군요, 운명론자시군요.

나는 그에게 말해 주었다 "저는 그 같은 바를 주장한 적이 없습니다. 게다가 저는 운명론자가 아닙니다."

타루의 수첩이 이미 대중들 사이에서 걱정거리가 된 이 알려지지 않은 열병의 상세한 부분까지 말하기 시작한 것은 바로 이때부터였다. 마침내 그 작은 노인이 쥐들이 사라지고 나서 고양이들을 발견하고, 가래침 사격을 인내심 있게 행하는 걸 기록하면서, 타루는 이미 이 열병에 걸린 사람들이 십여 명에 이르렀고, 대부분 치명적이었다고 덧붙였다.

참고 자료로서, 마침내 타루의 의사 리외에 대한 묘사를 적어둘 수 있게 되었다. 화자로서 판단하건대 그는 꽤 충실했다.

—서른다섯 살쯤으로 보인다. 평균 키. 벌어진 어깨. 거의 사각형의 얼굴. 짙고, 곧은 눈이지만 턱이 돌출되어 나왔다. 견고한 코는 균형이 잡혔다. 검은 머리칼은 아주 짧게 잘렸다. 입은 거의 언제나 다물어져 있는 두툼한 입술과 함께 아치를 이룬다. 그을린 피부, 검은 머리칼과 항상 어두운 색이지만 잘 어울리는 양복이 얼마간 시칠리아 농부를 연상시킨다.

그는 빠르게 걷는다. 그는 보폭을 바꾸지 않고 보도로 내려서지만, 세 번에 두 번꼴로 가볍게 뛰어올라 반대편 보도에 오른다. 그는 운전하는 동안 딴 데 정신이 팔려서 코너를 돈 후에도 종종 방향등을 그대로 남겨둔 채 달리곤 한다. 언제나 맨머리다. 견문이 넓어 보인다.

타루의 수치는 정확했다. 의사 리외는 몇 가지 사항을 알고 있었다. 관리인의 사체를 따로 격리시키고, 그는 리샤르에게 이 '앙귀날 출혈'*에 관해 물어보기 위해 전화를 걸었다.

"이해할 수 없군요." 리샤르가 말했다. "두 명이 죽었소. 한 명은 48시간 만에, 다른 한 명은 삼 일 만이었소. 나중 사람은 어느 날 아침, 회복세를 보이기에 그냥 두었었는데."

"만약 다른 경우가 있으면 제게 알려주십시오." 리외가 말했다.

그는 다시 의사 몇 사람에게 전화했다. 그렇게 조사해 본 바로, 며칠 사이에 20여 건의 비슷한 사례가 있었다는 것이 밝혀졌다. 거의 대부분이 치명적이었다. 그는 그래서 오랑시 의사회 회장이기도 한 리샤르에게 다시 전화해 새로운 환자들을 격리시킬 것을 요청했다.

"하지만 그건 내가 할 수 있는 일이 아니오." 리샤르가 말했

---

* 앙귀날은 사타구니를 말함. 즉, 살에서 나는 출혈을 가리키는 듯.

다. 그건 도청에서 따져보아야만 합니다. 더구나, 전염병이 될 위험이 있다고 누가 그러던가요?"

"그런 말을 한 사람은 아무도 없습니다. 하지만 징후가 우려스럽습니다."

리샤르는 그러나, "자신에겐 그럴 권한이 없다."고 했다. 자신이 할 수 있는 일은 도지사에게 말해 보는 정도가 전부라고.

그런데, 그렇게 말만 오가는 동안, 날씨가 나빠졌다. 관리인이 죽은 다음 날, 거대한 안개가 하늘을 뒤덮었는데, 짧았지만 홍수 같은 비가 도시에 쏟아졌다. 갑작스런 소나기 다음에는 강렬한 열기가 뒤따랐다. 안개 긴 하늘 아래, 바다는 짙은 푸른 빛을 잃었고, 눈을 찌르는 은빛 쇠붙이의 광채를 머금었다. 봄의 습기 찬 열기는 사람들로 하여금 차라리 여름의 타는 듯한 열기를 고대하게 만들었다. 바다로는 거의 열려지지 않은 채 고원지역에 달팽이처럼 세워진 도시는, 우울한 무력감이 지배하고 있었다. 진흙이 발린 긴 벽 중앙에서, 먼지 긴 쇼윈도가 늘어선 거리에서, 누렇게 더럽혀진 전차 안에서, 얼마간 하늘에 감금된 죄수 같은 느낌을 받았다. 오직, 리외의 그 늙은 환자만이 그러한 날씨를 즐기며 천식을 이겨내고 있었다.

"찌는 듯한 더위군요." 그는 말하곤 했다. "기관지에는 좋은 날씨죠"

정말이지 찌는 듯한 더위로, 열병보다 더하지도 덜하지도 않왔다. "도시 전체가 열병을 앓고 있는 것 같군." 코타루의 자살 시도 사건의 입회를 위해, 그날 아침 페데브르 거리를 다시 찾아가고 있는 리외는 적어도 그런 느낌을 받았다. 어처구니없는 느낌이었다. 그는 긴장감과 자신을 둘러싸고 있는 심한 우려들 때문으로 여기고 무엇보다 자신의 생각을 정리하는 게 화급하다고 생각했다.

그가 도착했을 때, 경찰조사관은 아직 그곳에 없었다. 그랑이 층계참에서 기다리고 있어서, 문을 열어둔 채, 그들은 우선 그의 집으로 들어가 있기로 했다. 그 시청 사무원은 방이 두 개인 곳에서 생활했는데, 가구들이 무척 단출했다. 단지 두세 권의 사전이 있는 흰색 나무 선반과 반쯤 지워진, 그러나 여전히 읽을 수는 있는 '꽃이 핀 산책로'라는 말이 적힌 칠판이 눈에 띄었다. 그랑에 따르면, 코타르는 잠을 푹 잤다. 하지만 아침에 일어나면 두통을 느꼈고, 그래서 매우 침울한 상태였다고 한다. 그랑은 피곤하고 초조해 보였다. 이리저리 오가며, 그는 탁자 위에 놓인, 손 글씨 종이가 그득한 파일을 열었다 닫았다 했다.

그럼에도 그는 의사에게 코타르를 잘 알진 못하지만, 얼마간 재산을 가지고 있는 것 같다고 말했다. 코타르는 묘한 사람이었다. 그들의 관계는 오랫동안, 계단에서 가끔 인사를 나누는 정도에 머물러 있었다.

"딱 두 번 그와 대화를 나눠봤어요. 얼마 전에 분필 한 통을 사가지고 오다 층계참에서 쏟은 적이 있었습니다. 빨간색과 파란색 분필이었죠. 그때, 코타르 씨가 층계참으로 나와 저를 도와서 그걸 같이 주워줬죠. 그러면서 이런 다른 색깔의 분필들을 어디에다 쓰느냐고 묻더군요."

그랑은 라틴어를 다시 공부하고 있는 중이라고 설명했다. 고등학교 이후, 알고 있는 게 거의 잊혔다고.

"그랬습니다." 그가 의사에게 말했다. "불어 단어의 의미를 더 잘 이해하는 데 유용한 게 확실했거든요."

그는 칠판에 라틴어 단어를 써보고 있었다. 어미변화 불규칙 활용에 따라 바뀌는 단어 부분은 파란색 분필로, 바뀌지 않는 부분은 붉은 분필로 썼던 것이다.

"정확히 이해했는지는 모르겠지만, 코타르 씨는 흥미로워하는 것 같았고, 붉은색 분필 하나만 줄 수 있겠냐더군요. 조금 놀라긴 했지만 결국… 물론, 그것이 그의 계획에 쓰이리라고는 꿈에도 몰랐습니다."

리외는 두 번째 나눈 대화 내용은 무엇이었는지 물었다. 그러나, 서기관을 동반한 조사관이 도착했고, 그는 먼저 그랑의 진술을 듣기를 원했다. 의사는 그랑이, 코타르에 대해 말하면서, 항상 '그 절망한 사람'이라고 부른다는 것을 인식했다. 그는 심지어 어떤 순간에는 '치명적 결단'이라는 표현을 사용했다. 그들은 자살을 시도한 이유에 대해 묻고 답했는데 그랑은 용어 선택에 신경을 쓰는 것처럼 보였다. 마침내 '내면의 슬픔'이라는 단어에서 멈췄다. 조사관은 코타르의 태도 속에 그가 '그의 결단'이라고 부른 것에 대해 전혀 짐작되는 바는 없느냐고 물었다.

"그가 어제 내 집 문을 노크했습니다." 그랑이 말했다. "성냥을 빌려달라고 하더군요. 그에게 곽째로 주었죠. 그는 미안해 하면서 그래도 이웃 사이니 이해해 달라면서… 그리고 나서 성냥곽을 돌려주겠노라고 하더군요. 저는 그냥 가지고 있으라고 했습니다."

조사관은 그런 시청 사무원에게 코타르가 이상했던 점은 없었는지 물었다.

"이상하게 여겨진 것이라면, 그는 계속 대화를 하고 싶어 하는 것 같았죠. 하지만 저는 작업을 하는 중이었거든요."

그랑은 리외를 돌아보며 난처한 표정으로 덧붙였다.

"개인적인 일이었습니다."

조사관은 이제 환자를 보고 싶어 했다. 그러나 리외는 이 방문에 대해 코타르가 먼저 준비하는 게 더 낫겠다는 생각을 했다. 그가 방으로 들어서자, 코타르는 단지 회색 내복 차림으로 침대에서 몸을 일으키고는 불안한 표정으로 문 쪽을 바라보았다.

"경찰이죠, 그렇죠?"

"그렇습니다." 리외가 말했다. "당신을 위협하려는 게 아닙니다. 두세 가지 의례적인 걸 묻고 귀찮게 하지 않을 겁니다."

하지만 코타르는 그건 소용없는 짓이며 자긴 경찰을 좋아하지 않는다고 대답했다. 리외가 못 참고 지적했다.

"나 역시 좋아하지 않아요. 단 한 번에 끝내기 위해서는, 그들의 질문에 빠르고 정확하게 답하는 게 중요합니다."

코타르는 침묵했고 의사는 문으로 돌아섰다. 하지만 그 작은 사내는 서둘러 그를 불렀고 그가 침대 가까이 오자 손을 잡았다.

"저들이 환자에게 손을 대진 않겠죠? 그것도 목을 맸던 사람에게. 그렇죠, 의사 선생님?"

리외는 잠시 동안 그를 주의 깊게 보고는 마지막으로 그와 같은 일은 절대 없을 것이며 또한 자기 환자를 보호하기 위해 자신이 와 있는 것이라고 안심시켰다. 그제서야 그는 긴장을 푼 듯했고 리외는 조사관을 들어오게 했다.

코타르에게 그랑의 증언을 읽히고는 그의 행위의 이유를 명확히 할 수 있는지를 물었다. 그는 조사관을 쳐다보지도 않고 단지 "내면의 슬픔, 그거 아주 좋네요."라고 대답했다. 조사관은 그에게 그 일을 되풀이할 욕구가 있는지를 말해 보라고 압박했다. 활기를 띤 코타르는 없다고 답하고, 그냥 자기를 귀찮게 하지 말고 평화롭게 놓아두길 바란다고 말했다.

"당신에게 분명히 해두죠." 조사관이 화가 난 목소리로 말했다. "지금, 다른 사람들을 귀찮게 하고 있는 건 바로 당신이오."

그러나 리외가 눈치를 보냈고, 그들은 거기서 그쳤다.

"아시다시피," 조사관이 밖으로 나오면서 한숨을 내쉬었다. "저희에겐 더 중요한 일이 있습니다. 사람들이 말하는 그 열병 이후로⋯."

그는 의사에게 이 사태가 심각한 것인지를 물었고, 리외는 자신도 모르겠다고 말했다.

"날씨 때문이죠. 더 말해 뭐하겠어요." 조사관이 내린 결론이었다.

의심의 여지 없이 날씨도 문제였다. 한나절이 지나면 온통 끈적거렸고 리외는 회진을 해감에 따라 불안감이 커가는 것을 느꼈다. 같은 날 저녁, 교외에서, 그 늙은 환자의 이웃 한 명이 사타구니를 움켜잡고 헛소리를 하는 중에 구토를 했다. 멍울은 관리인의 그것보다 훨씬 컸다. 그 가운데 하나는 곪아가기 시작했고, 오래지 않아, 그것은 상한 과일처럼 벌어졌다. 집으로 돌아오자마자, 리외는 도청의 의약품보관소로 전화를 걸었다. 그날 그의 업무일지에는 단지 '부정적인 답변'이라고만 언급되어 있다. 그리고, 이미 다른 곳에서도 비슷한 이유로 전화를 걸어왔었다. 그는 종양을 째야만 했고, 그건 명백했다. 열십자로 두 번 절개하자 멍울은 피가 섞인 고름을 쏟아냈다. 환자들은 피를 흘리며, 이러지도 저러지도 못했다. 반점들이 배와 다리에 나타나면서, 어떤 멍울은 곪기를 멈추었고, 그러고는 다시 부풀었다. 대개의 환자들은 지독한 냄새를 풍기며 죽어갔다.

그렇게 쥐들 사건을 떠들어대던 언론은 더 이상 아무 말도 하지 않았다. 쥐들은 거리에서 죽었고 사람들은 자신들의 방에서 죽었기 때문이다. 언론은 단지 거리의 일만 다루었다. 그러나 도청과 당국은 의문을 갖기 시작했다. 개개의 의사들은 두세 개 이상의 사례를 알고 있지 못했기에 누구도 움직일 생각을 하지 못했다. 그러나, 요컨대, 누군가에게 통계를 내보게 만들기에는 충분한 것이었다. 통계는 경악할 만한 것이었다. 불과 며칠 사이에, 치명적인 사례는 몇 배로 늘어났고, 이 이상한 질병이 사실은 전염병이 아닐까 불안해하던 이들에게 그것은 명백해졌다. 리외보다 나이 많은 동료 의사인, 카스텔이 콕 찍어서 그를 찾아온 것은 바로 그 무렵이었다.

"당연히," 그가 말했다 "당신은 이게 무엇인지 알고 있죠, 리외?"

"분석 결과를 기다리고 있습니다."

"나는 알죠. 그리고 분석의 필요성도 느끼지 않소. 나는 의료 경력의 한동안을 중국에서 보냈고, 20여 년 전 파리에 있을 때, 몇 가지 사례를 보았소. 하지만 그때는 감히 그것에 이름을 붙일 수 없었소. 여론, 그건 신성한 거요. 공황 상태가 되면 안 되죠. 무엇보다 공황 상태가 되면 안 되오. 어떤 동료 의사가 그러더군요. '이건 불가능하다. 이게 서양에서 사라졌다는 건 누구라도 아는 사실이다.' 그래요, 그건 누구라도 알고 있소. 죽은 사람만 제외하고 말이오. 자, 리외, 당신 또한 내가 아는 것처럼, 잘 알고 있지 않나요?"

리외는 숙고했다. 사무실 유리창을 통해, 그는 멀리 만(灣)에서 닫혀진 해안 절벽 바위 등성이를 다시 바라보았다. 하늘은 푸르렀고, 흐릿한 빛은 오후의 사양으로 부드러워져 있었다.

"네, 선배님." 그가 말했다. "믿기 힘들지만, 이건 역병으로 보입니다."

카스텔은 일어나 문을 향해 갔다.

"사람들이 우리에게 뭐라고 할지 알고 있겠죠?" 나이 든 의사가 말했다. "'그건 수년 전 온대지방에서 자취를 감췄소.'라고 할 거요."

"자취를 감춘다는 게 무슨 의미가 있나요?" 리외가 어깨를 으쓱하며 대답했다.

"그렇소. 잊어서는 안 되오. 파리에서조차, 고작 20년 전에 있었다는 걸."

"알겠습니다. 지금이 그때보다 더 심각한 상황은 아니길 바라야겠군요. 하지만 정말로 믿을 수 없는 일입니다."

'페스트'라는 단어가 비로소 처음으로 언급되기에 이르렀다. 베르나르 리외가 그의 진료실 창문 뒤에 남겨진 이 시점에, 화자는 의사의 불확실성과 놀라움의 정당성을 설명할 수 있어야만 할 것이다. 왜냐하면, 뉘앙스의 차이는 있을지라도, 그의 반응은 대다수 우리 시민들의 반응일 터이기 때문이다. 실상 재앙은, 공통으로 겪는 사항이지만, 사람들은 그 재앙이 자기들 머리 위에 떨어질 때라야만 겨우 믿는다. 세상에는 전쟁만큼이나 많은 역병들이 존재해 왔다. 그럼에도 불구하고 역병과 전쟁이 발생하면 사람들은 여전히 속수무책이었다. 의사 리외도 다른 시민들처럼, 속수무책이었는데, 이것으로 우리는 그의 주저함을 이해해야만 하는 것이다. 또한 이것으로 그가 걱정과 확신 사이를 오간 것도 이해할 수 있어야만 한다. 전쟁이 발발하면, 사람들은 말한다. "이건 오래가지 않을 거야. 너무 어리석잖아." 그리고 명백히 전쟁은 너무나 어리석은 짓이라는 걸 의심치 않으면서도, 그것이 지속되는 것을 금하게 하지도 못한다. 어리석은 짓은 언제나 지속되는데, 만약 우리가 항상 우리 자신만 생각하지 않는다면 알아챌 수 있을 것이다. 이 점에 있어서 모든 사람들이 똑같아서, 시민들은 자신들만을 생각하는데, 달리 말하자면, 그들은 재앙을 믿지 않는다는 점에서 인본주의자*들인 셈이다. 재앙은 인간의 척도로 잴 수 있는 게 아니다. 따라서 재앙은 비현실적이며, 지나가는 나쁜 꿈이다, 라고 말한다. 그러나 그것은 항상 지나가는 것이 아니라, 나쁜 꿈에서 나쁜 꿈으로 이어지는 것이고, 지나가는 것은 인간들, 첫째로, 인본주의자들이다. 왜냐하면 그들은 주의를 기울이지 않기 때문이다. 우리 시민들은 다른 이들보다 더 많은 잘못을 저질러서가 아니라, 절제를 잃은 것이며, 더 말할 필요도 없이, 모든 것이 여전히 그들에게 가능하고, 재앙은 불가능하다고 생각했던 것이다. 그들은 사업을 계속하고, 여행을 떠날 준비를 했고, 의견을 가지고 있었다. 어떻게 그들이 미래와 여행과 토론을 없앨 역병을 생각할 수 있었을 것인가? 그들은 자신들이 자유롭다고 생각했었지만 재앙 앞에서 자유로울 수 있는 사람은 결코 없었다.

심지어 의사 리외조차도 그의 친구 앞에서 소수지만 흩어져 있는 환자들이 경고도 없이, 역병으로 죽어갔다는 것을 인정한 후에도, 그 위험은 그에게도 비현실적으로 남아 있는 것

---

* 인간이 모든 것의 중심이라는 사상.

이다. 단지, 의사이기에 갖게 되는, 고통에 대한 개념과 얼마간 좀 더 나은 상상을 할 수 있을 뿐이었다. 변함없는 그의 도시를 창으로 내다보는 일, 그것은 고통이었다. 그 의사는 사람들이 불안이라 부르는 미래 앞에서 가벼운 혐오감이 싹트는 것을 느꼈다. 그는 이 질병에 대해 그가 알고 있는 것을 마음속에 모으려고 애썼다. 숫자들이 그의 기억 속에 떠다녔고 그는 거의 1억에 가까운 사망자를 낸 것으로 알려진 역사에 남을 30여 차례의 거대한 역병들이 있었음을 스스로에게 말했다. 하지만 1억 명의 사망자가 무얼까? 전쟁이 벌어지면, 죽는다는 게 무엇인지조차 거의 모르게 된다. 또한 한 사람의 죽음은 죽음을 보지 못한 이에게는 무게가 느껴지지 않기에, 역사에 걸쳐 산재한 1억 구의 시체는 단지 상상 속의 연기 같은 것에 지나지 않는다. 의사는, 프로코프에 따르면 하루 동안 1만 명의 희생자가 생겨났던 콘스탄티노플의 역병을 떠올렸다. 1만의 사망자는 큰 영화관을 채운 군중의 다섯 배를 가리킨다. 자, 이렇게 해보자. 다섯 개의 영화관에서 나오는 사람들을 모아, 도시의 광장으로 데리고 가서 좀 더 명확히 알아보기 위해 죽이는 것이다. 적어도, 그러면 이 수많은 익명들 위에 알고 있는 얼굴들이 놓여질 수 있을 것이다. 그러나, 당연히, 이를 실현하는 일은 불가능한 것이고, 게다가 만 명이나 되는 사람의 얼굴은 누가 알겠는가? 더군다나, 프로코프 같은 사람도 헤아릴 방법을 몰랐다는 것은 이미 알려진 사항이다. 70년 전 중국 광저우에서는, 재앙이 사람들의 관심을 끌기 전에 4만 마리의 쥐들이 역병으로 죽었다. 하지만, 1871년, 그 쥐를 헤아릴 방법은 없었다. 사람들은 아주 명백히 잘못될 가능성 하에서 대략 어림짐작했을 뿐이다. 그렇지만, 쥐들이 30센티미터 길이라면, 4만 마리 쥐들을 끝과 끝을 맞대어 늘어놓는다면….

하지만 의사는 초조해졌다. 그는 되는 대로 놓아두고 있었는데, 그래서는 안 될 일이었다. 몇 가지 경우만으로 전염병이랄 수는 없었고, 그것은 주의만으로도 충분한 것이었다. 사람들이 알고 있는 마비 상태와 탈진, 충혈, 구강 오염, 두통, 서혜선종鼠蹊腺腫, 심한 갈증, 정신착란, 전신 반점, 내부의 끊어질 듯한 고통, 그런 정도에 그쳐야만 했다. 그리고 그 모든 것의 끝에 의사 리외는 하나의 문장으로 돌아왔다. 그의 증후 열거 매뉴얼 끝의 문장, "맥박이 가늘어지고 무시해도 좋을 만큼의 움직임 후에 불시에 죽음이 찾아온다." 그렇다, 그 모든 것의 끝에, 이것은 정확한 수치인데, 하나의 실오라기에 매달린 사람들의 4분의 3은, 자신들을 그 상태로 몰아넣은 그 미세한 움직임을 더 이상 견디지 못하고 서둘러 가는 것이다.

의사는 여전히 창밖을 내다보고 있었다. 유리창 한쪽에서는, 상쾌한 봄하늘이 펼쳐져 있었고, 다른 편에는 여전히 그 단어가 방 안에 울리고 있었다. '역병.' 그 단어는 과학이 규정한 내용들뿐만 아니라, 행복과 우울함 둘 다를 누리는 게 가능하다면, 행복하다고 할 수 있는, 이 누렇고 뿌연 도시와는 일치하지 않는 일련의 길고 기이한 이미지를 포함하고 있었다. 그리고 그렇게 평화롭고 그렇게 무심한 평온은 재앙의 오래된 이미지를, 거의 영향받지 않고 부정해 버리는 것이었다. 역병 환자들로 인해 새떼들로부터도 버려졌던 아테네, 조용한 몰락으로 채워지던 중국의 도시들, 물이 떨어지는 시체를 구덩이에 밀어 넣고 있는 마르세유의 도형수들, 그 역병의 맹렬한 바람을 멈춰 세우기 위해 쌓았던 거대한 담의 프로방스 안의 건축물, 자파와 그곳의 흉측한 몰골의 걸인들, 콘스탄티노플 병원의 다져진 땅에 들러붙은 젖고 썩은 침대들, 갈고리로 꿰어진 환자들, 흑사병 기간 동안 마스크를 쓴 의사들의 축제, 밀라노 공동묘지에서의 살아 있는 사람들의 성교性交, 공포에 사로잡힌 런던의 죽은 이들의 짐수레들, 그리고 밤과 낮을 가리지 않고 언제 어디서나 채워지던 인간들의 끊임없는 울음들. 아니, 이 모든 것으로도 여전히 이날의 평화를 죽이기에는 충분치 않았다. 유리창 다른 편에서, 보이지 않는 전차의 경적소리가 갑자기 울리면서 재빨리 그 잔혹함과 고통을 반박해 버리는 것이었다. 바둑판처럼 펼쳐진 흐릿한 집들 끝에서, 오직 바다만이, 걱정스러움과 휴식을 취할 만한 곳이 이 세상에는 결코 없다는 것을 드러내 보이고 있었다. 그리고 만을 바라보고 있던, 의사 리외는,

루크레스에 의해 말해진, 질병에 휩싸인 아테네 시민들이 바다 앞에 세웠다던 그 장작더미를 생각했다. 사람들은 밤사이에 죽은 이들을 옮겼지만 장소가 부족했고, 산 사람들은 자신들의 사랑하는 이들을 그곳에 가져다두기 위해 횃불을 휘두르며 싸웠다. 자기들의 시체를 포기하기보다는 피투성이가 되는 싸움을 지속했던 것이다. 우리는 고요하고 어두운 물 앞에서 붉게 타오르는 장작들과, 주의 깊게 관망하고 있는 하늘을 향해 짙은 독기의 연기를 피워 올리며 벌이던 불꽃 튀는 횃불 싸움을 상상해 볼 수 있다. 우리가 두려워해야 하는 것은….

그러나 이 현기증 나는 상상도 이성 앞에서는 유지될 수 없었다. 그 '페스트'라는 말이 점점 언급되기 시작한 것은 사실이었고, 재앙이 한둘의 희생자를 순식간에 흔들어 제거하고 땅바닥에 내동댕이친 것도 사실이었다. 그러나 그것은, 멈출 수도 있는 것이었다. 해야 할 일은, 깨달아야 할 필요가 있는 것은 확실히 깨닫고, 말하자면 쓸데없는 어둠을 몰아내고 적절한 조치를 취해 가야 하는 것이다. 그리고 나면, 역병은 그냥 상상되거나 잘못 가정된 것이 아니기 때문에 멈출 것이다. 또한 만약 그것이 멈춘다면 모든 일이 잘될 가능성이 높은 것이다. 반대의 경우라 해도, 그것이 무엇인지 깨닫게 되고, 만약 호전될 길이 없다면 사람들은 우선적으로 그걸 극복하려 들 것이다.

의사가 창문을 열자 도시의 소음이 급격히 커졌다. 인근의 작업장으로부터 기계톱의 짧고 반복적인 잡음이 올라왔다. 리외는 머리를 흔들었다. 매일의 노동에는 확신이 있었다. 나머지는 그다지 중요하지 않은 무의미한 움직임으로, 거기서 멈출 수는 없었다. 절대로 필요한 것은 자신의 일을 충실히 하는 것이다.

의사 리외의 상념이 거기에 이르렀을 때 조제프 그랑이 찾아왔다. 시청 사무원으로, 그의 직무는 매우 다양한 가운데, 정기적으로 호적부의 통계 업무에 동원되기도 하였다. 따라서 그는 사망자의 집계를 내게 되었다. 그리고, 자연스러운 호의로, 그는 결산한 것들의 사본 한 부를 리외의 진료실로 직접 가져다주기로 했던 것이다.

의사는 그랑이 그의 이웃 코타르와 함께 들어오는 것을 보았다. 그 시청 사무원은 서류용지 한 장을 흔들었다.

"수가 늘고 있습니다, 의사 선생님," 그가 말했다. "사망자가 48시간에 11명꼴입니다."

리외는 코타르에게 인사를 하고 상태가 어떤지를 물었다. 그랑이 코타르가 자신이 일으킨 일로 걱정을 끼쳐드린 것에 대해 사과하고 감사드리고 싶어 했다고 설명했다. 그러나 리외는 통계표를 들여다보았다.

"자," 리외가 말했다. "어쩌면 이 질병의 이름을 불러주길 결정해야만 할 것 같군요. 지금까지, 우리는 제자리걸음을 하고 있었죠. 같이 나갑시다. 저는 검사소에 가봐야만 합니다."

"맞습니다. 맞아요." 의사 뒤에서 계단을 내려가며, 그랑이 말했다. "그것의 이름에 맞게 불러주어야만 하지요. 그런데 그 이름이 뭔가요?"

"제가 말해 드릴 수는 없을 것 같군요. 그리고 한편으로는 그게 그랑 씨에겐 그다지 쓸모도 없을 겁니다."

"그것 보세요." 피고용인이 미소를 지었다. "그게 그렇게 쉬운 일은 아니죠."

그들은 아름 광장 쪽으로 방향을 잡았다. 코타르는 여전히 침묵을 지키고 있었다. 거리가 사람들로 채워지기 시작했다. 우리 지역의 짧은 석양은 밤이 되기에 앞서 이미 뒷걸음질쳤고 아직은 선명한 지평선 위로 첫 별들이 모습을 드러냈다. 잠시 후에, 거리에 등불이 켜지면서 온 하늘을 어둡게 했고, 대화 소리들이 한 음정 높아진 듯했다.

"죄송합니다." 아름 광장 모퉁이에서 그랑이 말했다. "헌데 저는 전차를 타야겠습니다. 제 저녁 시간은 신성불가침이거든요. 제 고향 사람들 말마따나, '결코 내일로 미루지 마라…'"

리외는 이미 그랑의 그 강박관념을 인지하고 있었는데, 몽텔리마 출신으로, 그의 지역의 원래 표현을 인용하고 거기에 어디에도 없는 '꿈같은 시간' 또는 '마법의 조명' 같은 평범한 경구를 더하는 식이었다.

"아!" 코타르가 말했다. "그건 사실입니다. 누구도 저녁식사 후에 그를 집에서 나오게 할 수 없죠." 리외가 그랑에게 시청을 위한 일인지를 물었다. 그랑은 아니라고, 그건 자기를 위한 일이라고 대답했다.

"아!" 리외는 무슨 말인가라도 해야 할 것 같아서 물었다. "그래, 잘돼 가나요?"

"물론입니다. 몇 년 전부터 해왔거든요. 그렇기는 해도 다른 의미에서 보면, 많이 진척된 건 아닙니다."

"그런데, 간단히 말해, 그건 무슨 작업인가요?" 의사가 걸음을 멈추고 물었다.

그랑은 그의 큰 귀 위로 둥근 모자를 눌러쓰면서 알아듣기 힘들게 중얼거렸다. 리외는 아주 막연히 인격을 높이기 위한 어떤 행동으로 이해했다. 그러나 시청 사무원은 이미 그들을 떠나 있었고, 조금 잰걸음으로, 마른느 가衝를 따라 무화과나무 밑을 지나고 있었다. 검사소 입구에서, 코타르가 "찾아뵙고 조언을 듣고 싶다."고 말했다. 호주머니에 손을 넣고 통계표를 만지작거리던 리외는, 자신의 진찰 시간에 찾아오라고 했다가는, 번복해서, 자기가 다음 날 그 지역에 갈 일이 있으니 오후 늦게 들르겠노라고 말했다.

코타르에게서 떠나면서, 의사는 그랑을 생각하고 있었다는 것을 깨달았다.

그는 역병 중심에 있는, 또한 그리 심각해 보이지 않는 지금 여기가 아닌, 역사 속 대대적인 역병 가운데 하나의 중심에 놓인 그를 상상해 보았다. "그런 경우에도 피해를 겪지 않을 유형의 사람이지." 그는 역병이 허약한 체질의 사람에 피해를 가하지 않고 특히 원기 왕성한 기질의 사람을 파괴한다는 사실을 읽었던 것을 기억했다. 그리고 계속해서 그에 관해 생각을 이어가다 보니, 의사는 시청 사무원에게서 약간의 신비스런 분위기를 발견했다.

사실, 언뜻 보기에, 조제프 그랑은 그가 지금껏 보아온 하찮은 공무원보다 별반 나을 것도 없었다. 키가 크고 마른 그는 옷을 선택하면서 좀 더 오래 입을 수 있을 거라는 착각으로 너무 큰 것을 고르는 탓인지 입고 있는 옷은 항상 헐렁했다. 아래턱의 이빨은 대부분 그대로 유지하고 있었지만 윗잇몸의 그것들은 빠지고 없었다. 그의 미소는 특히 윗입술이 들어올려져서 어두운 통로 같은 것을 떠올리게 했다. 만약 이러한 외형에 신학생의 발걸음과 벽에 바싹 붙어 다니며 문안으로 미끄러지듯 사라지는 재주, 그리고 와인 창고와 담배 냄새에 모든 게 하찮다는 표정을 더하면, 책상 앞에서 도시의 공중목욕탕 요금을 점검하거나 또는 가사 쓰레기 회수에 따른 새로운 공정가격에 관한 보고서의 자료를 모으는 젊은 문서계원으로밖에는 보이지 않을 것이다. 심지어 선입관 없이 봐도, 그는 눈에 띄지 않지만 없어서는 안 되는 하루 62프랑 30상팀으로 일하는 임시 보좌직의 업무를 수행하려고 세상에 태어난 것처럼 보였다.

사실 그 언급은 그의 근로계약서에 '자격'이라는 말에 잇따라, 기재되어 있었다. 22년 전, 돈이 부족해서, 학위를 취득할 수 없었을 때 사람들이 그에게, 빠른 '임용'이라는 희망을 갖게 했기에 이 일을 지속하게 되었던 것이다. 그는 얼마간의 시간을 오직, 우리 도시의 행정상 생기는 섬세한 문제들을 처리하는 역량을 증명해 보이는 데 썼다. 그 후, 사람들은 그에게 넉넉한 생활이 보장되는 문서계 부서로 들어가게 되리라고 안심시켰었고 그는 약해지지 않을 수 없었다. 물론, 그것이 그를 움직이게 할 야망은 아니었기에 조제프 그랑은 우수 어린 미소로 그런 말들로부터 비켜서 있었다. 그러나 정직한 의미에서 물질적 생활의 확보를 예측할 수 있었고, 따라서, 후회 없이 많은 웃음을 안겨줄 직업으로서 만족할 가능성이 있었던 것이다. 그에게 그 제안을 받아들이도록 만든 것은, 이런 정직한 이유였는데, 한마디로 그건 변함없는 이상으로서였다.

이러한 임시직으로서의 상황은 많은 해 계속되었고, 그랑의 월급은 생활의 불균형한 비율을 늘려갔고, 얼마간의 통례적인 증가에도 불구하고, 여전히 극히 적었다. 그는 리외에게까지 불평했었지만, 그것에 대해 생각하는 사람은 아무도 없는 것 같았다. 그것이 그랑의 개성이거나, 혹은 적어도 하나의 모습이었다. 사실, 그는 그것이 분명한 권리는 아닐지라도, 적어도 정규 부서로 올려주겠다고 한 언질에 대해 내세울 수 있었다. 그러나, 우선, 그에게 그것을 제시한 국장이 오래전에 죽었고 임시직 공무원은 그를 보내주기로 약속한 정확한 시한을 기억하지 못했다. 마지막으로, 조제프 그랑은 무엇보다 자신이 어떻게 표현해야 할지를 몰랐다.

이 특성이, 리외가 알아차릴 수 있었던 것처럼 우리의 동료 시민을 가장 잘 묘사한 것일 테다. 이런 결과가 언제나 깊이 궁리하는 불평의 편지를 쓰게 하는 것이나, 또는 사정을 강하게 요구하는 발걸음을 가로막았던 것이다. 그의 말에 따르면, 그는 자신이 확신하지 못하는 '권리'라는 말뿐만 아니라, 자신의 몫을 요구하는 것처럼 보일 수 있는 '약속'이라는 말을 쓰는 것을 거북해 했다. 자신이 맡은 직무의 겸손함과는 어울리지 않는 대담한 인물로 포장될 수 있기 때문이었다. 다른 한편으로, 그는 자신의 인격적 존엄을 얻지 못한다고 여겨서, '호의', '간청', '사의'라는 표현을 쓰는 것을 거부했다. 그렇게 우리 시민은, 적당한 말을 찾아내는 데 실패하고 충분히 늦은 나이까지 그의 모호한 임무에 종사하게 되었던 것이다. 뿐만 아니라, 의사 리외에게 말했듯이, 어쨌든 그 돈을 필요에 따라 조화롭게 쓰면, 생활의 금전적인 면을 해결할 수 있다는 것을 깨달았다. 그리하여 그는 우리 도시의 거대한 기업가이기도 한 도지사가 가장 좋아하는 말 중 하나인 '끝내 누구도 굶어 죽는 사람은 없다.'는 주장을 인정했다(또한 그는 자신의 추론의 모든 무게를 담고 있는 이 말을 고집했다). 어쨌든, 조제프 그랑은 실제로, 금욕주의에 가까운 생활방식을 통해 마침내 그런 걱정에서 벗어날 수 있었다. 그는 계속해서 그의 표현을 찾고 있었다.

어떤 의미에서, 그의 생활은 모범적이었다고 할 수 있다. 그는 우리 도시 어디에서도 흔치 않은, 바른 의식의 용기를 가진 이 가운데 하나였다. 그가 털어놓았던 작은 진술들은 사실 오늘날에는 흔하지 않은 선함과 애정이었다. 그가 자신이 돌봤던 유일한 일가친척인 그의 여동생과 조카들을 사랑하고, 2년마다, 프랑스를 방문하기 위해 떠나는 것을 밝히는 일도 낯을 붉힐 일은 아니었다. 그는 자신의 부모님을 회상하면, 그가 아직 젊었을 때 돌아가신, 슬픔이 찾아든다는 것을 알고 있었다. 그는 무엇보다 그의 동네에서 오후 5시면 부드럽게 울리는 동일한 종소리를 좋아한다고 밝히길 마다하지 않았다. 그러나, 그렇게 단순한 감정을 떠올리는 일임에도 불구하고, 그 사소한 말은 그에게 헤아릴 수 없는 고통을 안겨주었다. 결국, 이러한 어려움이 그의 큰 걱정을 더하게 되었던 것이다. "아! 선생님, 내 자신을 표현하는 법을 배웠으면 좋겠어요." 그는 만날 때마다 매번 말했었다.

의사는, 그날 저녁, 시청 사무원이 떠나는 걸 지켜보면서, 갑자기 그랑이 말하고자 했던 것을 이해했다. 그는 분명히 책이나 또는 그 비슷한 것을 쓰고 있었던 것이다. 마침내 연구소에 도착할 때까지, 그것은 리외를 안심시켰다. 그는 이 감정이 바보스러운 것이라는 걸 알고 있었지만, 그러나 그는 열정적이고 정직한 시민으로서의 겸손한 공무원을 찾을 수 있는 이 도시에서 실제로 역병이 자리를 잡을 수 있을 거라고는 믿어지지 않았다. 정확히는, 그는 이 열정적인 곳이 그 역병의 중심에 들게 되리라고는 상상할 수 없었다. 따라서, 그는 사실상, 역병은 우리 시민들 운명에는 없다고 판단했다.

다음 날, 무례할 만큼 주장을 거듭 펼친 덕에, 리외는 도청의 보건위원회 소집을 얻어낼 수 있었다.

　"시민들이 불안해하고 있는 건 사실이오." 리샤르가 인정했다. "그런데 그 소문들은 전부 부풀려졌소. 지사가 내게 말합디다. '만약 당신이 원한다면 빨리 처리합시다. 하지만 조용하게 하죠.' 그 또한 잘못된 경보라고 확신하고 있었소."

　베르나르 리외는 도청으로 가면서 그의 차에 카스텔을 태웠다.

　"도내에 혈청이 없는 건 아시오?" 카스텔이 물었다.

　"압니다. 보관소에 전화를 했었습니다. 소장이 깜짝 놀라더군요. 파리에서 가져오도록 해야만 합니다.

　"오래 걸리지 않아야 할 텐데."

　"이미 전보는 쳐놓았습니다." 리외가 대답했다.

　도지사는 친절했지만, 신경질적이었다.

　"여러분, 시작합시다." 그가 말했다. "제가 이 상황을 정리할 필요가 있겠습니까?"

리샤르는 불필요하다는 생각이었다. 의사들은 상황을 파악하고 있었다. 문제는 단지 어떤 적절한 조치를 취할 것인가에 있었다.

"문제는, 이것이 그 역병과 관계된 것이냐 아니냐일 것입니다." 연장자인 카스텔이 단도직입적으로 말했다.

두세 명의 의사가 소리를 질렀다. 다른 이들은 머뭇거렸다. 도지사로 말하자면, 그는 튀어오르듯 일어서 기계적으로 문을 향해 갔는데, 마치 이 중대한 문제가 복도로 퍼져나가는 것을 막기라도 하려는 것처럼 보였다. 리샤르는 우리가 공황상태에 이르러서는 안 된다며 자신의 의견을 표명했다. "이것은 사타구니에 합병증을 동반한 열병이라고 말할 수 있을 뿐입니다. 추측은 생활에서처럼 과학에서도, 항상 위험을 내포하고 있습니다."

노의사 카스텔, 그는 누런 코밑수염을 가만히 우물거리다가, 맑은 두 눈을 리외에게 들어 보였다. 그러고 나서 자상한 눈길로 참석자들을 바라보며 자신은 이것이 역병이라는 것을 너무나 잘 알고 있다. 그렇지만 당연히, 공식적으로 확정짓는다는 것은 강력한 조치를 취해야 한다는 의미라는 점도 잘 알고 있다고 말했다. 사실, 그것이 동료들을 주저하게 만드는 이유라는 것도 알고 있기에, 평화를 위해 이것이 역병이 아니라는 것을 인정하고 싶은 심정이라고도 했다. 도지사는 흥분해서 어쨌든, 그것은 좋은 추론 방법은 아니라고 선언했다.

"중요한 건, 이 추론 방법이 좋은 것이냐 아니냐가 아니라, 그것이 우리로 하여금 숙고하게 만든다는 것입니다." 하고 카스텔이 말했다.

리외가 침묵하고 있었으므로, 누군가 그에게 의견을 물었다.

"이것은 장티푸스 같은 특색의 열병으로 진행되고 있지만, 멍울과 구토를 동시에 수반하고 있습니다. 저는 멍울을 절개해 보았습니다. 그렇게 해서 연구소에서 뭉쳐진 페스트균을 인지했다는 믿을 만한 분석을 이끌어낼 수 있었습니다. 보충하자면, 그럼에도 불구하고 그것은 세균의 어떤 특수한 변이가 이전의 전형적인 설명과 일치하는 것은 아니라는 점도 말씀드립니다."

리샤르는 바로 그런 점에서 주저하게 된다며 적어도 며칠 전부터 시작한 일련의 분석을 통한, 통계 결과를 기다려보아야 한다고 강조했다.

"어떤 세균이," 짧은 침묵 후에, 리외가 말했다. "사흘 만에 비장 크기를 네 배로 키우고, 장간막의 멍울이 오렌지만 해져서 죽처럼 물러지게 된다면, 더 이상 주저해서는 안 될 것입니다. 감염되는 가정이 폭넓게 증가하고 있습니다. 질병의 확산 추세를 볼 때, 그것이 멈추지 않는다면, 두 달 안에 시민 절반이 죽을 위험이 있습니다. 그러므로, 그것을 역병이라 부르든, 성장

열이라 부르든 크게 중요한 것이 아닙니다. 다만 중요한 것은 시민 절반이 죽는 일을 멈춰 세우는 일일 겁니다."

리샤르는 너무 비관적으로 과장해서 볼 필요가 없으며 전염성도 자기 환자들의 부모들이 여전히 무사한 것으로 볼 때 증명된 게 아니라고 판단된다고 말했다.

"하지만 다른 사람들이 죽었죠." 리외가 지적했다. "물론, 전염성이 절대적인 것은 아닙니다. 그랬다면 그건 수학적으로 한없이 증가해서 인구가 급격히 감소하는 결과를 얻었을 테니까요. 모든 걸 너무 비관적으로 과장하자는 게 아닙니다. 그에 대한 예방 조치를 취하자는 것입니다."

리샤르는, "이 질병이 그 스스로 멈추지 않는다면, 이를 멈추게 하기 위해, 법에 의해 준비된 여러 예방조치 수단을 실행해야 할 것이다. 하지만, 그러기 위해서는, 이것이 역병이라는 사실을 공식적으로 인정해야 하는데, 어떤 면에서는 절대적으로 확신할 수 없는 상황이니, 그에 맞게 심사숙고할 필요가 있다."는 말로 이 상황을 정리하려고 했다.

"문제는, 법률적인 여러 가지 수단 방법을 알자는 게 아니라 도시민의 절반이 죽는 것을 막는 데 그것이 필요한지 어떤지를 알자는 것입니다." 리외가 말했다. "나머지는 행정상의 문제이며, 엄밀히 말해서, 우리 기구는 이런 문제들을 해결하기 위해서 도지사를 두고 있는 것이 아니겠습니까."

"당연합니다." 도지사가 말했다. "하지만 저로서는 이것이 페스트라는 전염병과 관계되어 있다는 여러분들의 공식적인 승인이 필요합니다."

"만약 우리가 그것을 승인하지 않더라도," 리외가 말했다. "이것은 도시의 절반을 죽일 수 있는 위험이 있습니다."

리샤르가 얼마간 신경질적으로 끼어들었다.

"진실은 우리 동료가 그걸 역병으로 믿고 있다는 사실이겠죠. 증후군에 관한 그의 설명이 증명하듯이 말입니다."

증후군을 설명한 것이 아니라, 자신이 직접 본 것을 설명한 것이라고 리외가 대답했다. 또한 자신이 보았던 것은 멍울, 반점, 헛소리를 동반한 고열, 48시간 내의 죽음이다. 리샤르 씨는 강력한 예방조치 없이 이 전염병이 멈출 거라고 단언하는 것에 대해 책임질 수 있느냐고 물었다.

리샤르가 머뭇거리며 리외를 바라보았다.

"당신 생각이 뭔지 솔직히 말해 주겠소? 당신은 이것이 그역병이라고 확신하는 건가요?"

"질문이 부적절합니다. 이것은 용어의 문제가 아니라, 시간의 문제입니다."

"선생의 생각은," 지사가 말했다. "결국 이것이 그 역병의 창궐이 아니라고 해도, 그렇더라도 역병 발생 시 취하는 예방적 차원의 조치를 취하자는 것이군요."

"절대적으로 제 생각을 묻는 것이라면, 사실은 그렇습니다."

의사들이 그들끼리 의견을 주고받았고 리샤르가 끝으로 말했다.

"그럼 우리는 그 질병이 하나의 페스트로 대응하는 데 따르는 책임을 져야만 할 것입니다."

그 관례적인 표현은 열렬한 지지를 받았다.

"당신의 견해 또한 그런가요, 소중한 동료님?" 리샤르가 물었다.

"관례적인 표현은 중요치 않습니다." 리외가 말했다. "이 도시인의 절반이 죽을 수도 있는데 그렇지 않은 것처럼 행동해서는 안 된다고 말씀드리고 있는 것입니다. 왜냐하면 실제로 그렇게 될 터이니까요."

대체로 모두가 인상을 쓰고 있는 가운데 리외는 떠났다. 잠시 후, 튀김 냄새와 오줌 냄새가 풍기는 외곽 지역에서, 죽는다고 소리치는 한 여인이 샅에 피를 흘리며, 그에게 구원을 요청했다.

회의 다음 날, 열병은 좀 더 확산되었다. 그것은 신문에까지 나긴 했지만, 가벼운 형태로, 안전하다는 몇 가지 암시를 담고 있는 정도였다. 다음다음 날, 리외는 어쨌든 도청에서 눈에 잘 띄지 않는 곳곳에 빠르게 내다붙인 작고 하얀 벽보를 읽을 수 있었다. 그 벽보들에서 당국이 그 상황을 제대로 인지하고 있다고 여겨지는 증거를 찾아보기 힘들었다. 조처들은 강경하지 않았고 여론을 나쁘지 않게 끌어가려고 크게 축소시키고 있는 것처럼 보였다. 실제로 공고문의 서두는 악성 발열이 발생한 것은 소수에 불과해서, 오랑시에서 발생했던 그것이 전염성이 있다고 말하기는 아직 힘들다고 적고 있었다. 그 사례들은 현실적으로 걱정할 만큼 아주 특별난 게 아니니 주민들이 냉정을 유지하리라는 것은 믿어 의심치 않는다고도 했다. 지사는 그럼에도 신중을 기한다는 의미에서 누구라도 납득할 몇 가지 예방책을 제시하겠노라고 했다. 그것들을 이해하고 따르면 이 질병이 멈추고 위협을 막을 수 있으리라는 것이었다. 그 결과, 지사는 유권자들이 자신의 개인적인 노력에 헌신적인 지지를 보내주리라는 것에 대해 조금도 의심하지 않는 듯했다.

벽보는 이어 하수구 안으로 유독가스를 투입해 과학적인 퇴치를 하고 급수에 대해 면밀히 모니터링을 하겠다는 등의 전반적인 조치들을 열거했다. 시민들에게는 가장 높은 수준의 청결을 유지해 주길 요청했고 마지막으로 쥐벼룩이 있는 사람들은 시립 진료소를 찾아달라고 했다. 다른 한편, 가족 중에 의사의 진단이 내려지는 환자가 발생할 경우, 의무적으로 신고하고 환자를 병원의 특별 병동에 격리시키는 데 동의해 주도록 했다. 물론 그 병동은 환자가 최소의 시간을 들여 완벽히 회복 가능한 처치를 받을 수 있도록 설비해 두겠다고 했다. 몇 가지 추가 항목으로 환자의 방과 이동 수단에 대해서는 의무적으로 소독할 것을 요청했다. 나머지는, 접촉자들이 건강 감시를 받을 것을 권고하는 것으로 그치고 있었다.

의사 리외는 돌연히 벽보를 외면하고 돌아서서는 그의 사무실로 돌아갔다. 그를 기다리고 있던 조제프 그랑이 그를 보고는 자신의 팔을 되풀이해서 들어올렸다.

"네," 리외가 말했다. "저도 압니다, 숫자가 올라가고 있죠."

그 전날, 12명의 환자가 도시에서 사망했다. 의사는 그랑에게 자신이 코타르를 방문할 예정이니 저녁에 보러 가겠다고 말했다.

"잘하셨어요." 그랑이 말했다. "선생님은 그에게 도움이 될 거예요. 사실 그가 변했어요."

"어떻게 말입니까?"

"공손해졌죠."

"전에는 안 그랬나요?"

그랑은 주저했다. 코타르가 무례했다고 말할 수는 없었다. 그 표현은 옳지 않을 수 있었다. 그는 얼마간 멧돼지처럼 보이는 내성적이고 조용한 남자였다. 그의 방, 수수한 식당과 다소 비밀스러운 외출, 그것이 코타르의 인생 전부로 보였다. 표면적으로, 그는 와인과 리큐어 판매대리인이었다. 때때로 그는 고객이 될 두세 사람의 방문을 받았다. 저녁이면, 가끔 집 맞은편에 있는 영화관에 갔다. 시청 사무원은 코타르가 갱스터 영화를 무척 좋아한다는 사실까지 알게 되었다. 모든 경우에서 판매대리인은 외톨이로 보이는 의심스러운 상태였다.

그랑에 따르면, 그런 모든 게 많이 바뀌었다.

"뭐라 말해야 할지 모르겠지만, 그는 어쩐지 모든 사람이 자신과 함께 해주길 바란다는 인상을 받았어요. 그는 종종 제게 말을 걸었고, 함께 외출하자고 제안하기도 했죠. 번번이 거절할 수도 없었던 게, 무엇보다 그가 제게 관심을 기울여서였지만, 저는 그의 생명을 구해 주기까지 했었으니 말입니다."

자살 시도 이후, 코타르는 더 이상 방문객을 받지 않았다. 거리에서, 공급자들 사이에서, 그는 모두의 동정을 구했다. 식료품점 주인과 이야기하면서 그렇게 친절했던 적이 없었고, 담배 가게 주인의 말을 들으면서 그렇게 관심을 보였던 적도 없었다.

"그 담배 가게 여주인은 진짜 음험한 사람이었거든요." 그랑이 말했다 "코타르에게 그렇게 말하자, 그는 제가 잘못 알고 있는 거라며, 찾아보면 좋은 면도 많이 가진 여자라고까지 하더군요."

마침내 코타르는 그랑을 시내의 고급 레스토랑과 카페에 두세 번 데리고 갔다. 그는 실제로 그런 곳을 자주 드나들기 시작했던 것이다.

"우리는 그곳에서 만족스러웠고, 그러고는 좋은 동료가 되었죠." 그가 말했다.

그랑은 그곳 직원들이 그 판매대리인에게 특별한 관심을 기울이는 것을 알아차렸는데, 그가 남기고 가는 과도한 팁을 보면서 그 까닭을 이해했다. 코타르는 그 대가로 지불되는 친절에 매우 민감한 듯했다. 수석 웨이터가 외투 입는 것을 도와주었던 어느 날, 코타르가 그랑에게 말했다.

"훌륭한 청년이야, 그가 증언을 해줄 수도 있겠어."

"무얼 증언하죠?"

코타르는 머뭇거렸다.

"글쎄! 내가 나쁜 사람이 아니라는 것을 말이오."

그 밖에도, 그는 기분이 돌변하기도 하였다. 어느 날 식료품점 주인이 자신에게 덜 친절했던 때엔 격분한 상태로 집으로 돌아왔다.

"다른 놈들에게 넘어간 거야, 망할 자식." 그는 되풀이해서 말했다.

"다른 사람 누구요?"

"다른 사람 전부."

그랑은 심지어 담배 가게 여주인과 함께 이상한 장면을 목격하기도 했었다. 활발한 대화 도중 최근 알제를 시끄럽게 한 체포 사건 이야기가 나왔다. 해변에서 아랍인을 죽인 한 젊은 상사원에 관한 것이었다.

"이런 양아치들을 전부 감옥에 잡아넣으면, 정직한 사람들이 숨을 좀 쉴 수 있을 텐데."

하지만 그녀는 그 말을 듣고 실례한다는 말 한마디 없이 가게 밖으로 뛰쳐나가는 코타르의 갑작스런 격앙 앞에서 하던 말을 끊어야 했다. 그랑과 여주인은 영문을 모른 채 멍하니 남아 있어야 했다.

이후에도 그랑은 코타르의 성격에 대한 다른 변화를 리외에게 알려주었다. 코타르는 언제나 매우 자유주의적인 견해를 가지고 있었다. 그가 좋아하는 문구인 "큰 놈들이 항상 작은 놈들을 먹어치운다."가 그것을 증명했다. 그러나 최근에는 오랑의 보수적인 신문만 구입해서는, 공공장소에서 읽는 것으로 어떤 과시감을 드러내려 한다고 생각하지 않을 수 없었다. 비슷하게, 병석에서 일어난 며칠 후, 그는 우체국에 가려는 그랑에게 매달 멀리 있는 동생에게 보내는 100프랑짜리 우편환을 대신 부쳐줄 것을 부탁했다. 그러나 그랑이 막 나가려는 순간, "아니 200프랑을 보내주시오." 하고 다시 부탁하는 것이었다. "멋진 서프라이즈가 될 것 같소. 그 애는 내가 자기 생각을 전혀 하지 않는다고 생각하고 있지만, 사실 나는 그 애를 무척 사랑하죠."

마지막으로 그는 그랑에 대해 알고 싶은 것을 물었다. 그랑이 매일 저녁 하는 소소한 일에 대해 궁금해 하는 코타르의 질문에 그랑은 대답하지 않을 수 없었다.

"그렇군요, 그럼 당신은 책을 쓰는 거군요." 코타르가 말했다.

"그렇다고도 할 수 있지만, 그것보다는 훨씬 복잡한 일이죠!"

"오!" 코타르가 소리쳤다. "나도 당신 같은 일을 하고 싶소."

그랑은 놀란 표정을 지었고, 코타르는 예술가라는 존재는 많은 것을 바로잡을 수 있을 거라고 더듬더듬 말했다.

"무엇으로 말인가요?" 그랑이 물었다.

"그거야, 예술가가 다른 사람들보다 더 많은 권리를 가지고 있다는 건, 누구나 아는 거 아닌가요? 작가에겐 더 많은 게 통용되잖소."

"그럴 리가요." 리외가 그랑에게 말했다. 벽보가 나붙은 날 아침이었다. "그냥, 쥐 이야기가 다른 많은 사람들을 이상하게 만든 것처럼 그의 머리도 어떻게 한 모양이군요. 아니면 열병을 두려워하고 있는 것일지도 모르겠군요."

그랑이 대답했다.

"저는 그렇게 생각하지 않습니다. 의사 선생님. 만약 제 의견을 물으신다면…"

쥐 방제 차량이 커다란 배기가스 소리를 내며 그들 창문 아래로 지나갔다. 리외는 상대의 말을 들을 수 있을 때까지 조용히 있다가 무심한 표정으로 시청 사무원의 의견을 물었다. 상대가 진지하게 그를 바라보며 말했다.

"그는 자책할 일이 있는 사람인 거죠."

의사는 어깨를 으쓱해 보이는 것으로 답을 대신했다. 경찰 조사원의 말마따나, 의사는 그것 말고도 해야 할 일이 많았던 것이다.

오후에 리외는 카스텔과 논의를 했다. 혈청은 도착하지 않았다.

"그런데, 그게 과연 쓸모가 있을까요?" 리외가 물었다. "이 바실러스균은 독특합니다."

"아! 나는 동의하지 않아요." 카스텔이 말했다. "그놈의 생물들은 언제나 독창적인 분위기를 풍기죠. 하지만, 기본적으로 같은 겁니다."

"적어도 그렇게 추정하시겠죠. 하지만 우리는 그것에 관해 아무것도 모르잖습니까."

"물론, 내 추정이오. 하지만 모두가 그 안에 있죠."

하루 종일, 의사는 역병을 생각할 때마다 어지럼증이 더해 가는 것을 느꼈다. 마침내 그는 자신이 두려워하고 있다는 것을 인정했다. 그는 두 번이나 사람들이 가득 찬 카페 안으로 들어갔다. 그 역시, 코타르처럼, 사람들의 온기가 필요하다고 느꼈다. 리외는 그것이 바보 같다고 생각했지만, 자신이 판매대리인을 방문하기로 약속했던 것을 기억하는 데는 도움이 되었다.

저녁에, 의사는 저녁 식탁에 앉아 있는 코타르를 찾았다. 그가 들어갔을 때, 탁자에는 탐정 소설이 놓여 있었다. 하지만 이미 늦은 저녁이었고 짙어가는 어둠 속에서 책을 읽기는 곤란했을 것이다. 오히려 코타르는 조금 전까지, 어둠 속에 앉아서 생각에 잠겨 있었을 것이 분명했다. 리외는 그에게 안부를 물었다. 코타르는 앉은 채, 자신은 괜찮으며, 아무도 자신에 대해 주목하지 않으면 더 좋을 것 같다고 웅얼거렸다. 리외는 사람은 항상 혼자서만 살 수는 없는 거라고 조언했다.

"오! 그게 아니고. 저는 선생님께 곤란을 끼치느라 열심인 사람들을 말하고 있는 것이죠."

리외는 아무 말 하지 않았다.

"물론 제 경우가 아닙니다. 그런데 저는 이 소설을 읽고 있었습니다. 여기 어느 날 아침 졸지에 체포된 불행한 사내가 나옵니다. 사람들은 그를 주목하고 있었는데 그는 전혀 몰랐습니다. 사람들은 사무실에서 그에 관해 말했고, 그의 이름을 색인 카드에 적어두었죠. 선생님은 그게 공정하다고 생각하시나요? 사람들이 어느 한 사람에 대해 그렇게 할 권리가 있다고 생각하시는지요?

"상황에 따라 다르겠죠." 리외가 말했다. "어떤 의미에서, 우리는 사실 권리가 없죠. 하지만 그 모든 건 부차적입니다. 너무 오래 안에만 있지 마세요. 밖으로 나가셔야 합니다."

코타르는 화가 난 듯 보였는데, 자신은 그렇게 하고 있고, 만약 필요하면, 그렇다는 것을, 모든 이웃들이 자신을 위해 증언해 줄 수도 있다고 말했다. 구역 밖에도, 그는 인맥이 적지 않았다.

"건축가 리고 씨라고 아시나요? 그도 내 친구 중 한 명이죠."

방 안에 어둠이 짙어졌다. 교외의 거리는 활기를 띠고 가로등 불이 켜지는 순간 안도의 탄식이 나지막이 터져 나왔다. 리외는 발코니로 나갔고 코타르도 따라 나왔다. 우리 도시의 매일 저녁같이, 모든 동네로부터, 점차 거리를 점령하는 활기찬 젊은이들이 만들어내는 유쾌한 소음과 웅얼거림, 고기 굽는 냄새가 미풍에 실려 왔다. 밤이면, 보이지 않는 보트의 시끄러운 울음소리와 바다로부터 일어나는 웅성거림, 흘러가는 군중들, 리외가 잘 알고 사랑했던 그 시간이 이제는 그가 아는 모든 것 때문에 압박감으로 다가왔다.

"불을 켤 수 있을까요?" 그가 코타르에게 말했다.

불이 들어왔을 때, 작은 사내는 눈을 깜박이며 그를 바라보았다.

"말씀해 주세요, 의사 선생님, 만약 제가 아프면, 저를 선생님 병원으로 데려가 주실 수 있으신가요?"

"물론이죠."

코타르는 그러자 누군가 진찰실이나 병원에서 체포당한 적이 있느냐고 물었다. 리외는 본 적은 있지만, 모든 건 환자의 상태에 달려 있다고 답했다.

"저는," 코타르가 말했다. "선생님을 믿습니다."

그러고 나서 그는 의사에게 차로 시내까지 자신을 태워다 줄 수 있겠는지를 물었다.

도심의 거리는 이미 덜 붐볐고 불도 많이 꺼져 있었다. 아이들은 여전히 문밖에서 놀고 있었다. 코타르의 요청으로, 의사는 그 아이들 무리 앞에 차를 세웠다. 그들은 소리를 지르며 사방치기 놀이*에 열중하고 있었다. 그런데 그들 가운데 검은색 앞머리칼을 가르마로 가른 때 묻은 얼굴의 한 아이가, 맑으면서도 위압적인 눈으로 리외를 주시하고 있었다. 의사는 시선을 돌렸다. 코타르는, 차에서 보도로 내려서서 손을 흔들었다. 판

---

* 바닥에 그려진 사각형 모양의 격자판에 돌을 던지고, 그 돌이 떨어진 칸을 따라 뛰어넘으면서 진행되는 게임.

매대리인은 쉬고 난처한 목소리로 말했다. 그는 두세 번 뒤를 돌아보았다.

"사람들이 전염병이라고 하더군요. 그게 사실인가요, 선생님?"

"사람들은 항상 말하죠. 그게 당연한 겁니다." 리외가 말했다.

"선생님 말씀이 옳습니다. 그리고 나서 한 열댓 명쯤 죽으면, 세상이 다 끝난 듯 말하죠. 우리에게 필요한 건 그게 아닌데."

엔진이 이미 소리를 내고 있었다. 리외는 기어 레버에 손을 올리고 있었다. 그러나 그는 다시 진지하고 차분한 표정으로 자신에게서 눈길을 떼지 않고 있는 아이를 바라보았다. 그러자 갑자기, 아이가 아무런 변화 없이, 자신의 이빨을 드러내며 웃어 보였다.

"그렇다면 우리에게 필요한 건 무얼까요?" 의사는 아이에게 미소를 지어 보이며 물었다.

차가 발진하기 전에, 코타르가 갑자기 문을 잡으며, 비탄과 분노에 가득 찬 소리로 외쳤다.

"대지진이죠. 진짜 지진!"

지진은 일어나지 않았고, 그다음 날은 리외 혼자만 시내 구석구석을 쫓아다니며 환자들을 보고 그 가족들과 상담하느라 시간을 보냈다. 리외는 자신의 일이 그렇게 힘들다고 생각한 적이 한 번도 없었다. 그때까지, 환자들은 그들 자신을 맡기는 것으로 치료를 도왔다. 의사는 처음으로, 사람들이 일종의 의심과 두려움으로 자신의 병을 털어놓기를 꺼려 한다는 것을 느꼈다. 그것은 지금껏 해보지 못했던 싸움이었다. 그래서 그날 밤 10시경, 마지막으로 방문한 늙은 천식환자 집 앞에서 차가 멈추었을 때, 리외는 운전석에서 몸을 일으키기조차 힘들 정도였다. 그는 어두운 거리와 별들이 나타났다 사라지는 검은 하늘을 지켜보며 차에서 내리길 지체했다.

늙은 천식환자는 침대 위에 앉아 있었다. 그는 호흡이 좋아보였고 병아리콩을 헤아리며 이 냄비에서 저 냄비로 옮기고 있었다. 그는 즐거운 표정으로 의사에게 인사했다.

"그러니까, 선생님, 콜레라인가요?"

"어디서 그러던가요?"

"신문에서요, 그리고 라디오에서도 역시 그렇게 말하던데요."

"아니요, 콜레라는 아닙니다."

"어쨌든," 노인은 매우 흥분해서 말했다. "열심히는 하네요, 흥, 관리놈들!"

"그걸 믿지 마세요." 의사가 말했다.

그는 노인을 진찰하고 나서, 이제 그 초라한 부엌 중앙에 앉아 있었다. 그랬다. 그는 두려워하고 있었다. 다음 날 아침이면 교외에 열댓 명의 환자들이 멍울로 고통스러운 몸을 웅크린 채 자신을 기다리고 있다는 사실을 알고 있었다. 단지 두세 건이,

멍울 절개 수술로 진전을 가져왔을 뿐이었다. 그렇지만, 그 역시 대부분의 경우, 병원에서였고, 병원이 가난한 이들에게 어떤 의미인지도 그는 알고 있었다. "저는 그이가 그들의 실험에 쓰이는 걸 원치 않아요." 환자 중 한 명의 아내가 그에게 말했었다. 그 남편은 그들의 실험에 쓰인 것이 아니었다. 그는 죽을 수밖에 없는 상태에 이르렀었고, 그게 전부였다. 채택된 조치가 불충분한 것은 명백했다. '특별한 조치'라는 말, 그것이 뜻하는 바를 그는 알고 있었다. 다른 환자들이 급히 옮겨지고, 창문이 막히고 위생 커튼으로 둘러싸인 두 개의 임시 병동이 준비된다는 것이었다. 만약 전염병이 저절로 사그라들지 않는다면, 당국이 생각해 낸 그 조치들로 이겨낼 수는 없을 것이었다.

그럼에도, 저녁에, 공식 발표는 여전히 낙관적이었다. 다음 날, 랑스도크 통신은 도청의 조치는 시민들에게 차분하게 받아들여졌고, 이미 약 30명의 환자들이 스스로 신고해 왔다고 발표했다. 카스텔이 리외에게 전화를 걸어왔다.

"임시 병동에 제공된 침대는 몇 개나 되나요?"

"80개입니다."

"시내에 환자는 확실히 30명 이상인가요?"

"두려움을 느끼는 사람들과 아예 그럴 시간조차 없는 더 많은 사람들이 있을 겁니다."

"시신 매장은 관리가 되고 있나요?"

"안 되고 있습니다. 제가 리샤르에게 전화해서, 말로만이 아니라 완벽한 조치가 필요하다고, 전염병을 차단할 수 있는 실제 장벽을 치든가 아니면 아무것도 하지 말든가 하라고 했습니다."

"그러니 뭐라나요?"

"자신에게는 힘이 없다고 하더군요. 제 견해로 환자는 점점 증가할 것 같습니다."

실제로, 3일 만에 두 병동이 가득 찼다. 리샤르는 학교를 휴교해서 보조 병원으로 쓸 계획을 알려왔다. 리외는 백신을 기다리며 멍울을 절개하고 있었다. 카스텔은 자신의 옛 책들로 돌아가 도서관에서 긴 시간을 보냈었다.

"쥐들은 역병이나 그와 아주 유사한 것으로 죽었소." 그는 결론을 내렸다. "그들은 수만 마리의 벼룩을 유포시켰소. 만약 우리가 제때 막지 못하면 감염을 기하급수적으로 옮길 거요." 리외는 침묵했다. 이때 날씨가 진정되는 듯했다. 태양은 마지막 소나기의 물웅덩이를 빨아들였다. 황금빛이 넘쳐나는 아름다운 푸른 하늘, 솟아오르는 열기 속에서 윙윙거리며 나는 비행기들, 계절의 모든 것이 평온함을 불러일으켰다. 그러나 나흘 만에 열병은 네 번의 놀라운 도약을 만들어냈다. 16명, 24명, 28명, 32명의 죽음. 나흘째 되는 날, 한 유치원의 보조 병원 개원이 발표되었다. 그때까지 계속해서 농담으로 자신들의 불안을 숨기고 있던 시민들은, 거리에서 더 낙담했고 더 침묵하고 있었다. 리외는 도지사에게 전화하기로 결정했다.

"조치가 불충분합니다."

"저도 통계 수치를 가지고 있는데," 도지사가 말했다. "우려할 만한 상황이군요."

"우려할 상황을 넘어, 명백한 조치가 필요합니다."

"중앙정부에 지시를 요청하겠소."

리외는 카스텔 앞에서 전화를 끊었다. "지시를 요청한다고! 융통성을 발휘해야지."

"그리고 혈청은 어찌되었소?"

"주중에 도착할 것입니다."

도청에서, 리샤르를 통해, 식민지 수도에 지시를 내려달라는 보고서를 작성해 달라고 리외에게 요청해 왔다. 리외는 거기에 임상적 의견과 수치를 포함시켰다. 같은 날, 사망자가 약 40명에 달했다. 지사는 그가 말한 것처럼, 다음 날 이미 공포한 조치를 늘리는 일을 직접 떠맡았다. 의무적인 보고와 격리는 지속되었다. 병이 발생한 집은 폐쇄되고 소독되었고, 관계자들은 보안 검역을 받아야 했으며, 시신 매장은 사람들이 볼 수 있는 상황 하에 시에 의해 행해졌다. 하루가 지나, 혈청이 비행기로 도착했다. 그것들은 현재 진행 중인 경우로는 충분할 수 있었다. 만약 전염병이 퍼진다면 부족한 양이었다. 그들은 리외의 전보에 대해 안전 재고는 소진되었고 새로운 생산이 시작되었다고 답해 왔다.

그사이, 모든 교외 지역으로부터 봄이 시장으로 오고 있었다. 수천 송이 장미들이 시장의 바구니 속에서 시들었고, 노변을 따라, 잘 가꾸어진 향기는 도시 전체에 퍼져 떠다녔다. 외관상으로는, 변한 게 없었다. 전차는 출퇴근 시간이면 항상 가득 찼고, 낮 동안은 비어서 더러운 모습을 드러냈다. 타루는 그 작은 노인을 지켜보는 중이었고, 노인은 고양이들에게 침을 뱉고 있었다. 그랑은 그의 비밀스러운 작업을 위해 매일 밤 집으로 갔다. 코타르는 쳇바퀴 돌듯 맴돌고 있었고 예심판사 오통 씨는 여전히 그의 동물 가족들을 이끌고 다녔다. 늙은 천식환자는 콩을 옮겨 담고 있었고 사람들은 때때로 침착하고 흥미로워 보이는 신문기자 랑베르를 만나볼 수도 있었다. 저녁이면, 똑같은 군중들이 거리를 메웠고 영화관 앞은 줄이 늘어졌다. 한편으로는, 전염병이 줄어드는 듯 보였고, 며칠 동안, 사망자는 약 10여 명에 불과했다. 그러고 나서, 갑작스레 급격하게 증가했다. 다시 사망자 수가 30명에 다다른 날, 베르나르 리외는 지사가 "저들이 두려워하고 있소."라며 그의 손에 넘겨준 전보 공문을 보았다. 급보는 전하고 있었다. "페스트 상황을 선포하라. 도시를 폐쇄하라."

그 순간부터, 역병은 우리 모두의 문제라고 말해질 수 있었다. 그때까지, 이러한 이례적인 사건이 가져다준 놀라움과 우려에도 불구하고, 우리 시민들 각자는 평소의 자리에서 최선을 다해 자신의 업무를 수행했다. 분명히 그것은 계속될 터였다. 하지만 한번 문이 닫히고 나자, 모두(화자 자신도)는 같은 꾸러미 안에 들었다는 사실과, 어떻게든 상황을 타개해 나가야 할 필요성이 있다는 점을 깨닫게 되었다. 예컨대, 사랑하는 사람과의 이별 같은 개인적인 감정은, 처음 몇 주에서부터, 모든 사람들의 공통된 감정이 되었으며, 공포와 함께, 이 긴 유배 생활의 가장 주된 고통이 되었다.

도시를 폐쇄하는 것의 가장 주목할 만한 결과 중 하나는, 사실, 준비되어 있지 않았던 사람들이 갑자기 이별하게 되었다는 사실이다. 며칠 앞서 일시적인 이별로 생각하고, 기차역 플랫폼에서 두세 마디 말을 나누고 키스를 나누었던, 어머니와 자녀, 부부, 연인들이, 서로 며칠 또는 몇 주 후면 다시 만날 것이 확실했던 사람들이, 바보 같은 인간적인 믿음 속에서, 일상적인 선입관으로 거의 주의를 기울이지 않고 있다가, 갑자기 이별하게 되고, 다시 만나거나 연락할 길이 막혔다는 사실과 어디 호소할 곳도 한 군데 없다는 사실을 깨닫게 되었던 것이다. 왜냐하면 도청의 발표가 있기 몇 시간 전에 폐쇄가 이루어졌고, 당연히, 특수한 경우가 고려되는 건 불가능했기 때문이다. 이 잔인한 질병의 침범은 우리 시민들을 마치 개인적인 감정도 없는 것처럼 행동하도록 강요하는 첫 번째 결과를 가져왔다고 말할 수 있다. 도시를 폐쇄한다는 발표가 있었던 그날 이른 시간부터 도청은 똑같이 궁금했지만 동시에, 똑같이 설명이 불가능한 현재 상황에 대해 물어오는 시민들의 전화나 공문서에 시달려야 했다. 사실, 우리가 타협할 수 없는 상황에 처해 있고, '타협', '혜택', '예외'라는 단어가 더 이상 아무런 의미가 없다는 것을 깨닫는 데는 며칠이 걸렸다. 우리는 심지어 편지를 쓰는 가벼운 일조차 거부당했다. 사실, 도시는 더 이상 평소의 통신수단으로 다른 지역과 연결할 수 없었고, 편지가 감염의 매개가 되는 것을 막기 위해 어떠한 서신 왕래도 금지시키는 새로운 법령을 발표했던 것이다. 처음에는 몇몇 특권적인 사람들이, 메시지를 밖으로 내보내는 데 수긍한 경비초소의 파수병들과 함께 도시의 문에서 연락할 수 있었다. 전염병 초기, 아직 경비병들이 동정심에 굴복하는 걸 당연시하던 시기였다. 그러나, 얼마 후, 같은 경비병들이 그 상황의 심각성을 인식하고, 자신들도 예측할 수 없는 정도의 책임을 떠맡기를 거부했다. 처음에는 허용되었던 광역전화 통화는, 공중전화 부스의 혼잡과 폭주로 인해 며칠간 전면 중단되었다가, 사망이나 출생, 결혼과 같은 긴급한 경우로만 제한적으로 허용되었다. 전보가 우리에게 남은 유일한 수단이었다. 지성과 마음, 육체로 연결되었던 존재들이 예전의 교감을 열 단어로 급송하는 문자 편지에서 찾아야만 하는 지경으로 전락한 것이다. 실제로 전보에서 사용할 수 있는 정해진 규칙 때문에, 긴 시간 함께한 삶이나 고통스러운 울분은 미리 만들어진, '나는 잘 지내', '당신을 생각해', '사랑해' 같은 공식적인 미문으로 빠르게 축소되어 교체되었다.

그렇더라도 그 가운데 몇몇은 외부와 연락하기 위해 편지 쓰기를 지속하고 끊임없이 일을 꾀했지만, 여러 가지 시도들은 항상 무위로 끝이 났다. 우리가 시도한 몇 가지 방법 중 성공한 것이 있어도, 우리는 답장을 받을 수 없었기에 알지 못했다. 몇 주 동안, 우리는 같은 내용, 같은 호소를 베끼며 같은 편지를 되풀이해서 쓰는 지경이 되었고, 그리하여 얼마 후, 처음에는 가슴에서 피를 흘리며 나왔던 단어들이 의미를 잃게 되었다. 우리는 그때 그것들을 기계적으로 베끼면서, 힘든 생활의 신호를 보내기 위해 그 죽은 문장들을 이용하느라 애쓰고 있었다. 그리고 마침내, 벽과 나누는 무미건조한 대화 같은 그 빈약하고 강퍅한 독백인 전보의 상투적인 호소가 더 나은 것으로 여겨지기에 이르렀다.

그리고 며칠 후, 아무도 우리의 도시를 떠날 수 없다는 사실이 명백해지자, 전염병이 공식적으로 발표나기 이전에 떠났던 사람들의 귀환을 요청하자는 생각을 갖게 되었다. 몇 일간의 숙고 끝에 도청은, 귀환한 사람들은 어떤 경우에도 다시 돌아갈 수 없고, 자유롭게 들어올 수 있었다 해도 자유롭게 떠날 수는 없다는 것을 명시한 뒤에 승인한다는 답변을 내놓았다. 그럼에도 불구하고, 드물지만 몇몇 가족은 상황을 가볍게 받아들이고, 모든 분별을 따져보기 전에 부모님을 다시 보고자 하는 열망으로 기회를 이용해 그들을 초대하기도 했다. 하지만, 수감자 자신이 사랑하는 사람들을 역병이라는 감옥에 갇히게 하는 것의 위험성을 빠르게 이해한 이들은, 그 이별의 괴로움을 스스로 받아들였다. 질병이 가장 심각했던 시기에 고통스러운 죽음에 대한 두려움보다 인간적인 감정이 더 강하게 여겨졌던 사례도 하나 있었다. 그것은 우리가 흔히 예상하는 것처럼, 상대방을 향한 사랑으로 고통을 초월하는 두 연인의 예가 아니었다. 많은 해 동안 결혼 생활을 한 늙은 의사 카스텔과 그의 아내의 경우가 그랬다. 카스텔 부인은 전염병이 돌기 며칠 전, 인접한 도시로 갔었다. 그들은 세상에 모범적인 행복의 예를 보여주는 커플 가운데 하나도 아니었고, 화자로서도 아마 지금까지 이 부부가 자신들의 결합에 확실히 만족했다고 말할 수도 없을 정도였다. 그러나 이 급격하고 오랜 이별은 그들이 서로 떨어져 살 수 없다는 것을 확인시켜 주었고, 갑작스레 드러난 그 진실 앞에서 역병은 사소한 것이었다.

그것은 하나의 예외였다. 대다수의 경우 이별은 명백했고 전염병과 함께 끝날 것 같았다. 그리고 우리 모두에게, 우리의 삶을 구성하고, 우리가 잘 알고 있다고 생각했던 감정(이미 말한 것처럼, 오랑 사람들은 단순한 열정을 가지고 있다)은, 새로운 얼굴을 했다. 상대에게 커다란 신뢰를 가지고 있던 남편과 연인들은 질투를 발견했다. 스스로 사랑을 가볍게 생각했던 남자들이 지조를 되찾았다. 어머니에게 특별히 주위를 기울이지 않으면서 근처에 살았던 아들들은, 자신들의 걱정과 후회를 추억에 대한 고뇌에 시달리는 어머니의 얼굴 주름에 두었다. 이 느닷없는 이별은, 어떤 겉치레도 없이, 여전히 우리를 혼란스럽게 했고, 그 존재에 대한 기억에 반응할 수 없는, 여전히 너무 가깝고 이미 너무 멀어진, 이제 우리의 나날을 차지했다. 사실, 우리는 두 개의 고통을 겪었다. 우선은 자신에 대한 고통이었고 그 다음은 부재했던 아들, 아내 또는 연인에 대해 상상하는 고통이었다.

게다가 다른 상황에서라면, 우리 시민들은 좀 더 대외적이고 적극적인 삶 속에서 출구를 찾았을 수도 있다. 하지만, 역병은 동시에 아무것도 못하게 만들었고, 매일매일, 실망스런 기억을 떠올리며, 활기 없는 도시를 맴도는 생활로 전락시켜 버렸다. 왜냐하면 그들의 산책로는, 그들이 항상 통과해 지나던 길로 이어져 있었고, 대부분의 경우, 그러한 작은 도시에서, 그 길들은 다른 시간에 지금은 부재한 이들과 함께 걷던 바로 그 길이었기 때문이다.

그처럼, 역병이 우리 시민들에게 우선 가져다준 것은 유배 생활이었다. 그리고 화자는 모든 사람을 위해, 그 당시 자신이 느낀 것을 여기에 쓸 수 있을 거라고 확신했다. 왜냐하면 같은 시간에 그것을 많은 시민들처럼 경험했기 때문이다. 그것은 실로 우리가 돌아가고자 하는, 또는, 반대로, 시간의 흐름을 재촉하는 불합리한 욕구로서의 그 특별한 감정, 불타는 기억의 화살들로서, 끊임없이 우리 안에 품고 있던 유배의 감정이었기 때문이다. 이따금 우리는 집으로 돌아오는 사람의 초인종 소리나 계단을 올라오는 가족의 발소리를 기다리거나, 그 시간에 기차가 운행하지 않는다는 것은 아예 생각지 않고, 정상적으로 그 시간에 집에 머물며 저녁 급행열차로 오는 여행객이 이웃에 다다르는 즐거움을 상상해 보기도 하였지만, 당연히, 그런 게임들은 지속될 수 없었다. 기차가 오지 않는다는 것을 확실히 깨닫는 순간이 언제나 오고 말기 때문이다. 우리는 그때 우리의 이별이 지속될 운명이라는 것과 시간과 더불어 해결하기 위해 노력해야 한다는 사실을 깨달았다. 그때부터, 우리는 기본적으로 과거만 생각하며 사는 수감자의 상태로 되돌아와야 했고, 적어도 우리 중 얼마가 미래를 생각하며 살고자 했다 해도, 그런 상상을 믿었던 이들에게 가해지는 상처를 경험하곤 가능한 한 빠르게 포기했다.

특히, 모든 시민들은 공공연히 자신들의 이별 기간을 따져보던 습관을 매우 빨리 버렸다. 왜? 그것은 심각한 일이 벌어졌을 때, 가장 비관적인 사람들조차 6개월 정도의 기간을 정하고 앞으로의 몇 달 동안 모든 쓴맛을 다 경험하고, 그 시련을 이겨내기 위해 그들의 용기를 극도로 끌어올리며 오랜 시간 동안 참을성을 유지하려고 힘을 쥐어짰지만, 종종 우연한 만남, 신문에서 얻은 정보, 순간적인 의심 또는 갑작스런 깨달음으로 인해 이 병이 6개월 이상, 아니면 일 년 또는 그 이상 지속될 수 있다는 생각을 하게 되었기 때문이다.

그 순간, 용기와 의지, 인내심의 붕괴는 너무나 급작스러워서 다시는 이 수렁에서 빠져나올 수 없을 것 같았다. 결과적으로, 그들은 자신들의 해방의 끝이나, 미래에 대해 더 이상 생각하지 않고, 항상 이 상태를 유지하기 위해, 말하자면, 자신들의 눈을 내리깔기를 스스로에게 강요했던 것이다. 하지만 물론, 이러한 조심성, 싸움을 포기하고 경계를 닫아버리는, 고통이 수반되는 이러한 방식은 보상을 받지 못했다. 비용을 지불하기를 원치 않았던 이러한 붕괴는 동시에, 실제로 자신들의 재회를 상상하는 중에 역병을 잊을 수 있었던 그 순간의 혜택을 받지 못했던 것이다. 그리고 거기서, 그 나락과 절정 사이에 어중간하게 묶여, 아무 방향도 없이 헛된 기억에 버려진 나날을, 단지 고통의 땅에 뿌리내리기로 동의하는 것으로 힘을 얻을 수 있었던 배회하는 그림자로서, 생활한다기보다는 둥둥 떠다니고 있었다.

따라서 그들은 모든 수감자와 유배 생활의 깊은 고통을 경험했는데, 그것은 쓸모없는 기억과 함께 사는 것이다. 그들이 끊임없이 생각하는 그 과거는 단지 후회의 맛뿐이었다. 사실, 그들은 기다리고 있는 사람과 함께할 수 있었지만 하지 못한 모든 것을 여전히 더할 수 있기를 원했던 것이다. 모든 상황에서, 심지어 수감자의 삶으로서 상대적으로 행복한 상황 속에서조차, 그들은 만족스러울 수 없었고, 거기에 부재하는 이를 섞어 넣었다. 그들의 현재, 과거의 적과 미래를 박탈당한 데 대한 초조함으로, 인간적인 정의나 증오로 감옥살이를 하고 있는 이들과 닮아 있었다. 결국, 이 견디기 힘든 휴가에서 벗어날 수 있는 유일한 방법은 상상으로 기차를 다시 달리게 하고, 여전히 고집스럽게 침묵하고 있는 초인종을 반복해 누르는 것으로 시간을 채우는 것뿐이었다.

하지만 만약 그것이 유배 생활이라 해도, 대부분의 경우 그것은 집에서의 유배였다. 그리고 화자는 모든 사람의 유배 생활을 알고 있었지만, 반대로, 기자인 랑베르나 다른 이들, 이별의 고통이 그 사실로 인해 확대된, 여행객들은 역병으로 놀랐고 도시에서 발이 묶여, 자신들도 만나볼 수 없는 존재가 된 것과 자신들의 고장으로부터도 멀리 떨어져 있다는 두 가지 사실을 발견해야 했다. 공통의 유배 생활 중에서 가장 심한 유배 생활이었는데, 만약 그들에게 시간이 흐른다면, 모두와 마찬가지로, 그에 상응하는 고뇌를 불러일으키면서, 역병이 만연한 그 공간과 잃어버린 자신들의 고향 땅을 갈라놓은 그 벽에 끊임없이 부딪쳐야 했기 때문이다.

의심의 여지 없이, 그들은 자신들만이 아는 저녁에 대한 고요와, 아침을 조용히 부르면서 하루 온종일을 더러운 시가지를 헤매고 다니는 것을 볼 수 있었다. 그때 제비 떼가 날거나, 해 질 녘의 이슬, 또는 버림받은 거리에 태양이 때때로 뿌리는 그 이상한 광선들 같은 헤아릴 수 없는 신호와 혼란케 하는 메시지들로 자신들의 병을 키웠다. 언제나 무엇으로부터든 자신들을 구제해 줄 수 있는 바깥세상에 대해 눈감고, 너무나 현실과는 다른 환상을 좇으며, 온 힘을 다해 어떤 빛, 두세 개의 언덕, 애지중지하는 나무, 그리고 여자들의 얼굴로 구성된 대체할 수 없는 세계를 상상하는 데 골몰했던 것이다.

마지막으로 가장 흥미롭고 화자가 말할 수 있는 가장 좋은 위치에 있는 연인들에 대해 좀 더 분명하게 말하면, 그들은 회한을 언급해야 하는 다른 불안으로 괴로워하는 자신을 발견했다. 사실 이러한 상황은 그들이 일종의 열렬한 객관성으로 자신의 감정을 고려하도록 허용했다. 그리고 이런 경우에 그들 자신의 결점이 그들에게 분명하지 않은 경우는 거의 없었다.

그들은 부재하는 이들의 행동과 몸짓을 정확히 상상하는 데 어려움을 겪으면서 처음으로 기회를 찾았다. 그들은 상대의 일정을 모른다는 것에 슬픔을 느꼈고, 사랑하는 존재에게 사랑하는 사람의 일정이 모든 기쁨의 원천이 아니라고 믿는 척하며 그것에 대해 묻기를 소홀히 했던 자신들의 경솔함을 자책했다. 그때부터 그들은 자신들의 사랑을 반성하고 그 불완전함과 결점을 점검할 수 있었다.

우리 모두는 평소에, 의식적이든 아니든, 그 자체를 넘어서지 못하는 사랑은 없다는 것을 알고 있고, 그럼에도 우리의 사랑이 평범하다는 것을 어느 정도 평온하게 받아들인다. 그러나 추억은 더 많은 것을 요구한다. 그리고, 매우 일관된 방식으로, 외부에서 우리에게 와서 도시 전체를 강타한 이 불행은, 우리가 분개할 수밖에 없는 부당한 고통을 안겨준 것만이 아니다. 그것은 또한 우리 스스로에게 고통을 가하고, 따라서 그 고통을 받아들이도록 우리를 부추겼다. 그것이 주의를 돌리고 혼란을 야기시킨 질병의 한 방식이었다.

그리하여 각자는 홀로 하늘을 바라보며 하루하루를 살아

가는 것을 받아들여야 했다. 결국 사람들의 성격을 누그러뜨
릴 수 있는 이 일반적인 체념은 그럼에도 불구하고 그들을 경
솔하게 만드는 것에서 시작되었다. 우리 시민들 중 일부는 태양
과 비를 섬기게 하는 또 다른 형태의 노예 상태에 처했던 것이
다. 그들을 보면, 처음으로, 그리고 직접적으로 날씨에 대한 영
향을 받는 것처럼 보였다. 얼굴과 생각에 무거운 베일을 드리운
비 오는 날이면, 간단한 황금빛의 방문만으로도 그들은 기쁜
듯이 보였다. 몇 주 전에, 이 나약하고 불합리한 예속 상태에서
벗어날 수 있었는데, 이 세상에 혼자가 아니었고, 어느 정도 함
께 사는 사람들이 자신들의 우주 앞에 자리 잡고 있었기 때문
이다. 반면에, 그 순간부터 그들은 분명히 하늘의 변덕에 맡겨
졌다. 말하자면, 그들은 이유 없이 고통받고 희망했는데, 이러
한 극한의 고독 속에서, 마침내, 아무도 이웃의 도움을 바랄 수
없었고 각자는 자신의 걱정으로 혼자 남았다. 우연히, 우리 중
누군가가, 느낀 감정을 털어놓거나 말하려고 하면, 받은 반응
이 무엇이든 대부분의 시간은 그 자신을 아프게 했다.

그러고 나서 자신과 상대가 같은 사항에 대해 대화하고 있
던 게 아니라는 것을 깨달았다. 사실, 자신은 반추와 고통의 기
나긴 나날의 심연에서, 전하고자 하는 이미지를 기대와 열정의
불길 속에서 끓인 것이다. 반면 상대는, 상투적인 감정, 시장에
서 파는 고통, 표준적인 우울을 상상했다. 호의적이든 적대적이

든, 반응은 항상 빗나갔고, 그것은 포기되어야만 했었다. 또는 적어도, 침묵을 견딜 수 없는 사람들, 그리고 다른 이들이 마음의 진실한 언어를 찾을 수 없었기 때문에, 그들은 시장의 언어를 채택했다는 것이다. 상투적인 방식, 단순한 관계와 뉴스 항목, 어떤 면에서 매일의 연대기, 역시. 거기서도 가장 진정한 고통은 진부한 대화 방식으로 표현하는 습관을 갖게 되었다는 것이다. 단지 이 대가를 치르고서야 역병의 감옥에 갇힌 수감자들이 관리인의 동정이나 그들의 말을 들어주는 이들의 관심을 얻을 수 있었다.

그렇기는 하지만, 가장 중요한 것은, 그러한 걱정들이 아무리 고통스럽고, 그 공허한 마음이 아무리 무거웠다 해도, 이 유배자들은 역병의 초기 시기에는, 특권을 누렸다고 말할 수 있다. 사실, 군중들이 패닉에 빠지기 시작한 바로 그 순간, 그들의 생각은 전적으로 자신들이 기다리고 있는 존재들을 향해 있었던 것이다. 일반적인 고통 속에서, 사람의 이기심이 그들을 지켰고, 그들이 역병을 생각했다면, 그것은 단지 그들이 영원한 이별에 처해지는 위험을 더하게 되는 한에서였다. 따라서 그들은 전염병의 핵심에 사람들이 평정심으로 착각하고 싶은 유익한 산만함을 가져오기도 했다. 그들의 절망은 그들을 공포로부터 구해 주었고, 그들의 불행은 좋은 면도 있었다. 예를 들어, 그들 중 한 명이 병에 걸리면, 거의 항상, 그것을 알아차릴 시간이 없었다. 그림자와 긴 내면의 대화를 나누다 끌려나와, 중간 단계 없이 지상에서 가장 무거운 침묵 속으로 던져졌다. 아무 것도 할 시간이 없었던 것이다.

우리 시민들이 이 갑작스러운 유배 생활에 적응하려고 애쓰
는 동안, 역병은 입구에 경비병을 세우고 오랑으로 오던 뱃머리
를 돌리게 했다. 폐쇄 이후 한 대의 차량도 도시로 들어오지 않
았다. 그날 이후로, 차들은 마치 원을 그리며 도는 듯했다. 항
구는 큰길 꼭대기에서 바라보는 사람에게 특이한 모습으로 비
쳤다. 처음 해안의 항구 중 하나가 만들어내던 평소의 생기는
갑자기 사라졌다. 검역 중인 몇 척의 배는 여전히 그곳에서 볼
수 있었다. 그러나 부두에는 멈춰선 커다란 기중기와, 그것들
옆으로 뒤집힌 마차, 외따로 쌓인 자루나 통이, 역병으로 인해
교역 역시 중단되었음을 알려주고 있었다.

　그러한 생소한 광경에도 불구하고, 우리 시민들은 자신들에
게 무슨 일이 일어나고 있는 것인지 이해하기 어려워하고 있는
듯 보였다. 거기에는 이별이나 두려움 같은 공통된 감정이 있긴
했지만, 계속해서 개인적인 걱정이 앞서 있었던 것이다. 아직
누구도 그 질병을 진정으로 받아들이는 이가 없었다. 대부분
자신들의 습관을 방해하거나 관심거리에 영향을 끼치는 것에

특별히 민감했다. 그들은 그것으로 화를 내거나 애를 태웠지만 그것이 역병에 대항할 수 있는 것은 아니었다. 예를 들어, 그들의 첫 번째 반응은 관청을 비난하는 것이었다. 그러나 여론에 따른 언론의 비판적 반향(강구된 조치의 완화를 고려할 수는 없나?)에 대한 도지사의 반응은 다소 예상 밖의 것이었다. 지금까지, 신문사나 랑스도크 통신은 그 질병의 통계에 대한 공식적 통고를 받지 못했었다. 도지사는 그것들을 매일매일 언론 기관에 통지해 주면서, 주간별로 고지해 줄 것을 요청했다.

그러나 여전히, 대중의 반응은 즉각적으로 나타나지 않았다. 실제로, 역병이 발생한 3주차에 사망자가 302명에 다다랐다는 발표도 사람들의 감정에 호소하지는 못했다. 한편으로, 사망자 전부가 역병으로 죽은 것은 아니었기 때문일 수도 있다. 다른 한편으로, 지금껏 누구도 평상시 한 주에 얼마나 많은 사람들이 죽어가는지조차 알지 못했던 때문일 수도 있다. 그 도시에는 20만 명의 주민이 있었다. 그 사망률이 평균적인 것인지 어떤지도 알지 못했던 것이다. 그것은 심지어 당면한 명백한 이해관계에도 불구하고, 전혀 걱정하지 않았던 그런 종류의 세부 사항이었던 것이다. 대중은 아무래도 비교점이 부족했던 것이다. 다만 긴 시간이 흐르고, 죽음이 증가하는 것을 확인하면서, 여론도 진실을 인식하게 되었다. 5주차에는 정확히 321명, 6주차에는 345명이라는 수치를 보여주었다. 적어도 늘어나고 있음을 말해 주고 있었다. 하지만 그 정도 수치는 불안한 가운데서도, 불행한 일이라는 사실은 분명하지만 일시적인 사고일 거라는 근본적 인상을 떨쳐버리게 할 만큼 충분히 컸던 것은 아니었다.

따라서 사람들은 여전히 거리를 돌아다니고 카페테라스의 테이블에 나앉길 계속했다. 대체로 사람들은 겁이 없었고, 유머와 함께, 불평보다는 농담을 더하고 일시적으로 성가신 불편으로 받아들이는 척했다. 겉보기엔 모든 게 정상이었다. 그러나, 그달 말경, 후에 언급될 '기도 주간'이 가까워지면서, 더 심각한 변화들이 우리 시의 모습을 바꾸어놓았다. 우선 무엇보다, 시장은 차량과 물자의 유통에 관한 조치를 취했다. 물자는 제한되었고 연료는 배급되었다. 전기 절약에 관해서도 지시가 내려졌다. 오직 필수품만 도로와 항공을 통해 오랑에 도착했다. 유통은 그것이 거의 떨어질 때까지 점차 감소해 갔고, 명품점은 밤새 닫혔으며, 다른 가게들은 창에 품절 표시를 내걸었고, 소비자들은 가게들 문 앞에서 줄을 서서 기다렸다.

오랑은 따라서 기묘한 양상을 띠었다. 보행자들의 수는 더 늘어났고 심지어, 한산한 때에도, 가게나 사무실이 닫힘으로써 활동이 줄어든 많은 사람들이 거리와 카페를 채웠다. 그때까지, 그들은 아직 실직자가 아니라 '휴가 중'이었다. 오랑은 그때, 예를 들어 오후 3시경이면, 맑은 하늘 아래서, 축제를 벌이는 것 같은 기만적인 인상을 풍겼다. 교통을 통제하고 상점이 문을 닫아 대중의 시위가 전개될 수 있도록 하고, 주민들이 축제에 참여하기 위해 거리로 쏟아져 나온 것 같았다.

당연히, 영화관들은 이 전반적인 휴가를 활용해 큰 이익을 거두었다. 하지만 지역 내에서 제작하던 영화들의 공급이 중단되었다. 2주가 지나자 상영관들은 프로그램을 교체해야 했고, 시간이 지남에 따라, 영화관들은 결국 언제나 같은 영화를 보여주기에 이르렀다. 그러나, 그들의 수입은 감소하지 않았다.

마지막으로 카페 역시, 와인과 주류 무역이 으뜸이었던 도시로서 저장되어 있던 많은 수의 재고량 덕택으로 고객들에게 충분한 양을 제공할 수 있었다. 사실을 말하자면, 우리들은 많이 마셨다. 한 카페가 "좋은 와인은 세균을 죽인다."는 팻말을 내걸었고, 그 아이디어는 이미 알코올이 질병으로부터 자신을 보호해 준다는 것을 당연시하고 있던 대중들의 인식을 더욱 강화시켰다. 매일 밤 2시경이면 엄청나게 마신 술꾼들이 카페에서 쫓겨나 거리를 채웠고 낙관적인 이야기를 퍼뜨리고 있었다.

그러나 이 모든 변화들은, 어떤 의미에서, 너무 특별하고 너무 빠르게 일어났기에, 그것을 정상적이고 지속적인 것으로 여기기는 쉽지 않았다. 그 결과 우리는 계속해서 개인적인 감정을 우선시하고 있었다.

도시가 폐쇄되고 이틀이 지나, 병원을 나서면서 의사 리외는 매우 만족스런 얼굴로 그를 올려다보는 코타르를 만났다. 리외는 그의 안색이 좋은 것을 축하했다.

"네, 모든 게 좋습니다." 그 작은 사내가 말했다. "그러니까, 선생님, 이 망할 놈의 역병 말입니다! 심각해져 가고 있는 거죠."

의사는 그렇다고 대답했다. 상대는 일종의 쾌활함으로 단언했다.

"지금 멈출 리가 없지요. 모든 게 뒤집힐 겁니다."

그들은 잠깐 동안 함께 걸었다. 코타르는, 그의 이웃인 큰 식료품점 주인이 높은 가격에 팔기 위해 식료품을 비축해 두었는데, 그 캔 제품들이, 사람들이 그를 병원으로 데려가려 할 때 그의 침대 아래서 발견되었다는 말을 했다. "주인은 그곳에서 죽었어요. 역병은 값을 지불하지 않죠." 그러고 나서 코타르는, 사실이든, 거짓이든, 온통 전염병에 관한 이야기를 했다. 예를 들어, 시내 중심가에서, 어느 날 아침, 역병 징후를 보였던 한 사내가 밖으로 뛰쳐나가서는, 길에서 첫 번째 만난 여자를 껴안고는 자신이 역병에 걸렸다고 소리친 이야기를 했다.

"그래요!" 코타르는 자신의 주장과는 어울리지 않게 친밀한 어조로 말했다. "우리 모두 미쳐가고 있는 거예요. 그건 확실해요."

마찬가지로, 그날 오후, 조제프 그랑이 마침내 의사 리외에게 개인적인 속내 이야기를 밝혔다. 그는 책상 위의 리외 부인의 사진을 보고는 의사를 바라보았다. 리외는 자신의 아내가 도시 밖에서 병 치료 중이라고 답했다. "어떤 면에서는, 행운이군요." 그랑이 말했다. 의사는 의심의 여지 없이 운이 좋았다며, 다만 아내가 치유되길 바랄 뿐이라고 답했다.

"아! 이해합니다." 그랑이 말했다.

그리고 그를 알게 된 이후 처음으로, 그는 자신에 대해 많은 것을 털어놓기 시작했다. 그럼에도 그는 여전히 단어를 고르고 있었는데 그때마다 그는 거의 항상, 마치 자신이 말하고 있는 것을 오랫동안 생각하고 있기라도 했다는 듯이, 그 단어들을 찾아냈다.

그랑은 아주 젊은 날 이웃에 사는 가난한 아가씨와 결혼했다. 그로서는 학업을 포기하고 직장을 구하면서까지 하게 된 결혼이었다. 잔느나 그는 그들의 마을에서 벗어나 본 적이 없었다. 그는 그녀의 집에서 잔느를 만났는데, 그녀의 부모는 말 없고 서투른 이 구애자를 비웃었다. 아버지는 철도원이었다. 비번非番이면, 항상 창가 근처 구석에 앉아 큰 손을 허벅지에 두고, 멍하니 거리를 내다보곤 했다. 어머니는 항상 집안일에 매달려 있었고, 잔느가 그녀를 도왔다. 잔느는 너무 가냘퍼서 길을 건널 때마다 그랑에겐 위태로워 보이지 않을 수 없을 정도였다. 그런 때면 차량들이 터무니없이 커 보였다. 어느 날, 크리스마스 선물을 파는 상점 앞에서, 생각에 잠겨 유리창을 바라보고 있던 잔느가 그에게 등을 기대며 말했다. "너무 아름다워요!" 그는 그녀의 손목을 움켜쥐었다. 결혼은 그렇게 결정되었다.

그랑에 따르면, 나머지 이야기는 매우 단순했다. 누구나 같은 것이다. 사람들은 결혼을 하고, 여전히 좀 더 사랑을 하고, 일을 한다. 사랑을 잊을 만큼 너무 많은 일을 한다. 잔느 또한 일했는데, 국장의 약속이 지켜지지 않았기 때문이다. 여기서, 그랑이 의미하는 바를 이해하기 위해서는 약간의 상상력이 필요하다. 피로가 쌓여가면서, 그는 자신에게 침잠했고, 더 말이 없어졌으며 젊은 아내에게 자신이 사랑받고 있다는 생각을 주지 못했다. 일하는 사내, 가난, 서서히 닫혀가는 미래, 식탁을 둘러싼 저녁의 침묵, 그런 세계에 열정이 스며들 공간은 없었다. 아마 잔느도 고통스러웠을 것이다. 하지만, 그녀는 남아 있었다. 누구나 자신도 모른 채 오랫동안 고통받는 일은 있는 법이니까. 몇 년이 흘렀다. 그 후에, 그녀는 떠났다. 물론, 그녀는 그냥 떠난 것은 아니었다. "당신을 사랑하지만, 이제 지쳤어요…. 떠나는 게 행복하지는 않지만, 다시 시작하기 위해 행복해야 할 필요는 없겠지요." 그것이 대체로, 그녀가 그에게 쓴 것이었다.

조제프 그랑도 차례로 고통을 겪었다. 리외가 지적한 것처럼 그는 다시 시작할 수 있었다. 하지만, 그에게는 믿음이 없었다.

그는 여전히 그녀에 대해 생각하고 있었다. 하고 싶은 일이

있었다면 자신을 정당화하기 위해 그녀에게 편지를 쓰는 것이
었다. "그러나 그게 어렵더군요." 그는 말했다. "오랫동안 그에 관
해 생각했습니다. 서로 사랑하는 동안에, 우리는 말이 없어도
서로를 이해했었죠. 그러나 우리가 항상 서로를 사랑한 건 아
니었죠. 그런 점에서, 나는 그녀가 돌아올 수 있는 말을 찾아야
만 했는데, 그러질 못했습니다."

그랑은 체크무늬 손수건으로 코를 풀었다. 그런 다음 수염
을 닦았다. 리외는 그를 바라보았다.

"죄송합니다. 선생님." 그이가 말했다. "하지만, 뭐랄까… 저는
당신을 믿습니다. 당신과 함께라면, 희망을 가질 수 있을 것 같
습니다. 그래서, 그것이 저를 흥분시킵니다."

확실히, 그랑은 역병으로부터 멀리 떨어져 있었다.

그날 저녁, 리외는 아내에게 도시가 봉쇄되었다는 것과, 자
신은 잘 지내고 있다는 것, 계속해서 그녀 스스로를 돌보아야
한다는 것과 그녀를 생각하고 있다는 내용의 전보를 쳤다.

도시가 봉쇄되고 3주가 지나, 병원을 나서던 리외는 자신을
기다리고 있던 한 젊은이를 발견했다.

"저를 기억하실 것 같은데요." 그가 막 말했다. 리외는 알 것
같았지만, 망설였다.

"이 사태가 벌어지기 전에 선생님께 아랍인의 생활 상태에
관한 정보를 구하러 왔었습니다." 상대가 말했다. "제 이름은 레

몽 랑베르입니다."

"아!" 리외가 말했다. "그래요, 이제 좋은 주제의 기사거리를 얻으셨겠군요."

상대는 초조해 보였다. 그는 그 때문에 온 것은 아니고 의사 선생님께 도움을 요청할 게 있어서 왔다고 말했다.

"죄송합니다만," 그는 덧붙였다. "이 도시에는 아는 사람이 아무도 없고 우리 신문의 특파원은 불행히도 우둔합니다."

리외는 중앙의 무료 보건진료소에 지시할 것이 있었기에 그곳까지 같이 걷자고 제안했다. 그들은 흑인 구역 골목길을 걸어 내려갔다. 저녁이 다가오고 있었지만, 평소 이 시간이면 그렇게 시끄럽던 도시가, 이상하게 쓸쓸해 보였다. 여전한 금빛 하늘의 몇 번의 군대 나팔 소리만이 군인들이 자신들의 임무를 수행하고 있음을 입증해 보이고 있을 뿐이었다. 그동안, 그 가파른 길을 따라, 무어식 집의 파란색과 황토색, 보라색 벽 사이를 걸어가면서 랑베르는 몹시 흥분해서 말하고 있었다. 그는 파리에 여자를 두고 떠나왔다. 사실을 말하자면, 그녀는 그의 아내는 아니었지만, 그와 마찬가지인 여자였다. 그는 도시가 봉쇄되자마자 그녀에게 전보를 쳤다. 그는 처음에 일시적인 사건으로 생각했고 그녀와 편지만 주고받을 방도를 찾았었다. 오랑 출신의 동료들은 그에게 자신들이 해줄 수 있는 일이 아무것도 없다고 말했고, 우체국은 그를 외면했으며, 시청 사무관은 코

앞에서 그를 무시했다. 그는 끝내 두 시간 동안 줄을 서서 기다
린 끝에, "모든 게 잘되고 있소. 곧 봅시다."라고 쓴 전보를 접수
시킬 수 있었다.

하지만 그날 아침, 깨어났을 때, 불현듯 이것이 언제 끝날지
전혀 알 수 없다는 생각이 들었다. 그는 떠나기로 결심했다. 주
변의 도움(그의 직업상 그런 편의를 제공받을 수 있었다)으로,
그는 시장의 비서실장을 접촉할 수 있었고 그에게 자신은 오랑
과 관련이 없다고 말했다. 자신이 관여할 일도 아니며, 여기 머
물러 있는 것도 우연히 오게 된 것이니, 나가서 따로 격리되는
일이 있더라도, 떠날 수 있도록 해주는 게 옳다는 말을 했다.
비서실장은 매우 잘 이해하지만 예외를 만들 수는 없다며, 알
아보기는 하겠지만, 대체로 상황이 심각해서 결정할 수 있는
게 아무것도 없다고 말했다.

"하지만 결국," 랑베르는 말했다. "저는 이 도시에서 이방인입
니다."

"분명합니다. 하지만 어쨌든, 전염병이 오래가지 않기를 바랍
시다."

마지막으로, 리외는 랑베르를 위로하기 위해, 오랑에서 흥미
로운 기사거리를 찾을 수 있을 거라고 지적하며, 사건이 일어나
지 않았다면 더 좋았겠지만, 전체적인 걸 고려하면, 좋은 측면
도 있다고 애써 위로했다. 랑베르는 어깨를 으쓱해 보였다. 그

들은 시내 중심가에 이르렀다.

"선생님, 그건 어리석은 일이죠, 이해하시죠? 저는 기사를 위해 태어나지 않았습니다. 아마 한 여자와 살기 위해 태어났다고 할 수는 있을지도 모르죠. 그게 우선 아닐까요?"

리외는 어떤 면에서 그게 합리적으로 여겨진다고 말했다.

중앙 대로에는 평소의 군중이 없었다. 행인 몇몇이 멀리 떨어진 집들을 향해 서둘러 가고 있었다. 아무도 웃지 않았다. 리외는 그날 있었던 랑스도크 통신 발표의 결과 때문일 거라고 생각했다. 24시간 후에, 우리 시민들은 다시 희망을 보기 시작한다. 그러나 그날 발표된 그 수치는 여전히 너무나 생생히 기억에 남아 있었던 것이다.

"그건," 랑베르가 갑작스레 말했다. "그녀와 나는 최근에 만났고, 우리는 잘 맞았기 때문입니다."

리외는 아무 말도 하지 않았다.

"그런데 제가 선생님을 귀찮게 하고 있군요." 랑베르가 다시 말했다. "저는 다만 선생님이 제게 이 잔인한 질병에 걸리지 않았다는 증명서를 발급해 주실 수 있을지를 여쭤보고 싶었던 것입니다. 그게 제게 도움이 될 수 있을 거 같아서요."

리외는 고개를 끄덕였고, 자신의 다리로 달려드는 어린 소년을 받아주고 부드럽게 다시 내려놓았다. 그들은 다시 출발해 아름 광장에 이르렀다. 무화과나무와 종려나무들이 가지에 회색 먼지를 뒤집어쓴 채, 역시 먼지가 쌓여 더러워진 공화국 조각상 주변에 흔들림 없이 늘어서 있었다. 그들은 기념비 아래서 멈춰 섰다. 리외는 희끄무레 먼지가 덮인 발을 번갈아 가며 땅에 대고 털었다. 그리고 랑베르를 보았다. 모자를 약간 뒤로 젖히고, 넥타이 아래 셔츠 깃의 단추를 잠그지 않고, 면도도 하지 않은 기자는 완고하면서 부루퉁해 있었다.

"분명히 당신을 이해합니다." 리외가 마침내 말했다. "하지만 당신의 주장은 옳지 않습니다. 저는 그 진단서를 발급해 드릴 수 없습니다. 실제로 당신이 이 질병에 걸렸는지 어떤지를 알지 못하기 때문입니다. 또 이런 경우, 당신이 내 사무실을 떠나 시청 안 어디로 들어가는 그 짧은 시간 사이에, 감염되지 않을 거라고 증명할 수도 없기 때문입니다. 그리고 심지어….'

"그리고 심지어요?" 랑베르가 말했다.

"그리고 심지어 제가 그 증명서를 내어준다 해도, 그것은 당신에게 소용이 없을 겁니다."

"왜죠?"

"이 도시에는 당신 같은 경우에 처한 사람이 수천 명이 있고, 그들도 밖으로 내보낼 수 없기 때문입니다."

"하지만 저는 여기 출신이 아닙니다."

"유감스럽지만 이제부터는 이 지역의 모든 사람들처럼 여기 출신이 될 겁니다."

상대는 흥분해서 말했다. "단언하지만 이건 인도적인 문제입니다. 아마 선생님은 마음이 맞아 잘 지내던 두 사람에게 이 같은 이별이 무얼 의미하는지 알지 못하실 겁니다."

리외는 곧바로 답하지 않았다. 그러고는 그걸 잘 알고 있다고 믿는다고 말했다. 그는 랑베르가 다시 그의 여자를 찾고 사랑하는 모든 이들이 서로서로 재회하길 진심으로 바라지만, 법령과 법률이 있고, 역병이 발생해 있으니, 자신은 전력을 다해 그에 필요한 역할을 하는 거라고 말했다.

"아니요." 랑베르가 씁쓸하게 말했다. "선생님은 이해할 수 없을 겁니다. 선생님은 이성적인 언어로 말하지만 추상적입니다."

의사는 공화국 조각상을 쳐다보고는 자신이 이성적인 언어로 말하고 있는지 어떤지는 모르겠지만, 명백히 사실의 언어로 말하고 있는 것이며 그것이 반드시 같은 것은 아니라고 말했다.

기자는 자신의 넥타이를 조정했다. "그래서, 제가 다른 방법으로 해결해야만 한다는 의미인가요? 하지만," 그는 일종의 도전적인 어조로 말을 이어갔다. "어떻게든 저는 이 도시를 떠날 겁니다."

의사는 여전히 그것을 이해하지만 자기가 해줄 수 있는 일이 아니라고 말했다.

"네, 그게 선생님의 집착입니다." 랑베르가 갑자기 버럭 소리쳤다. "그러한 결정을 내리는 데 선생님께서 상당한 역할을 하셨다고 들었기에 찾아온 겁니다. 선생님이 돕고자 한다면 원래대로 되돌릴 수 있을 거라고, 적어도 한 번의 예외는 있을 수 있을 거라고 생각했습니다. 하지만 신경 쓰지 않으시는군요. 선생님은 다른 사람들을 생각하지 않으셨던 겁니다. 헤어져 있는 사람들을 고려하지 않았던 겁니다."

리외는 어떤 의미에서 그것은 사실이라고, 그런 것까지 고려할 수는 없었다는 걸 인정해야 했다.

"아! 그렇군요." 랑베르가 말했다. "선생님은 공공을 위한 일이었다고 말씀하시려는 거겠죠. 하지만 진짜 공공을 위한 일이라면 모두를 행복하게 해야 하는 것이겠죠."

"글쎄요." 다른 생각을 하고 있는 것처럼 보이던 의사가 말했다. "그런 점도 있고, 다른 점도 있겠죠. 단정해서는 안 될 겁니다. 그러나 화를 내는 건 잘못입니다. 만약 당신이 이 일에서 벗어날 수 있다면, 저는 정말로 기쁠 겁니다. 다만, 제가 해서는 안 될 일이 있습니다."

상대는 조바심치며 고개를 흔들었다.

"예, 제가 화를 낸 건 잘못입니다. 이걸 가지고 너무 오래 시간을 빼앗았군요."

리외는 앞으로도 그의 일이 진행되는 과정을 계속해서 알려 줄 것과 자신에 대해 너무 감정을 갖지 말아달라고 부탁했다. 분명히 서로를 이해하게 되는 측면이 있을 것이라고. 랑베르가 갑자기 당황한 듯 보였다.

"저도 그러리라 믿습니다." 그가 침묵 후에 말했다. "예, 제가 드린 말씀과 제게 주신 말씀에도 불구하고 저도 그렇게 믿습니다."

그는 주저했다. "하지만 선생님 방식을 찬성하지는 않습니다."

그는 펠트 모자를 이마 위로 눌러쓰고 빠르게 떠나갔다. 리외는 그가 장 타루가 묵고 있는 호텔로 들어가는 것을 보았다.

잠시 후, 의사는 고개를 저었다. 그 기자가 행복에 대해 조바심을 내는 것은 정당한 일이었다. 그러나 그가 자기를 원망하는 것도 정당할까? '당신은 추상적 관념 속에 살고 있다'고? 역병이 폭주해서 일주일에 사망자 수가 평균 500명에 이른 가운데 병원에서 보낸 날들이 정말 추상적 관념이었을까? 그래, 불행 속엔 추상적 관념과 비현실적인 부분이 있다. 하지만 추상적 관념이 사람들을 죽이기 시작했을 때는, 추상적 관념을 처리해야만 한다. 다만 리외는 그것이 쉽지만은 않다는 걸 알고 있었다. 예를 들어, 그가 책임을 맡고 운영하는 예비 병원(지금은 세 개가 있다) 일도 쉬운 일이 아니었다. 그는 진찰실이 내다보이는 곳에 접수실을 마련했다. 땅을 파서 크레졸 액을 섞은 물웅덩이를 만들고 그 중앙에 벽돌로 아주 작은 섬 하나를 만들어두었다. 환자는 그 섬으로 이송되어 빠르게 옷을 벗었고 옷은 물속에 빠뜨렸다. 씻고, 말리고, 조악한 병원 옷을 입고, 리외의 손에 넘겨졌다가는, 병실로 옮겨졌다. 부득이 지금은 500개의 침대가 갖추어져 거의 전부 채워진 학교 운동장을 사용해야 했다. 그가 지휘하는 아침 접수를 마치고, 환자에게 백신주사를 놓아주고, 멍울 절개 수술 후, 리외는 통계를 체크하고 다시 오후 진찰로 돌아갔다. 병원 일을 마치고 저녁이면 외래진료를 나갔다가 밤늦게 돌아왔다. 전날 밤, 어머니는 그의 아내에게서 온 전보를 전해 주다가 의사의 손이 떨리는 것을 알아챘다.

"예. 하지만 견딜 만해요." 그가 말했다. "괜찮아질 거예요."

그는 활력 있고 강인했다. 사실, 아직 지치지 않았다. 하지만 외래진료 같은 것은 그를 견디기 힘들게 만들었다. 전염성 열병으로 진단을 내린다는 것은 환자를 빠르게 이송시켜야 한다는 것을 의미했다. 그때부터 실제 추상적이고 어려운 일이 시작되었다. 환자의 가족은 그가 치료되거나 죽기 전에는 다시 볼 수 없다는 것을 알기 때문이다. "연민을 가져주세요, 선생님!" 타루가 묵고 있는 호텔 메이드의 어머니인 로레 부인은 말했다. 그것이 뜻하는 바가 무엇이었던가? 물론, 그는 연민을 느꼈다. 그러나 그건 누구도 도울 수 없는 일이었다. 그는 전화를 걸어야만 했다. 곧 앰뷸런스 사이렌이 울렸다. 처음에 이웃들은 창문을 열고 지켜보았다. 나중에는 서둘러 창문을 닫았다. 그러면서 싸움, 눈물, 설득이, 요컨대 추상이 시작되었다. 흥분과 비탄으로 과열된 아파트 안에서 광란의 장면이 펼쳐졌다. 그래도 환자는 이송되었다. 그제야 리외는 떠날 수 있었다.

처음 얼마간, 그는 전화만 하고, 구급차를 기다리지 않고 다른 환자들을 찾아갔다. 하지만 그때 환자의 부모들은 결과가 뻔한 이별보다는 역병과 함께 마주 앉아 있는 게 더 낫다고 여기고는 문을 잠가버렸다. 소리치고, 명령하고, 경찰이 나서고 그런 후에 무력으로 환자를 빼앗았다. 처음 몇 주간, 리외는 구급차가 도착할 때까지 기다릴 수밖에 없었다. 그러고 나서, 각 의사가 자원 검사관과 동행하게 되었을 때, 리외는 한 환자로부터 다른 환자에게로 달려갈 수 있었다. 하지만 초기에는 매일 저녁이 로레 부인의 작은 아파트로 들어가, 부채와 인공 꽃으로 장식된 공간에서, 슬픔이 드리운 억지 미소를 짓는 어머니에게 그런 말을 듣던 날과 같았다.

"분명, 모두가 말하는 열병은 아닐 거예요."

그리고 그는 시트와 속옷을 걷어 올리고, 그녀의 배와 허벅지 위에 난 붉은 반점과 부어오른 임파선을 조용히 관찰했다. 어머니는 딸의 다리 사이를 보면서 비명을 질렀고, 자신을 통제하지 못했다. 매일 저녁 어머니들은 그런 식으로 악을 썼고, 추상적인 표정으로, 죽음의 징조가 있는 복부를 드러냈다. 매일 저녁 팔들이 리외의 팔에 매달렸고, 쓸모없는 말과, 약속과 눈물이 흘러넘쳤다. 매일 저녁 구급차 사이렌 소리는 다른 고통만큼이나 쓸데없는 위기를 촉발시켰다. 그리고 언제나 비슷한 저녁이 계속되어 간 끝에, 리외는 더 이상 끝없이 반복되는 비슷한 장면의 연속극보다 기대할 것이 없었다. 그랬다, 역병은 추상처럼 단조로웠다. 한 가지 아마 변한 것이 있다면 그것은 오직 리외 자신뿐이었다. 그날 저녁 공화국 기념비 밑에 서서, 점점 차오르기 시작한 무감각함을 자각하며, 랑베르가 사라진 호텔 문을 바라보면서 그는 그것을 느꼈었다.

그 지친 몇 주가 지나고, 시민들이 거리로 흘러나와 떠돌아다니던 그 황혼녘을 보낸 후, 리외는 더 이상 연민으로부터 자신을 보호할 필요가 없다는 것을 깨닫게 되었다. 사람들은 연민이 도움이 안 되면 연민에 지치는 법이다. 그리고 그 자체 안에서 천천히 닫히고 있는 마음의 감각 속에서, 의사는 이 무겁게 짓누르는 나날로부터 유일한 위안을 찾았다. 그는 그것으로 인해 자신의 업무가 용이해지리라는 것을 알았다. 그는 그것을 기뻐했다. 새벽 2시에 그를 맞이한 어머니는, 그가 던지는 공허한 눈길로 인해 몹시 슬펐는데, 그녀는 리외가 그때에 받을 수 있었던 유일한 구원이었음을 원망했다. '추상'과 싸우려면 어느 정도 그것과 비슷해져야 한다. 그러나 어떻게 그것이 랑베르에게 인식될 수 있었을까? 랑베르에게 있어 추상은 그의 모든 행복을 가로막는 장벽이었다. 그리고 사실, 리외는 어떤 의미에서 그 기자가 옳다는 것도 알고 있었다. 또한, 추상이 때로는 행복보다 강하다는 것을 보여주는 일이 발생한다는 것과, 그때는, 오직 그런 때에 한해서는, 그것을 고려할 필요가 있다는 것도 알고 있었다. 그것이 랑베르에게 일어났던 것이고, 의사는 그가 뒤늦게 털어놓은 그 속내 이야기로부터 그 사실을 상세히 알게 되었던 것이다. 그로 인해 그는 이 오랜 기간 동안 도시 전체를 지배한 역병이라는 추상과 개개인의 행복 사이의 암울한 투쟁을 새로운 차원에서 따라가 볼 수 있었다.

하지만 거기서 누군가 추상을 보았다면 다른 누군가는 진리를 보았다. 역병이 발생한 첫 번째 달의 끝은 전염병의 급증과 함께 병이 발발했을 때 미셸 노인을 도왔던 예수회 파늘루 신부의 열렬한 설교로 인해 가려졌었다. 파늘루 신부는 이미 '오랑 지리학회' 회보에의 잦은 기고로 유명했었고, 그의 '금석문 복원'은 권위가 있었다. 하지만 그는 현대 개인주의에 대한 일련의 강연으로 그런 전문가적 명성보다 더 많은 청중을 확보하고 있었다. 그는 자신을 현대 자유주의와 지난 세기 계몽주의로부터 동등하게 거리를 둔 엄격한 기독교의 열렬한 옹호자로 두고 있었다. 그런 기회에, 그는 청중들에게 엄정한 진실을 흥정하려 들지 않았다. 그것으로 그의 명성이 높았다.

그런데, 이달 말, 우리 시 교회 당국은 그들만의 방식으로 역병에 대항해 싸우기로 결정하고 집단 기도 주간을 조직했다. 대중의 신앙심을 드러내는 이 행사는, 역병에 걸렸던 성인인 성 로크에게 드리는 기원 아래 엄숙한 미사로 일요일에 끝나게 되어 있었다. 그날을 맞아, 파늘루 신부는 설교를 요청받았다.

2주 동안, 그는 성 아우구스티누스와 아프리카 교회에 대한 연구에서 벗어날 수 있었고, 그의 수도회에서는 그에게 특별한 지위를 부여했다. 불같고 열정적인 성격의 그는 자신에게 맡겨진 임무를 결연히 받아들였다. 설교가 있기 오래전에, 그것은 이미 그 자체로, 사람들 입에 회자되며 역사적으로도 이 시기의 중요한 날로 주목받고 있었다.

그 주에는 많은 군중이 참석했다. 이는 평소 오랑 주민들이 특별히 신앙심이 깊어서가 아니었다. 예를 들어, 일요일 아침에는 해수욕이 예배를 보는 일과 심각하게 경쟁하는 정도였다. 갑작스런 개종이 그들에게 계시를 주었던 것도 아니다. 그럼에도, 한편으로는 봉쇄된 도시와 금지된 항구로 인해 더 이상 해수욕이 불가능했고, 또한, 다른 한편으로는, 자신들에게 닥친 그 놀라운 사건을 완전히 받아들이지 못하고 있음에도 불구하고 명백히 무언가가 바뀌었다고 느끼는 매우 특별한 마음 상태에 놓여 있었기 때문이다. 그러면서도 많은 사람들은 여전히 어서 전염병이 멈추고 가족과 함께 살 수 있기를 바랐다. 따라서, 그들은 여전히 어떤 것도 해야 할 의무를 느끼지 않았다. 역병은 그들에게 단지 언젠가는 떠나야 할 불쾌한 방문자였을 뿐이었다. 두렵지만 절망적이지는 않은, 역병이 그들 삶의 바로 그 형태로 나타나 그들을 그때까지 이끌었던 존재를 잊어버릴 그날은 아직 오지 않았다. 요컨대, 그들은 기다리는 중이었다.

종교에 관해서는, 다른 많은 문제들처럼, 역병은 그들에게 무관심과는 거리가 먼, 열정과도 거리가 먼, '객관성'이라는 단어로 꽤 잘 정의될 수 있는 독특한 마음의 전환을 가져다주었다. 기도 주간에 참여한 이들 대부분이, 예를 들어, 신자 중 한 사람이 의사 리외에게 "어쨌든, 그게 무슨 해가 되지 않을 테니 말예요."라고 한 말을 자신들에게 하게 만들었을 것이다. 타루 자신도 그의 노트에 중국인들은 이런 경우, 전염병의 영靈 앞에서 북을 친다고 적은 후, 실제로 북이 의학적 예방 조치보다 더 효과적인지 아닌지는 알 수 없다고 지적했다. 그는 단지 이 문제를 해결하려면 전염병의 영이 존재하는지에 대해 알아야 한다고 덧붙였고, 이 점에 대한 우리의 무지는 우리가 가질 수 있는 모든 의견을 무력화시킨다고 말했다.

어쨌든 우리 도시의 대성당은 일주일 동안 신자들로 거의 가득 찼다. 처음 며칠 동안, 많은 주민들은 여전히 입구 앞에 늘어선 종려나무와 석류나무 정원에서, 거리까지 흘러나오는 간절한 기원과 기도 소리에 귀를 기울이며 머물러 있었다. 그리고 차츰 예시를 따라, 몇몇 청중들이 들어와서 소심한 목소리를 구성원들의 응답에 섞기로 결심했다. 그래서 일요일에는, 상당한 군중이 본당에 몰려들어, 마당과 마지막 계단까지 넘쳐났다. 전날부터 하늘이 어두워졌고, 비가 퍼붓고 있었다. 밖에 서 있던 사람들은 우산을 펼쳤다. 성당 안에 향내와 젖은 옷에서 나는 냄새가 풍기는 가운데 파늘루 신부가 설교 단상에 올랐다.

그는 평균 키였지만 다부졌다. 그가 그 큰 손 사이에 설교대를 움켜쥐고 설교단 모서리에서 몸을 기울이고 있을 때면, 보이는 것이라고는 강철 안경 아래 붉게 물든 두 뺨으로 덮인 두껍고 검은 형체뿐이었다. 그는 강렬하고 열정적인 목소리를 가지고 있어서 멀리까지 들렸고, 하나의 격렬하고 강력한 문장으로 청중들을 공격했다. "내 형제들아, 너희들은 불행에 빠져 있다, 내 형제들아, 그것은 당해도 싼 일이다." 파문은 청중을 관통해 앞마당까지 퍼져 나갔다.

논리적으로 보면, 그 뒤에 따르는 말은 이 감정적으로 무거운 서두와 연결되어 보이지 않았다. 이어지는 연설이 시민들에게 전체 설교의 주제를 한 번에 이해하게 하는 데 도움이 되는 숙련된 웅변 수법을 사용했다는 것을 알려줬다. 사실, 바로 이 문장 뒤에, 파늘루 신부는 이집트의 역병과 관련한 『출애굽기』 본문을 인용하며 말했다. "역사상 역병이 처음으로 나타난 것은 하느님의 적들을 치기 위해서였다. 파라오는 영원한 신의 섭리에 반기를 들었고, 역병은 그를 무릎 꿇렸다. 역사의 시작부터, 하느님의 재앙은 교만하고 눈먼 자들을 당신의 발아래 꿇어놓았다. 이에 대해 묵상하며 무릎을 꿇으라."

바깥의 비는 두 배로 거세어졌고, 절대적인 정적 중간에 발언된, 이 마지막 구절은, 스테인드글라스 창문에 쏟아지는 폭우의 탁탁거림으로 울림의 깊이를 더하는 결과를 낳았고 몇 초의 망설임 끝에 일부 청중들이 의자에서 벗어나 무릎을 꿇는 반항을 불러일으켰다. 다른 사람들도 그들의 예를 따라야 한다고 생각했기에, 여기저기서 의자 삐걱거리는 소리가 났고, 차츰차츰 청중 전체가 침묵 속에서 곧 무릎을 꿇었다. 파늘루 신부는 그때 다시 몸을 일으켜 세워 심호흡을 하고 점점 더 강화된 어조로 말을 이어갔다. "만약, 오늘, 역병이 당신들을 지켜보고 있다면, 성찰의 시간이 왔다는 것입니다. 의인은 두려워할 필요가 없겠지만, 악인은 두려움에 떨어야만 할 것입니다. 우주라는 광대한 곳간에서, 가차 없는 도리깨는 쭉정이와 알곡이 분리될 때까지 인간이라는 밀을 때릴 것이기 때문입니다. 알곡보다 쭉정이가 더 많고, 선민보다 부름을 받은 이가 더 많으니, 이 불행은 하느님의 뜻이 아니었습니다. 너무나 오랜 시간, 이 세상은 악과 타협했으며, 너무 오랜 시간, 하느님의 자비에 의지했습니다. 회개하는 것으로 충분해서, 모든 것이 허용되었습니다. 그리고 회개라면, 누구라도 잘할 수 있다고 느꼈던 것입니다. 때가 되면, 우리는 확실히 그것을 경험하게 될 것입니다. 그전까지 가장 쉬운 일은 그냥 내버려두는 것입니다. 하느님의 자비가 나머지를 할 것입니다. 하지만! 그것이 지속될 수는 없습니다. 오랫동안, 이 도시 사람들에게 연민의 얼굴을 기울이셨던 하느님은, 이제 기다림에 지치고, 영속적인 희망에 실망해서 당신의 시선을 돌리셨습니다. 하느님의 빛을 빼앗기고, 여기 우리는 오랫동안 역병의 어둠 속에 있습니다!"

청중석에서 누군가가 참을성 없는 말처럼 몸을 흔들었다. 잠시 말을 멈추었던 신부가 낮은 톤으로 다시 말했다. "우리는 롬바르디아의 홈베르트 왕 시대의 『황금신화』에서 이탈리아는 산 자가 죽은 자를 간신히 묻을 수 있을 정도로 맹렬한 역병으로 황폐화되었고, 역병은 무엇보다 로마와 파비아에서 맹위를 떨쳤다는 내용을 읽었습니다. 그리고 선한 천사가 눈에 보이게 나타나 사냥 창을 가진 악한 천사에게 명령을 내려 집을 두드릴 것을 지시했고, 집이 두드려진 횟수만큼 그 집에서 사망자가 나왔습니다."

파늘루는 마치 움직이는 비의 장막 뒤의 무언가를 가리키는 것처럼, 광장 방향으로 두 개의 짧은 팔을 내밀었다. "형제들이여," 그가 힘주어 말했다. "그것은 오늘날 우리 거리에서 행해지고 있는 치명적인 사냥과 같은 것입니다. 그를 보시오. 루시퍼처럼 아름답고 악마처럼 빛나는 이 역병의 천사는, 여러분 집 지붕 위에 똑바로 서서 오른손에 붉은 창을 머리 높이 들고 왼손으로 당신들의 집 하나를 가리키고 있습니다. 어쩌면 지금, 그의 손가락이 당신 집 문을 향해 펴지고 창이 나무 위에서 울릴지도 모릅니다. 막 당신 집에 들어온 역병은, 방 안에 앉아 당신이 돌아오길 기다리고 있습니다. 그것은 거기에 인내심 있고 주의 깊게 세상의 질서 그 자체만큼 확고하게 있을 것입니다. 당신에게 내민 그 손은 지상의 힘도 아니어서, 알 수조차 없으며 피할 수도 없을 것입니다. 당신은 피에 젖은 고통의 바닥에서 때려져, 쭉정이와 함께 내쫓길 것입니다."

여기서, 신부는 더욱 비장하게 재앙의 비극적 이미지를 상기시켰다. 그는 '진실의 수확을 준비하는 씨를 뿌리기 위해' 도시 위로 소용돌이치며, 무작위로 두드리고, 피를 흘리는 거대한 나뭇조각에 대해 말했다

긴 설교 끝에 파늘루 신부는, 머리칼을 이마로 늘어뜨리고, 몸의 떨림이 손으로 설교대에 전달될 만큼 전율하면서, 더 은밀하게, 그러나 비난하는 어조로 다시 시작했다. "그렇다, 반성의 시간에 다다랐도다. 너희들은 너희들의 자유로운 날들을 위해 일요일에 하느님을 찾는 것만으로 충분하다고 믿었다. 몇 번의 무릎 꿇는 행위가 범죄적 무관심에 대한 대가로 충분하다고 생각했던 것이다. 하지만 하느님은 미적지근하지 않으시다. 이 간극으로는 그분의 넘치는 애정에 충분치 않았다. 그분은 너희들을 더 오래 보고 싶어 했고, 그것이 너희들을 사랑하는 그분의 방식이고, 사실은, 그것이 유일한 사랑의 방식이었다. 그것이 너희들이 오기를 기다리다 지친, 그분께서 인간이 역사를 가진 이래 모든 죄의 도시를 찾으셨던 것처럼 재앙이 너희

들을 찾도록 내버려둔 이유이다. 너희들도 이제 죄가 무엇인지 안다. 카인과 그의 아들들, 홍수 이전의 사람들, 소돔과 고모라의 사람들, 파라오와 욥과 모든 저주받은 사람들이 알았던 것처럼. 그리고 그들 모두가 그랬던 것처럼, 이 도시가 너희들과 재앙에 둘러싸여 벽을 폐쇄한 그날 이후, 존재와 사물을 바라보는 새로운 시각이 생겼다. 너희들은 이제, 마침내, 근본에 다다라야 한다는 것을 깨닫게 된 것이다."

습한 바람이 이제 성당 안으로 몰려 들어오고, 촛불의 불꽃이 구부러져 지글지글 끓었다. 짙은 밀랍 냄새와 기침 소리, 재채기 소리가 파늘루 신부에게 달려들었고, 그는 매우 존중받는 능란함으로 설교로 돌아가, 차분한 목소리로 다시 시작했다.

"여러분 중 대다수가 제가 무슨 말을 하려고 하는지 궁금해하고 있다는 것을 알고 있습니다. 저는 지금껏 말한 모든 것에도 불구하고 여러분을 진리로 인도하고 기뻐하도록 일깨우고 싶습니다. 더 이상 충고와 친절한 손길이 여러분을 선으로 밀어 올려주던 수단이 되었던 시대가 아닙니다. 오늘날, 진실은 하나의 명령입니다. 그리고 구원의 길, 그것은 여러분에게 그것을 보여주고 그곳으로 밀어줄 붉은 창입니다. 바로 여기서, 형제님들, 모든 것에서 선과 악, 분노와 자비, 역병과 구원을 이루신 하느님 아버지의 자비가 명백해졌습니다. 당신을 멍들게 하는 바로 이 재앙, 그것이 여러분을 고양시키고 길을 보여줍니다.

일찍이, 아비시니아의 기독교도*들은 역병에서 영생을 얻기 위한 효과적이고 신성한 영감으로서의 수단을 보았습니다. 영향을 받지 않은 사람들은 스스로 역병으로 죽은 이들의 시트로 몸을 감쌌습니다. 의심의 여지 없이, 이 구원의 광기는 바람직하지 않습니다. 그야말로 교만에 찬 유감스럽고 조급한 행위입니다. 하느님과 불변의 질서를 가속화하자고 주장하는 그 어떤 것보다 서둘러서는 안 됩니다. 단번에 세우는 모든 것은 이단으로 이끕니다. 하지만, 적어도, 이 예에는 교훈이 있습니다. 훨씬 분별력 있는 우리의 마음에는, 단지 모든 고통의 밑바닥에 있는 그 영생의 미묘한 빛을 가져다줄 뿐입니다. 그 미광은, 해탈로 이끄는 황혼의 길을 비춥니다. 그것은 틀림없이, 악을 선으로 변화시키는 하느님의 뜻을 드러냅니다. 오늘도 여전히, 이 죽음과 고뇌, 그리고 소란의 길을 통해, 그것은 우리를 근본적인 침묵과 모든 삶의 원천으로 인도합니다. 그래서, 형제님들이여, 제가 여기서 여러분께 드리고 싶었던 거대한 위로는 단지 징계의 말뿐만이 아니라, 마음을 달래주는 '말씀'이 되길 원합니다."

---

* 아비시니아, 즉 에티오피아의 기독교인들은 이웃 이슬람 지역 및 기타 기독교 땅과 상호작용을 하여 분쟁, 무역 및 문화 교류의 기간을 가져왔다. 아비시니아는 이슬람이 지배적 신앙이었던 지역에서 오랫동안 지켜진 기독교 영역이라는 위치로 기독교와 이슬람 역사 모두에서 중요한 위치를 차지한다.

파늘루 신부의 연설은 끝난 듯 느껴졌다. 밖은, 비가 그쳐 있었다. 물기와 태양이 뒤섞인 하늘에서는 훨씬 더 왕성해진 빛을 광장에 쏟아내고 있었다. 거리에서 사람 목소리, 차가 미끄러지는 소리 등, 깨어나고 있는 도시의 모든 소리가 들려오고 있었다. 청중들은 요란스러움 속에서 조용히 소지품을 챙겼다. 그러나 신부는 다시 말을 이어가면서, 역병의 신성한 기원과 이 재앙의 징벌적 성격을 설명한 후, 그것은 끝에 이르러 있으며, 이렇게 비극적 문제를 다루면서 자신의 결론을 부적절한 웅변에 호소하지 않을 것이라고 말했다. 그는 모든 것이 누구에게나 명백해야 한다고 생각했다. 그는 다만 마르세유에서 대대적인 역병이 발생했을 때 역사 기록자 마티유 마레가 도움도 없고 희망도 없는 지옥에 떨어져 사는 것이라고 한탄했던 것을 상기시켰다. 그렇다! 마티유 마레는 눈뜬장님이었다! 오히려, 파늘루 신부는 오늘날 그 어느 때보다 모두에게 제공되는 하느님의 도움과 그리스도적 희망을 느껴본 적이 없었다. 그는 모든 희망에 반하여 요즘의 공포와 죽어가는 사람들의 울부짖음에도 불구하고, 시민들이 기독교적이고 사랑에 관한 유일한 말을 하늘에 전하는 것을 희망했다. 하느님이 나머지를 하시리라.

그 설교가 우리 시민들에게 어떤 영향을 미쳤는지는 알기 어렵다. 예심판사 오통 씨는 의사 리외에게 파늘루 신부의 설교는 "결코 반론의 여지가 없다."고 말했다. 하지만 모든 사람이 그렇게 단정적인 의견을 가진 것은 아니었다. 다만, 그 설교는 일부 사람들에게 지금까지 모호했던, 알 수 없는 죄로 인해 상상할 수 없는 감옥에 갇혀 있다는 생각을 더 예민하게 가지게 만들었다. 그리고 그들 중 일부는 소소한 일상을 계속하며 감금 상태에 적응해 갔지만, 반면에 다른 일부 사람들은 이 감옥에서 탈출하려는 생각만을 가지고 있었다.

사람들은 처음에 외부와의 연결이 끊기는 것을 그들의 습관 중 일부만 방해하는 일시적인 불편으로 받아들였다. 하지만 갑작스럽게 감금 상태임을 자각하고, 뜨거워지기 시작하는 여름 하늘 아래에서는 이 고립이 자신들의 전체 삶을 위협한다고 혼란스럽게 느꼈다. 저녁이 되어 시원한 기운을 되찾을 때, 그들은 때때로 절망적인 행동으로 자신들을 내던지기도 했다.

무엇보다 먼저, 우연인지 아닌지를 떠나서, 바로 그 일요일부터 도시에는 충분히 일반적이고 깊은 두려움이 퍼져, 우리 시민들이 실제로 자신들의 처지를 인식하기 시작했다고 의심될 만한 상황이 있었다. 이런 관점에서, 도시의 분위기는 조금 변화했다. 하지만, 사실, 분위기의 변화인지 마음의 변화인지는, 아직까지 의문이었다.

설교가 있고 며칠 후, 그랑과 함께 변두리 동네로 향하면서 그 일에 대해 언급하던 리외는, 그들 앞 어둠 속에서 앞으로 나아가지 않고 휘청대던 사람과 충돌했다. 바로 그 순간, 점점 늦게 켜지고 있는 우리 도시의 가로등이, 갑자기 밝혀졌다. 걷고 있던 그들 뒤쪽의 높은 램프가 눈을 감고 소리 없이 웃던 남자를 갑자기 비췄다. 소리 없는 웃음으로 풀어진 창백한 얼굴에는 굵은 땀방울이 흐르고 있었다. 그들은 지나쳤다.

"미쳤군요." 그랑이 말했다

그를 끌고 가기 위해 막 팔을 잡았던 리외는, 긴장해 떨고 있는 시청 사무원을 느꼈다.

"곧 우리의 성안에는 미친 사람만 있게 될 겁니다." 리외가 말했다. 피곤에 지친 그는 갈증을 느꼈다.

"뭘 좀 마십시다."

그들이 들어간 작은 카페는, 카운터 위에 하나짜리 램프가 밝혀져 있었고, 무거우면서 붉은빛이 도는 분위기 속에서 사람들이 뚜렷한 이유 없이 낮은 목소리로 이야기를 나누고 있었다. 카운터에서, 의사가 보기에 놀랍게도, 그랑은 술을 시켜 단숨에 마시고는 술이 센 편이라고 고백했다. 그러고 나서 그는 나가고 싶어 했다. 밖으로 나오니, 리외에게 밤이 신음 소리로 가득 차 있는 것처럼 여겨졌다. 가로등 기둥 위, 어두운 하늘 어딘가에서 들리는 둔탁한 휘파람 소리는 뜨거운 공기를 지칠 줄 모르고 휘젓는 보이지 않는 재앙을 연상시켰다.

"다행이죠, 다행입니다." 그랑이 말했다. 리외는 그 의미가 무엇인지 궁금했다.

"다행히, 저는 제 일이 있거든요."

"예, 그건 좋은 점이죠." 리외가 말했다.

그리고 휘파람 소리에 귀를 기울이지 않기로 결심한, 리외는 그랑에게 그 작업이 만족스러운지 물었다.

"글쎄요. 저는 제가 올바로 가고 있다고 믿습니다."

"아직도 많이 남았나요?"

그랑이 목소리에서 술의 열기가 느껴지면서 생기가 도는 듯했다.

"모르겠습니다. 하지만 그건 문제가 안 됩니다, 의사 선생님, 그건 문제가 안 됩니다."

어둠 속에서, 리외는 그가 팔을 흔들고 있다고 짐작했다. 그는 말이 많아지면서 뭔가를 준비하는 것 같았다.

"제가 원하는 건, 아시다시피, 원고가 출판사에 도착하는 날, 관계자가 그것을 읽고 직원들에게 말하는 겁니다. 여러분 모자를 벗으세요!"

이 급작스런 선언은 리외를 놀라게 했다. 동반자는 손을 머리로 들어 올리고 팔을 가로로 저으면서 모자를 벗는 시늉을 하는 것 같았다. 위에서, 이상한 휘파람 소리가 더 강하게 다시 시작된 것 같았다.

"그렇습니다." 그랑이 말했다. "그건 완벽해야 합니다."

문학 출판 방식에 대해서는 거의 알고 있지 못했지만 그럼에도, 리외는 일이 그렇게 단순하게 진행될 것 같지는 않으리라는 인상을 받았는데, 예컨대, 편집자들이 그들의 사무실에서 모자를 쓰고 있을 것 같지는 않았기 때문이다. 그럼에도 사실을 전혀 모르니, 리외는 침묵하는 쪽을 택했다. 그럼에도 불구하고, 그는 역병에 관한 비밀스런 소문들에 대해서 귀를 기울였다. 그랑이 사는 동네에 가까워지고 있었고, 그곳은 약간 고지대였기 때문에, 가벼운 산들바람이 상쾌하게 불어왔을 뿐만 아니라 도시의 모든 소음을 씻어주었다. 그랑은 그러나 계속해서 말했고 리외는 그 선한 사람이 하는 말을 전부 다는 이해하지 못했다. 그는 다만 문제의 작품이 이미 많은 분량 채워졌지만, 그것을 완벽하게 만들기 위해 작가가 기울인 수고가 매우 고통스러웠으리라는 것은 이해했다. "저녁이면, 몇 주 동안 한 단어로, 때로는 접속사 하나로…" 여기서, 그랑은 말을 멈추고 의사의 외투 단추를 잡았다. 단어들이 그의 고르지 못한 이빨 사이로 주저하며 튀어나왔다.

"잘 생각해 보세요, 선생님. 엄밀히 말하면, '그러나'와 '그리고' 중에 선택하는 것은 아주 쉽습니다. '그리고'와 '그러고는' 중에 선택하는 것은 그 자체로 좀 어렵습니다. '그러고는'과 '그러고 나서'로는 어려움이 더 커집니다. 하지만, 확실히 가장 어려운 것은 '그리고'를 넣어야 할지 말아야 할지를 결정하는 데 있을 겁니다."

"그렇군요." 리외가 말했다. "이해합니다."

그리고 그는 다시 길을 걷기 시작했다. 상대는 혼란스러워 보였고, 다시 리외와 나란히 걷기 시작했다.

"죄송합니다." 그는 더듬거리며 말했다. "오늘 밤, 제가 왜 이러는지 모르겠군요!"

리외는 그의 어깨를 부드럽게 두드리며 그를 돕고 싶다며 이야기가 몹시 흥미롭다고 말했다. 그랑은 조금 안정된 듯했고, 집 앞에 도착하자, 망설이다가, 잠깐 들어가자고 제안했다. 리외는 받아들였다.

부엌에서, 그랑은 리외에게 미세한 필체로 삭제 표시가 가득한 종이 뭉치 앞에 앉기를 권했다.

"예, 그겁니다." 그랑은 의아한 표정으로 바라보는 의사에게 말했다. "그런데 뭘 좀 마시겠습니까? 와인이 좀 있습니다."

리외는 거절했다. 그는 원고 뭉치를 보았다.

"신경 쓰지 마세요." 그랑이 말했다. "그것이 제 첫 문장입니다. 그건 제게 고통을 안겨주죠, 많은 고통을."

그 역시 이 모든 종잇장들을 바라보고 있었는데, 그의 손은 저항할 수 없는 힘에 이끌리는 것처럼 그중 한 장을 집어 들어서는 갓 없는 전등 앞에 대고 비추어 보았다. 종잇장이 손에서 떨리고 있었다. 리외는 시청 사무원의 이마가 땀에 젖은 것을 알아보았다.

"앉아서, 읽어주시겠습니까." 리외가 말했다. 시청 사무원이 그를 보았고, 고맙다는 듯 미소를 지었다.

"예," 그가 말했다. "저도 그러고 싶습니다."

그는 여전히 원고를 보고 있다가 잠시 후 앉았다. 리외는 동시에 도시에서 들려오는, 윙윙거리는 재앙의 휘파람 소리에 대응하는 것 같은 일종의 불명료한 소리를 들었다. 바로 그 순간, 그는 자신의 발치에 펼쳐진 이 도시와, 그것이 형성하는 고립된 세계와 밤이 안겨주는 숨 막히는 울부짖음을 이상할 정도로 명료히 인식했다. 그랑의 목소리가 둔하게 올라갔다. "5월의 아름다운 날, 한 우아한 여성이 화려한 갈색 암말을 타고 불로뉴 공원의 꽃이 만발한 오솔길을 지나고 있었다." 침묵이 돌아왔고, 함께 고통받는 도시의 희미한 웅얼거림이 들려왔다. 그랑은 원고를 내려놓고도 그것을 계속해서 쳐다보고 있었다. 잠시 후, 그는 눈을 들었다.

"어떠신가요?"

리외는 시작 부분이 나머지도 궁금증을 불러일으킨다고 대답했다. 그러나 상대는 이 관점이 옳은 것만은 아니라고 열정적으로 말했다. 그는 손바닥으로 원고를 툭툭 쳤다.

"이것은 대략적으로 써둔 것에 불과합니다. 제가 상상하는 그림을 완벽히 그려내고, 문장이 하나 둘 셋, 하나 둘 셋 하는 트로트 같은 속도를 갖게 되면 나머지는 더 쉬워질 테고, 무엇보다 환상이 그만큼 강력해질 테니, 시작부터, '모자를 벗으시오!'라고 말하는 게 가능해질 겁니다."

하지만, 그러기 위해서는 여전히 할 일이 있었다. 그는 이 문장을 지금 그대로 인쇄업자에게 넘기는 데 결코 동의하지 않을 것이다. 왜냐하면, 그것은 때때로 그에게 만족감을 주었지만, 여전히 현실에 부합하지 못하고, 어느 정도 뒤에까지 편안한 어조를 일관되게 유지하고 있지만, 전부 진부하게 닮아 보인다는 점을 깨닫고 있었기 때문이다. 사람들이 창문 밑으로 뛰어드는 소리가 들렸을 때, 적어도 그가 한 말의 의미는 그랬다. 리외는 일어섰다.

"제가 이것을 어찌 만들어낼지 두고 보십시오." 그랑이 말했다. 그리고 창가 쪽으로 몸을 돌리며, 덧붙였다. "이 모든 일이 끝나면 말입니다."

하지만 다급한 발걸음 소리가 다시 들려왔다. 리외는 이미 나오는 중이었고, 거리로 내려섰을 때 두 사내가 그 앞을 지나 쳤다. 십중팔구, 그들은 도시의 출구로 향하고 있는 것이었다. 실제로 시민들 가운데 일부는 더위와 역병 사이에서 이성을 잃고 폭력을 행사해 바리케이드의 경계를 넘어 도시 밖으로 도망 치려 시도하고 있었다.

성공하진 못했지만, 랑베르처럼 다른 사람들 역시, 이러한 초기 공포 분위기에서 벗어나려고, 훨씬 더 꾀를 내어 끈질기게 매달리고 있었다. 랑베르는 우선 합법적인 절차를 밟아갔다. 그의 말에 따르면, 항상 끈기가 다른 모든 것을 이긴다고 믿었으며, 어떤 면에서는, 수완을 발휘하는 것이 자신의 직업이라고 했다. 따라서 그는 평소에는 관계하지 않았던 많은 관리들과 권한 있는 사람들을 방문했다. 하지만 이 경우에 있어서 그러한 전문 지식이 아무 소용이 없었다. 대부분, 은행 업무 전반이나, 청과물, 또는 와인 무역 수출에 관한 잘 정리된 생각을 가진 사람들로, 소송이나 보험 문제에 대해서도 폭넓은 지식을 가지고 있었다. 무엇보다, 그들 모두에게 가장 인상 깊었던 것은 선의였다. 하지만 그 페스트 문제에 관한 한 그들의 지식은 제로에 가까웠다.

그럼에도 그는 그들 한 사람 한 사람 앞에서, 기회 있을 때마다 자신의 입장을 설명했다. 그의 주장의 핵심은 자신은 이 도시의 이방인이니, 자신의 경우는 특별히 검토되어야 한다는 것이었다. 보통, 기자의 대담자는 이 점을 기꺼이 인정했다. 하지만 그것은 다른 특정한 사람들에게도 해당되는 경우이니, 생각처럼 특별한 경우가 아니라고 조언하기도 했다. 랑베르는 그렇더라도 그것이 자신의 생각에 근본적인 변화를 주지는 못한다고 답했고, 그러면 특혜를 주는 그것이 이른바 '선례'를 만들 위험이 있기에 그런 반감을 불러올 조치에 반대하는 행정적 어려움이 뒤따른다는 말을 들어야만 했다. 랑베르가 의사 리외에게 밝힌 분류에 따르자면, 이런 유의 따지기 좋아하는 이들은 형식주의자들의 범주에 속했다. 그들 다음으로는, 이 모든 일이 지속되지 않으리라고 장담하는 사람과, 결단을 내려달라고 하면 충고를 아끼지 않으면서, 틀림없이 일시적인 괴로움일 거라며 랑베르를 위로해 주는, 여전히 좋은 말을 해주는 사람을 들 수 있었다. 또한 사정을 요약해 메모를 전하면, 만나줄지를 결정하겠다고 거드름을 피우는 사람도 있었다. 쓸데없이, 숙박 바우처를 주겠다거나 경제 연금 주소를 물어오는 이도 있었고, 심하게는, 멀찌감치서 그를 보고 귀찮다고 손을 흔드는 사람도 있었다. 마지막으로 가장 많은 수를 차지하는 정통주의자들이 있었는데, 그들은 랑베르에게 다른 기관을 알려주거나 새로운 단계를 밟아보라고 알려주는 것이었다.

기자는 그렇게 면세 국채를 신청하라거나 식민지 군대에 입대할 것을 권유하는 대형 포스터 앞 인조가죽 의자에 앉아 기다리면서, 사무원들이 서류 정리함이나 서류 선반만큼이나 건성으로 대해 주는 사무실을 드나드는 등 여러 곳을 방문하느라 시간을 소비하면서, 시청이나 도청이 무엇을 하는 곳인지에 대한 정확한 관념을 갖게 되었다. 랑베르가 리외에게 쓸쓸하게 말했던 것처럼, 좋은 점은, 그것이 그나마 그 모든 실제 상황을 가려버렸다는 사실이었다. 역병의 진행은 실질적으로 그를 피해 갔다. 시간이 더 빨리 흐른 것은 말할 것도 없고, 도시 전체가 처한 상황에서 하루하루가 지날 때마다 각자가 죽지 않는 한, 시련의 끝에 더 가까워졌다고 말할 수 있었던 것이다. 리외는 그 점이 사실임을 인정해야 했지만, 그럼에도 불구하고 그건 너무 일반적인 진실이라고 생각하지 않을 수 없었다.

랑베르가 희망을 품었던 한 순간이 있었다. 그는 도청으로부터 빈 조회 통지서를 받았고 그것을 정확히 기입하라는 요청을 받았다. 그 통지서는 그의 신원, 가족 상황, 수입 실태, 이전과 현재, 이력서라고 불리는 것에 대해 알아보고 있었다. 그는 이 조사가 원래 주소지로 돌아갈 수 있는 사람들의 경우를 파악하기 위한 조사라는 인상을 받았다. 관청에서 수집된 몇몇 불명료한 정보가, 그 인상을 확인시켜 주었다. 하지만 몇 가지 과정을 거친 후, 그는 그 통지서를 보낸 부서를 찾는 데 성공했고, 이 정보는 '만일의 경우를 위해' 수집하는 것이라는 말을 들었다.

"어떤 경우를 말하는 건가요?"

그러자 그들은 분명하게 밝혔다. 역병에 걸릴 경우나 그로 인해 죽었을 때를 대비하여, 그의 가족에게 알리고, 다른 한편, 병원비를 시 예산으로 지불해야 하는지, 아니면 친척들로부터 변제를 기대할 수 있는지를 알아보기 위해서였다고. 확실히, 그것은 그가 자신을 기다리는 사람과 완전히 떨어져 있지 않음을 증명하고 있었다. 하지만 그것이 위로가 되지는 못했다. 무엇보다 주목할 만한 것은, 또한 랑베르가 결과적으로 주목한 것은, 대재앙의 절정에도, 관청은 업무를 계속해서 하고 있었고, 그런 업무를 위해 세워졌다는 유일한 이유로 종종 최고 당국도 모르는 사이, 평소처럼 솔선수범하고 있었다는 사실이었다.

그다음 시기는 랑베르에게 가장 안온하면서도 곤란한 시간이었다. 무감각해진 시기였던 것이다. 그는 모든 관련 기관에 들러, 모든 절차를 좇았지만, 출구는 막혀 있었다. 이후 그는 이 카페 저 카페를 전전했다. 그는 아침이면 한 테라스에 자리를 잡고 앉아, 미적지근한 맥주 한 잔을 앞에 두고, 질병의 끝이 임박했다는 어떤 신호를 발견할 수 있길 희망하며 신문을 읽었고, 거리를 지나는 사람들의 얼굴을 일일이 쳐다보다가, 사람들의 슬픈 표정에 싫증을 느껴 외면하고는 다시 신문을 읽었고, 맞은편에 있는 가게 간판들과 더 이상 제공되지 않는 홀

룽한 식전주(아페리티프) 광고를 백 번쯤 보다가는, 일어나 도시의 누렇게 먼지 낀 길을 무작정 걸었다. 홀로 이 카페에서 저 카페로, 카페에서 식당으로 걷다가는, 밤이면 돌아왔다. 리외는 어느 날 저녁, 기자가 한 카페 문밖에서 들어가길 주저하고 있는 것을 보았다. 그는 마음을 굳힌 듯 안으로 들어가서는 공간의 뒤편에 가서 앉았다. 그 시간 카페 안은, 시의 지시로 불 밝히는 시간을 가능한 한 늦추고 있었다. 황혼이 회색 물결처럼 실내로 몰려들었고, 분홍빛 석양이 유리창에 반사되었다. 대리석 탁자는 어둠 속에서 희미하게 빛났다. 텅 빈 실내 중앙에서 랑베르는 길 잃은 그림자 같아서 리외는 그가 자포자기의 시간을 보내고 있다고 생각했다. 그러나 이 도시의 모든 수감자들이 그런 감정을 느끼는 때였고, 자신들의 석방을 위해 무엇이든 해야만 하는 시기이기도 했다. 리외는 돌아섰다.

랑베르는 또한 역전에서 오랜 시간을 보냈다. 플랫폼에의 접근은 금지되어 있었다. 하지만 외부에서 도착하는 이를 위한 대기실은 여전히 열려 있었고, 그늘지고 시원해서 더운 날에는 때때로, 노숙자가 거기에 머물기도 했다. 랑베르는 그곳에 가서 옛날 시간표를 읽었고, 침을 뱉지 말라는 입간판과 경찰 수칙을 읽었다. 그러고 나서, 그는 구석에 앉았다. 실내는 어두웠다. 8자 모양의 스티커가 붙은 낡은 물뿌리개들 중앙에, 낡은 주철 난로가 몇 달째 식어 있었다. 벽에는, 방돌이나 깐느에서의 행복하고 자유로운 생활에 관한 포스터가 몇 장 붙어 있었다. 랑베르는 이곳에서 결핍의 깊은 곳에서 발견할 수 있는 끔찍한 자유와 마주했다. 적어도 그가 리외에게 한 말에 따르면, 그때 그가 가장 견디기 힘들었던 이미지는 파리의 그런 것들이었다. 오래된 석재와 물들의 풍경, 팔레 루아얄의 비둘기들, 노르 역, 팡테옹의 황량한 구역, 그리고 자신이 그토록 사랑하는지도 몰랐던 도시의 다른 몇몇 곳들이 랑베르를 쫓아다니며 정확한 일을 아무것도 못하게 방해했다. 또한, 랑베르가 자기는 새벽 4시에 깨어 파리에 관해 생각하는 것을 좋아한다고 말한 그날, 의사는 자신의 경험에 비추어볼 때 그가 두고 온 여자를 상상하는 걸 좋아한다는 것으로 해석하는 데 어려움이 없었다. 그것은 사실상 그가 그녀를 붙잡을 수 있는 시간이었다. 새벽 4시면, 우리는 보통 아무 일도 하지 않고 잠을 잔다. 비록 그 밤이 배신의 밤이었다 할지라도. 그렇다. 그 시간에 우리는 잠을 자는데, 불안한 마음의 가장 큰 소망은 사랑하는 존재를 영원히 소유하고 싶거나, 부재의 시간이 왔을 때 그 존재를 재회의 날에나 끝날 수 있는 꿈 없는 잠 속에 빠뜨릴 수 있어 안심할 수 있기 때문이다.

설교 직후, 더위가 시작되었다. 6월도 막바지에 이르렀다. 설교 중 늦은 비가 내렸던 일요일 바로 다음 날부터 여름이 하늘과 집들 위에서 급작스레 폭발했다. 먼저 뜨겁고 거센 바람이 하루 종일 불어와 벽들을 바싹 말렸다. 태양은 고정되어 있었다. 끊임없는 열과 볕의 물결이 하루 종일 도시에 범람했다. 원형 차임막이 있는 길과 아파트를 제외하고는 눈부신 햇빛의 반사를 피할 수 있는 곳은 없는 것 같았다. 태양은 모든 거리 구석구석까지 시민들을 쫓아다녔고, 멈춰 서면, 그들을 후려쳤다. 이 첫더위는 일주일 사이 거의 700명이라는 급격히 증가한 희생자 수와 궤를 같이하면서 일종의 '낙담'이 도시를 점령했다. 교외의 평소 거리와 테라스가 있는 집 사이에서는 활기가 사라졌고, 언제나 문을 열고 이웃과 교류하던 동네에서조차, 모든 문이 닫히고 블라인드가 쳐졌는데, 그렇게 해서 자신을 보호하려는 것이 역병으로부터인지 햇볕으로부터인지는 알 수 없었다. 그럼에도 몇몇 집에서, 신음 소리가 새어 나왔다. 이전에 이런 일이 발생하면, 호기심 많은 사람들이 거리에 서서 귀를 기울이는 것을 흔히 볼 수 있었다. 하지만 그렇듯 긴 위험 상황 이후, 모든 사람들의 마음은 각박해진 듯해서, 마치 그 신음 소리가 인간의 자연스러운 언어라도 되는 양 모두가 무심히 지나쳤고, 그 곁에서 생활했다.

경찰이 무기를 사용해야만 했던 출구에서의 다툼은, 암암리에 파장을 일으켰다. 분명히 부상자가 생기기도 했겠지만, 더위와 공포로 인해 모든 것이 과장된 도시에서는 죽음에 대한 소문이 떠돌았다. 어쨌든, 불만이 높아지고 있는 게 멈추지 않았고, 당국은 최악의 상황을 두려워했으며, 재앙 아래 억제되어 있던 사람들이 반란을 일으킬 경우 취할 조치에 대해 심각히 고려한 것도 사실이었다. 신문은 외출금지령을 다시 고쳤고 이를 위반할 시 징역형에 처한다는 위협적인 법령을 발표했다. 순찰대가 도시를 두루 돌아다녔다. 종종, 적막하고 과열된 거리에서, 처음에는 닫힌 유리창 사이로 지나는, 조약돌을 밟는 말굽 소리로 알려주는 기마경비대의 전진도 볼 수 있었다. 순찰대가 사라지고 나면, 위기에 처한 도시에 무거운 침묵이 수상하게 깔렸다. 가끔씩 최근 발표된 행정명령에 따라, 벼룩을 옮길 수 있는 개와 고양이를 죽이는 특수 임무를 띤 군인들의 총성이 울렸다. 그 메마른 폭발음은 도시의 위협적인 분위기를 조성하는 데 기여했다.

더위와 침묵 속에서, 겁에 질린 시민들의 마음은, 모든 것이 훨씬 더 중요해졌다. 계절의 변화를 알리는 하늘의 색깔과 땅의 냄새가, 처음으로 모든 사람들에게 민감하게 느껴졌다. 모두는 더위가 전염병을 확산시키는 데 기여할 거라는 두려움에 사로잡혀 있었고, 동시에, 여름이 자리를 잡는 것을 지켜보고 있었다. 저녁 하늘의 명매기 울음소리가 도시 위에서 차츰 가늘어졌다. 그것은 더 이상 지평선이 멀어지는 우리 지역, 6월의 황혼과 어울리지 않았다. 시장의 꽃은 더 이상 꽃봉오리가 아니라 활짝 피어진 채 들어왔고, 아침 판매가 끝나고 나면, 꽃잎들이 먼지 덮인 보도 바닥에 흩뿌려졌다. 사람들은 봄이 소진된 것을 분명히 볼 수 있었다. 사방에서 피어난 수천 송이 꽃이 아낌없이 자신을 드러내고 난 뒤 이제 약화해 가고 있는 중에, 사람들은 역병과 더위라는 이중의 무게 아래서 서서히 으깨어지고 있었다. 모든 시민들에게, 그 여름 하늘과 먼지와 근심의 그늘로 뒤덮인 그 거리는, 매일 도시를 무겁게 짓누르는 수백 구의 주검과 같은 무시무시한 의미를 지니고 있었다. 끊임없이 내리쬐는 태양, 잠과 휴가 같은 맛이 깃든 그 시간들은, 더 이상 우리를 이전처럼 물과 육체의 축제로 초대하지 않았다. 그것들은 반대로, 봉쇄되어 침묵에 든 도시에서 공허하게 울려 퍼졌다. 그것들은 행복한 계절의 구릿빛 광택을 잃어버렸다. 역병의 태양은 모든 색깔을 잃게 했고 모든 즐거움을 사라지게 만들었다.

그것은 그 질병이 가져온 엄청난 변화 중 하나였다. 보통 우리의 모든 동료 시민들은 여름을 기쁜 마음으로 맞이했었다. 도시는 그때 바다를 향해 문을 열었고 해변에는 젊음이 쏟아져 나왔다. 이번 여름은, 정반대였다. 근처 바다는 금지되었고 몸은 더 이상 그것을 즐길 권리를 가질 수 없었다. 그런 상황에서 무엇을 할 수 있을까? 당시 우리 삶의 모습을 가장 충실하게 보여준 것은 역시 타루였다. 당연히 그는 전반적인 역병의 진전 상황을 주시하면서, 전염병의 변환점이 사망자 수의 발표가 한 주 수백 명이 아니라, 하루 92명, 107명, 120명이라고 하는 라디오의 발표가 시작되던 시점이었음을 정확히 인식하고 있었다. "신문과 당국은 역병에 대해 속임수를 쓰고 있다. 저들은 130이 910보다 작다는 것 때문에 점수를 더 얻고 있다고 착각하고 있는 것이다." 그는 또한 셔터가 닫힌 적막한 동네에서, 갑자기 위쪽 창문을 열고, 큰 소리로 두 번이나 울부짖은 후 셔터를 닫고 방의 짙은 어둠 속으로 사라진 그 여성처럼, 전염병의 비정하거나 극적인 면을 상기시켰다. 하지만 그는 또한 민트 캔디가 경우에 따라서는 전염으로부터 보호한다고 많은 사람들이 믿었기에 그것이 약국에서 사라졌다고도 적고 있었다.

그는 또한 자신이 좋아하는 이들을 지켜보길 계속했다. 우리는 고양이와 함께했던 작은 영감 역시, 비극적인 삶을 살았다는 것도 알게 되었다. 실제로 어느 날 아침, 총성이 울려 퍼졌고, 타루가 쓴 것처럼, 가래침 같은 납탄에 의해 대부분의 고양이가 죽었고 다른 고양이들은 공포에 질려 그 거리를 떠났다. 같은 날, 작은 영감은 평소와 같이 발코니로 나갔고, 얼마간 놀란 표정이더니, 목을 숙여 거리 끝을 훑어보고는 기다리기를 체념했다. 그의 손이 발코니 난간을 가볍게 두드렸다. 그는 얼마간 기다리다 들어가, 종이를 약간 찢어서 돌아와, 다시 얼마간 기다리다가 실망해서는, 갑자기 화를 내며 발코니 창을 닫았다. 다음 날, 같은 장면이 되풀이되었지만, 작은 영감의 얼굴에서는 점점 더 슬픔과 혼란이 더해 갔다. 한 주 후에, 타루는 매일 영감이 모습을 드러내길 헛되이 기다렸고 창문은 이해할 수 있는 슬픔으로 고집스럽게 닫혀 있었다. "페스트가 유행할 때는, 고양이에게 침을 뱉지 말자." 그것이 그 노트의 결론이었다.

한편, 타루는 저녁에 숙소로 돌아오면, 항상 홀에서 위아래층을 오르내리고 있는 어두운 얼굴의 야간경비원을 만났다. 그이는 누구에게나 자신이 이번 일이 일어날 것을 예측했다고 계속해서 상기시켰다. 그가 불행을 예측하는 걸 들었다고 인정하면서도, 그건 지진에 대한 생각이었다고 타루가 상기시키면, 늙은 경비원은 답했다. "아! 그게 지진이기라도 했다면! 제대로 한 번 흔들리고 나면 더 이상 말할 필요도 없는 것인데… 죽은 사람과 산 사람을 헤아리고 나면, 그거로 끝이니 말이오. 이 쓰레기 같은 질병이라니! 거기 걸리지 않은 이들조차 생병을 앓아야 한다니까!"

호텔 지배인의 압박도 만만치 않았다. 처음에는, 도시를 떠나는 것이 막혔던 여행객들이, 도시의 폐쇄에 의해 호텔에 머물러 있었다. 그러나 조금씩 전염병이 길어지면서, 많은 이들이 친구들의 집에 머무는 것을 선호했다. 그리고 호텔 객실을 가득 채웠던 것과 같은 이유로 도시로 들어오는 새로운 여행객들이 더 이상 없었기 때문에, 그때부터 그것들은 비어 있었다. 타루는 몇 안 되는 투숙객 중 한 명으로 남아 있었고, 지배인은 남은 고객을 만족시켜 드리려는 열망이 아니었다면, 오래전에 호텔을 닫았을 것이라는 이전 주장을 환기시킬 기회를 놓치지 않았다. 그는 종종 타루에게 전염병이 언제까지 이어질 것 같은지를 물었다. 타루는 말했다. "이런 종류의 질병은 추위에 약하다고 알려져 있죠." 지배인은 미칠 지경이었다. "하지만 이곳은 실제로 추운 적이 한 번도 없었는데요, 선생님. 만약 그렇더라도, 아직 몇 달은 더 있어야겠구요." 더욱이 그는 여행객들이 앞으로 오랫동안 이 도시를 외면할 것이라고 확신하고 있었다. 이 전염병이 관광을 파멸로 몰고 간 것이다.

짧은 부재 후, 식당에, 올빼미 인간 오통 씨가 다시 나타나는 것을 보았다. 하지만 두 똘똘한 강아지만 뒤따랐다. 사정을 알아보니, 여자는 친정어머니를 돌보다 장례를 치르고 스스로 격리 생활 중이라는 것이었다.

"느낌이 좋지 않아요." 지배인은 타루에게 말했다. "격리 중이든 아니든 그런 것을 떠나, 여자가 의심스러워요. 그러니 저들도 안심할 수 없죠."

타루는 그런 관점에서라면, 모두가 의심스러울 수밖에 없다는 점을 지적했다. 하지만 상대는 단호했고 그 문제에 대해서는 확고한 견해를 가지고 있었다.

"아니요, 선생님. 선생님이나 저나 의심스러울 게 없습니다. 저들은 다릅니다."

그러나, 오통 씨는 조금도 달라지지 않았고, 이번엔, 역병이 그 대가를 치렀다. 그는 같은 방식으로 식당에 들어왔고, 아이들을 앞에 앉히고 항상 고상하면서도 냉담한 말을 했다. 다만, 어린 소년은 외모가 바뀌었다. 누이처럼 검은 옷을 입었고, 그 자체로 다져져서 아버지의 작은 그림자처럼 보였다. 오통을 좋아하지 않는 야간경비원은 타루에게 말했다.

"아! 저 사람은, 아마 죽을 때도 정장을 할 겁니다. 저렇게, 따로 단장할 필요도 없겠어요. 그냥 그대로 가면 되겠네요."

파늘루 신부의 설교에 대해서도 적혀 있었는데, 다음의 설명과 함께였다. "나는 호감 가는 그 열정을 이해한다. 재앙이 시작될 때와 끝날 때는, 항상 얼마간의 수사修辭가 있다. 전자의 경우는 아직 습관이 남아 있어서이고, 후자의 경우는 이미 회복되어서이다. 불행의 순간에 우리는 진실에, 다시 말해 침묵에 익숙해진다. 기다리자."

타루는 마침내 의사 리외와 긴 대화를 가졌다고 적고 있다. 그 대화에서 좋은 결과만 얻었다고 말했고, 이와 관련하여 리외 어머니의 맑은 갈색 눈을 언급하며, 그렇게 많은 친절함이 읽히는 눈이라면 언제나 역병보다 더 강할 것으로 보인다는 묘한 주장을 펼쳤다. 마지막으로 리외가 돌보는 늙은 천식환자에 대해 상당히 긴 지면을 할애했다.

그들의 대화 후 타루는 의사와 함께 그를 보러 갔다. 그는 타루를 냉소적으로 맞으며 두 손을 비볐다. 그는 두 개의 완두콩 냄비가 있는 침대에서 베개에 기대어 있었다. "오! 또 다른 의사군." 그가 타루를 보곤 말했다. "환자보다 의사가 더 많으니 세상이 뒤집힌 거지, 정말 빠르게 퍼지는 모양이지, 그렇죠? 사제님이 옳아요, 마땅한 거죠." 다음 날, 타루는 예고 없이 다시 찾아왔다.

그의 수첩에 따르면, 잡화상인이었던 노령의 천식환자는, 나이 오십에 이제 충분히 일을 했다고 판단했다. 그는 침대에 누워 다시는 일어나지 않았다. 그의 천식은 서 있는 것과 양립할 수 있었다. 그는 적은 연금으로 75세까지 즐겁게 버텼다. 그는 시계를 보는 게 견딜 수 없었는데, 실제로, 집안 어디에도 시계는 하나도 없었다. 그는 말했다. "시계는 비싸기만 하고 어리석은 거야."

그는 시간을 추정했는데, 특히 그에게 유일하게 중요한 식사 시간을 두 개의 냄비로 가늠했다. 그가 일어났을 때 냄비 중 하나에는 완두콩이 가득 채워져 있었다. 그는 다른 냄비에 같은 움직임으로 근실하고 규칙적으로 완두콩을 하나씩 채웠다. "매번 열다섯 번 냄비를 채우면, 내 끼니 시간이 된 거죠. 아주 단순합니다." 하고 그는 말했다.

더군다나 그의 아내에 따르면, 그는 아주 어려서부터 그 자신만의 독특한 삶의 방식의 징후를 보였다고 한다. 사실, 그는 아무것에도 관심이 없었다. 일, 친구, 카페, 음악, 여자, 산책, 어느 것에도. 그는 하루를 제외하곤 한 번도 자신의 도시를 벗어난 적이 없었는데, 불가피하게 집안일로 알제로 가던 그때, 그는 모험을 더 이상 추진할 수 없어, 오랑 근처 역에서 멈췄다. 그는 첫 기차를 타고 집으로 돌아왔다.

자신의 폐쇄적인 생활에 놀라워하는 타루에게, 그는 종교에 따르면 인간 삶의 처음 절반은 상승기이고 다른 절반은 하강기인데, 하강기에는 인간의 일상은 자신의 것이 아니며, 언제든지 빼앗길 수 있고 따라서 아무것도 할 수 없으니, 최선은 아무것도 하지 않는 것이라고 대략 설명했다. 물론, 모순된 자신의 말에 대해서도, 그는 두려워하지 않았는데, 신은 존재하지 않는다고 말하면서도, 곧바로 그렇게 되면 성직자가 쓸모없게 될 것이라고도 분명히 말했기 때문이다. 하지만, 뒤따르는 몇 가지 생각에 따르면, 타루는 이 철학은 자신의 교회에서의 잦은 모금이 안겨주는 기분과 밀접하게 연관되어 있다고 이해했다. 하지만 이 노인의 초상을 완성시킨 것은 깊어 보이면서, 상대방 앞에서 여러 번 언급한 소원으로서였다. 그는 아주 늙어서 죽기를 희망했다.

"그는 성인일까?" 타루는 궁금해졌다. 그리고 그는 답했다. "그렇다, 성스러움이 일련의 습관이라면."

그러나, 동시에 타루는 전염병이 만연한 도시에서의 하루에 대해 다소 꼼꼼한 묘사를 수행했고, 따라서 이번 여름 동안 우리 시민들의 활동과 생활에 대한 정확한 생각을 제공했다.

"주정꾼들 말고는 아무도 웃지 않았다."라고 타루는 말했다. "또한, 그들은 지나치게 웃었다." 그러고 나서 그는 묘사를 시작했다.

　　　이른 아침, 옅은 숨결 같은 바람이 아직 인적 없는 도시를 휩쓸고 있다. 이 시간은, 죽음 같은 밤과 고뇌 같은 낮 사이에서, 역병이 잠시 수고를 멈추고 숨을 고르는 듯 보였다. 모든 가게들이 밤사이 문을 닫아놓았다. 그러나 몇몇 가게는 '페스트로 인해 폐쇄함'이라는 표시가 내걸린 것으로 보아 금방 열리지 않을 것임을 확인시켜 주고 있었다. 신문팔이 소년들이 아직은 자고 있어

'신문이요'라 외치는 소리는 없었지만, 그러나, 길모퉁이를 등지고 몽유병자처럼 가로등 불빛에 자신들의 제품을 내놓고 있었다. 곧, 첫 번째 전차에 깨어나, 그들은 '페스트'라는 단어가 도배된 신문을 팔에 들고, 온 도시로 퍼져 나갈 것이다. "페스트는 가을까지 갈까?" B 교수의 답은 '아니다'였다. '124명 사망, 페스트 발발 94일째.'

비록 종이 위기가 점점 심각해져서 일부 정기간행물들이 페이지 수를 줄여야 했음에도 불구하고, 또 하나의 신문이 창간되었다. 「전염병 통신」. 이 신문은 '철저한 객관성'을 유지해 시민들에게 질병의 진행 또는 저하에 관한 정보를 제공하기 위해, 전염병의 미래에 대한 가장 권위 있는 견해를 제공하기 위해, 알려졌든, 알려지지 않았든, 재앙에 맞서 싸우려는 모든 이들에게 칼럼을 쓸 지면을 제공하기 위해, 대중들의 사기 진작을 위해, 당국의 지시를 전달하고, 한마디로, 선의의 모든 사람들이 단결해 우리를 공격하는 악에 대항해 효과적으로 싸우기 위해 창간되었다. 그러나, 실제로는, 이 신문은 매우 빠르게 역병 예방에 확실한 효과가 있다는 새로운 제품들의 광고를 게시하는 데 그치고 말았다.

아침 6시경이면, 이 모든 신문들은 문이 열리기 한 시간 전부터 형성된 상점 문 앞에 늘어선 줄에서부터 팔리기 시작하고, 그다음 교외에서 도착하는 붐비는 전차 안에서 판매된다. 전차는 유일한 이동수단이 되었으며, 발판과 난간이 넘칠 정도로 몹시 힘겹게 이동했다. 그러나 흥미롭게도, 가능한 한 모든 탑승자들이, 상호간 전염을 피하기 위해 등을 돌린다. 전차가 정류장에 멈추고 사람들을 짐처럼 부려두면, 그들은 서둘러 흩어져 혼자가 될 길을 찾는다. 종종 자기 생각만 하는 나쁜 습관 때문에 싸움이 벌어지곤 했는데, 그것은 만성화되었다.

첫 번째 전차가 지나가고 나면 도시는 서서히 깨어나고, 첫 맥줏집들이 '더 이상 커피 없음', '설탕 가져오기' 등등의 문구로 채워진 카운터로 문을 연다. 그러고 나서 상점이 열리고, 거리가 살아난다. 동시에, 태양이 떠오르고, 열기가 점차 7월의 하늘을 채운다. 이 시간이면 아무 할 일 없는 사람들이 거리로 나서는 때이다. 대부분이 자기네의 사치를 내보이는 것으로 역병이라는 단어를 떨쳐버리려는 것처럼 보였다. 매일 오전 11시경이면, 주요 도로에서 젊은이들의 퍼레이드가 열리며, 그곳에서는 큰 불행의 품속에서도 성장하는 삶에 대한 열정을 경험할 수 있었다. 만약 전염병이 확산되면 도덕성 또한 확장될 것이다. 우리는 무덤 귀퉁이에서 벌이던 밀라노의 사투르누스를 다시 보게 될 것이다.

정오에, 식당은 눈 깜박할 새에 채워진다. 아주 빠르게, 자리를 잡지 못한 작은 그룹들이 식당 문 앞에 줄을 형성한다. 하늘은 넘쳐나는 열기로 그 빛을 잃기 시작한다. 햇볕이 내리쬐는 거리 한구석 커다란 차양 안에서, 식사를 하려는 사람들이 그들의 차례를 기다린다. 사람들이 식당으로 몰려든다는 사실은 먹는 문제를 크게 단순화하려 해서이다. 하지만 감염의 불안은 그대로 남는다. 손님들은 자신들의 수저를 초조하게 닦느라 긴 시간을 소비한다. 얼마 지나지 않아 어떤 식당에는 "이곳에서는 식기를 끓는 물에 소독합니다."라는 문구가 내걸렸다. 하지만, 점차, 그들은 손님들이 너무 많이 몰려들었기 때문에 모든 고지를 그만두었다. 손님들은 기꺼이 돈을 썼다. 좋은, 또는 고급이라 여겨지는 와인에, 가장 비싼 안주를 시키는 것은, 광란의 경쟁의 시작이다. 또한 한 식당에서는 창백해진 손님이 일어나서, 비틀거리며 빠르게 출구로 향해 갔기에 공황 상태가 발생하기도 한 모양이다.

2시경, 도시는 점차 비어지고 침묵, 먼지, 태양과 역병이 거리에서 만나는 시간이다. 큰 잿빛 집들을 따라 더위가 끊임없이 흐르고 있다. 인구가 많고 시끄러운 이 도시의 타오름이 몰락해 가는 긴 수감자들의 시간이다. 더위가 시작된 처음 며칠간은, 때때로, 그리고 이유도 모른 채, 저녁은 적막했다. 그러나 지금, 처음의 신선함은 희망은 아니더라도 휴식을 가져다주었다. 그러면 모두들 거리로 나가 어지럽게 떠들고, 다투거나 부러워하고 7월의 붉은 하늘 아래서 도시는, 연인과 아우성으로, 숨 막히는 밤을 향해 흘러간다. 매일 저녁 대로에서 영감을 받은 한 노인이 펠트 모자에 나비넥타이를 메고, 군중을 가로지르며 멈추지 않고 "하느님은 위대하시니, 그분에게로 오시오."라고 되풀이해서 헛되이 외쳤고, 사람들은 모두 그들이 잘 알지 못하거나, 하느님보다

시급해 보이는 그 어떤 것을 향해 달려갔다. 처음에는, 이번 질병이 다른 질병과 같은 성격의 것으로 생각했을 때, 종교는 그 자리에 있었다. 그러나 그것이 심각하다는 것을 알았을 때, 사람들은 쾌락을 떠올렸다. 낮이면 얼굴에 칠해져 있던 모든 시름들이 그때, 불타고 먼지 자욱한 황혼 속, 일종의 초라한 흥분 속에서, 모든 시민을 흥분시키는 섣부른 자유로 해소되었다.

그리고 나 또한 그들과 같다. 하지만 뭐! 죽음은 나 같은 사람에게 아무것도 아니다. 그것은 그들이 옳았다는 것을 증명하는 이벤트다.

리외에게 만남을 요청했던 것은 타루로, 그는 자신의 노트에
그 일에 대해 언급해 두었다. 리외가 그를 기다리고 있던 저녁,
의사는 막 부엌 한구석 의자에 조용히 앉아 있는, 자신의 어머
니를 바라보고 있었다. 더 이상 해야 할 집안일이 없을 때 그녀
는 거기서 시간을 보냈다. 무릎에 손을 포개고 앉아 그를 기다
리는 것이다. 리외로서는 어머니가 기다리고 있었던 것이 자신
인지조차 확신할 수 없었을 정도였다. 하지만, 어쨌든 자신이
나타나면 어머니의 얼굴엔 어떤 변화가 생겼다. 고단한 삶이
그 안에 새겨놓은 모든 침묵이 그때 들어 생기를 띠는 것처럼
여겨졌다. 그러고 나서, 다시 침묵으로 돌아갔다. 그날 밤, 그녀
는 창밖으로 이제 인적이 끊긴 거리를 내다보고 있었다. 야간
조명은 3분의 2로 줄어들어 있었다. 그리고, 멀리로, 매우 약한
불빛이 도시의 어둠 속에서 얼마간의 빛을 발했다.

"역병 기간 동안에는 계속해서 전등을 줄일 모양이구나?" 리
외의 어머니가 말했다.

"아마, 그렇겠죠."

"겨울까지 지속되지는 말아야 할 텐데. 그러면, 너무 슬픈 일이지."

"그러게요." 리외가 말했다.

그는 어머니의 시선이 자신의 이마에 닿는 것을 느꼈다. 그는 지난 며칠간의 근심과 과로가 자신의 얼굴에 깊은 주름을 남겼다는 걸 알고 있었다.

"오늘은 일이 잘 안 됐니?" 리외의 어머니가 말했다.

"아! 늘 그렇죠."

늘 그렇다! 말하자면, 파리에서 보내온 새로운 혈청은 처음보다 효과가 떨어지는 것처럼 보였고, 통계수치는 계속해서 상승했다. 여전히 예방혈청을 이미 접촉한 가족 외에 접종할 가능성은 없었다. 그것의 사용을 일반화하려면 많은 양을 생산해야 했다. 대부분의 종기가 마치 굳어지는 계절이 오기라도 한 것처럼 터지려 하지 않았고, 환자들을 고통스럽게 했다. 전날부터, 도시에는 전염병의 새로운 형태인 두 가지 사례가 있었다. 역병은 이제 폐에까지 영향을 끼쳤다. 같은 날, 한 회의에서, 기진맥진한 의사들이, 혼란스러워하고 있는 도지사에게서, 폐로 전이되는 역병의 전염을 피하기 위한 새로운 조치를 요청해서 승인을 받아냈다. 늘 그렇듯이, 우리는 여전히 아무것도 모르고 있었다.

그는 어머니를 바라보았다. 그 아름다운 갈색의 눈망울은 그에게 젊었을 때의 시절을 떠올리게 했다.

"두려우세요, 어머니?"

"내 나이면, 더 이상 대수로울 게 없단다."

"하루가 너무 긴데 저는 거의 나가 있어야 하잖아요."

"네가 꼭 올 거라는 걸 아니까 기다리는 건 아무렇지 않단다. 그리고 네가 여기 없을 때는, 네가 무엇을 하고 있는지 생각한단다. 네 처한테 다른 소식은 없니?"

"네, 지난번 전보대로라면 모든 게 좋대요. 하지만 저를 안심시키려고 그런 거라는 걸 알아요."

초인종이 울렸다. 의사는 어머니에게 웃음을 보이고는 문을 열어주러 갔다. 층계참의 희미한 불빛 속에서, 타루는 회색 옷을 입은 큰 곰처럼 보였다.

리외는 방문객을 자신의 책상 앞에 앉게 했다. 그 자신은 의자 뒤에 선 채였다. 그들은 방 안에 유일하게 켜진 책상 위 불빛을 사이에 두고 있었다.

"당신께는 솔직히 말씀드려도 된다는 것을 알고 있습니다." 타루가 서두 없이 말했다.

리외가 조용히 고개를 끄덕였다.

"보름이나 한 달쯤 후면, 당신은 여기서 아무 쓸모가 없어질 겁니다. 상황에 힘이 미치지 못하게 될 테니까요."

"사실이 그렇소." 리외가 말했다.

"보건서비스 조직이 너무 열악합니다. 사람과 시간이 역부족이죠."

리외는 여전히 그게 사실이라는 것을 인식하고 있었다.

"도청에서 성한 사람을 자발적인 봉사대로 참여시키기 위한 일종의 시민참여제도를 고려 중인 것으로 알고 있습니다."

"잘 알고 계시는군요. 하지만 이미 원성이 높아서 도지사가 주저하고 있죠."

"왜 자원봉사자를 모집하지 않죠?"

"해봤지만, 결과가 신통치 않았소."

"사무적인 방식이었겠죠. 사람들을 믿지 못하고 흉내만 내는. 그들에게 부족한 건 상상력입니다. 그들은 결코 재앙의 규모를 감당해 내지 못할 겁니다. 그래서 그들이 상상해 낸 대안이라는 게 고작 두통감기약을 처방하는 수준인 거죠. 만약 우리가 그냥 내버려두면, 그들은 무너질 테고, 우리도 죽게 되겠죠."

"그럴 가능성이 높죠." 리외가 말했다. "그들은 그래도 내가 큰일이라고 여기는 그 일을 위해 죄수들까지 동원할 생각을 했었다는 걸 말씀드려야 할 것 같군요."

"저는 그들이 그냥 일반인이었으면 좋겠습니다."

"저 역시 그렇소. 하지만 왜 이런 이야길?"

"저는 죽음을 선고받고 싶지 않아서죠." 리외가 타루를 똑바로 바라봤다.

"그래서요?" 그가 말했다.

"그래서, 저는 자발적인 의료봉사단을 조직할 계획입니다. 당국은 제쳐두고, 제가 그것을 할 수 있게 허락해 주십시오. 당국은 바빠서 정신이 없기도 합니다. 저는 곳곳에 친구를 가지고 있고 그들이 처음에 중심이 되어 줄 것입니다. 자연스럽게 저도 참여할 것이구요."

"마땅히, 저는 두말할 필요도 없이 기쁘게 받아들입니다." 리외가 말했다. "특히 이번 일엔 도움이 필요합니다. 도청에서 그 아이디어를 받아들이도록 하는 게 제 몫이겠군요. 하긴, 그들로선 선택의 여지도 없겠지만. 그런데…."

리외는 곰곰이 생각했다.

"그런데 아시다시피 이 일은 치명적일 수 있습니다. 그리고 어쨌든 저는 당신에게 그 점을 경고해 두지 않을 수 없습니다. 충분히 숙고해 보셨나요?"

타루는 회색 눈으로 그를 바라보았다.

"당신은 파늘루 신부의 설교에 대해서는 어떻게 생각하시나요?"

질문은 자연스럽게 넘어갔고 리외도 자연스럽게 답했다.

"저는 집단 처벌* 개념을 받아들이기엔 너무 오래 병원 생활

* 여기서는 하느님의 처벌의 의미임.

을 했죠. 하지만, 알다시피, 기독교인들은 때때로 그렇게 말하죠. 실제로는 한 번도 그런 생각을 해본 적이 없어도 말입니다. 보기보단 훨씬 좋은 사람들이죠."

"하지만 당신도 파늘루 신부처럼, 역병도 나름 유익함을 가지고 있고, 사람들로 하여금 눈을 뜨게 하고, 생각하게 한다고 여기시지 않습니까!"

의사는 서둘러 고개를 저었다.

"이 세상 모든 질병이 마찬가지겠죠. 하지만 이 세상의 죄악이 진실이라면 역병 또한 진실이겠죠. 누군가에게는 성장에 도움이 될 수 있을 겁니다. 그렇기는 하지만, 불행과 그것이 가져오는 고통을 볼 때, 역병에 몸을 맡기려면, 미치거나, 눈이 멀거나, 겁쟁이가 되어야만 합니다."

리외는 목소리에 거의 변화를 주지 않았다. 그러나 타루는 그만하면 알겠다는 듯 손을 저었다. 그는 웃었다.

"그래요." 어깨를 으쓱하며 리외가 말했다. "그런데 당신은 답하지 않았군요. 깊이 생각해 보셨습니까?"

리외는 일어섰다. 그의 얼굴은 이제 어둠 속에 있었다. 그가 말했다.

"답하기 싫으시다면 이것으로 그만둡시다."

타루는 의자에서 움직이지 않고 미소를 지었다.

"질문으로 답을 드려도 되겠습니까?"

이번엔 의사가 미소를 지었다.

"수수께끼를 좋아하시는군요." 그가 말했다. "해봅시다."

"예." 타루가 말했다. "당신은 신도 믿지 않는데 왜 그렇게 헌신적이십니까? 당신의 대답이 제 답변에도 도움이 될 것 같습니다."

어둠에서 벗어나지 않은 채로, 의사는 이미 자신은 답을 했다고 말했다. 만약 자신이 전능한 신을 믿었더라면, 치료하는 것을 중단하고, 그분에게 맡겼을 것이라고. 하지만 이 세상 누구도, 그것을 믿는 파늘루 신부조차, 그런 식으로 신을 믿는 사람은 없다고. 왜냐하면 아무도 완전히 자신을 맡기지 않기 때문에, 그렇게 보면, 적어도 그 점에서 리외 자신은 진리의 길 위에 있고 창조주에 대항해 싸우고 있다고 믿는다고.

"아!" 타루가 말했다. "그것이 그러니까 당신의 역할에 대한 생각이군요?"

"대략은 그렇소." 다시 빛 속으로 들어서며 의사가 대답했다.

타루는 나지막이 휘파람을 불었고 의사는 그를 바라보았다.

"그래요." 그가 말했다. "자부심을 가질 필요가 있다고 말하고 싶으시겠죠. 하지만 저는 필요한 만큼의 자부심을 가지고 있을 뿐이죠. 정말입니다. 저를 기다리고 있는 게 무언지 혹은 이 모든 게 끝난 다음 무엇이 올지 저는 모릅니다. 이 순간은 환자들이 있고 그들은 치료받아야만 합니다. 그러고 나서, 그들은 반성할 것이고, 저도 그럴 겁니다. 하지만 지금은 무엇보다 시급한 일은 치료죠. 저는 최선을 다해 그들을 지킬 것입니다. 그게 전부죠."

"누구를 상대로요?"

리외는 창문 쪽으로 돌아섰다. 그는 수평선 너머에 더 짙은 어둠이 놓인 먼 바다가 있을 것으로 짐작했다. 그는 다만 피로를 느꼈을 뿐만 아니라 동시에 이 남자에게 더 마음을 열고 싶다는 갑작스러운 욕구에 맞서 싸우는 가운데 형제애를 느꼈다.

"모르겠소, 타루, 맹세코 모르겠소. 내가 이 직업에 들어섰을 때는, 어쨌든 다른 사람들처럼 직업이 필요했고, 젊은 사람이라면 택할 수 있는 여러 일들 가운데 하나였기에, 추상적으로 시작했었던 거요. 그리고 어쩌면 나 같은 노동자의 자식에겐 특히 어려웠기 때문일 수도 있었소. 그러고 나서 죽음을 보았소. 죽기를 거부하는 사람을 본 적 있나요? 한 여성이 죽어가면서 '절대 안 돼!'라고 소리치는 걸 들어본 적 있습니까? 나는 있었소. 그리고 나는 그것에 익숙해질 수 없다는 것을 깨달았소. 나는 그때 어렸고 내 반감은 세상의 바로 그 질서가 내게 말을 걸어오는 거라 믿었소. 그때 이후, 나는 좀 더 겸손해졌소. 솔직히 말해, 나는 아직도 죽음을 보는 것에 익숙해지지 않았소. 더 모르겠소. 하지만 결국엔…"

리외는 입을 다물고 다시 앉았다. 그는 입이 마르는 것을 느졌다.

"결국엔요?" 타루가 부드럽게 물었다.

"결국엔," 의사가 되풀이했고, 다시 주저하며, 주의 깊게 타루를 바라보았다. "당신 같은 사람이라면 이해할 수 있는 일이오, 안 그렇소. 하지만 세상의 질서는 죽음에 의해 규율되기에, 아마 신으로서는 사람들이 자신을 믿어주지 않는 편이 더 낫다고 여길지도 모르오. 스스로가 침묵하고 있는 하늘을 바라보고만 있는 게 아니라, 온 힘을 다해 죽음에 맞서 싸우게 될 테니까요."

"예, 이해할 수 있습니다." 타루는 동의했다. "하지만 선생님이 말하는 승리는 일시적일 수밖에 없죠, 결국엔."

리외의 표정이 어두워 보였다.

"언제나, 그렇다는 걸 잘 알고 있소. 그러나 그것이 싸움을 멈출 이유가 될 수는 없죠."

"예, 그것이 이유가 될 수는 없지요. 하지만 그래서 저는 이 역병이 당신에게 어떤 존재인지 상상이 갑니다."

"예," 리외가 말했다. "끝없는 패배죠."

타루는 잠시 의사를 바라보고 나서, 일어나 문을 향해 무겁게 걸었다. 그리고 리외가 그를 따랐다. 자기 발밑을 바라보던 타루가 그에게 말했을 때 리외는 이미 그의 곁에 와 있었다.

"이 모든 걸 누가 가르쳐주었나요? 의사 선생님."

답은 즉각 돌아왔다.

"가난이요."

리외는 그의 진찰실 문을 열었고, 복도에서 타루에게 자신은 변두리 지역의 환자 한 사람을 보러 나가는 길이라고 말했다. 타루는 동행하기를 요청했고, 의사는 받아들였다. 복도 끝에 서, 그들은 리외의 어머니를 만났고, 의사는 타루를 소개했다.

"친구입니다." 그가 말했다.

"오!" 리외 어머니가 말했다. "이렇게 만나게 돼서 반가워요."

그녀가 떠났을 때, 타루는 다시 한 번 그녀를 돌아보았다. 층계참에서 의사는 타임스위치*를 켜보려 했지만 허사였다. 계단은 어둠에 휩싸여 있었다. 의사는 이것이 새로운 절전 조치의 영향인지 궁금했다. 하지만 알 수 없었다. 얼마 전부터 집과 거리에서, 모든 것이 무너져 내리고 있었다. 그것은 어쩌면 관리인들과 일반적인 시민들이, 더 이상 아무것도 돌보려 하지 않아서인지도 모른다. 하지만 의사는 더 이상 자신에게 물을 시간이 없었다. 타루의 목소리가 그의 뒤에서 울려왔기 때문이다.

"한 말씀만 더 드리자면, 의사 선생님… 우스꽝스러워 보일지 모르겠지만, …당신이 옳습니다."

리외는 어둠 속에서, 혼자 어깨를 으쓱했다.

* 잠시 불이 켜지게 하는 장치.

"나는 모르겠어요, 정말이오. 그런데 당신은, 무얼 알고 있죠?"

"아!" 상대가 움직이지 않고 말했다. "저는 배워야 할 게 거의 없죠."

의사가 멈추었고 그의 뒤에 있던 타루의 발이 미끄러졌다. 타루는 리외의 어깨를 붙잡으며 몸을 바로 했다.

"인생을 전부 안다고 생각하시는군요?" 그중 하나가 물었다.

답은 어둠 속에서, 같은 조용한 목소리로 돌아왔다.

"예."

그들이 길로 나섰을 때는, 11시경으로 꽤 늦은 시간이라는 것을 알 수 있었다. 거리는 조용했고 다만 바스락거리는 소리*만 가득했다. 아주 멀리서 구급차 벨소리가 들려왔다. 그들은 차에 올라탔고 리외가 시동을 걸었다.

"내일 병원에 와서 예방백신을 맞아야 합니다." 그가 말했다. "하지만, 마지막으로 이 계획에 들기 전에, 거기서 벗어날 확률은 3분의 1에 지나지 않는다는 것도 알고 계셔야 할 겁니다."

"그런 계산은 의미가 없습니다. 의사 선생님, 당신도 저만큼 알고 계시지 않습니까. 백 년 전, 페스트가 창궐해 페르시아 한 도시의 전 주민을 죽였습니다. 정확히는 결코 자신의 일을 멈

---

* 쥐 소리로 보임.

추지 않았던 시체 닦는 일을 하던 사람을 제외하곤 말이죠."

"그는 30퍼센트의 운에 들었던 겁니다. 그게 전부죠." 리외가 갑자기 웅숭깊은 목소리로 말했다. "하지만 우리가 여전히 배워야 할 것이 많은 것은 사실입니다."

그들은 이제 변두리 지역으로 들어서고 있었다. 전조등이 적막한 길을 비추었다. 그들은 멈추었다. 차 앞에서, 리외는 타루에게 같이 들어가고 싶은지를 물었고 상대는 그렇다고 말했다. 하늘의 반사광이 그들의 얼굴을 비췄다. 리외가 갑자기 친밀한 웃음을 보냈다.

"이봐요, 타루." 그가 말했다. "무엇이 당신을 이 일에 나서게 하는 거죠?"

"모르겠어요. 아마 내 양심 때문이겠죠."

"어떤?"

"이해죠."

타루는 집을 향해 돌아섰고 리외는 늙은 천식환자의 집에 들어설 때까지 더 이상 그의 얼굴을 보지 못했다.

다음 날, 타루는 일에 착수해서 첫 번째 팀을 모았고 다른 많은 사람들이 뒤를 따랐다.

화자의 의도는 그러나 이 공중위생팀의 중요성을 실제보다 더 부각시키려는 데 있지는 않다. 반면에, 오늘날 많은 시민들이 그 역할에 과장된 의미를 부여하고 싶은 욕구를 갖는 것도 사실이다. 그러나 화자는 오히려 선행에 너무 많은 중요성을 부여하는 것은 결국 악에 간접적이고 강력한 경의를 표하게 되는 것이라고 믿는 편이다. 왜냐하면 그러한 아름다운 행동들은 드물기 때문에 가치가 있고, 사악함과 무관심이 오히려 인간의 행동에 훨씬 더 빈번한 원동력을 제공한다는 의미가 되기 때문이다. 그것은 화자가 공감하지 않는 생각이다. 세상에 존재하는 악은 거의 항상 무지에서 비롯되며, 선의도 명확한 깨달음을 갖추지 못하면 사악함만큼이나 많은 피해를 입힐 수 있다. 인간은 악하다기보다는 선하며, 사실 그것은 문제가 되지 않는다. 그러나 사람들의 무지는 많든 적든, 미덕 또는 악덕으로 불리는 것이고, 가장 절망적인 악덕은 자신이 모든 것을 알고 있다고 믿는 무지에서 나오는데, 그로 인해 살인까지 일으키게 된다. 살인자의 영혼은 눈이 멀어 있으며 가능한 모든 통찰이 없으면 진정한 선이나 아름다운 사랑도 없는 것이다.

타루 덕택으로 이루어진 우리의 공중위생 조직은 객관적인 만족감으로 평가되어야 한다. 이것이 바로 화자가 그 의지와 영웅심에 대해 너무 웅변적인 예찬자가 되지 않고 합리적인 중요성만을 부여하는 이유이다. 그러나 그는 여전히 역병이 그때 우리 모든 시민들에게 가했던 찢기고 까다로워진 마음에 대한 역사가 노릇을 계속할 것이다.

'공중위생 조직'에 헌신했던 사람들이 그 일을 했다고 해서 그렇게 큰 칭송이 주어질 일은 아니었는데, 사실, 그것이 그들이 할 수 있는 유일한 일이었고, 결국 그것이라도 하겠다고 결정하지 않는 것이 오히려 믿기 힘들 정도였기 때문이다. 이러한 조직은 우리 시민들이 역병에 대해 더 깊이 이해할 수 있는 데 도움을 주었고, 질병이 거기 있었기에, 그에 맞서 싸울 필요가 있음을 부분적으로 설득시켰다. 역병은 따라서 소수에게는 의무가 되면서, 이제 그것이 무엇이었든, 진정으로 모든 사람의 문제로 모습을 드러냈다.

그것은 좋은 일이다. 그러나 우리는 교사가 2 더하기 2는 4라고 가르친다고 해서 칭찬하지는 않는다. 우리는 아마도 그 멋진 직업을 선택한 그를 칭찬할 수는 있을 것이다. 그럼에도 타루와 다른 사람들이 역으로 2 더하기 2는 4라고 한 것을 칭찬해 두자. 그러나 또한 이 선의는 교사와 함께, 인간의 명예를 위하는, 생각보다 많은 수의 사람들이 교사와 같은 마음을 가졌다고도 공통적으로 말해 두기로 하자. 적어도 그것이 화자의 확신이다. 혹자는 그 사람들이 목숨을 걸고 있다는 반론을 제기할 수 있다는 것도 잘 알고 있다. 하지만 역사에는 항상 2 더하기 2는 4라고 감히 말하는 사람이 사형에 처해지는 시기가 있었다. 교사는 그것을 잘 알고 있다. 또한 문제는 이런 논증이 기다리고 있는 보상이나 처벌이 아니다. 문제는 2 더하기 2가 4가 되는 게 맞느냐 아니냐이다. 그들은, 그때 생명의 위험에 빠져 있던 우리 시민들을 위해, 맞다 혹은 아니다를, 역병 속에 있을 것인지 아닌지를, 결정해야 했고, 그에 맞서 싸워야만 했던 것이다.

우리의 포도밭*에는 많은 새로운 모럴리스트들이 그때, 아무 소용없다고 우리는 무릎을 꿇어야 한다고 말하며 다니고 있었다. 타루와 리외, 그리고 그의 친구들은 이런저런 답을 할 수 있었지만, 결론은 항상 알고 있는 것이었다. 어떤 식으로든 싸워야 한다는 것과 절대 무릎을 꿇어서는 안 된다는 것. 모든 문제는 가능한 한 많은 사람들을 죽음과 최후의 격리 조치에

---

* 우리 사회를 말함.

처해지는 것으로부터 보호하는 일이었다. 이를 수행하는 유일한 길은 역병과 싸우는 것이었다. 이 진실은 '장한 일'이라기보다는, 합리적인 일이었던 것이다.

따라서 연장자인 카스텔이 현장에서 임시변통의 재료로 혈청을 만들려고 온 힘을 다하는 것은 당연한 일이었다. 리외와 그는 도시를 감염시킨 바로 그 세균의 배양물로 만든 혈청이 외부에서 들여온 혈청보다 더 직접적인 효과가 있기를 기대했다. 그 세균은 역병 박테리아와 정통적으로 정의된 것과는, 조금 다르기 때문이었다. 카스텔은 그의 첫 번째 혈청을 최대한 빨리 만들기를 희망했다.

하기에 여전히 자신을 내세우는 법 없는 그랑이 '공중위생 조직'에서 일종의 '서기직'을 맡은 것은 당연한 일이었다. 타루에 의해 조직된 팀의 일부는 인구 밀집 지역의 예방 지원 작업에 전념했다. 사람들은 그곳에 필요한 위생 조건을 만들려 애썼고, 소독반이 방문하지 못한 지하실과 헛간의 수를 헤아렸다. 다른 일부는 의사들이 개별 가정을 방문하는 일을 도왔고, 역병 환자의 이송을 맡았으며, 심지어 나중에는, 전문 요원의 부재 시에 환자와 죽은 자를 실어 나르는 차를 몰기도 하였다. 이 모든 것에는 그랑이 하기로 동의한 기록과 통계 작업이 요구되었다.

이런 관점에서, 화자는 그랑이 리외나 타루보다 더, 그 위생 조직을 살아 있게 한 조용한 미덕의 실제적인 대표자였다고 평가한다. 그는 망설임 없이, 선의에 찬 마음으로 그 일을 맡겠다고 말했다. 그는 다만 크게 중요하지 않은 일에 자신을 써달라고만 요청했을 뿐이었다. 그 외의 것을 하기엔 너무 늙었다고. 오후 6시부터 8시까지, 그는 시간을 낼 수 있었다. 그리고 리외가 마음으로 감사를 표했을 때, 그는 놀라서 말했다. "정말 힘든 일을 하는 것도 아닌데요, 뭘. 역병이 발생했으니, 방어해야 하는 건, 마땅한 거잖아요. 아! 모든 것이 이렇게 단순하다면!" 그리고 그는 자신의 글로 돌아갔다. 때때로, 밤에 통계 카드 작업이 끝나면, 리외는 그랑과 이야기를 나누었다. 마침내 타루도 그들의 대화에 끼게 되었는데 그랑은 점점 더 명백해지는 기쁨으로 두 동료에게 작품에 대해 털어놓았다. 둘은 역병의 와중에도 계속하고 있는 그랑의 끈기 있는 작업에 흥미를 갖고 따라가고 있었다. 그들 역시, 결국엔, 그곳에서 일종의 위안을 찾고 있었던 것이다.

"그 여전사는 어찌되었나요?" 타루는 종종 물었다. 그러면 그랑은 어렵게 미소를 지으며, 한결같이 답했다. "달리고 있어요, 달리고 있습니다." 어느 날 저녁, 그랑은 자신의 여전사에 대해 마침내 '우아한'이라는 형용사를 버렸고 이제는 '날렵한'이라고 부른다고 말했다. "그게 더 구체적이죠." 그는 덧붙였다. 또 한 번은, 첫 문장을 이렇게 고쳐서 리외와 타루에게 들려주

었다. "어느 아름다운 5월 아침, 날렵한 여전사는, 훌륭한 아레
잔 암말을 타고, 불로뉴 공원의 꽃이 만발한 오솔길을 빠르게
지나고 있었다."

"더 나아 보이지 않나요." 그랑이 말했다. "그리고 저는 '어느
5월 아침'이 더 마음에 드는데, 왜냐하면, '5월달'이라고 하면
리듬이 조금 늘어지니까요."

그는 그러고 나서 형용사 '훌륭한'을 크게 걱정했다. 그에 따
르면, 적당한 말이 없어서, 자신이 상상하는 호화로운 암말을
한 단어로 정확하게 묘사할 용어를 찾고 있었다. '통통한'도 나
쁘지 않았는데, 구체적이지만 다소 부정적인 느낌이 들었다.
'번뜩이는'에 잠시 마음이 끌렸지만, 리듬이 적당하지 않았다.
어느 날 밤, 그는 마침내 찾았다고 승리감에 차서 선언했다. '검
은 아레잔 암말'이라고. 검은색이 은근히 우아함을 가리킨다는
것이다.

"그건 가능하지 않아요." 리외가 말했다.

"왜죠?"

"아레잔은 품종이 아니라 색깔을 가리키는 것이니까요."

"어떤 색이죠?"

"음, 어쨌든, 검은색은 아니지만 색깔이죠!"

그랑은 매우 상처받은 것 같았다.

"감사합니다." 그가 말했다. "선생님이 계셔서 다행입니다. 하

지만 보다시피 너무 어렵네요."

"'화려한'은 어떨까요?" 타루가 말했다. 그랑이 그를 보았다. 그는 생각에 잠겼다.

"그래요." 그가 말했다. "그래요!"

그리고 점차 그에게 미소가 찾아들었다.

그로부터 얼마 후, 그는 '꽃이 핀'이라는 단어가 신경 쓰인다고 털어놓았다. 그는 오랑과 몽텔리마르 지역밖에 몰랐으므로, 가끔 그의 동료들에게 불로뉴 숲의 꽃이 어떤 식으로 피어 있는지를 묻곤 했다. 엄밀히 말해, 리외와 타루로서는 그런 인상을 받은 적이 없었지만, '시청 직원'의 믿음에 휘둘렸던 셈이다. 그는 그들이 명확히 알고 있지 못하다는 사실에 놀랐다. "단지 예술가에게만 보이는 거예요." 그런데 리외가 한번은 그가 몹시 흥분해 있는 것을 발견했다. 그는 '꽃이 핀'을 '꽃이 가득한'으로 대체했다.

그는 자신의 손을 비비며 말했다. "마침내, 봤습니다. 느꼈습니다. 모자를 벗읍시다. 신사 여러분!" 그는 승리에 차서 그 구절을 읽었다. "아름다운 5월 아침에, 날렵한 여전사는, 화려한 아레잔 암말을 타고, 그 불로뉴 숲의 꽃이 가득한 그 오솔길을 빠르게 지나갔다." 하지만, 큰 소리로 읽다가, 문장 말미에 나오는 속격조사 3개가 거슬렸고, 그랑은 조금 더듬었다. 그는 낙망한 듯이 주저앉았다. 그러고 나서 그만 가봐야겠다고 허락을 구했다. 좀 더 생각해 볼 필요가 있었던 것이다.

후에 알게 되었지만, 이 시기에 그는 사무실에서 산만한 행동을 보였고, 그것은 줄어든 인원으로 과중한 업무에 처해 있는 시청 상황에서는 유감스러운 일이었다. 그의 업무는 그로 인해 지장을 받았고, 부서장은 그를 엄격히 질책하며, 그가 실제로 하고 있지도 않은 업무를 수행하기 위해 받는 급여를 상기시켰다. 부서장은 말했었다. "당신이 직장 밖, 공중위생팀에서 자원봉사를 하고 있다는 소문이 있소. 그건 내가 신경 쓸 일은 아니오. 하지만 내가 신경 써야 할 부분은 당신의 업무요. 그리고 이 끔찍한 상황에서 자신을 유용하게 만드는 첫 번째 방법은 자신의 업무를 잘 수행하는 것이오. 그렇지 않으면, 나머지는 아무 의미가 없는 것이오."

"그분이 옳습니다." 그랑이 리외에게 말했다.

"예, 그분이 옳아요." 의사가 동의했다.

"하지만 저는 집중이 되지 않고 내 문장을 어떻게 마치고 빠져나와야 할지 모르겠어요."

그는 모든 사람이 이해할 거라고 믿고, '불로뉴'를 뺄까도 생각했었다. 그러나 그 문구는 '꽃이 핀'과도 관련 있는 것 같았고, 사실, 오솔길과도 관계있었기에, 다음과 같이 쓸 가능성도 고려해야 했다. '꽃으로 가득한 그 숲의 오솔길.' 하지만 '숲'이 명사와 수식어 사이에서 임의로 나뉘게 되는 상황은 살갗 속

가시 같은 것이었다. 어떤 저녁에는, 그가 리외보다 훨씬 더 지쳐 보였던 것도 사실이다.

그렇다, 그는 전적으로 그의 정신을 빼앗아간 그 탐구로 지쳐 있었지만, 공중위생팀이 필요로 하는 통계와 부수적 일을 계속하길 결코 그만두지 않았다. 매일 저녁 끈기 있게, 그는 기록 카드를 정리하고, 그것들을 도표까지 그려서 가능한 한 정확한 상태를 보여주기 위해 천천히 전력을 다했다.

그는 종종 리외가 있는 병원 중 한 군데를 찾아갔고 그곳이 사무실이건 병동이건 책상 하나를 달라고 요청했다. 그는 서류를 가지고 그곳에 자리를 잡았고, 거의 시청 내 자기 책상에 앉은 것처럼 앉아서, 소독약과 병 자체로 짙어진 공기 속에서, 자신이 작성한 서류의 잉크를 말리기 위해 그것을 흔들었다. 그럴 때 그는 자신의 '여전사'도 잊었고 단지 필요한 일만 해내려 충실하게 힘썼다.

그렇다, 만약 사람들이 스스로 모범과 모델을 제시하고 자신들의 영웅이라고 부르고 싶어 하는 것이 사실이라면, 또한 이 이야기에 반드시 그 하나가 있어야 한다면, 화자는 당연히 이 미약하고 나서지 않는, 마음속에는 약간의 친절과 우스꽝스러워 보이는 이상만을 지닌 이 영웅을 제시할 것이다. 이것은 진실이 실제로 그것에게 돌아가게 할 것이고, 2 더하기 2가 4라는 것을, 영웅주의에게 그것이 있어야 할 두 번째 자리를 내어줄 것이고, 바로 그런 직후에, 그것이 절대로 앞서서는 안 되는 행복에 대한 관대한 요구를 줄 것이다. 이것은 또한 이 연대기에 성격을 부여할 것인데, 말하자면 대놓고 나쁘지도 않고, 추잡한 방식으로 드라마틱하게 과장되지도 않은, 좋은 감정으로 맺어진 관계로서일 것이다.

적어도 이것이 언론에서 읽거나 라디오에서 들은, 바깥세상이 페스트가 만연한 도시로 보내오는 호소와 격려에 대한 의사 리외의 견해였다. 항공과 도로로 구호물자를 보내오는 동시에, 매일 저녁, 방송이나 신문을 통해, 동정이나 찬사의 의견들이 고립된 도시로 쏟아져 들어오고 있었다. 그리고 매번 영웅담이나 수상 연설 같은 말투가 의사를 참을 수 없게 만들었다. 물론, 그 염려가 가식이 아님을 알고 있었다. 하지만 그것은 단지 사람들이 인류에게 자신들이 어떻게 연결되어 있는지를 표현하려고 시도하는 상투적인 언어의 표현이 될 수밖에 없었다. 그리고 그 언어는 예를 들어, 그 역병의 중심에서 그랑이라는 존재의 의미가 무엇인지 깨닫게 할 수 없었기에 그랑이 벌이는 매일매일의 작은 노력들에 적용될 수 없는 것이었다.

가끔 자정이 되면, 의사는 인적이 끊긴 도시의 큰 침묵 속에서, 아주 짧은 잠이라도 자기 위해 침대에 들 때, 자신의 라디오 버튼을 켜곤 했다. 그러면 수천 킬로미터 떨어진 세계의 끝으로부터, 얼굴도 모르는 우애의 목소리들이 자신들의 연대와 주장을 서투르게 표현하려 애쓰고 있었는데, 사실상, 동시에 모든 사람들이 자신이 볼 수 없는 고통을 진정으로 공유할 수 없다는 끔찍한 무력함을 보여주기도 하였다. "오랑! 오랑!" 그 부름은 헛되이 바다를 가로질러 왔고, 아무리 리외가 경계하며 들어도, 곧 웅변조가 되었다. 그것은 그랑과 발언자 둘을 두 이방인으로 만드는 본질적인 차이를 더 잘 보여주고 있을 뿐이었다. "오랑! 그렇다, 오랑!" 의사는 생각했다. "사랑하거나 함께 죽는 것 말고는, 다른 방책은 없다. 그들은 너무 멀리 떨어져 있다."

그리고 마침내 역병이 정점에 이르고, 재앙이 모든 힘을 모아 이 도시를 공격하고 점령하는 과정에 들어가기에 앞서, 짚어볼 것이 있는데, 그것은 랑베르 같은, 최후의 개인들이 자신들의 행복을 되찾으려고, 역병으로부터 자신의 일부를 방어하기 위해, 모든 공격에 대항해 벌인 절망적이고 단조로운 오랜 노력들이다. 그것은 위협에 굴종하는 것을 거부하는 그들 나름의 방식이었고, 비록 그 거부가, 언뜻 보아, 다른 것만큼 효과적이지 않았다 하더라도, 화자의 견해로는 그 자체로 의미 있고, 그것이 당시 우리 각자가 가지고 있던 자부심을 잘 보여주며, 또한 증언하고 있었다고 믿어진다.

랑베르는 역병이 자신을 덮쳐오는 것을 막기 위해 싸웠다. 합법적 수단으로는 도시를 빠져나갈 수 없다는 확증을 얻은 그는 다른 방법을 사용하기로 결정했다고, 리외에게 말했다. 그 신문기자는 카페 웨이터로부터 시작했다. 카페 웨이터는 항상 무슨 일이 일어나고 있는지 잘 알고 있는 법이다. 그러나 그가 처음에 물은 이들은 무엇보다 이런 종류의 시도를 제재하기 위해 마련된 매우 엄중한 처벌에 대해 정통해 있었다. 한번은, 선동자 취급을 받기까지 했다. 그는 할 수 없이 일을 조금이라도 진전시키기 위해 리외의 집에서 코타르를 만나야만 했다. 그날, 리외와 코타르는 그 신문기자가 공무원들과 벌인 헛된 과정에 대해 다시 이야기를 나누었었다. 며칠 후, 코타르는 길에서 랑베르를 다시 만났고, 그가 관계하는 모든 이들을 대할 때 그러하듯 두루뭉술하게 대했다.

"여전히 진전이 없나요?" 그가 말했다.

"네, 없네요."

"관청에 기대할 건 없소. 그들은 이해하려고 들질 않죠."

"정말 그러네요. 하지만 다른 방법을 찾고 있지만 어렵군요."

"아!" 코타르가 말했다. "알겠습니다."

그는 하나의 경로를 알고 있었고, 놀라는 랑베르에게, 그는 오래전부터, 오랑의 모든 카페를 자주 드나들어서, 거기 친구들이 있고 그런 종류의 일을 처리해 주는 어떤 조직이 있다는 정보를 들었다고 설명해 주었다. 사실 코타르는 지금 버는 것보다 쓰는 게 많아서 배급 물자 암거래에 가담하고 있었다. 그것으로 그는 값이 계속해서 오르는 담배와 밀주를 되파는 방법으로 작은 돈을 챙기고 있었다.

"확실한가요?" 랑베르가 물었다.

"예, 내게도 권했었으니까."

"그런데도 활용하지 않았나요?"

"의심하지 마세요." 코타르가 상냥한 태도로 말했다. "나는 떠나고 싶지 않았기 때문에 이용하지 않은 겁니다. 그럴 만한 이유가 있었죠."

그는 침묵 후 덧붙였다.

"이유가 뭐냐고 묻지 않으시네요?"

"그건," 랑베르가 말했다. "제가 관심 가질 사항은 아닌 것 같아서요."

"어떤 의미에서, 그것은 사실 당신이 관심 가질 사항은 아닙니다. 하지만 또 다른 의미에서는… 그러니까, 다만 분명한 건, 우리가 역병과 함께하면서부터 저는 이곳을 매우 좋게 느낀다는 것입니다."

상대는 그의 말을 끊었다.

"그 조직과는 어떻게 접촉할 수 있죠?"

"아!" 코타르가 말했다. "쉽지는 않죠, 저와 같이 가시죠."

오후 4시였다. 무거운 하늘 아래서, 도시는 서서히 덥혀지고 있었다. 모든 상점들엔 차양막이 내려져 있었다. 도로엔 인적이 없었다. 코타르와 랑베르는 아치가 있는 거리를 따라 오랫동안 말없이 걸었다. 역병이 모습을 드러내지 않는 시각 중 하나였다. 이러한 침묵, 이러한 색채와 움직임의 죽음은, 도리깨의 그것일 수도 있고 여름의 그것일 수도 있었다. 그 무거운 공기가 다가올 위협 때문인지 먼지와 열기 때문인지 알 수 없었다. 역병을 따라잡기 위해서는 관찰하고 생각해야만 했다. 왜냐하면 그것은 부정적인 신호로만 스스로를 드러냈기 때문이다. 그 상황에 우호적인 코타르는 랑베르에게, 보통 때면, 가능하지 않은 시원함을 찾아 통로 문턱 옆에서 헐떡이고 있었을, 개의 부재를 예로 들어 지적했다.

그들은 팔미에 대로를 따라 걷다가, 아름 광장을 가로질러 마린 구역으로 걸어 내려갔다. 왼쪽에, 녹색 칠을 한 카페 하나가 비스듬한 노란 차양 밑에 자리를 잡고 있었다. 안으로 들어간, 코타르와 랑베르는 이마를 닦았다. 그들은 녹색 철판 테이블 앞의 접이식 정원 의자에 앉았다. 실내는 텅 비어 있었다. 파리들이 공중에서 앵앵거렸다. 덜걱거리는 카운터 위 노란 새장 안에, 깃털이 전부 빠진 앵무새 한 마리가 횃대에 앉아 있었다. 더럽고 뒤엉킨 거미줄투성이 벽에는 군대 장면을 그린, 오래된 그림들이 걸려 있었다. 랑베르가 앉은 테이블을 비롯해 모든 철제 테이블에, 기원을 알 수 없는 닭똥들이 말라붙어 있었는데, 약간의 소란 후에, 멋진 수탉 한 마리가 껑충 튀어나왔다.

열기가, 그 순간, 다시 오르는 듯했다. 코타르가 재킷을 벗고 철제 판을 두드렸다. 푸른색 긴 앞치마로 가려지다시피 한 자그마한 사람 하나가 바닥에서 나와서는, 코타르를 알아보고 멀리서 인사를 하곤 다가오면서 수탉을 옆으로 걷어찼고, 그 수

닭의 꼬꼬댁 소리에 아랑곳 않고, 이 신사가 주문하려는 것이 무엇인지를 물어왔다. 코타르는 백포도주를 주문하고는 가르시아라는 인물에 대해 안부를 물었다. 땅딸보에 따르면, 카페에서 모습을 보인 이후 벌써 수일이 지났다는 것이다.

"자네 생각엔 오늘 저녁엔 올 것 같나?"

"아, 제가 그 사람 속을 알 수 있나요!" 상대가 말했다. "오히려 그분이 오시는 시각은 선생님이 아시지 않나요?"

"그렇긴 하지. 그런데 그건 그리 중요한 건 아니고. 난 그저 그에게 소개해 줄 친구가 한 명 있어서 그래."

그 젊은이는 자신의 젖은 손을 앞치마에 대고 문질렀다.

"아! 이 신사분도 그 사업과 관련 있으신가 보군요?"

"그래." 코타르가 말했다.

땅딸보가 코를 킁킁거리며 말했다.

"그럼, 오늘 밤에 다시 와봐요. 내가 그에게 아이를 보낼게요."

밖으로 나오면서, 랑베르는 그 사업이라는 게 뭐냐고 물었다.

"당연히 암거래죠. 그들은 물건을 시 문으로 통과시키죠. 그것들을 비싼 값에 파는 겁니다."

"그렇군요." 랑베르가 말했다. "공범이 있겠군요?"

"바로 그렇소."

저녁에, 차양이 걷히고, 앵무새가 새장 속에서 재잘대고 있는 가운데, 철제 테이블에 셔츠 차림의 사내 넷이 둘러앉아 있었다.

그들 중, 밀짚모자를 뒤로 젖혀 쓰고 검게 그을린 가슴이 드러나게 흰 셔츠를 풀어헤친 사내 하나가 코타르가 들어가자 자리에서 일어섰다. 검게 그을린 균형 잡힌 얼굴, 검고 작은 눈, 하얀 치아, 두세 개의 반지를 손가락에 낀, 그는 서른쯤 되어 보였다.

"안녕한가?" 그가 말했다. "바에서 한잔하세."

그들은 말없이 한 잔씩을 마셨다.

그러고 나서 "나갈까?" 하고 가르시아 말했다.

그들은 항구로 내려갔고 가르시아는 원하는 게 뭐냐고 물었다. 코타르는 그에게 랑베르를 소개시켜 주고 싶었다고, 정확히는 사업 때문은 아니고, 그냥 '나가기'만 하면 된다고 말했다. 가르시아는 담배를 피며 곧장 앞으로 걸어갔다. 그는 랑베르를 '그'라고 하면서, 그의 존재는 아랑곳 않고 몇 가지를 물었다.

"무얼 하려고?" 그가 물었다.

"프랑스에 여자가 있어."

"아!"

그리고 잠시 후,

"하는 일이 뭐야?"

"신문기자."

"그건 이 바닥에선 말이 많은 직업인데."

랑베르는 잠자코 있었다.

"친구라니까." 코타르가 말했다.

그들은 말없이 걸었다. 그들은 큼직한 철책으로 접근이 금지된 부두에 도착했다. 그래서 그들은 냄새가 풍겨오는 정어리 튀김을 파는 작은 식당으로 향했다.

"어쨌든, 그 문제라면 내가 아니라 라울이지." 가르시아가 매듭을 지었다. "그리고 그를 찾아야만 해. 쉽지 않은 일이지."

"아!" 코타르가 활기를 띠며 물었다. "숨어 있는 모양이지?"

가르시아는 답이 없었다. 간이식당 근처에서, 그는 멈춰서더니 처음으로 랑베르를 돌아보았다.

"모레 11시에, 시내 꼭대기에 있는 세관 건물 모퉁이에서 봅시다."

그는 떠날 듯하다가, 두 사람을 돌아보았다.

"비용이 들 텐데." 그가 말했다.

확인하는 투였다.

"물론이오." 랑베르가 고개를 끄덕였다.

잠시 후, 신문기자는 코타르에게 감사를 표했다.

"오! 아닙니다." 상대가 쾌활하게 말했다. "당신을 도울 수 있어 기쁩니다. 게다가, 신문기자시니, 언젠가 제게 갚을 날이 있겠죠."

다음다음 날, 랑베르와 코타르는 마을 꼭대기로 이어진 그늘 없는 큰길을 걸어 올랐다. 세관 건물의 일부는 진료소로 변해 있었고, 큰 문 앞에, 허가되지 않은 방문을 희망하며 왔거나 또는 한두 시간 후면 만료가 될 정보를 찾아서 온 사람들이 진을 치고 있었다. 어쨌든 이 장소엔 많은 사람들이 오가는 게 허락되어 있었고 이런 점이 가르시아가 랑베르를 만날 장소로서 고려한 것으로 짐작되었다.

"이상하군요." 코타르가 말했다. "이렇게 고집스레 떠나려 하다니. 요컨대, 무슨 일이 벌어지려는지 몹시 흥미로운데."

"저는 아닙니다."

"아! 물론, 위험 부담은 있죠. 하지만, 결국, 역병 전에도 혼잡한 교차로를 건널 때조차 그만큼의 위험은 있었던 것 아닐까요."

그때, 리외의 차가 그들 곁에 섰다. 타루가 몰고 있었고 리외는 반쯤 자고 있었다. 그는 깨어나서 서로를 소개했다.

"우리 서로 구면이죠." 타루가 말했다. "우린 같은 호텔에 머물고 있죠."

그는 랑베르에게 시내까지 태워다 주겠다고 제안했다.

"아닙니다. 우린 여기서 약속이 있습니다."

리외가 랑베르를 의미 있게 바라보았다.

"그렇습니다." 그가 그 눈빛의 의미를 알고 말했다.

"아!" 코타르가 궁금해 했다. "의사 선생님도 아시는 건가요?"

"저기 예심판사가 오는군요." 타루가 코타르를 바라보며 알려 주었다.

그의 안색이 바뀌었다. 오통 씨가 정말 길을 내려오다 활력 있고, 그러나 절도 있는 걸음걸이로 그들 쪽으로 다가왔다. 그는 그들 무리를 지나면서 모자를 벗어 보였다.

"안녕하십니까, 판사님!" 타루가 말했다.

판사는 차 안의 탑승자들과 인사를 나누고는, 뒤쪽에 머물러 있는 코타르와 랑베르를 보고, 정중하게 머리를 숙여 보였다. 타루가 그 연금생활자와 신문기자를 소개했다. 판사는 잠깐 하늘을 바라보고는 매우 슬픈 시기라고 말하며, 한숨을 내쉬었다.

"타루 씨, 당신이 예방팀 운영에 선도적 역할을 하고 계신다고 들었소. 감사드리지 않을 수 없군요. 의사 선생, 질병은 더 확산될 것 같소?"

리외는 희망을 버려서는 안 된다고 말했고, 판사는 구세주의 섭리를 헤아릴 수 없으니 항상 희망을 가져야만 한다고 되풀이해서 말했다. 타루가 그에게 이번 일로 처리할 일이 늘었느냐고 물었다.

"반대요. 일반 법 위반 소송은 줄어들고 있소. 저는 다만 새로운 조항의 심각한 위반 사항만 처리하면 되오. 기존의 법이 이렇게 잘 지켜진 적이 거의 없었소."

"상대적으로 잘 지켜진다는 것이겠죠, 어쩔 수 없이." 타루가 말했다.

판사는 마치 하늘에 걸려 있는 듯했던 지금까지의 몽롱한 눈길을 거두었다. 그리고는 냉랭한 표정으로 타루를 관찰했다.

"그래서 어쨌다는 건가요?" 그가 말했다. "문제는 법이 아니라, 판결이겠죠. 우리가 할 수 있는 건 아무것도 없소."

판사가 떠나자 코타르가 말했다. "저이가 적 1호지."

자동차가 출발했다.

잠시 후에, 랑베르와 코타르는 가르시아가 오는 것을 보았다. 그는 어떤 신호도 없이 그들에게 다가와 인사를 대신해 말했다.

"좀 더 기다려야겠는데."

그들 주변엔, 여성이 대부분인 군중들이 모두 침묵하며 기다리고 있었다. 거의 전부가 바구니를 들고 있었는데, 그것을 앓고 있는 친지들에게 전할 수 있을 거라는 헛된 희망과 심지어 앓고 있는 그들에게 도움을 줄 거라는 어처구니없는 생각을 품고 있었던 것이다. 출입구는 무장한 군인들에 의해 지켜지고 있었고, 때때로, 병동과 문을 가르는 안뜰로 묘한 울부짖음이 가로질러 왔다. 청중들이, 걱정스러운 얼굴로 진료실 쪽을 돌아보았다.

세 사람이 그 광경을 지켜보고 있을 때 그들 뒤에서 또렷하고 진지한 목소리로 "안녕하시오."라는 소리가 들려와서 그들을 돌아보게 만들었다. 더위에도 불구하고 라울은 매우 단정한 복장이었다. 크고 강인한 그는 짙은 색 더블 정장 차림에 챙이 말려 올라간 펠트 모자 차림이었다. 그의 얼굴은 몹시 창백했다. 갈색 눈과 다부진 입의 라울이 빠르고 정확히 말했다.

"시내로 내려갑시다." 그가 말했다. "가르시아, 자넨 가도 좋아."

가르시아는 담배 한 대에 불을 붙이고는 그들을 보내주었다. 그들은 자신들의 중간에 위치해 걷는 라울의 속도에 맞추어 빠르게 걸었다.

"가르시아가 내게 설명해 주었소." 그가 말했다. "할 수 있을 거요. 그나저나, 만 프랑이 들 텐데."

랑베르가 받아들인다고 대답했다.

"내일, 마린 가의 스페인 식당에서 점심을 함께 합시다."

랑베르는 잘 알았다고 말했고 라울은 처음으로 미소를 지어 보이며 악수를 청했다. 그가 떠난 후, 코타르가 사과했다. 자신이 내일 시간이 없기도 하지만 랑베르에게 더 이상 자기가 없어도 될 것 같다며.

다음 날, 그 신문기자가 스페인 식당에 들어갔을 때, 모두의 시선이 그에게로 향했다. 햇볕에 바짝 마른 좁고 누런 길 아래 있는 그늘진 지하에는, 단지 남자들만 드나들었는데, 대부분 스페인계였다. 뒤쪽 테이블에 앉아 있던 라울이, 신문기자에게 손짓을 하고 랑베르가 그에게로 향해 걷자, 호기심을 잃은 얼굴들이 자신들의 접시로 돌아갔다. 라울은 테이블에 키가 크고 마른 체형에 비정상적으로 넓은 어깨를 한, 머리칼이 듬성 듬성한 말상의 사내와 함께 있었다. 검은 털이 덮인 그의 길고 가느다란 팔이, 걷어 올린 셔츠 소매 밖으로 삐져나와 있었다. 그는 랑베르가 자신에게 소개되었을 때 세 번 고개를 끄덕였다. 그의 이름은 불려지지 않았고, 라울은 그를 가리키면서 '우리 친구'라고만 했을 뿐이었다.

"우리 친구는 당신을 도울 기회가 있을 거라고 믿습니다. 그가 당신을…"

라울은 웨이트리스가 랑베르의 주문을 받으러 와서 말을 멈추었다.

"그가 당신을 우리가 매수해 둔 경비병에게 소개해 줄 친구 두 명에게 연결시켜 줄 거요. 그것으로 전부 끝나는 건 아니오. 그 경비병들이 나름 적당한 시간을 골라야 합니다. 가장 쉬운 방법은 당신이 출입문 근처에 사는, 그들 중 한 명과 며칠 밤을 지내는 거요. 하지만 그전에, 우리 친구가 필요한 접촉을 시켜 드릴 겁니다. 모든 게 준비되었을 때, 이 친구에게 비용을 지불하면 되오."

그 친구는 먹고 있던 토마토와 피망 샐러드를 씹는 걸 그치지 않고 한 번 더 말상의 고개를 끄덕였다. 그러고 나서 그는 옅은 스페인어 억양으로 말했다. 랑베르에게 내일모레로 약속을 잡자고 제안했다. 아침 8시에, 대성당 정문 앞에서 만나기로.

"또 이틀이군요." 랑베르가 꼬집었다.

"쉬운 일이 아니오." 라울이 말했다. "사람들을 찾아야 하니까."

말상이 한 번 더 고개를 끄덕였고 랑베르는 열의 없이 인정했다. 점심시간의 나머지는 대화의 주제를 찾느라 지나갔다. 하지만 그 말상이 축구선수였다는 걸 랑베르가 알게 되면서 모든 게 아주 쉬워졌다. 그도 역시 축구를 많이 해왔던 것이다. 그리하여 프랑스 챔피언십과 영국 프로팀의 수준, 그리고 W 전술에 관해 이야기를 나누었다. 점심식사가 끝나갈 즈음, 말상은 꽤 친밀해졌고, 팀에서 센터하프보다 더 멋진 자리는 없다는 점을 납득시키기 위해 랑베르에게 반말을 했다. "자네 이해하지." 그가 말했다. "센터하프는 게임을 분배하는 일인이야. 게임을 분배하는 거, 그게 축구지."

랑베르는 항상 센터포워드를 봐왔지만 그의 견해에 동조해주었다. 그 논쟁은 겨우 라디오 소리로 중단되었다. 감상적인 멜로디가 반복된 후, 전날 역병 희생자가 130명이라는 발표가 있었다. 듣고 있던 이 누구도 반응하지 않았다. 말상의 사내는 어깨를 으쓱 들어 올리고는 일어섰다. 라울과 랑베르도 그를 따랐다.

헤어지면서, 센터하프는 랑베르의 손을 힘차게 잡았다.

"내 이름은 곤잘레스네." 그가 말했다.

그 이틀은 랑베르에게 한없이 길게 느껴졌다. 그는 리외의 병원에 찾아가서 진행 상황을 상세히 이야기했다. 그러고는 왕진을 가는 그 의사와 동행했다. 의심 환자가 기다리고 있는 집

문 앞에서 작별인사를 나누었다. 통로에서, 달려가는 소리와 목소리가 들려왔다. 가족들에게 의사가 도착했음을 알리는 소리였다.

"타루가 늦지 않았으면 좋겠는데." 리외가 중얼거렸다.

그는 피곤해 보였다.

"전염이 너무 빠른가요?" 랑베르가 물었다.

리외는 그렇진 않다고, 심지어 통계 곡선도 덜 가팔라졌다고 말했다. 단지, 역병에 대항해 싸울 수단이 충분히 많지 않다고 했다.

"장비가 부족합니다." 그가 말했다. "세상의 모든 군대가, 보통 장비 부족을 사람으로 대신하죠. 하지만 우리는 사람 역시 부족하니."

"외부에서 의사와 의료진이 왔잖습니까."

"예." 리외가 말했다. "의사 열 명과 백여 명의 의료진이 왔습니다. 언뜻 보아 많아 보입니다. 그 수는 현재 질병 상태를 겨우 감당할 수 있을 뿐입니다. 전염병이 확산되면 미흡하죠."

리외는 안에서 들려오는 소리에 귀를 기울이다, 랑베르에게 미소를 지어 보였다.

"그래요." 그가 말했다. "성공적으로 떠나려면 서두르셔야 합니다."

랑베르의 얼굴로 어두운 그늘이 지났다.

"아시다시피," 그가 낮은 목소리로 말했다. "그 때문에 떠나려는 것은 아닙니다."

리외는 알고 있다고 대답했지만, 랑베르는 계속해서 말했다.

"저는 제 삶의 대부분을, 비겁자로 살지는 않았다고 믿습니다. 그것을 경험할 기회도 있었구요. 다만, 견딜 수 없는 몇 가지 생각이 있습니다."

의사는 정면으로 그를 바라보았다.

"당신은 그 여자분을 다시 만나게 될 겁니다." 그가 말했다.

"아마도요. 하지만 저는 이 상태가 지속되고 그사이 그녀가 나이를 먹어갈 것을 생각하면 견딜 수가 없습니다. 서른이면, 사람들은 늙기 시작하고 모든 것을 누릴 수 있어야만 합니다. 선생님이 이해할 수 있으실진 모르겠습니다."

리외가 이해하고 있다고 믿는다고 웅얼거리는데, 타루가 매우 생기 넘치게 도착했다.

"방금 파늘루 신부에게 우리와 함께해 달라고 부탁했습니다."

"잘되었나요?" 의사가 물었다.

"깊이 생각하시고는 그러겠다고 했습니다."

"정말 기쁘네요. 설교와는 달리 보다 더 나은 분이라는 걸 알게 되어 기쁘네요."

"모든 사람이 그런 거 같아요." 타루가 말했다. "그들에게 기회를 주기만 하면 되는 거고."

그는 웃으며 리외에게 윙크를 보냈다.

"제 임무가, 살아서, 기회를 제공하는 것이고 말입니다."

"죄송합니다." 랑베르가 말했다. "저는 그만 가봐야겠네요."

목요일 만남에, 랑베르는 8시 5분 전에 대성당 입구로 갔다. 공기는 아직 여전히 선선했다. 하늘에는 이제 곧, 피어오른 열기가 전부를 집어삼킬 작고 둥근 흰 구름이 떠가고 있었다. 마른 잔디밭에서는 희미한 습기 냄새가 여전히 피어올랐다. 동쪽 집 뒤의 태양이 광장에 세워진 전신을 금도금한 잔다르크의 투구만 덥히고 있었다. 시계가 여덟 번을 쳤다. 랑베르는 인적 없는 입구로 몇 걸음을 옮겼다. 어렴풋한 성가 소리가 오래된 지하실 냄새와 향내에 섞여 안쪽으로부터 흘러나왔다. 갑자기 노랫소리가 그쳤다. 십여 명의 자그마한 검은 형체들이 성당에서 나오더니 종종걸음으로 시내를 향해 가기 시작했다. 랑베르는 초조해지기 시작했다. 또 다른 검은 형체들이 큰 계단을 올라서는 입구로 향해 오고 있었다. 그는 담배에 불을 붙였으나, 그곳에선 그것이 허용되지 않는다는 것을 깨달았다.

8시 15분, 대성당의 오르간이 부드럽게 연주되기 시작했다. 랑베르는 어두운 궁륭 아래로 들어갔다. 잠시 후, 중앙 홀에서 그는 자기 앞을 지나갔던 작고 검은 형체들을 볼 수 있었다. 그들은 모두 우리 시의 작업장 한 곳에서 서둘러 제작된 성 로크 상이 막 설치된, 일종의 급조된 제단 앞 한구석에 모여 있었다. 무릎을 꿇은 그들은 안개 속보다 약간 더 짙은 회색빛 속에서 응고된 그림자 조각처럼 웅크리고 앉아 여기저기, 흩어져 있었다. 그들 위로, 오르간의 변주곡이 끊임없이 울려 퍼지고 있었다.

랑베르가 밖으로 나왔을 때, 곤잘레스는 이미 계단을 내려가 시내로 향하고 있었다.

"난 자네가 가버렸다고 생각했지." 그가 신문기자에게 말했다. "보통 그렇거든."

그는 여기로부터 멀지 않은 다른 장소에서, 그 친구들을 8시 10분 전에 만나기로 약속해서 거기서 기다렸다고 설명했다. 하지만 그는 20분이나 헛되이 기다렸다는 것이다.

"문제가 생긴 게 분명해. 우리가 하는 일이 항상 쉬운 게 아니지."

그는 다음 날 같은 시간에, 전몰용사 기념비 앞에서 다시 만날 것을 제안했다. 랑베르는 한숨을 내쉬며 펠트 모자를 뒤로 젖혔다.

"이건 아무것도 아니라네." 곤잘레스가 웃으며 말을 맺었다. "골을 넣기 전에 반드시 이루어져야만 하는 전개와 패스 같은, 모든 콤비네이션을 생각해 보자구."

"물론이야." 랑베르가 다시 말했다. "하지만 게임은 한 시간 반 이상 걸리지 않아."

오랑의 전몰용사 기념비는 바다가 보이는 유일한 지점에 서 있었는데, 항구가 내려다보이는 해안 절벽을 따라 비교적 짧은 거리로 이어지는 산책로에 있었다. 다음 날 랑베르는 먼저 약속 장소로 와서 전사자들의 명단을 주의 깊게 읽었다. 몇 분 후, 두 사람이 다가와, 무심하게 그를 바라보고는, 산책로 난간에 기대 인적이 끊겨 텅 빈 부두를 넋 놓고 바라보는 듯했다. 그들 둘은 비슷한 키에, 둘 다 파란 바지에 반소매 해군용 재킷을 입고 있었다. 기자는 조금 떨어져 있는 벤치에 앉아 여유롭게 그들을 지켜볼 수 있었다. 그러고는 그들이 스무 살도 안 되어 보인다는 사실을 깨달았다. 그 순간, 그는 늦은 것에 대해 용서를 구하며 다가오는 곤잘레스를 보았다.

"저기 우리 친구들이야." 그가 말했고, 마르셀과 루이라는 이름으로 소개한 두 젊은이에게 데리고 갔다. 앞에서 보니, 그들은 많이 닮아 보였고, 랑베르는 그들이 형제라고 느꼈다.

"자," 곤잘레스가 말했다. "이제 서로들 알게 된 거야. 할 일을 정리해야지."

마르셀인지 루이인지가 이틀 후 교대가 시작되어, 일주일간 지속되는데 가장 적합한 날을 골라야만 한다고 말했다. 그들은 네 명이 서쪽 출구를 지키고 있는데, 다른 둘은 직업군인이었다. 그들을 믿을 수 없었고, 게다가, 비용이 늘어날 것이기에 참여시킬 마음은 없었다. 어떤 날 밤에는 두 동료가 아는 술집의 뒷방에 가서 얼마간 시간을 보내고 온다며, 마르셀인지 루이인지가 랑베르에게 출구 가까이 있는 자신의 집에 와서 머물며 데리러 오기를 기다릴 것을 제안했다. 그러면 통과가 아주 쉬울 것이다. 그런데 최근, 시 외곽에 이중 초소를 설치할 거라는 말이 돌고 있으니 서둘러야만 했다.

랑베르는 동의하며 마지막 남은 담배 몇 개비를 건넸다. 아직 말을 하지 않고 있던 그중 하나가 그때 곤잘레스에게 비용 문제는 해결되었는지와 선금을 받을 수 있는지를 물었다.

"아니," 곤잘레스가 말했다. "그럴 필요 없어. 그는 친구야. 비용은 출발할 때 지불할 거야."

그들은 새로운 약속에 합의했다. 곤잘레스는 이틀 후 스페인 식당에서 저녁을 먹자고 제안했다. 거기서, 경비병의 집으로 갈 수 있었던 것이다.

"첫날 밤은, 내가 같이 있어 줄게." 랑베르가 말했다.

다음 날, 랑베르는, 그의 방으로 오르다, 호텔 계단에서 타루와 마주쳤다.

"리외와 다시 만날 겁니다." 그가 랑베르에게 말했다. "같이 가실래요?"

"그분께 방해가 되지 않을까 모르겠네요." 랑베르가 조금 주저한 후에 말했다.

"아닐 겁니다. 그분이 내게 당신 이야길 많이 했거든요."

신문기자는 생각해 보았다.

"그럼," 그가 말했다. "저녁식사 후에 잠깐이라도 시간이 되시면, 늦더라도, 호텔 바로 함께 오시겠습니까?"

"그건 그와 역병에 달려 있겠네요."

그럼에도 불구하고, 밤 11시에, 리외와 타루가 작고 좁은 바 안으로 들어섰다. 서른 명쯤의 사람들이 팔꿈치를 맞대고 매우 큰 소리로 이야기를 나누고 있었다. 역병이 만연한 도시의 침묵 속에서 온, 두 명의 새로운 손님은 조금 얼떨떨해져서 걸음을 멈추었다. 그들은 여전히 술이 날라지는 것을 보고 이 떠들석함을 이해했다. 랑베르가 카운터 한쪽 끝 의자 위에서 손을 흔들었다. 그들이 다가가자, 타루가 시끄러운 이웃을 조용히 밀어냈다.

"술 안 하시나요?"

"아니요." 타루가 말했다. "그 반대죠."

리외는 잔에서 쓴 풀 냄새를 맡았다. 이 소란 속에서 대화도 힘들었지만, 랑베르는 무엇보다 술을 마시는 데 정신이 없는 듯 보였다. 의사는 아직까지 그가 취했는지 판단할 수 없었다. 그들이 앉은 비좁은 방의 나머지를 차지한 두 개의 테이블 중 하나에서는, 양팔에 여자 한 명씩을 낀 해군 장교 하나가, 붉어진 얼굴의 뚱뚱한 대화 상대에게, 카이로 장티푸스 전염병에 대해 떠들어대고 있었다.

"포로수용소가 환자를 위한 텐트와 함께 주민들을 위한 수용소로 바뀌었고, 사방에, 검증 안 된 민간 의약품을 몰래 들여다 주려는 가족들에게 총을 쏘는 보초병들이 쫙 깔려 있었어. 모진 짓이었지만, 그게 옳았지." 그가 말했다. 다른 테이블엔, 고상한 젊은이들이 차지하고 있었는데, 대화는 이해할 수 없었고, 그나마도 높은 곳에 올려진 전축에서 흘러나오는 '세인트 제임스 인퍼머리*'의 소음에 파묻혀 버렸다.

"잘돼 가세요?" 리외가 목소리를 높여 말했다.

"근접해 가고 있습니다." 랑베르가 말했다 "아마 일주일이면."

"유감이군요." 타루가 소리쳤다.

"왜요?"

타루가 리외를 쳐다보았다.

"아!" 리외가 말했다. "타루 씨는 당신이 이곳에서 우리에게 도움이 될 수 있을 거라고 생각해서 한 말입니다. 하지만, 저는, 떠나고 싶어 하는 것을 너무나 잘 이해합니다."

타루가 한 잔 더 할 것을 제안했다. 랑베르는 앉았던 발받침 의자에서 일어나 처음으로 그의 얼굴을 바라보았다.

"제가 도울 수 있는 게 뭐가 있을까요?"

---

* 전통적인 미국 민요로 수많은 아티스트에 의해 다루어졌으며, 가장 잘 알려진 버전은 루이 암스트롱의 버전이다. 가사는 버전마다 다를 수 있지만 병원 침대에 있는 한 남자의 삶과 죽음, 사랑에 대한 이야기다.

"글쎄요." 타루가 말했다. "서두르지 않고 자신의 술잔으로 손을 뻗으면서, 우리 공중위생팀 일이죠."

랑베르는 평소와 같은 완고한 표정을 되찾고는 자신의 의자에 다시 앉았다.

"그런 조직이 필요하다고 여겨지지 않으시나요?" 막 잔을 들이켠 타루가 주의 깊게 랑베르를 바라보면서 말했다.

"매우 필요하지요." 기자가 말하곤 자기도 술을 마셨다.

리외는 그의 손이 떨리는 것을 알아차렸다. 그래, 정말이지 이제 확실히 취했구나, 하고 그는 생각했다.

다음 날, 랑베르는 두 번째로 스페인 식당에 들어서면서, 입구 앞에 의자를 들고 나와 아직은 완전히 짙어지지 않았지만 더위가 한풀 꺾이기 시작한 녹색 저녁을 즐기고 있는 작은 무리의 사람들 한복판을 지나쳐 갔다. 그들은 맵싸한 냄새를 풍기는 담배를 피우고 있었다. 식당 안은 거의 비어 있었다. 랑베르는 들어가 그가 처음으로 곤잘레스를 만났던 뒤쪽의 테이블에 앉았다. 그는 종업원에게 기다리는 사람이 있다고 말했다. 7시 30분이었다. 차츰, 사람들이 안으로 들어와 자리를 잡고 앉았다. 음식이 나오기 시작했고 궁륭 천장 아래는 식기 소음과 대화 소리가 가득했다. 8시가 되어서도, 랑베르는 아직 기다리고 있었다. 불이 켜졌다. 새로운 손님들이 그의 테이블에 자리를 잡았다. 그도 결국 식사를 주문했다. 8시 30분, 식사를 마쳤지만, 곤잘레스나 두 명의 젊은 사내는 보이지 않았다. 그는 담배를 피웠다. 실내는 천천히 비어갔다. 밖으로는, 밤이 매우 빠르게 내려앉고 있었다. 바다에서 불어온 훈훈한 바람이 창문의 커튼을 부드럽게 들어 올렸다. 9시가 되었을 때, 랑베르는 홀이 비었으며 종업원이 의아한 눈으로 바라보고 있는 것을 눈치챘다. 그는 계산을 하고 밖으로 나왔다. 식당 맞은편에, 카페 하나가 열려 있었다. 랑베르는 바에 자리를 잡고 앉아 식당 입구를 지켜보았다. 9시 반이 되었을 때, 그는 다시 시작해야 할 모든 사고 과정을 생각하느라 막막해진 가슴으로, 주소도 가지고 있지 않은 곤잘레스를 다시 만날 부질없는 궁리를 하면서 자신의 호텔로 향했다.

그 순간, 어둠 속을 가로질러 사라져가는 앰뷸런스를 보았고, 그가 의사 리외에게 말했던 바처럼, 이 시간 내내 온통 자신을 그녀와 분리시킨 벽의 틈새를 찾으려 몰두하느라 정작 여자를 잊고 있었다는 사실을 불현듯 깨달았다. 그러나 바로 그 순간에도, 다시 한 번 모든 길이 막혔다고 생각하자, 그는 욕망의 한가운데서 다시 그녀를 찾았고, 갑작스레 폭발한 그 고통을 억누르기 위해 자신의 호텔을 향해 내달렸고, 그럼에도 그가 지닌 그 견딜 수 없는 가슴앓이는 가슴과 관자놀이를 파먹어 대고 있었다.

다음 날 아침 일찍, 그는 코타르를 어떻게 찾을 수 있을지를 묻기 위해 리외를 만나러 왔다.

"제게 남은 건," 그가 말했다. "새로이 순서를 밟아보는 것뿐입니다."

"내일 밤 오시죠." 리외가 말했다. "타루가 내게 코타르를 불러달라더군요. 이유는 모르겠어요. 그는 10시에 올 겁니다. 10시 반에 오시죠."

다음 날, 코타르가 의사의 집에 도착했을 때, 타루와 리외는 최근 그곳에서 일어난 뜻밖의 치유에 관해 이야기를 나누고 있었다.

"열에 하나인 거죠. 운이 좋았죠." 타루가 말했다.

"아! 역병이 아니었군요." 코타르가 말했다.

그들은 정말로 그 질병이었다고 단언했다

"완치가 되었으니 불가능한 거 아닌가요? 역병은 용서가 없다는 걸, 저처럼 당신들도 아시지 않나요."

"보통은 그렇죠." 리외가 말했다. "그러나 조금씩 집중하다 보면, 놀랄 일도 생기는 거죠."

코타르가 웃었다.

"그래 보이지 않습니다. 오늘 밤 수치 들으셨나요?"

그 연금생활자를 호의적으로 바라보던 타루가, "그 수치는 알고 있어요. 상황은 엄중하죠. 그러나 그것이 뜻하는 바가 뭘까요? 여전히 더 특별한 조치가 필요하다고 말하고 있는 것이죠." 하고 말했다.

"오! 당신들은 이미 그 일을 하고 있지 않나요?"

"그래요. 하지만 모든 사람들이 자신의 몫으로 여겨야만 해
요."

코타르는 이해하지 못한 채 타루를 바라보았다. 타루는, 너
무 많은 사람들이 여전히 아무 일도 않고 있다, 전염병은 저마
다의 문제이고 저마다 자신의 의무를 다해야만 한다, 자원봉사
자 기구는 모두에게 열려 있다, 고 말했다.

"좋은 생각이긴 합니다." 코타르가 말했다. "하지만 도움이 안
됩니다. 역병은 너무 강합니다."

"곧 알게 되겠죠." 타루가 인내심 있는 어조로 말했다. "모든
것을 시도해 봤을 때."

그 시간 동안, 리외는 그의 책상에서 진료 파일을 베끼고 있
었다. 타루는 여전히 자기 의자에서 흥분하고 있는 그 연금생
활자를 바라보았다.

"왜 우리와 함께 일하지 않죠, 코타르 씨?"

상대는 감정이 상한 표정으로 일어나, 손에 그의 둥근 모자
를 집어 들었다.

"그건 제 역할이 아닙니다."

그리고는 허세에 찬 목소리로 말했다.

"그 밖에도 나는 내 자신이 역병 안에 있는 게 더 좋소이다,

그런데, 왜 내가 그것을 멈추게 하는 일에 가담하겠소."

타루는 갑자기 진리를 깨달은 것처럼 자신의 앞이마를 딱 쳤다.

"아! 그러네요. 잊고 있었소. 당신은 이게 아니었다면 체포되었을 테니."

코타르는 움찔하면서 넘어지기라도 할 것처럼 의자를 움켜쥐었다.

리외는 쓰기를 중단하고 진지하고 흥미로워하는 표정으로 바라보았다.

"누가 그럽디까?" 연금생활자가 말했다.

타루가 놀란 듯이 말했다.

"당신이 그랬잖소. 적어도, 의사 선생과 나는 그렇게 이해하고 있는데."

그러자 갑자기 코타르가, 자신에 대한 매우 격심한 분노에 사로잡혀서 이해할 수 없는 말들을 더듬거렸다.

"저희를 화나게 하지 마세요." 타루가 덧붙였다. "의사 선생이나 나나 당신을 고발하지는 않을 거요. 당신 문제는 우리가 상관할 바 아닙니다. 게다가 경찰은, 우리도 그들을 결코 좋아하지 않소. 자, 좀 앉읍시다."

연금생활자는 의자를 바라보며 망설이다 앉았다. 잠시 후, 그가 한숨을 쉬었다.

"오래된 이야기요." 그가 인정했다. "그걸 다시 끄집어낸 거요. 나는 다 잊혀졌다고 믿었소. 하지만 고자질한 사람이 있었소. 그들이 나를 불러 조사가 끝날 때까지 늘 대기하고 있으라는 거였소. 나는 마침내 체포되리라는 걸 알았소."

"심각한 수준인가요?" 타루가 물었다.

"그건 의미에 따라 다릅니다. 어쨌든 살인은 아닙니다."

"징역형인가요, 아니면 강제노역형?"

코타르는 몹시 기가 꺾여 보였다.

"징역형입니다, 만약 운이 좋다면…"

하지만 잠시 후에, 그는 격렬한 어조로 다시 말했다.

"그건 실수였소. 모든 사람들이 실수를 합니다. 그리고 나는 이 때문에 내 집, 내 습관, 내가 알고 있는 모든 것에서 떨어져 나와, 갇힐 생각을 하면 참을 수 없습니다."

"아!" 타루가 물었다. "그래서 목을 맬 생각을 한 거요?"

"예, 물론 어리석었죠."

리외가 처음으로 입을 열어 코타르에게 말했다. 그의 불안을 이해하지만 전부 잘 해결될 거라고.

"아! 당장은, 두려울 게 하나도 없다는 걸 저도 압니다."

"보아하니," 타루가 말했다. "당신은 우리 보건팀엔 안 들어오겠군요."

자신의 모자를 손 사이에서 돌리고 있던 상대는, 일어나 모호한 시선으로 타루를 보았다.

"저를 비난하지는 말아주세요."

"물론입니다. 하지만 적어도," 타루가 웃으며 말했다. "병균을 자발적으로 퍼뜨리지는 말아주세요."

코타르는 자신이 역병을 필요로 한 것이 아니며, 그것들이 그처럼 찾아온 것이고 지금 자신의 일들이 정리된 것처럼 보이는 것도 자신의 잘못은 아니라고 강변했다. 그리고 랑베르가 문에 도착했을 때, 연금생활자는 목소리에 많은 힘을 담아 덧붙였다.

"게다가, 내 생각은 당신들이 아무것도 이루지 못하리라는 것입니다."

랑베르는 코타르가 곤잘레스의 주소를 모르지만 언제든 그 작은 카페에 다시 가볼 수 있다는 것을 알게 되었다. 다음 날 만날 약속을 했다. 그리고 리외가 돌아가는 사정을 알고 싶다는 뜻을 표하자, 랑베르는 주말 밤 시간에 언제든 상관없으니 타루와 함께 자기 방으로 오라고 초대했다.

아침에, 코타르와 랑베르는 작은 카페로 갔고 가르시아에게 저녁때 만나자는, 그것이 곤란하면 다음 날 만나자는 전갈을 남겼다. 저녁때, 그들은 기다렸지만 허사였다. 다음 날, 가르시아가 그곳에 있었다. 그는 조용히 랑베르의 이야기를 들었다. 그는 무슨 일인지는 모르지만, 가택수색을 벌이기 위해 그 지역 전체가 병사들에게 24시간 금족령이 내려져 있다는 사실을 알고 있었다. 곤잘레스와 두 젊은이가 봉쇄를 뚫지 못했을 가능성이 있다는 것이었다. 하지만 그가 할 수 있는 일은 라울과 다시 연락을 취하는 것뿐이었다. 물론, 그것도 그다음다음 날에야 가능했다.

"내가 보기엔," 랑베르가 말했다. "처음부터 다시 시작해야 하는 거군요."

그다음다음 날, 어느 길모퉁이에서, 라울은 가르시아의 추측을 확인시켜 주었다. 아래 지역의 통행이 차단되었다는 것이다. 다시 곤잘레스와 접촉해야만 했다. 이틀 후, 랑베르는 그 축구선수와 점심을 먹었다.

"멍청했어." 그자가 말했다. "우리가 다시 만날 방법에 대해 합의했어야 했는데."

랑베르의 의견 역시 그랬다.

"내일 아침에, 우리가 그 애들 집에 가서, 전부 정리해 보세."

다음 날, 그 애들은 집에 없었다. 다음 날 정오에 리세 광장에서 만나자는 약속을 남겼다. 그리고 랑베르는, 오후에 타루가 그를 보았을 때 깜짝 놀랄 만큼 지친 표정으로 거처로 돌아왔다.

"일이 잘 안 되나 보죠?" 타루가 물었다.

"다시 시작할 수밖에 없겠어요."

그리고 그는 자신의 초대를 변경했다.

"오늘 저녁에 오시지요."

저녁때, 두 사람이 랑베르의 방에 갔을 때, 그는 누워 있었다. 그는 일어나서, 준비해 둔 잔에 술을 따랐다. 리외는, 자신의 잔을 받아들면서, 일은 잘되어 가느냐고 물었다. 기자는 완전히 한 바퀴를 다시 돌아서, 같은 지점에 다다랐으며 이제 곧 마지막 약속을 잡게 될 거라고 말했다. 그는 술을 마시고는 덧붙였다.

"당연히, 오지 않을 겁니다."

"단정할 필요는 없겠죠." 타루가 말했다.

"아직 이해하지 못하셨군요." 랑베르가 어깨를 으쓱하며 답했다.

"무엇을요?"

"역병 말입니다."

"아하!" 리외가 받았다.

"아니, 다시 시작한다는 의미를 이해하지 못하신 겁니다."

랑베르는 방구석으로 가서는 작은 축음기를 열었다.

"그 음반은 뭔가요?" 타루가 물었다. "나도 아는 곡이네."

랑베르가 '세인트 제임스 인퍼머리'라고 답했다.

음반 중간쯤, 멀리서 두 발의 총성이 들려왔다.

"개나 탈주자겠지." 타루가 말했다.

잠시 후, 음반이 끝났고 구급차 소리가 분명하게 들려오고, 점점 커지다가, 그 호텔 방의 창문 아래를 지나면서, 줄어들다가는 마침내 사라졌다.

"이 음반 재미없어요." 랑베르가 말했다. "그래도 오늘만 열 번을 더 들었죠."

"그 정도로 좋아하시나요?"

"아니요, 이것밖에 없어서요."

그리고 잠시 후에,

"처음부터 다시 시작한다고 말씀드려야겠네요." 했다.

그는 리외에게 공중보건팀 일은 어떻게 진행되어 가고 있느냐고 물었다.

"다섯 개 팀이 운용되고 있소. 우리는 다른 팀이 만들어지길 희망하죠."

그 신문기자는 침대에 걸터앉아 있었고 자신의 손톱에 집중하고 있는 것처럼 보였다. 리외는 침대 가장자리의 작으면서 다부진 그의 모습을 살폈다. 그는 문득 랑베르가 자신을 바라보고 있는 것을 알아챘다.

"아시다시피, 선생님." 그가 말했다. "저도 그 조직에 대해 많이 생각했습니다. 제가 당신들과 함께하지 못하는 것은 저만의 이유 때문입니다. 그게 아니라면, 저는 아직도 제 몸을 바칠 수 있을 거라 생각합니다. 저는 스페인 내전에도 참전했었죠."

"어느 편이셨나요?" 타루가 물었다.

"패배한 쪽이죠. 하지만 그럼에도, 저는 어느 정도 깨달았죠."

"무엇을요?" 타루가 물었다.

"용기에 대해서요. 이제 저는 사람이 위대한 행동을 할 수 있다는 것을 압니다. 하지만 그가 위대한 감정을 가지지 못한다면, 제겐 흥미롭지 않죠."

"사람이 무엇이든 다 할 수 있을 거라는 말처럼 들리네요." 타루가 말했다.

"하지만 아니죠. 긴 시간 고통받거나 행복할 수는 없죠. 그래서 가치 있는 일을 할 수 없는 걸 겁니다."

그는 그들을 바라보고는, 덧붙였다.

"보세요, 타루, 당신은 사랑을 위해 죽을 수 있나요?"

"모르죠. 하지만 지금은 그럴 수 없을 것 같군요."

"그래요. 오히려 당신은 관념을 위해 죽을 수 있는 사람이죠, 그게 눈에 보입니다. 음, 저는 관념을 위해 죽는 사람들을 충분히 보아왔습니다. 저는 영웅주의는 믿지 않고, 그것이 용이하다는 것을 알고 있고 또한 치명적이라는 것도 알고 있습니다. 저를 흥미롭게 하는 것은 우리가 사랑하는 것을 위해 살기도 하고 죽기도 한다는 것입니다."

리외는 기자의 말을 주의 깊게 듣고 있었다. 그대로 응시한 채로 그가 부드럽게 말했다.

"사람은 관념이 아닙니다, 랑베르."

랑베르는 열정으로 얼굴이 상기된 채로 침대에서 벌떡 일어났다.

"관념입니다. 또한 사랑을 외면하는 순간부터, 좁은 관념이 되어 버립니다. 그리고 결국에, 더 이상 사랑할 수 없게 되는 것입니다. 포기하십시오, 선생님. 실제로 그것이 가능하지 않다면 될 때까지 기다리십시오. 영웅 역할을 하려 하지 마시고 일반적인 구원을 기다리십시오. 저는, 더 이상 나아가지 않겠습니다."

리외는 갑자기 지친 표정으로 일어섰다.

"당신이 옳소, 랑베르. 전적으로 옳아요. 그리고 무엇보다 당신이 하고자 하는 것에서 당신을 돌아서게 하고 싶지 않소, 그일은 내게도 공정하고 좋게 느껴집니다. 그러나 당신에게 해야 할 말이 있군요. 이 모든 것에 영웅주의는 없습니다. 이것은 성실에 관한 문제죠. 당신에겐 우습게 여겨질 수도 있겠지만, 역병과 싸울 수 있는 유일한 방법은 하나의 관념이고, 그것은 성실함입니다."

"성실이란 게 무엇일까요?" 랑베르가 갑자기 심각하게 말했다.

"일반적으로 무엇이라고 해야 할지 모르겠지만, 내 경우엔, 나는 내 일을 하는 데 있다는 것으로 이해합니다."

"아!" 랑베르가 맹렬하게 말했다. "저는 제가 해야 할 일이 뭔지 모르겠습니다. 어쩌면 내가 사랑을 선택하고 있는 것이 잘 못하고 있는 건지도 모르겠습니다."

리외가 그를 똑바로 쳐다보았다.

"아니요." 그가 힘주어 말했다. "당신은 잘못한 게 없습니다."

랑베르는 신중하게 그들을 바라보았다.

"두 분께서는, 전혀 잃을 게 없어 보입니다. 좋은 편에 서는 것은 더 쉬운 일이지요."

리외가 자신의 잔을 비웠다.

"자," 그가 말했다. "우리는 할 일이 있어서."

그는 떠났다.

타루가 그를 따랐지만, 떠나면서 그의 마음이 바뀐 듯했다. 기자에게 돌아서서는 그에게 말했다.

"리외 박사 부인이 여기서 수백 킬로미터 떨어진 요양소에 있다는 걸 아시오?"

랑베르는 놀란 표정을 지었지만, 타루는 이미 떠나고 있었다.

다음 날, 아침 일찍, 랑베르는 의사에게 전화했다;

"제가 도시를 빠져나갈 방법을 찾을 때까지 선생님과 함께 일할 수 있게 허락해 주시겠습니까?"

회선에 침묵이 흘렀고, 그러고 나서 다음 말이 흘러 나왔다.

"예, 랑베르. 감사해요."

III

그처럼, 한 주 내내, 역병에 감금된 이들은 그들이 할 수 있는 최선을 다해 고군분투했다. 그리고 그들 중 일부는, 랑베르처럼, 알다시피, 여전히 자유로운 사람처럼 행동했고, 심지어 여전히 무언가를 선택할 수 있다고 상상하기까지 했다. 하지만, 사실 8월 중순경부터 역병은 모든 것을 뒤덮었다고 말할 수 있다. 따라서 더 이상 개인의 삶은 없었고, 역병이라는 공동의 이야기와 모두가 공유하는 감정만이 남아 있었다. 가장 큰 문제는 공포와 저항을 수반한 격리와 유배 생활이었다. 이것이 화자가 이 더위와 질병의 정점에서, 살아 있는 우리 시민들의 폭력, 죽은 자의 매장과 사랑하는 이와 이별하는 고통 등을 일반적인 방식과 예를 들어 서술하는 것이 적절하다고 믿는 이유이다.

바람이 일어, 역병이 만연한 그 도시로 수일 동안 불어온 것은 그해 중반이었다. 바람은 도시가 세워진 고지대에서 자연적인 장애물을 만나지 않고 더할 나위 없이 난폭하게 거리로 불어닥쳤기에 오랑 시민들에게는 두려움의 대상이었다. 도시를 식혀줄 한 방울의 비도 내리지 않은 채 몇 개월이 지난 터라, 잿빛 먼지로 뒤덮여 있던 것이 바람 아래 비늘처럼 벗겨졌다. 그러고 나서 그것은 먼지와 종이 쪼가리의 파도를 일으켰고 이제는 거의 보기 드문 길 가는 행인의 다리를 때려댔다. 사람들은 몸을 앞으로 숙이고 손이나 손수건으로 입을 가리고 서둘러 길을 가야 했다. 저녁이면, 평소 가능한 한 오래 지속하려고 애쓰던 모임 대신, 매번 마지막이 될 수도 있는 모임에 집중하면서, 서둘러 집이나 카페로 가고 있는 소규모 그룹을 만날 수 있었다. 따라서 당시는, 훨씬 더 빨리 찾아온 황혼 무렵의 거리는 인적이 끊겼고 바람 소리만이 끊임없이 불평을 토해 내고 있었다. 물결이 높아진 여전히 보이지는 않는 바다에서는 해초와 소금 냄새를 피워 올렸다. 먼지로 희어진, 이 인적 없는 도시는, 바다 냄새에 흠뻑 젖어, 바람이 울부짖는 소리로 가득 차 있었고 불행한 섬처럼 신음했다.

그때까지만 해도 역병은 시내 중심보다 더 혼잡하고 덜 평안한 외곽 지역에서 더 많은 희생자를 내왔다. 그런데 어느 순간 경제활동 구역으로 옮겨와 자리를 잡는 듯했다. 주민들은 바람이 세균의 이동에 영향을 끼쳤다고 원망했다. "그게 카드를 뒤섞었어." 하고 호텔 지배인은 말했다. 그러나 어떤 경우든, 중심가의 주민들은 밤중에, 역병 환자들의 음울하고 열의 없는 부르짖음에 더해 창문 아래서 울리는 구급차의 벨소리를 아주 가까이서, 그것도 점점 자주, 듣게 되면서 자신들의 차례가 왔다는 것을 알고 있었다.

심지어 시내에서조차, 특히 피해가 심한 구역을 고립시키고 단지 직무상 필요불가결한 사람만 출입을 허락하자는 의견이 있었다. 그때까지 거기 살던 이들은 이 조치가 특별히 자신들을 겨냥한 가혹행위처럼 거북해 하지 않을 수 없었고, 어떤 경우든, 대조적으로 다른 지역의 주민들을 자유로운 사람으로 생각했다. 반면에 후자들은, 자신들의 힘든 순간을, 다른 사람들이 자신들보다 덜 자유롭다고 상상하는 것으로 위안을 삼았다. "항상 나보다 더한 수형자가 있다."는 문구는 그때 유일한 희망을 담고 있었다.

이 시기에, 특히 시의 서쪽 문에 있는 유흥가에서, 화재가 급증했다. 조사 결과, 그들은 격리되었다가 돌아온 사람들로 슬픔과 불행에 넋이 나간 사람들이 역병을 죽인다는 착각으로 자신들의 집을 불태워서 생기는 일이었다. 거센 바람의 빈도가 잦아 지역 전체가 위험에 지속적으로 노출되어 있어 그 같은 일에 맞서 싸우기는 여간 어려운 일이 아니었다. 당국이 실시하는 주택 소독이 모든 감염 위험을 충분히 제거할 수 있다는 설득이 무위로 돌아가자, 이 순진한 방화범들에 대해 매우 가혹한 처벌을 내릴 필요가 있었다. 그리고 의심의 여지 없이, 이 불행한 사람들을 물러서게 만든 것은 감옥에 갇히는 것에 대한 생각 때문이 아니라, 시 감옥에서 확인되는 과도한 사망률로 인해 감옥형은 곧 사형선고와 같다는 모든 주민들의 공통된 확신 때문이었다. 물론, 이 믿음이 아주 근거 없는 것은 아니었다. 분명한 이유로, 역병은 특별히 그룹을 이루어 사는 데 익숙한 군인, 승려 또는 죄수들을 심하게 공격하는 것 같았다. 왜냐하면, 일부 수감자들의 고립에도 불구하고, 감옥은 공동체였고, 또한 우리의 시립 감옥 간수들이 죄수들만큼이나, 그 질병에 대한 대가를 더 많이 지불했다는 것이 그것을 증명했다. 역병이라는 더 높은 관점에서 볼 때, 형무소장에서 마지막 수감자까지, 모든 사람이 유죄선고를 받은 것과 같았으니, 아마도 처음으로, 절대적 정의가 감옥을 지배했을 것이다.

당국은 순직한 교도관을 포장하는 아이디어로 이러한 평준화에 위계질서를 도입하려고 시도했지만 허사였다. 계엄령이 선포되었을 때, 특정 각도에서 보면, 교도관들이 동원되었다고 간주될 수 있었기에 사후 작위적으로 무공훈장 메달이 수여되었다. 하지만 수감자들로부터는 항의를 듣지 않았다 하더라도, 군에서는 이를 좋게 보지 않았고 당연히 대중의 마음속에 유감스러운 혼돈이 일어날 수 있다고 지적했다. 군의 요청은 받아들여졌고 가장 간편한 방법으로 사망한 간수에게 전염병 훈장을 수여하는 것으로 정해졌다. 그러나 그 훈장을 먼저 받은 이들에게, 피해가 발생했는데, 그들에게서 훈장을 돌려받는 것도 꿈같은 일이었지만, 군은 계속해서 자신들의 입장을 견지했다. 반면에, 전염병 훈장에 관련해, 전염병 시기에 이런 정도의 포장을 얻는 것은 진부한 일이었기에, 무공훈장을 받는 것이 도덕적 효과를 일으키지 못한다는 단점이 있었다. 결국 만인이 불만을 품었던 것이다.

게다가, 교도 행정이 종교 단체와, 차이가 덜한 군대처럼 작동될 수는 없었다. 그 도시에 단 두 곳뿐인 수도사의 수도원들은, 실제로, 흩어져 독실한 신자 가정에서 임시로 묵고 있었다. 비슷하게, 언제든 가능할 때, 소규모 부대들은 병영에서 떨어져 나와 학교나 공공건물에 주둔했다. 따라서 질병은, 언뜻 보아, 주민들에게 포위된 자들을 위한 연대를 강요했고, 동시에 전통적인 유대관계를 무너뜨리고 개인을 고독으로 내몰았다. 그것은 혼란을 초래했다.

우리는 이 모든 상황들이, 바람까지 더해져, 특정 마을에 불을 지르게 하는 데까지 이르렀다고 생각해 볼 수 있다. 도시의 문은 밤사이 여러 번 새롭게, 그러나 이번엔 소규모 무장단체에 의해 공격받았다. 총격전이 있었고, 부상당하고 일부는 탈출했다. 경비초소가 강화되었고 이런 시도는 빠르게 종식되었다. 하지만 그것은, 얼마간 폭력적 장면을 불러오는 변화의 숨결을 불러일으키기엔 충분했다. 위생상의 이유로 불태워지거나 폐쇄된 가옥들이 약탈당했던 것이다. 사실, 그런 행위들이 계획적이었다고 짐작하기는 어려웠다. 대개의 경우, 돌연한 상황이 그때까지 정직했던 사람들을 비난받을 만한 행동을 따라 하게 만들었던 것이다. 그때는 고통으로 넋이 나가 있는 주인이 있는 자리에서, 여전히 불타고 있는 집으로 뛰어드는 미치광이들도 있었다. 주인의 무관심에, 많은 구경꾼들이 앞선 자들의 예를 따랐고, 그 어두운 거리에서, 사람들은 꺼져가는 불길과 어깨에 물건이나 가구를 짊어지고 사방으로 달아나는 일그러진 그림자들을 볼 수 있었다. 당국으로 하여금 역병령을 계엄령과 동일시하고 그에 근거한 법률을 적용하도록 압박한 것은 그러한 사태들이었다. 두 명의 도둑을 총살했지만, 그것이 다른 사람들에게 영향을 끼칠 수 있을지는 의심스러웠는데, 그 두 명의 처형은 수많은 죽음 속에서 진행되었기 때문이다. 그 것은 바다에 떨군 물 한 방울과 같았다. 그리고, 사실, 당국이 개입할 엄두도 못낸 채 그와 비슷한 광경은 꽤 자주 발생했다. 유일하게 전 주민들에게 먹힌 것으로 여겨지는 것은 통행금지 조치였다. 밤 11시부터 완전한 암흑에 잠기면, 도시는 돌덩이가 되었다.

달빛이 비치는 하늘 아래, 하얀 벽과 일직선을 이루어 곧게 뻗은 거리는, 검은 나무 그림자가 얼룩을 만드는 것도 아니었고, 행인의 발소리나 개 짓는 소리에도 방해받지 않았다. 이 거대한 침묵의 도시는 이제 둔중하고 무기력한 입방체들의 조합에 지나지 않았고, 그 사이로는 잊혀진 은인이나 옛 위인들의 말없는 조각상이 돌이나 철로 된 그들의 거짓된 얼굴로, 인간 이었던 것에 대한 타락한 이미지를 떠올리게 하면서 영원히 청동으로 주조되어 외로이 서 있었다. 이 빈약한 우상들은 무거운 하늘 아래, 우리가 들어선, 생명 없는 교차로에서, 또는 역병과, 돌과 어둠이 마침내 모든 목소리를 침묵시키고 있는 지하 분묘에서, 적어도 궁극적인 질서인 이동 불가의 통치 상황을 꽤 잘 보여주는 둔감한 괴물로서, 상석을 차지하고 있었다.

하지만 밤은 사람들의 가슴속에도 있었는데, 매장과 관련하여 떠도는 전설과 같은 진실은 우리 시민들을 안심시킬 수 없는 것들이었다. 매장에 관해 이야기하지 않을 수 없기에 화자는 용서를 구한다. 이에 관해 자신에게 쏟아질 비난에 대해 잘 알고 있지만 그의 유일한 정당성은 그 모든 시간 동안 어찌되었든, 매장은 있을 수밖에 없었다는 것과, 모든 시민들에게 그랬던 것처럼, 그에게도 매장에 대해 걱정할 의무가 지워졌다는 사실이다. 어쨌든, 그는 그런 종류의 의식을 좋아하지 않았는데, 오히려 살아 있는 사회를 선호했고, 예를 들자면, 해수욕을 더 선호한다.

하지만, 결국, 해수욕은 금지되었고, 살아 있는 사회는 하루 종일 죽은 자의 사회를 위해 양보할 의무가 지워질까 봐 두려

위하고 있었다. 그것은 명백했다. 물론, 우리는 항상 그것을 보지 않으려고 노력할 수 있고, 눈을 감고 거부할 수 있지만, 항상 모든 것을 빼앗아 가는 끔직한 힘은 명백한 것이다. 예를 들어, 사랑하는 사람을 매장할 필요가 있는 날, 과연 매장을 거부할 방법이 있을까?

그랬다, 초기 우리 의식의 특징은 속도에 있었다! 모든 절차가 간소화되었고 일반적인 장례 절차가 폐지되었다. 병자들은 가족과 떨어져 죽음을 맞이했고 밤샘 관습은 금해졌다. 그리하여 저녁에 죽은 사람은 단지 혼자 밤을 보냈고 낮에 죽은 이는 지체 없이 묻혔다. 물론 가족에게 알렸지만, 대부분의 경우, 만약 환자와 함께 살았다면 격리 중이어서 움직일 수 없었다. 가족이 고인과 함께 살지 않은 경우, 시신을 씻어 관에 넣어 묘지로 출발하는 지정된 시간에 나와 볼 수 있었다. 이런 절차가 리외가 책임지고 있는 임시 병원에서 일어나고 있는 경우를 상상해 보자. 학교는 본관 뒤에 출구가 하나 있었다. 복도의 큰 창고에는 관들이 들어 있었다. 그 복도에서 가족들은 이미 닫힌 관 하나를 찾게 된다. 즉시, 가장 중요한 일로 들어가는데, 그것은 가족 대표가 서류에 서명하는 일을 말한다. 그러고 나서 시신은 자동차나 진짜 영구차, 혹은 개조된 대형 앰뷸런스로 옮겨진다. 부모가 아직 운행 중인 택시에 오르면, 최대한 신속히, 외곽도로를 달려 묘지에 도착한다. 입구에서 헌병이 장례 행렬을 세우고, 공식 문서에 도장을 찍어 건네주고, 그것이 없으면 우리 시민들이 마지막 안식처라고 부르는 그곳도 얻을 수 없다. 차는 많은 구덩이가 메워지길 기다리고 있는 네모진 터에 놓여진다. 사제 한 사람이 시신을 맞이하는데, 장례식이 교회에서 금지되어 있었기 때문이다. 기도를 하는 중에 영구차에서 관을 끌어냈고, 그것을 질질 끌어서, 웅덩이로 미끄러뜨리고 바닥에 부딪치는 중에 사제는 성수채를 흔들어댔고 이미 첫 삽의 흙이 관 뚜껑 위에서 튀었다. 구급차는 소독약을 살포해야 하기에 이미 조금 일찍 떠났고, 흙을 푸는 삽 소리가 점점 둔탁해지는 가운데, 가족들은 택시에 올랐다. 15분 후면, 그네들은 집에 들어 있었다.

그렇듯, 모든 절차가 실제로 가장 빠른 속도로 위험을 최소화하는 쪽으로 진행되었다. 그리고 적어도 처음에는, 의심의 여지 없이 그것이 가족의 자연스러운 감정에 상처를 입힌 것이 분명했다. 하지만, 역병 시기에, 그것은 염두에 둘 수 없는 고려 사항이었다. 모든 것이 효율성을 위해 희생되었다. 뿐만 아니라, 처음에는, 이런 실행이 제대로 장례를 치르고자 하는 욕구보다, 생각보다 넓게 퍼져 있었기에 시민들의 사기를 떨어뜨렸다면, 다행히, 얼마 지나지 않아서는 식량 문제가 미묘해지면서 관습에 대한 관심은 더 직접적인 걱정으로 옮겨갔다. 먹고살기 위해 밟아야 할 단계와 절차, 해야 할 일에 몰두해서, 사람들은 주변의 다른 사람이 어떻게 죽는지, 그리고 자신들이 언제 어떻게 죽을지를 생각해 볼 겨를이 없었다. 그리하여, 고통으로만 여겨지던 물질적 어려움이 후에는 오히려 축복으로 여겨졌다. 그리고 그 전염병이 우리가 이미 본 것처럼, 퍼져가지 않았다면, 모든 것이 더 나았을 것이다.

왜냐하면 그때쯤에는 관이 점점 귀해지고, 수의를 위한 베와 묘지 자리가 부족해졌기 때문이다. 뭔가 조치를 취해야 했다. 언제나 효율성을 위한 더 간단한 해결책은, 장례의식을 함께 그룹화하고, 필요한 경우 병원과 묘지 사이를 오가는 수를 늘리는 것이었다. 그래서, 리외의 봉사와 관련해서는, 병원에 그 당시 5개의 관이 있었다. 관은 채워질 때마다, 구급차에 실렸다. 묘지에 도착하면 그것들은 비워지고, 진회색 시신들은 들것으로 옮겨져 이를 위해 갖추어진 선반에서 기다렸다. 빈 관들은 소독액으로 씻겨져 다시 병원으로 급히 옮겨졌고, 필요한 만큼 그런 절차가 반복되었다. 따라서 이런 시스템은 매우 훌륭해서 도지사를 만족하게 만들었다. 그는 심지어 리외에게 그래도 이전 코로나에 대한 기록들에서 발견할 수 있는 검둥이들이 끌던 죽음의 수레에 비하면 훨씬 낫다고 말했다.

"예," 리외가 말했다. "똑같은 장례 방식이지만 우리는, 카드를 만들죠. 진전된 건 부인할 수 없습니다."

그러한 행정적인 성과에도 불구하고, 형식이 취하는 불쾌한 성격으로 인해 이제 도청은 장례 의식에 가족들이 참석하는 것을 금하도록 규정했다. 그들이 묘지의 문까지 오는 것은 용납했지만, 그마저, 공식적인 것은 아니었다. 왜냐하면 마지막 의식에 관련하여, 상황이 조금 바뀌었기 때문이다. 묘지 끝자락에, 유향나무가 뒤덮인 장소에 두 개의 커다란 구덩이가 파졌다. 남자 구덩이와 여자 구덩이였다. 이런 점에서 보면, 당국은 아직 기본적인 범절에 대한 생각을 갖고 있었지만, 그것도 그때까지만이었고, 필요에 의해서, 이 마지막 예의는 사라지고 남자와 여자가 품위와 상관없이 서로의 위로 난잡하게 묻혔다. 다행히도 이런 극단적인 혼란은 역병의 마지막 순간에 불과했다는 점이다. 우리가 관련한 시기 중에는 묘지의 구분이 존재했었고 도청은 그것에 매우 집착했었다. 각 구덩이의 바닥에는 생석회의 두꺼운 층이 이루어져 끓어올랐다. 구덩이의 가장자리에도 생석회의 이랑이 거품을 일으켰다. 구급차가 목적지에 도착하면, 들것이 일렬종대를 이루어 구덩이로 옮겨졌다. 벌거벗고 다소 뒤틀린 시체들이 그 구덩이에 미끄러지듯 차곡차곡 던져졌고, 그리곤 생석회 한 층과 흙 한 층을 덮는데 흙은 이어서 들어올 화물들을 위한 공간 확보를 위해 몇 인치 정도만 덮였다. 다음 날 보호자는 서명부에 서명을 하도록 호출되었는데, 이는 예를 들어 사람과 개 사이에 차이가 있음을 보여주었다. 통제는 언제나 가능했던 것이다.

이 모든 처리 과정에는, 인력이 필요했고 우리는 항상 고갈 직전이었다. 간호사와 묘 파는 인부들 중 많은 이들이, 처음에는 공무원이, 더 지나서는 자원봉사자들이 역병으로 죽었다. 우리가 어떤 예방조치를 취해도, 전염병은 어느 날 일어났다. 그런데 돌이켜 생각해 보면, 가장 놀라운 것은 전염병 시기 내내, 이 일을 할 사람들이 결코 부족하지 않았다는 것이다. 역병이 최고조에 달하기 직전 결정적인 시기가 왔고 의사 리외의 우려는 그때 정당화되었다. 관리직이나, '큰일'이라 불리는 일에 대한 인력은 충분하지 않았다. 하지만, 페스트가 온 도시를 장악한 순간, 그때부터 병의 확산이 일을 보다 쉽게 만드는 경향이 있었는데, 왜냐하면 그것이 모든 경제생활을 혼란에 빠뜨리고 상당한 수의 실업자를 만들어냈기 때문이다. 대부분의 경우, 그렇게 해서 활용할 수 있게 된 사람들은 관리직에 대한 채용 원천은 제공하지 않았지만, '허드렛일'을 위한 인력 모집은 훨씬 수월하게 만들었다. 실제로 그때부터는, 궁핍이 항상 두려움보다 더 강한 힘을 발휘했는데 특히 위험에 비례해 지급되는 보수 때문이었다. 위생 당국은 언제나 일하려는 지원자들의 대기 명단을 확보할 수 있었고, 공석이 생기자마자 그 목록의 맨 위에 있는 사람에게 연락이 갔고, 만일 그사이에 그 자신이 빠져나가지 않았다면, 반드시 응했다. 그리하여 이런 종류의 작업을 위해 언제나 단기수든 장기수든 죄수들을 활용하길 꺼려

했던 지사는 그러한 극한 상황에 처하는 것은 피할 수 있었다. 실업자가 있는 한 기다릴 수 있다고 그는 생각했다.

좋든 싫든, 8월 말까지는 그럭저럭, 당국이 죽은 자나 남은 자에 대한 그들의 의무를 다하고 있다고 느낄 수 있을 정도로 정리된 방법으로 우리 시민들은 마지막 안식처로 옮겨질 수 있었다. 그러나 의지할 필요가 있었던 최후의 수단을 보고하기 위해 사건의 순서를 조금 앞질러 설명할 필요가 있을 것이다. 8월부터 역병이 지속된 지역에서, 희생자 수는 우리의 작은 공동묘지가 감당할 수 있는 수준을 훨씬 넘어섰다. 벽의 일부를 허물고, 죽은 자들을 위해 주변 땅을 개방해 갔어도, 곧 다른 대안을 찾아야만 했다. 우선 밤에 묻기로 결정했는데, 결과적으로 그건 특정 절차를 생략하는 것이었다. 시신들이 점점 더 많이 구급차에 실릴 수 있었다. 그리고 모든 규칙을 어기고, 통금시간이 지나서도 여전히 그 구역 안을 뒤늦게 걷고 있던(또는 직업상 거기 있어야 했던) 일부 사람들은 때때로 둔탁한 소리를 내며 밤의 후미진 거리를 내달리고 있는 길고 하얀 구급차와 마주쳐야 했다. 시신들은 서둘러 구덩이로 던져졌다. 거의 제대로 자리 잡지도 못한 상태에서 석회가 얼굴을 짓이겼고, 구별이 안 되게 흙이 덮였으며 구덩이는 시간이 갈수록 더 깊이 파졌다.

그러나, 얼마 지나지 않아, 다시 다른 곳을 물색하고 더 넓은 곳을 마련해야 했다. 법령으로 영구적 묘지들이 수용되었고 그 안의 유골들은 화장터로 보내졌다. 이윽고 역병으로 죽은 자들도 화장되어야 했다. 그러나 시 동쪽 문밖에 있는 오래된 화장터를 사용해야만 했다. 초소가 더 바깥으로 옮겨졌고, 한 시청 직원이 한때 해안 능선을 운행했지만 지금은 사용되지 않고 있는 시가철도를 다시 사용하자는 아이디어를 내서 당국의 업무를 크게 촉진시켰다. 이를 위해서 객차와 전차 내부의 좌석을 떼어내 개조하고, 화장터로 가는 길을 우회하게 했고, 따라서 그곳이 기착지가 되었다.

그리고 그해 여름이 끝날 무렵, 가을비가 내리는 중에도, 승객도 없는 이상한 시가철도 행렬이 매일 밤 한밤중에, 해안도로를 따라 바다 위로 흔들리며 가는 것을 따로 볼 수 있었다. 주민들은 마침내 무슨 일이 일어나고 있는지 알아냈다. 그리고 해안도로를 통제하는 순찰대에도 불구하고, 몇몇 사람들이 바위 사이로 몸을 숨기며 요리조리 빠져나가, 열차가 지나갈 때마다 열린 화물칸으로 꽃을 던지곤 했다. 그리하여 여름밤 뜨거운 어둠 속으로 꽃과 시신을 싣고 덜컹거리며 달리는 차량의 소리를 들을 수 있었다.

어쨌든, 아침 녘이면, 처음 한동안, 짙고 메스꺼운 냄새가 도시의 동쪽 지역을 맴돌았다. 모든 의사들에 따르면, 이런 냄새는, 비록 불쾌했지만, 누구에게도 해를 끼치지 않았다. 하지만 그 지역 주민들은 하늘로부터 염병이 자기들에게 내리는 줄 알고 그곳을 떠나겠다고 위협했고, 복잡한 파이프라인을 통해 연기를 우회시키고 나서야 진정시킬 수 있었다. 바람이 많이 부는 날에만, 동쪽에서 오는 희미한 냄새가 자신들이 새로운 질서 속에 놓여 있음을, 역병의 불길이 자신들의 몫을 삼켜버리고 있음을 상기하곤 했다.

그런 것들이 그 전염병이 가져온 극단적 결과였다. 하지만 우리 관청 부서의 기지나 도청의 법 규정과 심지어 화장터의 소각 능력이 초과될 수 있었다는 것을 생각해 볼 수 있기에 이후 더 증가하지 않은 것은 다행이었다. 리외는 그때 바다에 시신을 던져버리는 것 같은 절박한 해결책이 계획되고 있음을 알았고, 푸른 물 위의 기괴한 거품을 쉽게 상상할 수 있었다. 그는 또한 통계가 계속 올라가면, 아무리 훌륭한 어떠한 조직이라 해도, 사람들이 죽어 첩첩이 쌓여 거리에서 썩어가도, 대처할 수 없을 것이고, 도청이 있음에도 불구하고 도시는 공공장소에서, 죽어가는 자들이 정당한 증오와 어리석은 희망이 뒤섞인 채 산 자에게 매달리는 꼴을 볼 수 있을 것이라는 걸 알고 있었다.

이런 종류의 명백함이나 근심은, 어쨌든, 우리 시민들 사이에 외부로부터 유배되고 격리되어 있다는 감정을 유지시켰던 것이다. 이와 관련하여, 화자는 예컨대 옛이야기에서 찾을 수 있는 어떤 위안이 되는 영웅이나 빛나는 행동과 같은 정말 극적인 것을 알릴 수 없는 것이 얼마나 아쉬운 일인지 잘 알고 있다. 그것은 역병이라는 재앙보다 덜 극적인 것은 아무것도 없다는 것이고, 큰 불행은 긴 시간 지속됨에 따라, 단조롭기 때문이다. 그 시기를 통과해 온 사람들의 기억 속엔, 역병의 끔찍한 날들은 화려하고 잔혹한 거대한 불꽃으로서가 아니라, 오히려 그 길에 있는 모든 것을 부수는 끝없는 짓밟힘으로 나타났다.

아니, 역병은 전염병 초기에 리외 박사를 쫓아다니던 엄청나게 흥분된 이미지와는 아무 상관이 없었다. 그것은 먼저 모든 면에서 신중하고 흠잡을 데 없는 행정 시스템이었고, 그 작동은 매우 원활했다. 괄호를 치고 말하자면, 어떤 것도 배신하지 않기 위해 무엇보다 그 자신을 배신하지 않기 위해, 화자는 객관성을 추구하려 노력했다. 그는 어느 정도 일관된 관계의 기본적인 필요 사항을 제외하고는, 예술의 영향으로 바뀌는 게 아무것도 없기를 바랐다. 그리고 그것이 그에게 지금 말하라고 명령하는 그 자신의 객관성이고, 만약 이 시기 가장 일반적일 뿐만 아니라 가장 심오한 커다란 고통이 있다면, 그것은 격리였고, 만약 이 시점에서 역병에 대한 새로운 설명을 제공하는 것이 필수적이라면, 이 고통 자체가 그때 그 비장함을 잃었다는 사실이 덜 진실한 것은 아니라고 말하고 있는 것이다.

우리 시민들, 적어도 그 격리로 가장 고통을 겪었던 사람들은, 그 상황에 익숙해졌던 것일까? 정확히 그렇다고는 할 수 없다. 육체적으로나 정신적으로, 황폐해졌다고 말하는 것이 더 정확할 것이다. 역병의 초기에, 사람들은 그들이 잃어버렸던 그들의 존재를 아주 잘 기억했고 그것을 후회했다. 하지만 그들이 사랑했던 그 얼굴, 그 웃음을 분명히 기억할 수 있다 하더라도, 나중에 그들이 그가 행복했었다는 걸 알게 된 이러저러한 날들에 대해, 떠올린 바로 그 순간 이제는 너무 멀어진 그곳에서 상대가 무엇을 하고 있는지 상상하는 데는 어려움을 겪었다. 요컨대, 그들은 그 당시 기억은 하고 있었지만, 상상력이 부족했다. 역병의 두 번째 단계에서 그들은 또한 기억을 잃었다. 그들은 그 얼굴을 잊은 것은 아니었지만, 같은 의미에서, 살집을 잃었고, 더 이상 자신들의 내면에서 그 얼굴을 볼 수 없었다. 그리고 그들이 불평하는 경향이 있는 동안, 처음 몇 주간은, 단지 사랑하는 이들의 그림자만 다루어야 한다는 것을, 심지어 그들이 간직한 기억의 가장 옅은 색깔마저 잃으면서 그림자는 심지어 더 황폐해질 수 있다는 걸 깨달았다. 그 긴 시간 격리의 끝에서, 그들은 자신들이 가졌었던 그 친밀함을, 언제든, 어깨에 손을 얹을 수 있었던 근처에 상대가 어떻게 존재하고 있었는지를 더 이상 상상할 수 없었다.

이런 관점에서 볼 때, 그들은 바로 그 평범함으로 인해 더 효과적인 역병의 질서 속으로 들어갔다. 우리 중 어떤 사람도, 더 이상 숭고한 감정을 느끼지 않았다. 하지만 모두가 단조로운 감정을 가지고 있었다. "이제 끝날 때가 되었어." 시민들은 말했다, 왜냐하면 재앙의 시기에, 집단적 고통의 끝을 바라는 것은 당연한 것이었고, 실제로 그것이 끝나기를 원했다. 하지만 이 모든 것은 처음의 열의나 신랄한 느낌 없이, 그저 우리에게 여전히 명백히 남아 있는 몇 가지 빈약한 이유만으로 언급되었다. 처음 몇 주 동안 거센 기세로 사납게 반응하고 체념하는 것이 잘못일 거라는 낙담이 뒤따랐지만, 그럼에도 불구하고 일종의 잠정적인 동의는 있었다.

우리 시민들은 타협했고, 말한 바대로, 적응했는데, 달리 어찌할 방법이 없었기 때문이다. 당연히 그들은 여전히, 불행과 고통에 빠져 있었지만, 더 이상 그것의 날카로움을 느끼지 않았다. 게다가, 예를 들어, 리외 박사는 그것이 바로 불행이고, 절망의 습관이 절망 그 자체보다 나쁘다고 간주했다. 이전에, 격리된 사람들은 실제로 불행하지 않았는데, 그들의 고통 속엔 방금 꺼진 조명이 있었던 것이다. 이제는, 길모퉁이에서, 카페나 친구의 집에서, 차분하고 산만해진, 그들을 볼 수 있었고, 그들의 눈이 지루해 보여서, 덕분에 도시 전체가 대기실처럼 보였다. 직업을 가진 사람들은, 역병과 같은 속도로 꼼꼼하고 급작한 감정 표현 없이 일했다. 모든 사람들이 겸손했다. 처음으로, 격리자를 둔 사람들이 부재에 대해 말하기를 꺼려하지 않았다. 전염병의 통계로서 같은 각도에서 자신들의 격리를 바라보게 된 것이다. 한편, 그때까지, 그들은 그들의 공동의 고통에서 완강하게 벗어났고, 이제 혼란을 받아들였다. 기억도 희망도 없이, 그들은 현재에 정착했다. 사실은, 모든 게 현실이 되었다. 역병은 모든 사람들에게 사랑의 힘과 심지어 우정조차 빼앗아 갔다는 것을 말해야만 한다. 왜냐하면 사랑은 약간의 미래가 요구되고 우리에게 남은 것은 이 순간뿐이었기 때문이다.

물론, 이 중에 절대적인 것은 없었다. 만약 모든 격리자들이 이 상태에 이르렀던 것이 사실이라면, 모든 환자가 동시에 이 상태에 도달한 게 아니며, 또한 일단 이 새로운 태도에 잘 적응한 후에는, 섬광 같은 피드백, 갑작스러운 명징함으로 인해 환자가 더 젊고 고통스러운 감각으로 되돌아갔다는 것을 덧붙이는 게 공정하다. 거기에는 역병이 멎었다는 것을 암시하는 어떤 계획을 세웠을 때 방심의 순간이 있어야만 했다. 그들은 예기치 않게, 그리고 어떤 은혜의 효과로, 대상도 없는 질투심의 공격을 느껴야만 했다. 다른 사람들은 또한 주중 어느 날이나 일요일은 물론 토요일 오후에도 무감각 상태에서 빠져나와, 갑작스러운 부흥을 발견했는데, 왜냐하면 그날은 부재한 사람의 시간부터 특정한 의식에 바쳐졌기 때문이다. 그렇지 않으면, 하루의 끝에 그들을 사로잡는 어떤 우울함이, 여전히 확인되지 않은, 기억이 되돌아올 거라고 경고를 보내왔다. 이 저녁 시간은, 믿는 이들에게는 양심을 돌아보는 시간이었지만, 죄수 또는 유배된 자들에게는 돌아볼 게 없는 공허하고, 힘든 시간이었다. 그 시간이면 그들은 잠시 매달려보다가, 무기력한 상태로 돌아갔고, 역병 속에 스스로를 가두었다.

우리는 이것이 그들에게 가장 개인적인 것을 포기하는 것으로 구성되어 있다는 것을 이미 이해하고 있다. 역병 초기에, 그들은 다른 이들에게는 어떤 존재감도 가지고 있지 않으면서 자신들에게는 큰 의미가 있던 작은 것들의 양에 충격을 받았고, 따라서 개인적인 삶을 경험했지만, 이제, 반대로, 그들은 단지 사람들이 관심 있는 것에만 관심이 있었고, 일반적인 생각 이상을 갖지 않았으며, 사랑은 가장 추상적인 형태를 취했다. 그들은 역병에게 너무 시달린 나머지 때때로 전염병이 잠들기를 바라며 문득 이렇게 생각하기도 했다. "멍울아, 이제 끝내자!" 하지만 사실은, 그들은 이미 잠들어 있었고, 이 모든 시간이 긴 잠이었다. 이 도시는 오로지 드문 경우에만 자신의 운명을 실제로 탈출한 깨어 있는 잠자는 사람들이 가득 차 있었고, 밤이면, 언뜻 보면 봉합되었던 그들의 상처가 갑자기 다시 열렸다. 그리고 잠에서 깨어났을 때, 그들은 일종의 건성으로 자극받은 입술을 만지며 순식간에 자신의 고통을 재발견하고 갑자기 원기를 되찾았으며, 그와 함께 아연실색한 사랑의 얼굴을 발견했다. 아침이면, 그들은 재앙으로, 다시 말해 일상으로 되돌아갔다.

하지만 그 격리된 사람들은 어떤 모습을 하고 있었냐고 묻는 이들도 있겠다. 글쎄, 그건 단순한데, 그들은 그다지 좋아 보이지 않았다. 또는 원하는 경우 다른 모든 사람들처럼 보였으며 완전히 일반적인 모습이었다. 그들은 도시의 평온함과 미숙한 동요를 공유했다. 그사이 그들은 비판적 감각의 외양을 잃고, 냉정한 외양을 얻었다. 우리는 예를 들어, 그들 가운데 가장 똑똑한 사람들은 모든 사람들과 마찬가지로 신문이나 라디오에서 전염병의 빠른 종식을 믿을 이유를 찾고, 기자가 다소 무작위로 쓴 글을 읽고 지루함에 하품을 하면서 겉보기에 공상적인 희망을 품거나 근거 없는 두려움을 경험하는 척하는 것을 볼 수 있었다. 나머지는 자신들의 맥주를 마시거나 병을 돌보거나, 게으르거나 지쳤거나, 그들 자신이 상대와 서로를 구분하는 법 없이 카드를 분리하거나 레코드판을 돌렸다. 다시 말해서, 그들은 더 이상 어떤 것도 선택하지 않았다. 역병은 가치판단을 없앴다. 그리고 그것은 우리가 사는 옷이나 음식의 질에 대해 아무도 더 이상 신경 쓰지 않는다는 것을 보여주었다. 모든 것을 한 묶음으로 받아들였던 것이다.

우리는 마침내 격리된 사람들이 처음에 누렸던 그 이상한 특전을 더 이상 갖지 못했다고 말할 수 있다. 그들은 사랑의 이기심과 그로부터 얻었던 이점을 잃었다. 적어도, 이제 상황은 명백해서, 재앙은 모든 사람들과 관계를 맺고 있었다. 우리 모두는, 시의 문이 쾅 하고 닫힌 폭발의 중심에 있었고, 우리의 삶이나 죽음을 표시하는 도장 찍기와, 테러와 형식, 화재와 파일의 중심에서, 불명예스러운 죽음을 약속하고 있었지만, 기록과, 불쾌한 연기와 조용한 구급차의 벨소리 사이에서, 같은 유배의 빵을 먹었고, 똑같은 압도적인 재회와 평화를 모른 체 기다리고 있었다. 우리의 사랑은 의심의 여지 없이 여전히 거기에 있었지만, 그저, 사용할 수 없는, 나르기 무거운, 우리 안의 관성으로, 범죄나 비난같이 메말라 있었다. 그것은 희망 없는 인내와 완고한 기다림 외에 아무것도 아니었다. 그리고 이런 관점에서 보면, 우리 시민들의 어떤 태도는 시의 네 모퉁이, 식료품 가게 앞에서 긴 줄을 섰던 것을 떠올리게 했다. 그것은 똑같은 체념과 참을성이었고, 무한하고 환상을 품지 않는 것이었다. 다만 격리에 관련해서는 그 감정을 천 배 이상은 더 높은 수준으로 끌어올릴 필요가 있는데, 그것은 또 다른 갈망의 문제였고 모든 것을 집어삼킬 수 있었기 때문이다.

여하튼, 우리 시에서 격리당한 이들의 마음 상태에 대한 공정한 생각을 갖기 원한다고 가정한다면, 다시 그 나무가 없는 도시에 떨어진, 남자와 여자가 모든 거리로 쏟아져 나오던 불변의 황금빛 먼지의 저녁을 회상해 볼 필요가 있다. 왜냐하면, 이 상하게도, 그때 다시 양지바른 테라스 쪽으로 올라오던 것은,

일반적으로 도시 전체의 언어를 이루던 차량과 기계 소음이 부재한 가운데, 그저 발자국 소리와 웅얼거리는 목소리가 빚어내는 거대한 소음, 무거운 하늘에 있는 재앙의 윙윙거리는 소리에 의해 찢겨진 수천 개 발바닥이 고통스럽게 미끄러지는 소리, 끝없이 짓누르는 발구르기 소리였는데, 결국, 그것은 점차로 도시 전체를 채웠고, 저녁마다, 맹목적인 고집에 가장 충실하고 우울한 목소리를 가져다주었으며, 그러고 나서 우리 마음에, 사랑으로 대체되었기 때문이다.

IV

9월과 10월 내내, 역병은 도시를 그 아래 무릎 꿇리고 있었다. 정체 상태이다 보니, 수십만의 사람들이 끝이 보이지 않는 몇 주 동안, 여전히 오도 가도 못하고 있었다. 안개와, 더위와 비가 하늘에 잇따랐다. 찌르레기와 개똥지빠귀의 조용한 무리가, 남쪽에서 날아와 매우 빠르게, 하지만 도시를 우회해서 지났는데, 마치 파늘루 신부가 말한 지붕 위에서 휘파람을 불던 그 이상한 나뭇조각인 도리깨가, 그들을 멀리하게 하는 듯했다. 10월 초에는, 폭우가 거리를 휩쓸었다. 그동안 줄곧, 그 기나긴 정체 상태 이상 중요한 일은 일어나지 않았다.

리외와 그의 친구들은 그때 자신들이 얼마나 지쳐 있는지를 깨달았다. 사실, 공중위생대 사람들은 더 이상 그 피로를 가눌 수 없었다. 의사 리외는 그의 친구들과 자신에게 똬리를 틀어가는 이상한 무관심을 지켜보면서 이를 깨닫게 되었다. 예를 들어, 지금까지 역병에 관련된 모든 새로운 소식에 그렇게 관심을 보였던 사람들이 더 이상 전혀 신경을 쓰지 않고 있었다. 랑베르는, 그가 묵고 있는 호텔에 설치된 격리소 하나를 임시로 맡고 있으면서, 자신이 관리하고 있는 사람 수를 완벽히 알고 있었다. 갑작스레 질병의 징후를 보이는 사람들을 위해 만들어 놓은 즉각적인 대피 시스템에 대한 세부 사항까지도 환히 꿰고 있었다. 격리자들에 대한 혈청 효과의 통계는 그의 기억 속에 각인되어 있었다. 하지만 그는 역병 희생자의 주간 수치를 말할 수 없었고, 정말로 역병이 심해지고 있는지 약화되고 있는지 정확히 알지 못했다. 그리고 그는, 그런 모든 것에도 불구하고, 머지않아 도시를 빠져나갈 수 있으리라는 희망을 품고 있었다.

다른 사람의 경우도, 밤낮으로 자신들의 일에 빠져 있어, 신문도 읽지 않고 라디오도 듣지 않았다. 그리고 누군가 어떤 결과에 대해 말해 주려 하면, 관심을 보이는 척했지만, 실제로는 일에 지쳐서 일상적인 임무에는 실패하지 않으면서 더 이상 결정적인 작전이나 휴전의 날을 기대하지 않는, 큰 전쟁 중인 병사들에게서나 상상할 수 있는 무관심으로 건성건성 받아들였다.

계속해서 역병에 필요한 계산을 수행하고 있던 그랑도, 일반적인 결과를 정리해 주는 건 불가능했을 것이다. 눈에 띄게 피로로 굳어진 타루와 랑베르, 리외와 달리, 그의 건강은 좋았던 적이 한 번도 없었다. 그럼에도, 그는 자신의 시청 비정규직 일과, 리외의 비서 역할, 그리고 자신의 야간작업을 병행하고 있었다. 따라서 그는 역병이 끝난 후에 적어도 한 주일 동안은 완전한 휴가를 보내고, 그가 진행 중인 '모자를 벗으시오' 작업에 적극적으로 임하겠다는 등의 두세 가지 고정된 생각으로 버티고 있었지만 계속해서 지친 상태에 있는 것을 볼 수 있었다. 그는 또한 갑자기 감상적이 되는 경향이 있었고, 그런 경우, 리외에게 잔느에 대해 이야기하기를 좋아했는데, 그녀가 지금 이 순간 어디에 있을지, 그리고, 신문을 읽으면서 그를 생각하고 있을지를 궁금해 했다. 리외가 어느 날 가장 평범한 어조로 자기 아내에 대해 이야기하는 것을 발견한 것도 그와 함께였는데, 그건 이전에 한 번도 없던 일이었다. 항상 안심시키는 내용으로 부쳐오는 아내의 전보를 믿을 확신이 서지 않아서, 그는 그녀가 치료를 받고 있는 시설의 주치의에게 전보를 보내기로 결정했다. 답신으로, 그는 환자의 상태가 악화되었다는 설명과 병의 진행을 막기 위해 모든 조치를 다할 것이라는 확약을 받았다. 그는 그 소식을 혼자만 알고 있었는데, 피로 때문이 아니라면, 그랑에게 그런 말을 어떻게 할 수 있었는지 설명할 길이 없었다. 시청 직원이, 그에게 잔느에 대해 말한 후, 그의 아내에 대해 물어서 리외가 답했던 것이긴 하다. "아시다시피," 그랑이 말했다. "이제 그 병은 아주 잘 낫고 있습니다." 리외는 동의했고, 이별이 길어지기 시작한 것과 아내가 병을 이길 수 있게 도울 수 있었을 텐데 그러질 못해서, 그녀는 아마 완전히 혼자라고 느꼈을 게 틀림없다, 고 간단히 말했다. 그러고 나서 그는 침묵했고 그랑의 질문에 얼버무리며 더 이상 답하지 않았다. 다른 이들도 같은 상태였다. 타루는 누구보다 잘 견디고 있었지만, 그의 노트는 깊은 호기심을 잃은 게 아니라면 다양성을 잃고 있었다. 실제로, 이 기간 동안의 그는 코타르 말고는 관심이 없어 보였다. 호텔이 격리소로 바뀌면서 머물게 된 리외의 집에서, 그는 그랑이나 의사가 구체적인 결과에 대해 말하는 것을 거의 들으려 하지 않았다. 그는 보통 대화를 자신을 사로잡았던 오랑에서의 삶의 작은 세부 사항으로 돌려버리기 일쑤였다.

카스텔의 경우, 그가 리외에게 혈청이 준비되었다고 알리러 온 날, 그리고 그들이 방금 병원으로 이송된 오통 씨의 아들에게 첫 시도를 해보기로 결정한 후, 리외가 이런 경우에는 절망적으로 보인다고 오랜 친구에게 최근의 통계 상황을 전하고 있는 중에, 리외의 안락의자에서 깊게 잠들어 버렸다. 대개는 부드러움과 아이러니한 표정이 계속해서 젊음을 불러일으키는 그 얼굴이, 갑자기 무너져버린 듯했고, 벌어진 입술 사이에서 흘러나오는 침이 그의 노화와 노쇠함을 드러내자, 리외는 목이 메어오는 것을 느꼈다.

리외가 자신의 피로를 판단할 수 있었던 것은 바로 그런 약점을 통해서였다. 그의 감성은 달아나 버렸다. 대부분의 시간, 묶이고 굳고 메말라 있던 감성은, 때때로 그를 녹초가 되게 만들었고 통제할 수 없는 감정에 빠지게 만들었다. 그의 유일한 방어책은 이 응어리 안에 형성된 매듭을 더욱 조이는 것이었다. 계속해서 나아가는 것이 옳은 길이라는 것을 그는 잘 알고 있었다. 그 외에는 다른 환상을 가지고 있지 않았는데, 피로는 그나마 그것마저 앗아가 버렸다. 그는 그것을 알고 있었기에, 그 끝이 보이지 않는 기간 중에, 그의 역할은 더 이상 치유하는 것이 아니었다. 그의 역할은 진단하는 것이었다. 발견하고, 살피고, 설명하고, 기록하고, 그러고 나서 선고하는 것, 그것이 그의 임무였다. 배우자들은 그의 소맷부리를 붙들고 울부짖었다. "의사 선생님, 저이를 살려주세요!" 그러나 그가 거기에 있는 것은 누군가를 살려주기 위해서가 아니라, 떨어져 지낼 것을 지시하기 위해서였다. 그때 그가 사람들의 얼굴에서 읽은 증오가 무슨 소용이 있었을까? "당신은 심장을 가지고 있지 않군요." 어느 날 누군가는 그렇게 말했었다. 천만에, 그는 그것을 가지고 있었다. 그것이 그로 하여금 살기 위해 태어난 사람들이 죽어가는 것을 하루 24시간 대하는 걸 견딜 수 있게 하는 힘이었다. 그는 그것으로 매일 다시 시작할 수 있는 힘을 얻었다. 이제, 그는 그에 대한 충분한 심장이 생겼다. 어떻게 그 심장이 삶을 주는 데 충분할 수 있었을까?

아니, 그가 하루 종일 나누어준 것은 구원이 아니라 정보였다. 물론 그것을 '남자의 일'이라고 부를 수는 없었다. 하지만,

결국, 이 겁에 질려 죽임을 당한 군중 가운데, 누가 그 남자의 일을 행할 여유를 허락받았을까? 피로하다는 것은 게다가 다행이었다. 만약 리외가 더 원기왕성했다면, 도처에 퍼져 있는 죽음의 냄새가 그를 감상적으로 만들었을지도 모른다. 하지만 네 시간밖에 잠을 못 자면서, 감상적이 될 수는 없다. 사물을 있는 그대로, 말하자면 불편하고 우스꽝스러운 정의에 따라 보게 된다. 그리고 상대들, 선고를 받은 사람들 또한 그것을 느꼈다. 역병 이전에, 그는 구세주로 받아들여졌었다. 그는 세 알의 알약과 주사 한 방으로 모든 병을 고칠 테고, 사람들은 복도를 따라 나오면서 그의 팔을 흔들었다. 그것은 기분 좋은 일이기도 했지만 위험한 일이기도 했다. 지금은, 반대로, 그는 군인들과 함께 나타났고, 가족들이 문을 열 결정을 내리게 하기 위해 총으로 몇 번이고 두드려야 했다. 그들은 그를 끌어내 보내고 싶었을 테고, 자신들과 함께 인류 전체를 죽음으로 이끌고 가고 싶었을 테다. 아! 사람이 사람 없이 할 수 있는 일은 없다는 것은 꽤나 진실이었다. 그가 그들을 떠나면서 그 안에 자라게 한 그 같은 동정심의 전율을 그 불행한 사람들과 그가 받을 자격이 있다는 것 역시 부인할 수 없었다.

적어도, 그것이 그 끝나지 않을 것 같았던 몇 주 동안, 의사 리외가 자신의 이별 상황과 관련하여 동요를 일으켰던 생각들이었다. 또한 그것은 자신의 친구들의 얼굴에 반영된 것을 읽은 것이기도 했다. 누적되는 피로의 가장 위험한 영향은, 재앙과의 이 싸움을 계속했던 이들이 점차, 외부의 사건과 타인의 감정에 무관심해졌다는 데 있었던 게 아니라, 스스로를 놓아버리는 부주의에 있었다. 왜냐하면 그들은 항상 절대적으로 필요하지 않거나, 여력을 넘어서는 것으로 여겨지는 모든 행위를 피하려는 경향이 생겨났던 것이다. 그것은 이 남자들이 점점 더 자주 자신들이 체계화한 위생 규칙을 무시하거나, 자신들에게 실행해야만 했던 여러 가지 소독 조치 중 일부를 잊고, 가끔 감염으로부터 보호받지 못한 채, 폐렴성 페스트 환자에게 달려가게 만들었는데, 왜냐하면, 감염된 집에 가야 한다는 마지막 순간 경고를 받고, 필요한 조치를 취하기 위해 어떤 장소로 돌아가야 한다는 것이 너무 피곤한 일로 여겨졌기 때문이다. 여기에 진정한 위험이 있었는데, 그때 그들을 역병에 가장 취약하게 만든 것은 역병 자체와의 싸움이었기 때문이다. 그들은 결국 운에 기대고 있었던 것인데, 운은 누구에게나 따르는 것이 아니다.

그럼에도 불구하고 그 도시에는 고단해 보이지도 낙담해 보이지도 않는, 여전히 만족스런 삶의 모습으로 남아 있는 한 남자가 있었다. 그는 코타르였다. 그는 다른 사람들과 관계를 유지하면서 한쪽으로 비켜서 있기를 계속했다. 그러나 그는 한편으로는 타루의 상황이 허락하는 한 자주 그를 만나고 싶어 했는데, 타루가 그의 사건에 대해 잘 알고 있었고, 반면, 한결같은 마음으로 작은 연금생활자를 맞아주었기 때문이다. 시종일관 놀랍게도, 타루는 그가 하고 있는 일에도 불구하고, 언제나 그에게 친절하고 자상했다. 심지어 어떤 날 밤은 피곤에 짓눌려 있다가도, 다음 날 새로운 에너지를 회복해서 그를 대하곤 했다. "그 사람하고는," 코타르는 랑베르에게 말했다. "대화가 되죠. 왜냐하면, 남자답거든요. 우리는 언제나 서로를 이해하죠."

이것이 당시, 타루의 노트가 코타르라는 인물에 점차 집중한 이유이다. 타루는 코타르가 토로했거나 그 자신이 해석한 대로, 코타르의 반응과 생각을 묘사하려 애썼다. '코타르와 역병에 관한 보고서'라는 제목 아래, 이 묘사는 노트의 몇 페이지를 차지하고 있었기에 화자는 여기에 정리해 두는 게 유용할 것으로 생각한다. 타루의 작은 연금생활자에 대한 견해는 이 의견에 요약되어 있다. "이 사람은 자신을 돋보이게 하려는 캐릭터다. 뿐만 아니라 외관상, 그는 좋은 성격을 가진 사람으로 돋보이게 하려 하고 있다. 그는 상황이 전개되는 국면에 불만을 품지 않았다." 그는 때때로 타루 앞에서, 자기 생각의 밑바닥을 이 같은 발언으로 드러냈다. "물론, 더 나아진 건 없습니다. 하지만, 적어도 모든 사람들이 한 욕조에 몸을 담그고 있는 겁니다."

"물론," 타루는 덧붙였다. "그도 다른 사람들처럼 위협을 받고 있다. 하지만 정확히 말해서 그는 다른 사람들과 함께 위협을 받고 있는 것이다." 그리고 이어서, "확신컨대, 그는 역병에 걸릴 수 있다고 진지하게 생각하지 않는다. 그는 그렇게 어리석지 않지만, 큰 병에 걸려 있거나, 또는 깊은 고뇌에 빠져 있는 사람은, 동시에 다른 모든 질병이나 고뇌로부터 벗어날 수 있다는 생각으로 사는 것처럼 여겨진다."고. 그는 내게 말했다. "눈치채셨나요? 질병은 누적될 수 없지 않나요? 당신이 '심각하거나 치료할 수 없는, 암이나 심한 결핵'에 걸려 있다고 한다면, 결코 역병이나 장티푸스에 걸리지 않을 겁니다. 그건 불가능하죠. 요컨대, 더 나아가, '자동차 사고로 죽어가는 암환자'를 본 적이 있나요." 사실이든 아니든, 그런 생각이 코타르를 강한 기질을 가진 사람으로 만들어주고 있었다.

그가 원하는 유일한 것은 다른 사람들과 분리되지 않는 것이다. 그는 혼자 포로가 되기보다는 모두와 함께 포위되는 것을 선호한다. 역병의 발발과 함께, 비밀스런 방문 조사와 관계 서류, 기록 카드, 불가사의한 지시와 임박한 체포 같은 문제는 더 이상 없어졌다. 엄밀히 말해서, 더 이상 경찰력도, 과거와 현재의 범죄도, 유죄 당사자도 없고, 가장 자의적인 사면을 기다리는 죄수들만 있으며, 그중에는 경찰 자신도 포함되었다. 따라서 타루의 해석에 따르면, 코타르는, 동료 시민들이 보여준 고뇌와 혼란의 증상에 대해 "계속해 보세요. 내가 당신보다 앞서 겪은 일이오." 라는 말로 표현할 수 있는 관대하고 이해심 많은 만족감으로 정당화되었다.

남들과 분리되지 않는 유일한 방법은, 결국 깨끗한 양심을 갖는 것이라고 아무리 말해도 소용이 없었고, 그는 나를 심술 궂게 쳐다보며 말했다. "그럼, 그런 조건이라면, 어느 누구도 다른 사람과 함께 지낼 수 없을 겁니다." 그리고 더해, "걱정 마세요, 내가 하고자 하는 말은 그렇습니다. 사람들을 하나로 모으는 유일한 방법은 역병을 퍼뜨리는 겁니다. 주변을 둘러보세요." 그리고 사실, 나는 그의 말이 의미하는 바와 오늘의 삶이 그에게 얼마나 안락하게 여겨질지 잘 이해하고 있다. 그 과정에서 그가 늘 보이던 반응을 어떻게 알아차리지 못했을 것인가? 모든 사람을 내 편으로 만들기 위한 시도들. 때로 길 잃은 행인에게 발휘되는 호의와 다른 때에 나타나는 나쁜 기질. 고급 레스토랑에 몰려드는 사람들 속에 머물며 느끼는 만족감. 매일, 영화관에, 열 지어 서고, 모든 극장과 댄스홀을 채우고, 모든 공공장소에서 성난 물결처럼 퍼져나가는 군중들, 모든 접촉에서 간격을 두면서도 팔꿈치를 팔꿈치로 이성을 이성에게로 밀어붙이는 인간의 따뜻함에 대한 욕구? 코타르는 이 전부를 그들보다 앞서 알고 있었음이 분명하다. 여자는 얼굴 때문에 제외하더라도 말이다…. 그리고 나는 그가 사창가에 가고 싶다고 느껴질 때면, 나중에, 자신에게 해가 될 수 있는, 나쁜 인상을 남기지 않기 위해, 그렇게 하는 것을 포기했다고 짐작한다.

결국, 역병은 그에게 결과적으로 좋았던 것이다. 외로운 존재가 되고 싶지 않았던 외로운 사내에게, 그것은 공범이었다. 왜냐하면 명백히 그는 공범자면서도 대단히 즐기는 공범자였기 때문이다. 그는 그에게 비추는 미신, 부당한 두려움, 그 기민한 영혼들의 감수성, 역병에 관해 가능한 한 적게 말하고자 하면서도 말하기를 그치지 않는 강박관념, 질병이 두통으로부터 시작된다는 것을 알기에 사소한 머리 아픔에도 갖는 공포와 연약함, 마침내 망각도 죄로 변화시키고, 바지 단추 하나를 잃어버려도 슬퍼하고 신경질 내는 예민한 감성, 이 모든 것에 대한 공범자였다.

타루는 종종 코타르와 함께 외출하곤 했다. 그런 다음 노트에, 그들이 어떻게 어깨를 나란히 하고, 황혼이나 어두운 밤의 군중 속으로 뛰어들어, 멀리서, 램프가 드물게 번쩍이는 희고 검은 덩어리에 휩쓸려, 역병의 냉기로부터 보호해 주는 따뜻한 기쁨을 향하는 인간 무리와 동행했는지에 대해 이야기했다.

몇 달 전부터, 코타르가 공공장소에서 찾고 있던 것은, 화려하고 넉넉한 삶, 스스로 만족하지 못하고 꿈꿔 왔던 것, 즉 무절제한 쾌락이었고, 이제는 모든 사람들이 그쪽으로 몰려가고 있었다. 모든 물건의 값이 걷잡을 수 없이 오르는 동안, 그렇게 많은 돈이 낭비된 적이 없었으며, 대부분의 필수품이 부족했던 그때, 불필요한 것이 더 잘 소비되었다. 그럼에도 불구하고 실업에 지나지 않는 게으름의 모든 유희가 증가하고 있는 것으로 보였다.

타루와 코타르는 가끔 자신들의 관계를 숨기려는 한 커플을 오랫동안 뒤따른 적이 있었다. 지금 그들은, 서로에게 꼭 달라붙어 열렬한 열정으로 조금 방심한 가운데 주변의 시선을 의식하지 않고, 서로에게 매달려 시내를 걷고 있었다. 코타르는 감동을 받았다. "아, 저 두 사람!" 그는 큰 소리로 말했다. 그리고 그는 주위에서 휘청거리는 사람들, 호사적으로 주어지는 팁, 그리고 그들 눈앞에서 발생하는 복잡한 상황 등, 그 집단적 고열의 중심에서 활기를 띠고 있음을 느꼈다.

그렇기는 하지만, 타루는 코타르의 태도에 악의는 거의 없다고 생각했다. 그의 "나는 그들보다 먼저 경험했다."는 말은 승리감보다 불행이 더 많이 묻어났다. "나는, 그가 하늘과 도시의 벽 사이에 갇힌 이 사람들을 사랑하기 시작한 것이라고 믿는다."고 타루는 썼다. 예를 들어, 만약 할 수 있다면, 그것이 그렇게 끔찍한 건 아니라는 걸 기꺼이 설명할 수 있을 것이다. "들리죠." 그는 내게 말했다. "역병 후에 이렇게 하겠다. 역병 후에 저렇게 하겠다… 그들은 차분히 지내는 대신에 자신들의 삶을 해치고 있는 겁니다. 그리고 그들은 자신들이 얼마나 유리한지조차 깨닫지 못하죠. 들어보실래요? 체포된 후에 제가 이것을 할 수 있을까요? 체포는 시작일 뿐, 끝이 아니죠. 반면에 역병은… 제 견해를 원하시나요? 그들은 스스로를 내버려두지 않기에 불행한 겁니다. 그리고 저는 제가 무슨 말을 하는지 압니다."

"그는 자기가 무슨 말을 하는지 확실히 알고 있다."고 타루는 덧붙였다. 그는 서로를 하나로 묶어주는 온정의 필요성을 깊이 느끼는 동시에 서로를 떨어지게 하는 불신 때문에 그 감정에 완전히 몰입할 수 없는 오랑 주민들의 모순을 정확히 판단한다.

"우리는 우리 이웃을 믿을 수 없다는 것과, 그들이 당신이 모르는 사이에 역병을 퍼뜨리고 방치된 틈을 타 감염시킬 수 있다는 사실을 너무나 잘 알고 있다. 시간을 보내면서, 코타르처럼, 동료로서 찾고 있던 모든 사람이, 그럼에도 불구하고, 밀고자일 가능성이 있는 것을 보았다면, 이런 느낌을 이해할 수 있을 것이다. 우리는 역병이, 안전하고 건강하다고 행복해 하는 바로 그 순간, 어깨에 손을 얹고 어쩌면 그것을 옮길 수 있다고 하는 것을 생각하며 사는 사람들을 매우 잘 이해할 수 있고, 가능한 선에서, 그는 공포 안에서 만족스러워한다. 하지만 그는 그들에 앞서 이 모든 것을 느껴보았기 때문에, 나는 그가 이 불확실성의 잔인함을 그들과 함께 온전히 경험할 수 없으리라고 믿는다. 요컨대, 아직 역병으로 죽지 않은 우리 전부와 그는 자신의 자유와 삶이 파괴 직전이라는 것을 매일 느낀다. 하지만 그 자신이 공포 속에서 살아왔기 때문에, 그는 다른 사람들이 차례로 그것을 경험하는 것이 당연하다고 생각한다. 더 정확하게는, 공포는 그때 그가 혼자 견디는 것보다 덜 무거운 것처럼 여겨지는 것이다. 그것이 그가 틀렸고 다른 사람들보다 이해하기 어려운 지점이다. 하지만, 결국, 그것이 그가 다른 사람들보다 더 많이 이해받을 자격이 있는 이유이다."

끝으로, 타루의 페이지는 코타르와 역병 희생자들에게 동시에 찾아온 그 특별한 자각을 예시하는 이야기로 마쳐진다. 이 이야기는 그 당시의 어려운 분위기를 얼마간 근접해 재현하고 있고 그것이 화자가 중요성을 부여하는 이유이다.

그들은 '오르페우스와 에우리디케'를 공연 중인 '시립 오페라 극장'에 갔었다. 코타르가 타루를 초대했다. 역병의 봄철에 우리 도시에서 공연을 하기 위해 왔던 극단이었다. 전염병으로 나갈 길이 막히게 되자, 이 극단은 우리 시 오페라단 측과 합의 후, 매주 한 번씩 다시 공연을 하기로 된 상황이었다. 따라서, 몇 달 동안, 매주 금요일, 우리 시립 극장에서는 오르페우스의 음울한 탄식과 에우리디케의 무력한 호소가 울려 퍼졌다. 그렇지만, 이 공연은 계속해서 대중의 호응을 얻었고 항상 큰 수익을 올렸다. 가장 비싼 자리를 차지한, 코타르와 타루는 우리 도

시민 중 가장 품격 있는 이들로 가득 찬 관객석을 내려다보았다. 도착한 사람들이 입장을 놓치지 않기 위해 눈에 띄게 애쓰고 있었다. 무대 전면의 눈부신 조명 아래서, 음악가들이 조용히 악기를 조율하고 있는 동안, 그 실루엣들이 우아하게 고개를 숙이면서, 한 좌석에서 다른 좌석으로 이동하는 모습이 분명하게 드러났다. 점잖은 대화의 가벼운 수다 속에서, 남자들은 앞서 몇 시간 전 도시의 어두운 거리에서 잃었던 자신감을 회복했다. 그 연미복은 역병을 쫓아냈던 것이다

1막 내내, 오르페우스는 능란하게 탄식했고 튜닉을 입은 몇몇 여성들은 그의 탄식에 대해 우아하게 논평을 했으며 사랑은 아리에타로 불려졌다. 관객석은 사려 깊은 열기로 반응했다. 관객들은 오르페우스가 2막의 그의 아리아에서, 약간 과도한 비장미로 지하 세계의 주인에게, 그의 눈물에 감동받도록 요청하기 위해, 원래 대본에 없었던 떨림으로 끼어든 사실은 거의 눈치채지 못했다. 그에게서 나온 어떤 갑작스런 몸짓은 좀 더 안목 있는 사람들에게는 노래하는 이의 해석에 더해진 형식화의 효과로 보였을 뿐이었다.

3막의 오르페우스와 에우리디케의 웅장한 듀엣이 불리는 중(에우리디케가 연인에게서 도망치는 순간이다)에 관객석이 놀라움으로 술렁였다. 그리고 배우는 대중의 그 반응을 기다리기라도 했던 것처럼, 또는, 심지어 더 확실하게, 관객석에서 들

리는 웅성거림을 확인시켜 주기라도 하려는 것처럼, 이 순간을 택해 고풍스런 의상 차림에 팔과 다리를 벌리고, 그로테스크한 방법으로 무대 전면으로 나아갔고, 결코 시대착오적이지 않은, 무대장식의 양 우리 한가운데서 쓰러졌고, 그것은 관객의 눈에, 처음으로 끔찍하게 받아들여졌다. 왜냐하면, 동시에, 오케스트라가 조용해졌고, 바닥의 사람들이 일어나 천천히 홀을 빠져나가기 시작했기 때문인데, 처음에는 침묵 속에 예배를 마치고 또는 영안실 방문을 마치고 교회를 떠나는 것처럼, 여자들은 고개를 떨구고 치마를 걷어 올리고, 남자들은 동반자의 팔꿈치를 잡고 접이식 의자와 부딪치지 않도록 주의하며 조용히 홀을 떠났다. 그러나, 점차, 움직임이 빨라지고, 속삭임은 감탄사로 바뀌었고 군중들은 출구를 향해 몰려들어 그곳으로 밀고 나갔고 결국 거기에서 밀치고 소리를 지르고 말았다. 방금 일어선, 코타르와 타루는, 그때 그들의 삶이 어땠는지를 보여주는 하나의 이미지 앞에서 외롭게 남아 있었다. 무대 위에는 분해된 어릿광대의 겉모습으로서의 역병이, 그리고 홀 안에는, 잊고 두고 간 부채와 붉은 좌석 위에 질질 끌리는 레이스의 형태로서 무용해진 모든 사치품들이.

랑베르는, 9월 동안, 리외 곁에서 진심을 다해 일했다. 그는 단지 그가 곤잘레스와 두 젊은이를 남자 고등학교 앞에서 만나 기로 한 날, 하루의 휴가를 요청했을 뿐이었다.

그날, 정오에, 곤잘레스와 그 기자는 키 작은 두 젊은이가 오 는 걸 보았다. 그들은 저번엔 운이 따르지 않았지만 그건 예상 해야만 했던 일이었다고 말했다. 아무튼, 그날은 그들의 보초 주간이 아니었다. "다음 주까지 기다려야 해요. 그때 다시 시작 하죠." 랑베르는 그 말이 맞다고 대답했다. 곤잘레스는 그렇다 면 다음 월요일로 약속을 잡자고 제안했다. 하지만 이번엔, 랑 베르가 마르셀과 루이스의 집에 머물기로 하자고 했다. "자네와 내가 우선 약속하지. 만약 내가 없으면, 자네가 직접 저 애들 집으로 가게. 저 애들이 사는 곳을 알려주겠네." 하지만 마르셀 인지 루이스가, 가장 간단한 건 '동지'를 지금 데리고 가는 것이 라고 말했다. 입이 까다롭지만 않다면, 집엔 네 사람 모두가 먹 을 음식도 있다며. 그리고 그렇게 하면, 그도 안심하게 될 거라 는 거였다. 곤잘레스가 매우 좋은 생각이라고 말했고 그들은 항구 쪽으로 내려갔다.

마르셀과 루이스는 마린가 사거리 끝, 산언덕 쪽으로 열려 있는 출구 가까이 살았다. 두터운 벽에, 페이트칠 된 나무 덧문과 아무 장식도 없는 어두운 방이 있는 작은 스페인식 집이었다. 주름이 가득한 늙은 스페인 여자인, 젊은이들의 어머니가 웃으며 쌀밥을 내왔다. 곤잘레스는 깜짝 놀랐는데, 도시에는 이미 쌀이 부족했기 때문이다. "출구에서 마련해요." 마르셀이 말했다. 랑베르는 먹고 마셨다. 그리고 곤잘레스가 그는 진정한 친구라고 말했는데, 기자는 오로지 그 주를 어떻게 보내야 할지를 생각하고 있었다.

기실, 그는 두 주를 기다려야 했는데, 초소 경비 차례가 팀 수를 줄이기 위해 보름씩으로 늘어났기 때문이었다. 이 15일 동안 랑베르는 새벽부터 밤까지, 그야말로 눈 딱 감고, 쉴 틈 없이 일했고, 밤늦게야, 드러누워 무거운 잠에 빠져들었다. 무위도식에서 이 급격한 노동으로의 전환은 그를 거의 꿈도 꾸지 못할 만큼 기력을 잃게 만들었다.

그는 자신의 임박한 탈출에 대해 거의 말하지 않았다. 한 가지 주목할 만한 일은, 한 주가 지나, 그가 의사에게 전날 밤, 자신이 취했었다고 먼저 털어놓은 일이었다. 술집 밖으로 나와, 그는 갑자기 사타구니 부위가 부풀어 오르고 팔을 움직이기 힘들게 겨드랑이 주변이 아프다는 느낌을 받았고, 그것을 역병이라고 생각했다. 그때 그가 할 수 있었던 일이라고는, 리외하고도 합리적이지 못하다고 했던 바로 그 일로, 도시 위로 달려가, 여전히 바다가 보이지 않지만, 하늘이 조금 더 잘 보이는 그 작은 성전에서, 큰 소리로 울부짖으며 도시의 벽 너머로 자신의 여자를 부른 일이었다. 자신의 집으로 돌아와 그는 감염의 징후를 발견할 수 없었고, 이 불시의 행위가 몹시 마음에 걸렸다. 리외는 그런 행동을 한 것을 매우 잘 이해한다고 말했다. "어떤 경우든," 그는 말했다. "하고 싶으면 할 수 있는 일이지요."

"오통 씨가 오늘 아침 내게 당신 이야길 하더군요." 랑베르가 막 떠나려는데, 리외가 갑자기 덧붙였다. "내게 당신과 친분이 있냐고 묻더군요. '그럼 암거래 중간책과 가까이하지 말라고 조언해 주시오.' 그분이 내게 그러더군요. '그가 주목받고 있소.'라고."

"그게 무슨 의미일까요?"

"서둘러야 한다는 의미죠."

"고맙습니다." 의사의 손을 잡으며 랑베르가 말했다. 문에서, 그가 갑자기 돌아섰다. 리외는 역병이 시작된 후 처음으로 그가 웃고 있다는 것을 알았다.

"왜 제가 떠나는 걸 막지 않나요? 그럴 수도 있으실 텐데."

리외는 평소 몸짓으로 고개를 저으며 말했다. 그것은 랑베르의 일로, 그가 행복을 선택한 것이니, 리외 자신이 그것을 반대할 근거는 없다고.

"이런 상황 속에서, 왜 제게 서두르라 하시는 거죠?"

이번엔 리외가 웃었다.

"아마 나 역시 행복을 위해 무언가를 하고 싶어서일지도 모르죠."

다음 날, 그들은 함께 일하면서도 더 이상 아무 말하지 않았다. 그다음 주, 랑베르는 마침내 그 작은 스페인 집으로 들어갔다. 거실에 그를 위해 침대가 놓여 있었다. 젊은이들은 식사를 하러 오지 않았고, 가능한 한 외출을 하지 말라는 부탁을 받았기에, 그는 대부분의 시간을 혼자 보내거나 늙은 어머니와 대화를 나누며 지냈다. 검은 옷을 입은 그녀는 야위고 활동적이었는데, 아주 깨끗한 백발 아래 주름진 갈색 얼굴을 하고 있었다. 조용한 그녀는 랑베르를 볼 때만 온 눈에 웃음을 지었다.

언젠가 한번은, 그의 여자에게 역병을 옮길 수도 있는데 그게 두렵지는 않느냐고 물었다. 그는 그럴 가능성도 있지만, 요컨대 그런 경우란 극히 드물고, 이 도시에 머물러 있으면, 자신들은 영원히 헤어질 위험이 있다고 생각한다고 말했다.

"그분은 좋은 사람인가요?" 늙은 여인이 웃으며 물었다.

"매우 좋은 사람이죠."

"예뻐요?"

"그런 것 같습니다."

"아!" 그녀가 말했다. "그래서 그러는군요."

랑베르는 곰곰이 생각해 보았다. 의심의 여지 없이 그래서였지만, 단지 그것만이라고 할 수는 없는 일이었다.

"자비로운 하느님을 믿지 않으시나 봐요?" 아침마다 미사에 나가는 나이 든 어머니가 물었다.

랑베르는 믿지 않는다는 것을 인정했고, 할머니는 다시 "그래서 그러는군요."라고 말했다.

"당신이 옳아요. 다시 만나셔야죠. 그렇지 않으면, 뭐가 남겠어요?"

나머지 시간, 랑베르는 초벽만 칠해진 벽 둘레를 돌며, 벽의 못에 걸린 부채를 만지거나, 그렇지 않으면 테이블보 끝의 울을 헤아렸다. 저녁에, 젊은이들이 돌아왔다. 그들은 아직 때가 되지 않았다는 말 외에는 많은 말을 하지 않았다. 저녁식사 후, 마르셀은 기타를 쳤고 그들은 아니스 리큐어를 마셨다. 랑베르는 깊은 생각에 잠긴 듯했다.

수요일에, 마르셀이 돌아와 말했다. "내일 밤 자정입니다. 준비하세요." 그들과 함께 초소를 지키던 두 사람 중 한 명이 역병에 걸렸고, 평소 한방을 쓰던 다른 사람은 관찰 중이었다. 그래서 이삼 일간은 마르셀과 루이스만 있게 될 것이었다. 밤 동안, 최종 세부 사항을 정리해 둘 작정이었다. 다음 날이면 가능해질 것이다. 랑베르는 감사했다. "기쁘세요?" 나이 든 어머니가 물었다. 그는 그렇다고 대답했지만, 딴생각을 하고 있었다.

다음 날, 무겁게 내려앉은 하늘 아래, 더위는 습하고 숨이 막힐 지경이었다. 역병에 관한 소식은 나빴다. 그 스페인 노부인은 그래도 차분함을 유지했다. "세상엔 죄가 있어요. 그러니, 당연한 거지!" 마르셀과 루이스처럼, 랑베르도 셔츠까지 벗고 있었다. 하지만 그가 무엇을 하든, 땀은 그의 어깨를 타고 내려 가슴으로 흘러내렸다. 덧문이 닫힌 집의 어두침침한 속에서, 그들의 가슴은 갈색으로 번들거렸다. 랑베르는 말없이 방을 빙빙 돌았다. 갑자기, 오후 4시쯤 그는 옷을 입고 외출을 하겠다고 선언했다.

"조심하세요." 마르셀이 말했다. "오늘 밤 자정입니다. 모든 것이 준비됐습니다."

랑베르는 의사의 집으로 갔다. 리외의 어머니는 랑베르에게 도시 위쪽 병원에 가면 그를 찾을 수 있을 거라고 말했다. 경비 초소 앞에는, 언제나 그렇듯 얼마간의 군중들이 서성이고 있었다. "돌아들 가요!" 한 중사가 눈을 부라리며 말했다. 상대들은 돌아섰지만, 그 자리를 맴돌 뿐이었다. "기다려봐야 소용없다니까요." 땀이 상의를 뚫고 나온 그 중사가 말했다. 다른 이들의 의견도 같았지만 그들은 치명적인 더위에도 불구하고 여전히 남아 있었다. 랑베르는 중사에게 통행증을 내보였고, 그는 타루의 사무실을 가리켰다. 문은 안마당으로 통해 있었다. 그는 사무실에서 나오는 파늘루 신부를 지나쳤다.

약품 냄새와 눅눅한 시트 냄새가 나는 지저분한 작고 하얀 공간에서, 타루는 검은 나무 탁자 뒤에 앉아, 셔츠 소매를 말아 올려 드러난 팔뚝으로 흘러내리는 땀을 손수건으로 닦고 있었다.

"아직 있었어요?" 그가 말했다.

"예, 리외를 만났으면 합니다."

"그는 방에 있습니다. 하지만 그 없이 해결할 수 있다면, 좋겠는데요."

"왜요?"

"그는 과로했어요. 가능한 한 피했으면 합니다."

랑베르는 타루를 바라보았다. 그는 살이 빠졌다. 피로가 그의 눈빛과 인상을 어둡게 만들고 있었다. 그의 강한 어깨가 동그라니 말려 있었다. 누군가 문을 두드렸고, 흰 마스크를 쓴 간호사가 들어왔다. 그는 타루의 책상에 색인 카드 한 묶음을 놓고는, 천으로 가려진 목소리로, 한마디만 했다. "여섯이에요." 그러고는 나갔다. 타루는 신문기자를 바라보고는 그가 펼쳤던 색인 카드를 보였다.

"좋은 카드죠, 그렇지 않아요? 그럼요! 그런데 아니에요. 그들은 죽은 겁니다. 밤사이 죽은 거죠."

그의 이마가 움푹 패었다. 그는 색인 카드 묶음을 덮었다.

"우리에게 남은 일은 부기簿記뿐이죠."

타루가 테이블을 짚고 일어섰다.

"곧 떠나실 건가요?"

"오늘 밤, 자정이요."

타루는 자기도 기쁘다며 랑베르더러 몸조심하라고 말했다.

"진심이세요?"

타루가 어깨를 으쓱했다.

"우리 나이가 되면, 필연적으로 진심이 됩니다. 거짓말은 너무 피곤하게 만들죠."

"타루." 기자가 말했다. "의사 선생님을 만나고 싶습니다. 죄송합니다."

"압니다. 그는 나보다 더 인간적이죠. 갑시다."

"그게 아니고." 랑베르가 어렵게 말했다. 그리고 그는 말을 멈췄다.

타루가 그를 바라보고는, 갑자기, 미소를 보였다.

그들은 벽이 밝은 녹색으로 칠해지고 수족관 불빛이 매달린 작은 복도를 걸어 내려갔다. 타루는 뒤편에 이상한 그림자들이 어른거리는, 이중 유리문에 다다르기 직전에, 벽장들이 가득 찬 작은 방으로 랑베르를 안내했다. 그는 그중 하나를 열고, 소독기 속에서 흡수성 가제 마스크 두 개를 꺼내, 랑베르에게 하나를 건네며 쓰라고 권했다. 기자는 어떤 도움이 되냐고 물었고, 타루는 그건 아니지만 다른 사람들에게 신뢰를 준다고 대답했다.

그들은 유리문을 열었다. 그것은 더운 계절에도 불구하고 창문이 밀폐된 커다란 방이었다. 벽 꼭대기엔 공기 전환 장치가 웅웅거리고 있었고, 휘어진 프로펠러는 두 줄로 늘어선 회색 침대들 위에서 크림빛으로 가열된 공기를 휘젓고 있었다. 사방에서, 단조로운 불평이 섞인 둔하고 날카로운 신음 소리만 들려왔다. 흰옷을 입은 남자들이 빗장이 쳐진 높은 창문에서 쏟아지는 잔인한 빛 속에서 천천히 움직였다. 랑베르는 그 방의 끔찍한 열기가 참기 힘들었고 신음하고 있는 한 형체 위로 몸을 숙이고 있는 리외를 어렵게 알아보았다. 의사는 간호사 둘이 양쪽에서 붙잡고 있는 환자의 사타구니 멍울을 절개하고 있었다. 그는 일어나서, 조수가 내민 쟁반에 수술 도구를 내려놓고, 붕대를 감고 있는 남자를 보면서 잠깐 동안 꼼짝 않고 있었다.

"새로운 일이 있나요?" 다가온 타루에게 그가 물었다.

"파늘루 신부가 랑베르 씨가 맡고 있던 검역소 일을 대신 하기로 했습니다. 이미 많은 일을 했습니다. 랑베르가 빠진 제3조사팀을 재편성하는 일이 남아 있습니다."

리외가 고개를 끄덕였다.

"카스텔 씨가 첫 제조 약을 마쳤답니다. 시험해 보자고 하더군요."

"아!" 리외가 말했다. "그거 잘됐군요."

"그리고, 여기 랑베르 씨가 와 있습니다."

리외가 돌아보았다. 마스크 너머로. 기자를 보면서 그의 눈이 좁아졌다.

"여기서 뭐하고 계세요?" 그가 말했다. "다른 곳에 계셔야죠."

타루가 오늘 밤 자정으로 정해졌다고 한다고 말했고 랑베르가 덧붙였다. "원래는 그랬습니다."

그들 중 한 사람이 말을 할 때마다, 가제 마스크가 부풀어 오르고 입 주위가 축축해졌다. 그것은 조각품들의 대담처럼 얼마간 비현실적인 대화를 만들어냈다.

"드릴 말씀이 있어서요."

"괜찮으시다면. 같이 나가시죠. 타루 씨 사무실에서 기다려 주시겠습니까."

잠시 후. 랑베르와 리외는 의사의 차 뒷좌석에 앉아 있었다. 타루가 운전을 했다.

"더 이상 휘발유가 없어요." 그가 시동을 걸면서 말했다. "내일부터, 우린 걸어 다녀야 합니다."

"의사 선생님." 랑베르가 말했다. "저는 떠나지 않고 당신들과 함께 머물고 싶습니다."

타루는 꼼짝하지 않았다. 그는 운전을 계속했다. 리외는 피로에서 헤어 나오지 못하는 것 같았다.

"그럼 그 여자분은?" 잘 들리지 않는 목소리로 그가 말했다.

랑베르는 다시 숙고해 봤는데, 그가 믿었던 것은 변함없지만, 떠나면 부끄러울 것 같다고, 남겨두고 온 그녀를 사랑하는 일도 고통스러울 것 같다고 말했다. 그러자 리외가 다시 몸을 일으키더니, 단호한 목소리로 그것은 바보스러운 짓이며, 행복을 좇는 게 부끄러운 일이 아니라고 말했다.

"네," 랑베르가 말했다. "하지만 혼자만 행복해지는 것은 부끄러운 일이 될 수 있습니다."

그때까지 말이 없던 타루가, 그들에게 고개도 돌리지 않고, 랑베르 씨가 남자들의 불행을 함께 나누길 원한다면, 다시는 행복할 시간이 없을 것이라고 지적했다. 선택해야만 한다는 것이다.

"그건 아닙니다." 랑베르가 말했다. "나는 언제나 이 도시에서 이방인이었고 당신들과는 아무 상관이 없다고 생각했습니다. 하지만 지금은 내가 볼 수 있는 걸 보았고, 내가 원하든 아니든, 나는 여기 사람이라는 걸 압니다. 이 문제는 우리 모두와 관련이 있습니다."

아무도 대답하지 않았고 랑베르는 초조해 하는 것 같았다.

"잘들 아시잖습니까! 그게 아니라면 이 병원에서 당신들이 하고 있는 게 뭐죠? 그래서 당신들은 선택했습니까? 당신들, 행복을 포기하면서?"

타루도 리외도 여전히 답하지 않았다. 침묵은 의사의 집에 도착할 때까지 긴 시간 지속되었다. 그리고 랑베르는, 다시 한

번, 더 강하게 마지막 물음을 던졌다.

리외 혼자만 그를 돌아보았다. 그는 가까스로 몸을 일으켰다.

"미안합니다, 랑베르 씨," 그가 말했다. "하지만 나는 모르겠네요. 그래도 당신이 원하신다면 우리와 함께 머무시죠."

차가 급선회하면서 그는 입을 다물었다. 그러고 나서 그는 다시 자기 앞을 보았다.

"사랑하는 것을 외면할 정도로 가치 있는 것은 세상에 없습니다. 그럼에도 저 역시, 이유도 모르면서, 외면하고 있죠."

그는 다시 쿠션에 몸을 묻었다.

"그게 사실이죠, 그게 전부죠." 그가 피곤한 듯 말했다. "그 사실을 기억하면서, 그것으로부터 결론을 끌어내 봅시다."

"어떤 결론이죠?" 랑베르가 물었다.

"아," 리외가 말했다. "치료와 공부를 동시에 할 수는 없죠. 그러니 가능한 한 빨리 병부터 고칩시다. 그것이 가장 시급하죠."

한밤중에, 타루와 리외가 앞으로 랑베르가 조사를 담당할 지역의 지도를 만들어주고 있는 중에, 타루가 그의 시계를 보았다. 고개를 들다가 그는 랑베르의 시선과 마주쳤다.

"알리기는 하셨나요?"

기자는 눈을 돌렸다.

"메모를 보냈어요." 그가 힘들게 말했다. "두 분을 만나러 오기 전에."

카스텔의 혈청이 시험된 것은 10월 말이었다. 실상, 그것은 리외의 마지막 희망이었다. 다시 실패할 경우, 의사는 전염병이 그 영향력을 몇 달 더 연장하든, 이유 없이 그치든, 도시는 질병의 변덕에 내맡겨질 것이라고 확신했다.

카스텔이 리외를 방문하기 바로 전날, 오통 씨의 아들이 확진되었고 가족들 전부 검역소로 가게 되었다. 따라서 얼마 전 그곳에서 나왔던 어머니는, 두 번째로 가족들과 떨어져 있어야 했다. 주어진 지침을 존중하는 판사는 아이의 몸에서 질병의 징후를 인식하자마자, 의사 리외를 불렀다. 리외가 도착했을 때, 아버지와 어머니는 침대 발치에 서 있는 상태였다. 어린 딸은 멀리 떨어져 있었다. 아이는 쇠약기에 들어서 있어서 진찰하는 데 어떤 투정도 부리지 않고 자신을 내맡기고 있었다. 의사가 고개를 들었을 때, 판사의 시선과 그의 뒤에, 손수건으로 입을 가리고 의사의 몸짓을 동그랗게 뜬눈으로 따르고 있는 어머니의 창백한 얼굴과 마주쳤다.

"그거죠, 그렇지 않아요?" 판사가 떨리는 목소리로 말했다.

"그렇습니다." 리외가 다시 아이를 보면서 대답했다.

어머니의 두 눈이 커졌지만, 여전히 아무 말 하지 않았다. 판사 역시 침묵했고, 그러고 나서 낮은 톤으로 그가 말했다.

"좋소! 의사 선생, 우리는 규정된 대로 해야만 합니다."

리외는 여전히 손수건으로 입을 가리고 있는 어머니의 시선을 피했다.

"서두르겠습니다." 그가 주저하며 말했다. "전화를 좀 썼으면 합니다."

오통 씨가 자신이 안내하겠다고 말했다. 의사는 여자에게로 돌아섰다.

"죄송합니다. 몇 가지 준비해 주셔야겠습니다. 무엇인지는 아시겠죠."

오통 부인은 넋이 나간 듯했다. 그녀는 밑을 보고 있었다.

"예." 그녀가 고개를 끄덕이며 말했다. "그럴 참이었습니다."

떠나기에 앞서, 리외는 혹시 필요한 건 없는지 그들에게 물어보지 않을 수 없었다. 여자는 여전히 침묵하며 그를 바라보고 있었다. 그러나 이번엔 판사가 외면했다.

"없습니다." 그가 말하고, 침을 삼켰다. "하지만 우리 애 좀 살려주시오."

검역은, 처음에는 단순한 형식에 지나지 않았었는데, 리외와 랑베르에 의해 매우 엄격하게 체계화되었다. 특히, 그들은 같은 가족 구성원들이 서로 떨어져 있을 것을 요청했다. 만약 가족 구성원 중 한 명이 자신도 모르는 사이 감염되었더라도, 질병이 번식할 가능성을 없애야 했던 것이다. 리외가 그런 이유를 설명하자 판사는 좋은 판단이라고 받아들였다. 그렇지만, 그의 아내와 그가 서로를 바라보는 모습에서, 이 이별이 그들을 얼마나 당혹스럽게 만드는지 의사는 느낄 수 있었다. 오통 부인과 어린 딸은 랑베르가 운영하는 호텔 검역소에 머물 수 있었다. 하지만 예심판사에게는, 도청 당국이 도로 관리 부서에서 빌린 텐트를 이용해 시립 운동장에서 운영하는 격리 캠프 말고는 더 이상 공간이 없었다. 리외는 사과했지만, 오통 씨는 모두를 위한 단 하나의 규칙이 있다면 그건 따르는 게 옳다고 말했다.

아이는 낡은 교실 하나에 침대가 10개씩 배치된 임시병원으로 이송되었다. 스무 시간쯤 후, 리외는 그 아이의 경우 희망이 없다고 판단했다. 그 작은 몸뚱이는 아무 반발 없이 감염에 뜯어먹혔다. 고통스럽지만, 거의 맺히지 않은 모든 작은 멍울들이, 가냘픈 사지의 유기적 결합을 막고 있었다. 이미 진 싸움이었다. 리외가 카스텔의 혈청을 그 애에게 시험 삼아 해보려는 것도 그런 이유였다. 같은 날 저녁, 식사 후에, 그들은 아이에게서 단 한 번의 저항도 일으키지 않고, 긴 접종을 수행했다. 다음 날 새벽에, 모두는 이 결정적인 시험을 판단하기 위해 어린 소년을 보러 갔다.

아이는, 혼수상태에서 벗어나, 시트 속에서 경련을 일으키며 돌아누웠다. 의사 카스텔과 타루는, 새벽 4시부터, 그의 곁을 지키며 병세의 진전 상황을 단계별로 쫓고 있었다. 침대 머리맡에, 타루의 육중한 몸은 조금 굽어 있었다. 침대 발치에 서 있는 리외 곁에 앉아 있는, 카스텔은 전적으로 정적인 모습으로, 오래된 저작물을 읽고 있었다. 서서히, 옛 초등학교 건물로 날이 밝아오면서, 다른 사람들이 도착했다. 먼저 파늘루가 도착해, 타루와 비교해 침대 다른 편 벽에 기대어 섰다. 그의 얼굴에서 고통스러운 표정을 읽을 수 있었고, 몸을 던져 일했던 며칠간의 피로가 상기된 이마에 주름을 그려놓았다. 차례로, 조제프 그랑이 도착했다. 7시였는데 그 시청 직원은 숨을 헐떡이며 들어와 용서를 구했다. 그는 잠시 머물 예정이었는데, 어쩌면 이미 특별한 무언가를 알고 있었을 것이다. 말없이, 리외는 붕괴된 얼굴에 눈을 감고, 힘껏 이를 악물고 있는, 몸은 꼼짝하지 못하고 시트가 없는 베개 위에서 머리를 오른쪽에서 왼쪽으로 돌리고 있는 아이를 가리켰다. 마침내, 방 뒤쪽, 제자리에 남아 있던 칠판의 옛 방정식 흔적을 알아볼 수 있을 만큼, 제법 날이 밝았을 때, 랑베르가 도착했다. 그는 옆 침대 발치에 기대어 담뱃곽을 꺼냈다. 하지만 아이를 본 후에, 곽을 다시 주머니에 넣었다.

카스텔은, 여전히 앉아서, 안경 너머로 리외를 바라보았다.

"애 아버지에게 연락은 받으셨소?"

"아니요." 리외가 말했다. "그분은 격리 캠프에 계십니다."

의사는 아이가 신음하고 있는 침대 가로대를 꽉 움켜쥐었다. 그는 갑자기 이빨을 다시 깨물고, 허리를 조금 휘었다가, 팔다리를 천천히 벌리고는 뻣뻣해진 어린 환자에게서 눈을 뗄 수 없었다. 군용담요 아래 벌거벗은 몸에서 모포 냄새와 시큼한 땀 냄새가 피어올랐다. 아이는 서서히 편안해지며, 팔다리를 침대 중앙으로 다시 가져왔지만, 여전히 눈을 못 뜨고 말을 못하는 가운데, 호흡이 가빠지는 것 같았다. 리외가 타루의 시선과 마주쳤고, 그가 눈을 돌렸다.

그들은 이미 의지와 무관하게, 역병 공포 이후 아이들의 죽음을 보아왔지만, 오늘 새벽부터 해온 것처럼, 시시각각 고통을 지켜보며 쫓아가 본 적은 없었다. 그리고, 당연히, 무고한 이들에게 가해지는 실제 모습 그대로의 이런 고통이, 즉 난동이 그대로 그칠 것 같아 보이지 않았다. 하지만 적어도 그때까지는, 그들은 어떤 면에서 추상적으로 분노했었다. 무고한 자의 고통을 그렇게 오래, 정면에서 바라본 적이 한 번도 없었기 때문이다.

마침 아이가, 창자를 물어뜯긴 것처럼, 낮은 신음과 함께 다시 몸을 휘었다. 그처럼 오랫동안 몸을 웅크리고 있다가, 마치 가냘픈 몸뚱이가 역병의 광포한 바람 아래 휘어지고 반복되는 열병에 찢겨진 것처럼 오한과 경련성 떨림으로 몸을 흔들었다.

광풍이 지나고, 그는 조금 편안해졌는데, 열이 그를 떠난 것 같았고, 휴식이 이미 죽음을 닮아 있는 축축하고 오염된 모래톱에 헐떡이며 버려진 것 같았다. 뜨거운 물결이 다시 세 번째로 밀려들어 조금 몸을 들어올렸을 때, 아이는 몸을 웅크리고, 그를 태우고 있던 불길의 공포에 빠져 침대 바닥으로 물러서서 미친 듯이 머리를 흔들다가는 담요를 걷어찼다. 염증이 생긴 눈꺼풀 아래서 생긴, 굵은 눈물이, 그의 납빛 얼굴 아래로 흐르기 시작했다. 그리고, 위기의 끝에, 기진맥진하여 48시간 동안 살이 녹아내린 그의 앙상한 다리와 팔을 움켜쥐고, 아이는 황폐해진 침대에서 십자가에 못 박힌 듯한 기괴한 자세를 취했다.

타루는 몸을 굽혔고, 그의 두터운 손으로, 눈물과 땀에 젖은 그 작은 얼굴을 닦아주었다. 조금 전부터, 카스텔은 그의 책을 덮고 병자를 바라보고 있었다. 그는 무슨 말인가를 시작했지만, 그것을 끝내기 위해서는 기침을 해야 했다. 목소리가 조율되지 않았기 때문이다.

"새벽에 일시적인 차도도 없었던 거죠, 그렇지 않은가요, 리외?"

리외는 없었다고, 하지만 아이가 보통의 경우보다 더 오랜 시간 견딘 것이라고 말했다. 벽에 조금 기대어 있는 것처럼 보였던 파늘루가, 그때 조용히 말했다.

"결국 죽을 거라면, 더 오랜 시간 고통을 겪는 셈이군."

리외는 갑자기 그를 향해 돌아섰고 무슨 말인가를 하려고 입을 열었지만, 간신히 자신을 통제하려고 애쓰면서 그냥 입을 다물고는, 다시 아이를 돌아보았다

빛이 방 안에 넘쳐났다. 다른 다섯 개의 침대에서도, 형체가 움직이며 신음했지만, 미리 약속이라도 한 것처럼 소리를 낮추었다. 방의 다른 끝에서, 소리를 지르는 유일한 사람은, 고통보다는 놀라움을 표하려는 것처럼 일정한 간격으로 작은 부르짖음을 내고 있었다. 병자에게조차, 그것은 초기의 공포가 아닌 듯했다. 이제, 그들에게는 심지어, 질병을 앓는 방식에 대해서도 일정한 동의가 있었다. 아이는 혼자서 온 힘을 다해 싸우고 있었다. 리외는 딱히 필요해서라기보다는 자신의 무기력한 부동자세에서 벗어나기 위해 때때로 맥박을 쟀는데, 눈을 감으면, 그 몸부림이 자신의 피의 일렁임에 섞여드는 것이 느껴졌다. 그는 고통스러워하는 아이와 합쳐져 아직 온전한 자신의 힘으로 그를 지원하려 애썼다. 하지만 순식간에, 두 사람의 심장박동은 어긋났고, 아이는 그에게서 달아났기에, 그의 노력은 허사가 되었다.

석회가 발린 벽을 따라, 빛이 분홍색에서 노랑으로 바뀌었다. 유리창 너머에서, 아침의 열기가 따닥따닥 소리를 내기 시작했다. 그랑이 떠나면서 다시 오겠다고 한 말은 누구에게도 들리지 않은 것 같았다. 모두는 기다리고 있었다. 아이가, 여전

히 눈을 감고 있었지만, 조금 진정된 것 같았다. 짐승의 발톱처럼 되어버린 손이, 침대 옆을 천천히 긁었다. 그 손들이 올라가서, 무릎 근처의 모포 담요를 긁다가는, 갑자기, 아이가 자신의 다리를 구부렸고, 허벅지를 배 가까이 가져오더니 움직이지 않았다. 그는 그때 눈을 뜨고 처음으로 자기 앞에 있는 리외를 바라보았다. 이제 회색 진흙처럼 굳어진 움푹 파인 얼굴에서, 입이 열리고 거의 즉시, 숨을 쉬는 듯 마는 듯 외마디 비명이 계속해서 터져 나와서는, 갑자기 방을 불협화음의 항의로 가득 채웠는데, 그것은 마치 모든 계층의 인간에게서 한꺼번에 터져 나오는 것같이 너무도 비인간적이었다. 리외는 이를 악물었고 타루는 고개를 돌렸다. 랑베르는 무릎 위의 책을 덮고 있는 카스텔 근처 침대로 다가갔다. 파늘루는 병으로 훼손된, 모든 연령대의 비명으로 채워진 그 어린 입을 바라봤다. 그리고는 무릎을 꿇었고, 모든 사람들은 그가 다소 숨 막히는 듯한 소리로 하는 말을 자연스럽게 들었다. 멈추지 않는 누군가의 불평 뒤에 또렷하게, "나의 하느님, 이 아이를 구하소서."라는.

하지만 아이는 계속해서 비명을 질러댔고, 다른 모든 병자들도 동요했다. 방의 다른 쪽 끝에서 부르짖음을 멈추지 않고 있던 그 사람은, 다른 사람들이 더 강하게 신음하는 동안, 진짜 비명을 터뜨렸다. 흐느낌의 물결이 방 안으로 밀려들어 파늘루의 기도 소리를 덮어버렸고, 침대 가로막을 잡고 있던 리외는,

피로와 자기혐오에 지쳐 눈을 감았다.

그가 다시 눈을 떴을 때, 가까이에 타루가 있는 것이 보였다.

"나는 가봐야만 할 것 같소." 리외가 말했다. "더 이상 참을 수가 없군요."

그런데 갑자기, 다른 병자들이 입을 다물었다. 의사는 그러고 나서 아이의 비명 소리가 약해졌다는 것과, 계속 약해지다가 방금 멈추었다는 것을 알아챘다. 주변의, 신음 소리가 다시 시작되었지만, 방금 끝난 이 싸움의 긴 메아리처럼, 둔탁하게 들렸다. 끝났기 때문이었다. 카스텔이 침대 다른 편으로 돌아와 전부 끝났다고 말했다. 아이는 입을 벌린 채, 그러나 소리는 내지 않고, 흐트러진 모포 속 움푹 파인 곳에서 갑자기 줄어들어, 얼굴에 눈물 자국이 남은 채로 놓여 있었다.

파늘루가 침대로 다가와 성호를 그었다. 그러고는 법의를 여미고 통로를 걸어 나갔다.

"전부 다시 시작해야 할까요?" 타루가 카스텔에게 물었다.

늙은 의사는 머리를 흔들었다.

"아마도요." 일그러진 미소를 지으며 그가 말했다 "어쨌든, 저 아이는 오랫동안 저항했군요."

리외는 이미 방을 나가고 있었다. 심상치 않은 얼굴로 몹시 서둘러 신부를 지나칠 때, 파늘루 신부는 그를 붙잡기 위해 손을 뻗었다.

"저기, 의사 선생님." 그가 말했다.

리외는 격분한 듯한 움직임으로 돌아서 난폭하게 내질렀다.

"그만두시죠! 적어도 저 아이는 죄가 없잖습니까. 신부님도 그걸 잘 아시잖습니까!"

그러고 나서 그는 돌아섰고, 파늘루 앞방의 문을 통과해, 운동장 뒤편으로 향해 갔다. 그는 먼지투성이 나무 사이의, 벤치에 앉아서 이미 눈으로 흘러내리는 땀을 훔쳤다. 그는 요컨대 그의 가슴을 졸라매고 있는 질긴 매듭을 풀어내기 위해, 다시 비명을 지르고 싶었다. 햇볕은 무화과나무 사이로 천천히 내려앉았다. 푸른 아침 하늘은 공기를 더 숨 막히게 만드는 희끄무레한 각막 백반으로 빠르게 덮였다. 리외는 벤치에 되는 대로 자신을 내맡기고 있었다. 그는 천천히 숨을 고르고, 서서히 피로를 억누르면서 나뭇가지를, 하늘을, 바라보고 있었다.

"왜 제게 그렇게 화를 내신 거죠?" 그의 뒤에서 목소리가 들렸다. "저 역시 이 상황을 참을 수 없습니다."

리외는 파늘루를 돌아보았다.

"정말, 죄송합니다." 그가 말했다. "피로가 터무니없는 짓을 저지르게 만들었군요. 이 도시에서 저는 분노하는 것 말고는 아무것도 할 수 없다는 걸 느낄 때가 있습니다."

"이해합니다." 파늘루가 낮은 목소리로 말했다. 이것은 우리의 척도를 넘어서기에 저도 분노합니다. 하지만 어쩌면 우리는 이해할 수 없는 것을 사랑해야 할지도 모르겠습니다."

리외는 갑자기 몸을 세웠다. 그는 그가 할 수 있는 힘과 열정을 다해 머리를 좌우로 흔들며 파늘루를 바라보았다.

"아니요, 신부님." 그가 말했다. "저는 사랑이라는 것에 대해 다른 생각을 갖고 있습니다. 또한 저는 아이들이 고문당하는 그 창조론자의 사랑을 죽을 때까지 거부할 것입니다."

파늘루의 얼굴 위로, 어두운 그늘이 지나갔다.

"오! 의사 선생님." 그는 슬프게 말했다. "저는 방금에서야 은총이라고 불리는 것에 대해 이해했습니다."

하지만 리외는 다시 벤치에 되는 대로 몸을 내맡겼다. 새롭게 움트는 피로를 누그러뜨리며, 그는 더 부드럽게 대답했다

"그것이 제게 없다는 것을 저는 압니다. 하지만 저는 그것을 두고 신부님과 토론하고 싶지는 않습니다. 우리는 신성모독과 기도를 넘어, 우리를 하나로 묶어주는 무언가를 위해 함께 일하고 있습니다. 중요한 건 그것이겠지요."

파늘루는 리외 가까이 앉았다. 그는 감동한 듯 보였다.

"그렇습니다." 그가 말했다. "그렇습니다, 의사 선생님 역시, 인간의 구원을 위해 일하고 계십니다."

리외는 미소를 지으려고 애썼다.

"인간의 구원이란 제겐 너무 거창한 말입니다. 거기까지는 안 갈 것입니다. 제 관심은 보건위생입니다. 보건위생이 먼저입

니다."

파늘루가 주저했다.

"의사 선생님." 그가 말했다.

하지만 그는 멈추었다. 그의 이마에도 땀이 흘러내리기 시작했다. 그는 낮은 목소리로 말했다. "또 뵙죠."라며 그가 일어섰을 때 그의 눈이 반짝였다. 그가 막 떠나려 할 때, 리외가, 생각에 잠겨 있다가, 역시 일어나 그에게 한걸음 다가갔다.

"다시 한 번 용서를 구합니다." 그가 말했다. "두 번 다시 그런 일이 되풀이되는 일은 없을 겁니다."

파늘루가 손을 내밀며 슬프게 말했다.

"어쨌든 저는 당신을 설득하지 못했군요!"

"그게 무슨 의미가 있을까요?" 리외가 말했다. "제가 미워하는 건, 죽음과 악입니다. 신부님은 그것을 잘 알고 계십니다. 그리고 신부님이 좋든 싫든, 우리는 함께 고통받고 싸우고 있습니다."

리외는 파늘루의 손을 잡았다.

"아시다시피," 그는 신부를 바라보는 것을 피하면서 말했다. "하느님조차 이제 우리를 갈라놓을 수 없을 것입니다."

보건위생 조직에 들어온 이후로, 파늘루는 역병과 맞서 싸우고 있는 병원과 그 장소를 떠나지 않았다. 그는 구조대원들 간에 자신이 있어야만 한다고 여겨지는 위치인, 즉 맨 앞에 자신을 두었다. 죽음의 광경을 그는 놓치지 않았다. 그리고 원칙적으로는 혈청에 의해 보호받기도 했지만, 자신의 죽음에 대한 고민도 완전히 떨치고 있는 것은 아니었다. 겉보기에 그는 언제나 침착함을 유지했다. 하지만 긴 시간 아이가 죽어가는 것을 지켜본 그날 이후, 그는 변한 것 같았다. 나날이 높아지는 긴장감이 그의 얼굴을 상하게 했다. 그리고 그가 리외에게 웃으면서, 지금 '사제가 의사의 진찰을 받을 수 있나?'라는 주제에 관한 짧은 논문을 준비하고 있다고 말하던 그날, 의사는 파늘루가 생각보다 훨씬 심각하게 동요하고 있다는 인상을 받았다. 의사가 그 작업에 대해 알고 싶다고 하기라도 한 것처럼, 파늘루는 그에게 남자들만 참석하는 미사에서 설교를 해야만 한다며, 적어도 이번 기회에, 자신의 관점을 설명할 작정이라고 알려주었다.

"당신도 오셨으면 좋겠습니다, 의사 선생님, 그 주제는 당신에게도 흥미로울 겁니다."

신부는 바람이 심하게 부는 어느 날 두 번째 설교를 했다. 사실을 말하자면, 청중석은 앞선 설교 때보다 훨씬 듬성듬성했다. 그런 정도의 볼거리는 이제 우리 시민들에게 더 이상 새로울 게 없었다. 도시가 겪고 있는 어려운 상황 속에서, '새로움'이라는 단어 자체가 그 의미를 잃고 있었다. 게다가, 대부분의 사람들은, 그들의 종교적 의무를 완전히 저버리지 않을 때, 또는 그들이 부도덕한 개인적 삶과 깊이 있게 일치되지 않을 때, 평범한 관행을 불합리한 미신으로 대체했다. 그들은 미사에 오는 것보다 성 로크의 보호 메달이나 부적 같은 걸 몸에 지니는 걸 더 선호했다.

우리 시민들이 예언에 따라 행한 과도한 관행을 그 예로 들 수 있을 것이다. 실제로, 봄에 우리는 한 순간에서 다른 순간으로, 질병이 끝나길 기다리면서도, 아무도 감히 전염병의 수명에 대해 구체적으로 묻지 않았다. 모두가 그것이 기한을 가지고 있지 않다고 믿었기 때문이다. 하지만 날이 지날수록, 우리는 이 불행이 끝나지 않을 것이라는 두려움을 갖기 시작했고, 전염병의 종식은 모든 희망의 대상이 되었다. 그렇기에 각양각색의 점성가나 가톨릭교회 성자들의 예언들이 손에서 손으로, 전해졌다. 도시의 인쇄업자들은 이러한 심취에서 끌어낼 수 있

293

는 이익을 매우 빨리 알아차렸고 유포된 텍스트의 많은 사본을 확산시켰다. 대중의 호기심이 식지 않았음을 알아차리고, 그들은 시립도서관에서 찾아낸, 작은 이야기가 제공할 수 있는 모든 증거를 바탕으로 만든 그것을 도시에 뿌렸다. 역사 자체에 예언이 궁색할 때는, 기자들에게 적어도 이점에 관한 한, 그들의 지난 세기의 모델들로 적임자를 제시할 것을 지시하기도 했다.

일부 예언들은 심지어 신문에 연재되기도 하였고, 건강했던 시절에 그곳에서 볼 수 있었던 감상적인 이야기 못지않게 열렬히 읽히기도 하였다. 그 예언의 일부는 묘한 타산이나 그해 연도, 사망자 수와 역병 정국 하에 이미 지나간 몇 달간 일어났던 일에 기대고 있었다. 다른 것은 역사 속 대규모 역병과 비교해, 유사점(예언자들은 항구적이라 불리는 것)을 가져왔고, 그다지 묘하지 않게 타산하는 방식으로, 현재의 시련에 대한 상대적인 교훈을 끌어오고 싶어 했다. 하지만 대중이 가장 높이 평가한 것은 의심의 여지 없이, 묵시적 언어로 도시에 시련을 겪게 하고 그 복잡성은 모든 해석을 허용하게 해서, 각각이 하나가 될 수 있는 일련의 이벤트를 발표하는 것이었다. 그리하여 노스트라담스와 성 오딜은 매일 참조되었고, 성과를 내었다. 더욱이 모든 예언에 공통적으로 남아 있는 것은 그것들이 궁극적으로 안심을 준다는 것이었다. 오직, 역병만 그렇지 않았다.

이러한 미신이 우리 시민들의 종교의 자리를 메우고 있었고, 이것이 파늘루 신부의 설교가 교회의 4분의 3만 자리를 채운 가운데서 행해진 이유였다. 설교가 있던 날 저녁, 리외가 도착했을 때, 바람이 입구의 여닫이문을 통해 조금씩 스며들어 청중들 사이를 자유롭게 떠다니고 있었다. 춥고 조용한 교회에서, 그는 전적으로 남자들만으로 이루어진 청중석의 중간에 자리를 차지해 앉았고, 신부가 강단으로 오르는 것을 보았다. 신부는 처음에 비해 훨씬 부드럽고 사려 깊게 연설했는데, 청중들은 여러 번, 그의 어조에서 어떤 주저함을 알아차렸다. 더 이상한 것은, 그는 더 이상 '여러분'이라 하지 않고, '우리들'이라고 했다는 점이다.

　그렇기는 해도, 그의 목소리는 차츰 확고해졌다. 그는 여러 달 동안 역병은 우리 사이에 있었고 우리는 그것이 우리들 식탁이나 사랑하는 사람들의 머리맡에 앉아 있는 것과, 근처를 걸어 다니며 우리가 일터로 오기를 기다리고 있는 것을 여러 번 보아왔으므로, 이제, 우리는 아마도 그것이 끈질기게 말하고 있는 것을 더 잘 받아들일 수 있을 것이며, 처음에는 놀라서, 우리가 잘 알아듣지 못했을 가능성을 상기시키는 것으로 설교를 시작했다.

　파늘루 신부가 같은 장소에서 앞서 한 설교는 여전히 진실이었고, 적어도 그의 신념이었다. 하지만, 어쩌면 우리 모두에게 일어난 것처럼, 그도 가슴을 치며, 다시 동정 없이 생각하고 말할 수도 있었을 것이다. 그렇더라도, 진실로 남는 것은, 언제나 모든 일에는 기억해야 할 것이 있다는 사실이었다. 가장 잔인한 시험은 여전히 기독교인을 위한 유익함이었다. 그리고 당연히, 이 경우 기독교인에게 그것이 은혜였다면, 어떤 점에서 은혜였으며, 그리고 그것을 어떻게 찾을 수 있는가 하는 것이었다.

그 순간, 리외 주위의 사람들이 자신들 의자의 팔걸이 사이에 몸을 묻고 자신들이 할 수 있는 가장 편안 자세로 자리를 잡고 있는 듯했다. 가죽을 입힌 입구 문 하나가 가볍게 덜컹였다. 누군가 그것을 고정시키려 자리를 떴다. 그리고 리외는, 그 동요에 정신이 산만해져 다시 시작된 파늘루 신부의 설교를 거의 듣지 못했다. 리외는 그가 대략 역병 상황을 설명하려 시도할 필요는 없지만, 그것으로부터 배울 수 있는 것을 배워야 한다고 말했던 것으로 막연하게 이해했다. 파늘루 신부가 강하게 하느님의 견지에서 설명할 수 있는 것과 설명할 수 없는 것이 있다고 말했을 때 그의 관심은 고정되었다. 선과 악은 분명히 존재하며, 대체로 무엇이 그 둘을 구분하는지는 쉽게 이해한다. 하지만 악의 내부에서 어려움은 시작된다. 예를 들어 겉으로 보기에 필요한 악이 있고 불필요한 악이 있다. 지옥에 빠뜨려진 돈 주앙과 한 아이의 죽음이 있었다. 돈 주앙이 난잡한 자라 벼락을 맞은 건 옳다고 할 수 있지만, 그 아이의 고통은 이해할 수 없는 것이다. 또한, 실제로 아이의 고통과 그 고통이 가져다주는 공포, 그리고 그 이유를 찾아야 하는 일보다 더 중요한 건 세상에 없다. 삶의 나머지 부분에서, 하느님은 우리를 위해 모든 것을 쉽게 만들었고, 그때까지 종교는 별다른 가치가 없었다. 하지만 지금 여기서 우리를 벽에 부딪치게 했다. 따라서 우리는 역병의 벽 아래 있었고, 그 치명적인 그늘 안에서 은혜를 구해야만 했다. 파늘루 신부는 그 벽을 넘어설 수 있는 용이한 이점조차 거부했다. 아이를 기다리고 있는 영성의 열락이 아이의 고통을 보상해 줄 것이라고 자연스럽게 말할 수도 있었을 것이지만, 정말로, 그는 알지 못했다. 누가 과연 영성의 즐거움이 인간의 고난의 순간을 보상해 줄 수 있을 거라고 단언할 수 있겠는가? 몸과 영혼을 고난받았던 주님을 알고 있는, 참기독교인이라면, 더군다나 아닐 것이다. 아니, 신부는 십자가가 상징하는 그 사등분에 충실하게, 아이의 고통과 마주하면서 벽 밑에 남아 있을 것이다. 그리고 그는 그날 그의 설교를 들었던 그들에게 두려움 없이 말할 수 있을 것이다. "형제여, 때에 이르렀노라. 모든 것을 믿거나 모든 것을 부정해야 한다. 그런데 당신들 중 누가 감히 모든 것을 부정할 수 있겠는가?"

리외는 신부가 다른 이들이 이미 강경하게, 이 명령을, 이 순수한 요구 사항을, 명확히 하기 위해, 기독교인의 은혜라고 받아들이고 있는 이단과 나란히 걷고 있다는 것을 생각할 겨를

조차 거의 없었다. 그것은 또한 미덕이었다. 신부는 자신이 말하는 미덕 가운데 과도한 것이 있다는 것과 더 관대하고 고전적인 도덕에 익숙해 있는 많은 영혼들에게 충격을 주리라는 것을 알고 있었다. 그러나 역병 시기의 종교는 일상적인 종교가 될 수 없었고, 하느님께서 허락하실 수 있다면, 그리고 심지어 욕망조차, 영혼이 행복할 때 쉬고 기뻐할 수 있다면, 그는 불행의 과잉 속에서 과도하길 원했다. 하느님은 오늘날 피조물을 전부냐 아니면 아무것도 아니냐라는 가장 큰 미덕을 발견하고 취해야 하는 것과 같은 불행에 놓이게 하는 은혜를 베푸셨다.

수세기 전, 한 비종교인 작가가, 연옥은 없다는 것을 단언하는 것으로 자칭 교회의 비밀을 까발렸다고 주장한 적이 있었다. 그 말은 중간은 없이 천국과 지옥밖에 없기에, 우리가 선택한 것에 따라, 단지 구원받거나 저주받을 수밖에 없다는 것을 암시했다. 파늘루에 따르면, 그것이, 자유로운 영혼에게서만 생겨날 수 있는 그런 이단이었다. 왜냐하면 연옥은 엄연히 존재했기 때문이다. 하지만 의심의 여지 없이 이 연옥을 너무 기대하는 때가 있었고, 속죄에 대해 말할 수 없는 때가 있었다. 모든 죄는 치명적이고 모든 무관심은 죄악이었다. 그것은 전부였거나 아무것도 아닌 것이었다.

파늘루가 말을 멈추었고, 리외는 이때 문 아래로 들어오는, 밖에서 더 심해진 바람의 탄식 소리를 더 잘 들을 수 있었다.

신부가 동시에 자신이 말한 완전한 수용의 미덕은 보통 그에게 주어진 제한된 의미로 이해될 수 없으며, 진부한 체념도 어려운 겸손의 문제도 아니라고 말했다. 그것은 굴종이지만, 굴종을 당한 사람도 받아들일 수 있는 굴종이었다. 물론, 그 어린아이의 고통은 정신과 마음에 굴종을 안겨주었다. 그러나 그것이 바로 그리로 들어가야만 하는 이유였다. 하지만 그렇기 때문에 파늘루는 자신이 하려는 말이 쉽지 않으며, 하느님이 그것을 원하셨기 때문에 받아들여야만 한다고 청중을 안심시켰다. 단지 그럴 때만이 기독교인들은 아무것도 아끼지 않고, 모든 출구를 봉쇄하고, 본질적인 선택의 바닥으로 나아갈 것이다. 그는 모든 것을 부정하지 않기 위해 모든 것을 믿는 것을 선택할 것이다. 그리고 지금 교회의 용감한 여성들처럼, 멍울이 형성되는 것은 감염을 물리치기 위한 자연스러운 몸의 반응임을 알게 되면서, "나의 하느님, 멍울을 내려주시옵소서." 라고 말하는 것처럼, 기독교인들은 심지어 이해할 수 없을지라도, 신의 의지에 내맡길 줄 아는 것이다. 우리는 "이것은 이해합니다. 하지만 이것은 받아들일 수 없습니다."라고 말할 수는 없었다. 우리는 우리에게 주어진 그 받아들일 수 없는 것의 핵심으로, 바로 우리가 우리의 선택을 만들기 위해 뛰어들 필요가 있었다. 그 어린애의 고통은 우리에게 쓴 빵과 같지만, 그 빵이 없다면, 우리의 영혼은 영적인 굶주림으로 소멸하고 말 것이다.

이쯤에서, 보통 파늘루 신부가 말을 멈췄을 때 따르는 약화된 소음이 들려오기 시작했고, 느닷없이, 설교자는 결국, 우리가 취할 처신이 무엇이냐, 고 청중의 위치에서 묻는 척하는 것으로 힘차게 설교를 재개했다. 사람들이 운명론이라는 무서운 말을 입 밖에 내지 않을까 의심스럽다. 좋다, 만약 그 앞에 '적극적'이라는 말만 덧붙일 수 있다면 그 용어도 양보 못할 바도 없다. 물론, 다시 한 번 이전에 말했던 아비시니아의 기독교인들을 언급할 필요는 없을 것이다. 하느님이 보낸 악과 싸우고자 했던 저 이단자들에게 역병을 내리라고, 자신들의 옷을 기독교인들의 위생 말뚝에 던지며, 하늘에 큰 소리로 기도하던, 그 페르세스 역병 환자들로 되돌아갈 생각을 해서는 안 될 것이다. 하지만, 역으로, 지난 세기 전염병 시기에, 감염이 잠복해 있을 수 있는 따뜻하고 축축한 입과의 접촉을 피하기 위해 핀셋으로 성체의 빵을 잡고 영성체를 행했던 카이로의 수도사들을 모방할 필요도 없다. 페르세스 역병 환자들도 마찬가지로 죄를 지었는데, 왜냐하면, 전자는, 아이의 고통을 고려하지 않았고, 후자는, 역으로, 고통에 대한 지극히 인간적인 두려움에 전부 장악당했기 때문이다. 두 경우 모두, 문제를 회피했다. 모두 하느님의 목소리를 들으려 하지 않았다. 하지만 파늘루가 상기시키려는 다른 예가 있었다. 만약 마르세유의 대규모 역병 연대기를 믿는다면, 라 메르시 수도원의 수도사 81명 중, 단지 4명만이 열병에서 살아남았다. 그리고 그들 넷 중에 셋은 도망쳤다. 그렇게 연대기 작가는 말했고, 더 말하는 것은 그들의 역할이 아니다. 하지만 그것을 읽고 있으면, 파늘루 신부의 생각은 77구의 시체에도 불구하고, 무엇보다 세 형제의 예에도 불구하고 혼자 남겨진 한 명에게로 갔다. 그리고 신부는, 설교대 가장자리를 주먹으로 내리치면서 소리쳤다. "내 형제들이여, 우리는 남은 한 사람이 되어야만 합니다!"

재앙이라는 무질서 속에서 한 사회가 받아들인 지적인 질서인, 예방 조치를 거부하는 문제가 아니었다. 무릎을 꿇고 모든 것을 포기해야 한다고 말하는 도덕주의자들의 말을 들을 필요는 없었다. 어둠 속에서, 얼마간 되는 대로, 그저 앞으로 걷기 시작해야만 하고, 선을 행하려 애써야 한다. 그 나머지는, 심지어 아이들의 죽음조차, 개인적인 구제책을 찾지 말고, 하느님에 의지하는 데 동의해야만 했다.

여기서, 파늘루 신부는 마르세유 역병 시기 동안 벨정스 주교가 보인 고귀한 모습을 회상했다. 그는 전염병이 끝날 무렵, 자신이 할 수 있는 일을 모두 다 한 주교가, 더 이상 대책이 없다 여겨, 자신의 집에 양식과 함께 틀어박히고 그 집을 봉쇄하게 했던 일을 상기시켰다. 그러자 그를 우상시하던 주민들이, 극한의 고통에서 생기는 반전된 감정에 휩쓸려, 그를 원망하게 되었고, 그를 감염시키기 위해 시체로 집을 둘러싸고 심지어 더 확실히 죽이기 위해 집의 담장 안으로 시체를 던져 넣기도 하였다. 그렇게 주교는, 마지막 나약함으로, 죽음의 세계로부터 자신을 격리시켜서 주검들이 머리 위 하늘에서 떨어지는 것이라고 믿었다. 우리도 마찬가지로, 역병에는 섬이 없다는 것을 믿었어야 했다. 아니, 중간은 없었다. 우리는 이 파렴치한 행위를 인정해야만 한다. 왜냐하면 하느님을 미워하거나 사랑하기로 선택해야만 하기 때문이다. 그런데 누가 감히 하느님을 미워하는 걸 선택하겠는가?

"나의 형제여," 파늘루가 마침내 결론을 내렸다며 말했다. "하느님의 사랑은 어려운 사랑입니다. 그것은 자신에 대한 완전한 포기와 자기 인격에 대한 외면을 전제로 합니다. 하지만 그분만이 그 고통과 아이의 죽음을 지울 수 있고, 어떤 경우에도 그분만이 그것을 필요로 하는데, 사람들은 그것을 이해하는 것이 불가능하고 다만 원할 수 있기 때문입니다. 이것이 제가 여러분들과 함께 나누고자 했던 어려운 교훈입니다. 이것이 남자들의 눈엔 잔인하지만 하느님의 눈엔 결정적인, 우리가 다가가야만 할 믿음입니다. 이 끔찍한 이미지에, 우리는 맞춰져야만 합니다. 그 정점에서, 모든 것이 일치하고 균등해질 것이며, 진실은 명백한 불의에서 솟아날 것입니다. 그러므로, 프랑스 남부의 많은 교회에서, 역병 희생자들이 수세기 동안 성가대석 아래에서 잠들어 있고, 사제들은 그들의 무덤 위에서 설교를 하고 있으며, 그들이 전파하는 정신은 그럼에도 불구하고 아이들이 자신의 몫을 다하고 생긴 그 유골에서 솟아나는 것입니다."

리외가 나오는 동안, 거센 바람이 열린 문 사이로 들이쳐서는 신자들 얼굴로 달려들었다. 그것은 사람들이 떠나기 전 그들이 나가면 맞을 도시의 양상을 짐작케 하는 비 냄새와 젖은 보도 냄새를 교회 안으로 실어왔다. 그때 의사 리외 앞쪽에, 밖으로 나가는 데 흩어질 머리 모양을 지키느라 애쓰고 있는 늙은 사제와 젊은 집사가 있었다. 더 나이 든 쪽은 설교에 대한 논평을 멈추지 않고 있었다. 그는 파늘루의 웅변에 경의를 표했지만, 신부가 보여주었던 생각의 담대함에 대해 걱정했다. 그는 이 설교가 힘보다 두려움을 보여줬다고 느꼈고, 또한, 파늘루 나이의, 사제에게는 두려워할 권리가 없다고도 했다. 바람으로부터 자신을 보호하기 위해 머리를 숙인, 젊은 부사제는, 자신은 신부를 자주 만나봐서 아는데, 그의 논문은 여전히 훨씬더 과감해질 것이고 교회 당국의 인쇄 허가를 얻지 못할 것이라고 단언했다.

"저분의 생각은 뭘까?" 나이 든 사제가 물었다.

그들은 앞마당에 이르러 있었고 바람이 그들을 에워싸고 울부짖어서 젊은 부사제의 말을 가로막았다. 말을 할 수 있게 되었을 때, 그는 단지 이렇게 말했다.

"사제가 의사의 진료를 받는다면 모순이라는 것이죠."

자신에게 파늘루의 말을 전해 준 리외에게, 타루는 전쟁 중에 두 눈알이 빠진 젊은 사내를 발견하고 신앙을 잃은 한 사제를 알고 있다고 말했다.

"파늘루 신부가 맞죠." 타루가 말했다. "죄 없는 사람이 눈알을 뽑혔을 때, 기독교인으로서는 신앙을 잃거나 눈알이 뽑히는 걸 받아들여야만 하겠죠. 파늘루 신부는 신앙을 잃고 싶지 않으니, 끝까지 갈 겁니다. 그게 그 뜻입니다."

타루의 이러한 견해가 뒤따른, 그리고 그를 둘러싼 파늘루의 이해할 수 없는 행동으로서의 그 불행한 사건을 얼마간이라도 밝혀줄 수 있을까? 스스로 판단해야만 할 것이다.

그 설교 며칠 후, 파늘루는, 사실, 이사에 신경을 써야 했다. 질병의 진화로 도시는 끊임없이 이사를 해야만 하던 시기였다. 그리고, 타루가 자신이 묵던 호텔을 떠나 리외의 집에서 지내게 된 것처럼, 신부도 수도회가 마련해 주어 머물던 아파트를 떠나, 교회에 다니면서 아직 역병에 걸리지 않은, 한 늙은 부인의 집에 머물러야 했다. 이사를 하는 동안, 신부는 피곤과 불안이 커지는 것을 느껴야만 했다. 그리고 그것이 결국 주인의 존경심을 잃게 만들었다. 왜냐하면 여주인은 성 오딜의 예언을 열렬히 찬양했고, 성직자는 피로 탓이겠지만, 아주 가볍게 귀찮다는 내색을 표했기 때문이다. 그 후 그가 늙은 부인에게 적어도 객관적 호의라도 얻기 위해 얼마간 노력을 기울였지만, 소용없는 일이었다. 그는 나쁜 인상을 남겼던 것이다. 그리고, 매일 밤 코바늘로 뜬 레이스가 가득 걸려 있는 그의 방으로 돌아가기에 앞서, 그녀의 거실에 앉아 있는 여주인의 등을 바라보아야만 했다. 동시에 그는 뒤도 돌아보지 않고 퉁명스럽게 건네는, "안녕히 주무세요, 신부님." 하는 기억도 가져가야 했다. 그같은 밤에 머리를 때리며, 잠자리에 들 때면, 그는 손목과 관자놀이에서 며칠 동안 가슴속에 끓이고 있었던 열병이 맹위를 떨치며 노도처럼 풀려나는 것을 느꼈다.

그 후의 일은 그 여주인의 이야기를 통해서만 알려졌다. 아침에, 그녀는 평소처럼 일찍 일어났다. 일정 시간이 지나도, 신부가 방에서 나오는 것을 보지 못해 놀란, 그녀는 많은 망설임 끝에 방문을 두드려보기로 결심했다. 그녀는 그가 한잠도 못 자고 여전히 누워 있는 것을 발견했다. 그는 가슴 통증으로 고통스러워하고 있었고 평소보다 더 충혈되어 보였다. 그녀 자신의 말로는, 그녀가 그에게 의사를 부르자고 정중하게 제안했지만, 그 제안은 서운할 정도로 매정하게 거부당했다. 그녀는 물러날 수밖에 없었다. 조금 후에, 신부는 벨을 눌러 그녀를 불렀다. 그는 자신의 앞선 반응에 대해 사과하고, 역병으로 의심할 아무런 증상도 보이지 않았거니와, 일시적인 피곤함 때문일 뿐이라고 말했다. 노부인은 품위 있게, 그 제안은 그런 불안에서 나온 게 아니라고, 그녀는 하느님의 손에 있는 자신의 안전에 대해서는 전혀 생각하지 않지만, 자신에게도 부분적으로 책임이 있는 신부의 건강을 생각해서였을 뿐이라고 대답했다. 하지만 그가 아무 말도 더 하지 않았기에, 여주인은, 바라는 바, 그것이 자신의 의무를 다하는 것이라고 믿기에, 의사를 부를 것을 다시 제안했다. 신부는 다시 거절했지만, 이번엔 노부인에게는 몹시 막연하게 여겨지는 설명을 덧붙였다. 그녀는 단지 신부에게는 이 진료가 그의 원칙과 일치하는 게 아니기 때문에 거절하는 것으로 이해했는데, 사실 그것이 그녀에겐 이해가 안되는 점이었다. 그녀는 열이 동거인의 생각을 흐리게 하고 있는 것이라고 결론 내리고, 차를 가져다주는 것으로 그쳤다.

항상 상황이 자신에게 주어지면 그 의무를 정확히 이행하기로 결심하고 있는, 그녀는 규칙적으로 두 시간마다 환자를 둘러보았다. 그녀가 가장 강한 인상을 받았던 것은 신부가 하루종일 끊임없이 몸부림치며 보냈다는 사실이다. 그는 시트를 던져버렸다가 다시 끌어와 덮었고, 젖은 이마 위로 끊임없이 손을 올렸으며, 종종 찢어질 듯한 쉰 목소리로, 목을 조르는 기침을 참기 위해 다시 몸을 일으켜 세우곤 했다. 그는 그때 목구멍 바닥에서 그를 숨 막히게 했을 솜뭉치를 끌어내는 게 불가능한 것처럼 보였다. 이러한 발작 끝에, 그는 지친 기색이 역력한 채 뒤로 쓰러지곤 했다. 마침내, 그는 반쯤 몸을 세우고, 잠시 동안, 앞서의 모든 몸부림보다 더 강하고 격렬하게 몸을 떨다가는 꼿꼿이 앞을 응시했다. 하지만 노부인은 여전히 자신의 병자를 언짢게 할까 봐 의사 부르기를 주저했다. 보기엔 요란했지만, 단순한 발열증상일 수도 있었던 것이다.

그래도 오후에, 그녀는 사제에게 말해 보려 애썼지만 어떤 막연한 답도 듣지 못했다. 그녀는 제안을 되풀이했다. 하지만 그때, 신부가 일어났고, 반쯤 숨이 막혀 하면서도, 의사는 원치 않는다고 분명하게 대답했다. 이제, 여주인은 다음 날 아침까지 기다려보기로 결심했고, 신부의 상태가 나아지지 않는다면, 랑스도크 통신이 라디오로 매일 수십 번씩 알려주는 번호로 전화를 걸 참이었다. 항상 자신이 해야 할 의무에 주의를 기울이면서, 그녀는 밤 동안 자신의 하숙생을 찾아 그를 돌볼 생각이었다. 하지만 그녀는 그날 밤, 그에게 새로 차 한 잔을 주고, 조금 누웠다 일어나려 했지만 다음 날 새벽까지 깨어나지 못했다. 그녀는 침실로 달려갔다.

신부는 움직임 없이 누운 채였다. 전날의 극도의 충혈은 여전히 얼굴을 가득 채운 상태로 일종의 납빛으로 이어져 더 눈에 띄었다. 신부는 침대 위에 매달린 작고 알록달록한 진주 장식 샹들리에를 바라보고 있었다. 노부인이 입구에 나타나자, 그는 그녀에게로 고개를 돌렸다. 여주인에 따르면, 그는 그때 밤새도록 얻어맞고 맞설 힘이 완전히 빠진 사람처럼 보였다. 그녀는 그에게 어떠냐고 물었다. 그리고 목소리에서 이상할 정도로 덤덤함을 알아차렸다. 그는 좋지 않다고, 의사가 필요하지는 않고 모든 걸 규칙대로 하기 위해 병원으로 옮겨주는 것으로 족하다고 말했다. 겁에 질린 노부인은 전화기로 달려갔다.

리외가 정오에 왔다. 안주인의 이야기에, 그는 단지 파늘루의 말이 옳다는 것과 너무 늦은 것 같다고만 답했다. 신부는 그에게 덤덤한 표정으로 인사했다. 리외는 검사를 해보고 충혈과 가슴 통증 말고는 서혜선종성 또는 폐렴형 역병이 보이는 어떤 주요 증상도 발견되지 않아서 놀랐다. 어쨌든, 맥박이 너무 낮고 전반적으로 위급해서 조금의 희망도 없었다.

"질병의 주요 증상은 없습니다." 그가 파늘루에게 말했다. "하지만, 실제로, 의심스러운 게 있으니, 격리하셔야겠습니다."

신부는 정중하지만 말이 없는 묘한 웃음을 지었다. 리외는 전화기로 갔다가 돌아왔다. 그는 신부를 바라보았다.

"제가 신부님과 함께 있겠습니다." 그가 부드럽게 말했다.

상대는 활기를 띠는 듯했고 일종의 따뜻함을 되살린 것 같은 시선을 의사의 눈으로 향했다. 그러고는 어렵게 말을 뱉었다. 결과적으로 그가 슬픔으로 말을 한 건지 아닌지 알기는 불가능했다.

"감사해요." 그가 말했다. "하지만 종교인에게는 친구가 없죠. 그들은 모든 것을 하느님께 맡겼으니까요." 그는 침대 머리맡의 십자가를 달라고 요청했고, 그것을 손에 쥐자, 그것을 보기 위해 고개를 돌렸다.

병원에서, 파늘루는 입을 열지 않았다. 그는 자신에게 가해지는 모든 처치에 편하게 몸을 내맡겼지만, 결코 십자가는 손에서 놓지 않았다. 하지만, 신부의 경우 불분명함이 계속되었다.

리외의 머릿속엔 의문이 맴돌았다. 역병이면서 역병이 아니었다. 게다가 한동안, 역병은 진단 내리기를 헷갈리게 하며 즐기는 듯했다. 하지만 파늘루의 경우, 이 불확실성은 중요하지 않았다는 것이 후에 드러났다.

열은 올랐다. 기침이 점점 더 거칠어져서 하루 종일 환자를 괴롭혔다. 마침내 저녁에, 신부는 그를 숨 막히게 했던 그 솜덩이를 뱉어냈다. 빨간색이었다. 열이 들끓는 중에도, 파늘루는 냉정한 눈빛을 유지했고, 다음 날 아침, 침대에서 반쯤 쓰러진 상태의 주검으로 발견되었을 때 그의 눈빛은 아무것도 표현하지 않고 있었다. 그의 차트에는 이렇게 씌어졌다. "불명확한 사례."

그해 만성절*은 여느 때와 달랐다. 물론, 날씨는 예년과 같았다. 날씨가 급작스레 바뀌어 늦더위가 선선함을 안겨주었다. 다른 해처럼, 이제는 찬바람이 꾸준히 불고 있었다. 짙은 구름들이 이 지평선에서 저 지평선으로 흐르면서, 집들 위로 그림자를 드리웠고, 구름이 지나고 나면, 11월 하늘의 식은 황금색 빛이 내렸다. 처음으로 비옷이 등장했다. 하지만 광택이 나는 고무를 입힌 천이 눈에 띄게 많았다. 사실은 신문이 남부에 대규모 역병이 발생했던 이백 년 전, 의사들이 자신들을 보호하기 위해 기름옷을 입었다는 기사를 냈었다. 상점들은 이를 기회로 삼아 자기 식으로 면역이 될 거라고 희망하는 사람들에게 유행에 뒤쳐진 재고품 비옷들을 팔아치울 수 있었던 것이다.

하지만 이러한 모든 계절적인 징후도 묘지를 찾는 사람이 없다는 것을 잊게 할 수는 없었다. 다른 해에, 시가철도는 은은한

---

* 프랑스에서 기념하는 주요한 가톨릭 휴일로, 매년 11월 1일에 모든 성인(聖人)들을 기리기 위해 정한 날이다. 이날은 공휴일로, 많은 프랑스인들이 이날을 이용하여 가족과 함께 고인이 된 친척의 무덤을 방문하여 꽃을 바치고 기도를 드린다.

국화 향기와 사랑하는 사람이 묻힌 곳을 찾아 무덤에 꽃을 놓기 위해 떠나는 여인들의 행렬로 가득 찼었다. 그날은 고인을 혼자 두고 오랫동안 망각하고 있던 것에 대해 벌충하려 애쓰는 날이었다. 하지만 그해에는 누구도 더 이상 죽은 사람에 대해 생각하고 싶지 않아 했다. 정확히 말하자면, 사람들은 이미 너무 많이 생각했다. 그리고 그것은 더 이상 약간의 후회와 많은 우울함을 안고 그들에게 가는 문제가 아니었다. 그들은 잊고 싶은 불청객들이었다. 이것이 올해는 어떻게든 건너뛰고 싶었던 죽은 자의 축제일인 이유였다. 타루가 점점 더 냉소적인 언어를 사용하는 것으로 인식하는 코타르에 따르면, 매일매일이 죽은 자의 축제일이었다.

그리고 실제로, 역병의 불길은 화장터의 화덕에서 매일 더 크고 기고만장하게 타올랐다. 사실, 사망자 수가, 하루하루 늘어난 것은 아니었다. 하지만 역병은 그 정점에서 안정적으로 자리를 잡고 매일의 살인에 능률적인 관리자처럼 정확성과 규칙성을 부여하고 있는 것 같았다. 원칙적으로는, 또한 정통한 이의 견해로는, 그것은 좋은 신호였다. 끊임없이 상승하다 긴 소강상태에 든 역병의 진행 그래프는, 예컨대 리샤르 박사에게는 위안이 되는 듯했다. "좋아, 완벽한 그래프야." 그는 말했다. 그는 질병이 안정기라 부르는 수준에 도달했다고 추정했다. 이제부터는, 줄어들 수밖에 없다. 그는 막 알려진 그 공로를 카스텔의 혈청으로 돌렸는데, 실제로, 그건 예상치 못한 성공이었다. 연장자인 카스텔도 부정하지 않았지만, 그것이 사실이라고 추정되어도, 예상치 못한 우여곡절을 겪은 전염병의 역사로 미루어볼 때, 어떤 것도 예단할 수 없는 게 사실이었다. 도청은 오래전부터 대중의 마음이 안정되길 바랐는데, 역병이 그 길을 열어주지 않자 이 문제에 관해 의사들의 의견을 듣기 위해 그들과의 회합을 요청했다. 그런데 그때, 명확히는 질병의 안정기에 들었다던 그때, 리샤르 박사 역시, 역병으로 세상을 뜨게 되었다.

분명 충격적이었지만 결국 아무것도 증명하지 못한, 이 예 앞에서, 행정당국은 앞서 낙관론을 받아들였을 때처럼 일관성 없이 비관론으로 돌아섰다. 카스텔로 말하면, 그는 할 수 있는 한 철저하게 자신의 혈청을 마련하는 일에만 전념했다. 어쨌든, 병원이나 격리시설로 바뀌지 않은 단일 공공기관은 더 이상 없었고, 그나마 아직 도청을 그대로 유지하고 있었던 것은, 사람들이 모일 수 있는 공간을 두어야 했기 때문이다.

하지만, 일반적으로, 그 당시 역병은 상대적인 안정기에 접어들어, 리외에 의해 짜여진 조직이 과도한 힘을 기울여야 할 상황은 결코 아니었다. 그때까지도 엄청난 수고를 하고 있던 의사와 간호보조원들이, 더 큰 노력을 기울이는 상상까지 해볼 필요는 없었다. 말하자면 그 초인적인 일을 단지 규칙적으로 하기만 하면 되는 것이었다. 폐 감염 형태는 이미 나타나, 마치 바람이 가슴속에 불을 댕기고 불어댄 것처럼, 도시 전체에 퍼져 있었다. 환자들은 피를 토하는 가운데 훨씬 더 빨리 목숨을 잃었다. 이 새로운 형태의 전염병으로 인해 감염성은 이제 더 커질 위험성이 있었다. 사실, 전문가들은 이 점에 대해 항상 상반된 견해를 보여왔다. 그렇더라도 더욱 안전을 기하기 위해, 보건 관계자들은 소독된 가제 마스크를 계속해서 착용하고 호흡했다. 언뜻 보기에, 어쨌든, 질병은 확산되었어야 했다. 하지만, 서혜선종성 페스트가 감소되고 있었기에, 저울은 평형을 이루고 있었다.

사람들은 그렇더라도 시간이 지남에 따라 커가는 식량 공급의 어려움에 따르는 다른 문제들을 걱정해야만 했다. 투기까지 끼어들면서 보통 시장에서 부족했던 기본 필수품들이 높은 가격에 거래되었다. 따라서 가난한 가정들은 힘든 상황에 처하게 되었고, 반면에 부유한 가정엔 부족한 것이 거의 없었다. 역병 기간 당시, 병의 특성상 가져다준 효율적 공정이, 우리 시민들 사이에 균형을 강화했어야 했는데, 당연한 이기심의 발로가, 거꾸로 사람들의 마음속에 불공정의 감정을 더욱 극심하게 만들었다. 물론, 죽음에 대한 완전무결한 공정성은 남았지만, 그건 누구도 원치 않는 것이었다. 따라서 배고픔으로 고통받는 가난한 이들은 생활이 자유롭고 빵 값이 싼 인근 도시와 시골을 훨씬 더 동경했다. 충분히 먹을 것을 제공해 줄 수 없었기에, 그들은 더군다나 자신들이 떠나는 것을 허락하지 않는 것에 대해, 불합리하게 느끼고 있었다. 그 결과로 마침내 사람들이 벽에 붙은 것을 읽거나, 또는 때때로, 지사가 지나는 길에 누군가 소리치는, "빵이나 공기를 달라."는 구호가 유포되기 시작했다. 이 아이러니한 문구는 특정 시위에 시그널을 제공하고 빠르게 진압되었지만, 그것의 심각성은 피해 갈 수 없었다.

당연히 신문들은, 어떤 대가를 치르더라도 자신들에게 내려진 낙관론의 보도지침을 따랐다. 그것들을 읽어보면, 그 상황의 특징은 대중들이 보여주는 '평온과 침착의 감동적인 예'였다. 하지만 그 자체로 막혀 있는, 아무것도 비밀로 남을 수 없는 도시에서, 공동체에 의해 주어진 그 '예'를 오해하는 사람은 드물었다. 또한 문제의 '평온과 침착'의 공정한 생각을 얻기 위해서라면, 검역소나 당국에 의해 갖춰진 격리 캠프 중 하나에 들어가 보는 것만으로도 충분했다. 당연히 화자로서는, 다른 곳에서 일하고 있었으므로, 알 수 없었다. 그리고 그것이 바로 여기서 타루의 목격담을 인용할 수밖에 없는 이유이다.

실제로, 타루는 그의 노트에 랑베르와 함께 방문했던 시립 경기장에 설치된 수용소에 대해 적었다. 경기장은 시 출구 근처에 있었고, 한쪽은 전차가 지나는 거리가 내다보이고, 다른 한쪽은 그 도시가 자리 잡은 고원 가장자리까지 펼쳐져 있었다. 원래 높은 담으로 둘러싸여 있었고 네 개의 문에 보초를 배치하는 것만으로도 탈출을 어렵게 하는 데 충분했다. 동시에 그 담은 외부 사람들이 격리되어 있는 불행한 사람들을 귀찮게 하는 것을 막아주기도 했다. 반면에, 그들은 하루 종일, 아무것도 보지 못한 채, 지나는 시가전차 소리를 들었고, 그것과 함께 더욱 커지는 웅성이는 소리로 출퇴근 시간을 짐작할 수 있을 뿐이었다. 그래서 그들은 몇 미터 떨어지지 않은 곳에서 자신들이 배제된 생활은 계속되고 있었고, 시멘트 벽은 마치 그들이 다른 행성에 있는 것처럼 서로 다른 더 낯선 두 우주로 분리하고 있다는 것을 알았다.

타루와 랑베르가 경기장에 가보기로 한 날은 일요일 오후였다. 그들은 랑베르가 다시 찾아내 결국 경기장 감시 교대를 관리하게 된, 축구선수, 곤잘레스와 동행했다. 랑베르는 경기장 대표 관리인에게 그를 소개해 주기로 했다. 그들이 다시 찾았을 때, 곤잘레스는 두 사람에게 지금이 바로, 역병 이전이었으면, 경기를 시작하기 위해 유니폼을 입고 있을 시간이라고 말했다. 이제 경기장은 징발되어 있었고, 그것은 더 이상 가능하지 않으며, 완전히 한가해 보인다고 곤잘레스는 느꼈다. 그것이 그가 주말 동안만 일한다는 조건으로, 이 감시감독을 받아들인 이유 가운데 하나였다. 하늘은 반쯤 흐려 있었고, 곤잘레스는 코를 벌렁거리며, 비도 안 오고, 이때가 게임하기 가장 좋은 상황인데 아쉽다, 고 말했다. 그는 라카룸에서의 물파스 냄새, 무너져 내릴 것같이 꽉 찬 관람석, 황갈색 흙 위의 밝은 색상의 유니폼, 하프타임 때면 수천 개의 바늘로 메마른 목을 상쾌하게 찌르는 것 같던 레몬 또는 레모네이드를 회상했다. 타루는 다른 곳에서, 교외의 움푹 파인 길을 통과해 가는 동안 내내, 그가 알게 된 그 선수는 계속해서 돌을 차고 있었다고 적고 있었다. 그는 맨홀 속으로 곧장 집어넣기 위해 애썼고, 성공하면, "1 대 0"이라고 말했다. 그는 담배를 다 피우면, 그 꽁초를 그 앞에 뱉었고 즉석에서, 그것이 떨어지지 않게 발로 붙잡으려 시도했다. 경기장 근처에서, 아이들이 공을 가지고 놀고 있다가 지나는 그들 무리에게 보내자 곤잘레스는 그것을 정확하게 아이들에게 돌려보내기 위해 움직였다.

그들은 마침내 경기장에 들어섰다. 관중석엔 사람들이 가득했다. 하지만 땅은 수백 개의 붉은 텐트로 덮여 있었고, 멀리서, 우리가 그 안에서 본 것은 침구류와 작은 짐꾸러미들이었다. 관중석은 수용자들이 더위나 비를 피할 수 있도록 보존되어 있었다. 다만, 해가 지면 그들은 텐트 안으로 돌아가도록 되어 있었다. 관중석 아래로는, 샤워기가 설치되어 있었고, 사무실과 의무실로 바뀐 예전 선수들의 라커룸이 있었다. 수감자 대부분이 관중석에 모여 있었다. 다른 이들은 터치라인 근처를 서성이고 있었다. 어떤 이들은 자기들 텐트 앞에 쭈그려 앉아 그 모든 것들을 공허한 시선으로 바라보고 있었다. 관중석에는 많은 사람들이 주저앉아 무언가를 기다리고 있었다.

"낮에 저들은 무얼 하나요?" 타루가 랑베르에게 물었다.

"아무것도요."

사실 거의 모두가, 빈손인 채인 팔을 늘어뜨리고 있었다. 이 거대한 사람들의 모임은 기이할 정도로 조용했다.

"처음 며칠간은, 여기서, 서로 목소리를 듣지 않으려 했죠." 랑베르가 말했다. "하지만 날이 가면서, 점점 말 자체를 덜하더 군요."

그의 노트를 믿는다면, 타루는 그들을 이해하고 있었다. 처음에 그들은 붐비는 텐트 안에서 파리 소리를 듣거나, 몸을 긁으며 지내다가 기꺼이 말을 들어주는 귀를 만나면 자신들의 울화와 두려움을, 부르짖듯 말하는 것을 볼 수 있었다. 하지만 수용소가 초만원을 이룬 상태에서는, 공감해 주는 귀가 점점 줄어들었다. 남은 것은 드러내지 않고 경계하는 것이 전부였다. 실제로 거기에는 회색의, 그럼에도 밝은 하늘에서, 붉은 수용소 위로 떨어지는 경계감이 있었다.

그랬다. 그들은 다들 경계하는 듯 보였다. 이유가 없던 건 아니었고, 다른 사람들과 분리되어 있었기 때문에 이유를 찾고 있으면서, 두려워하는 얼굴을 드러냈던 것이다. 타루가 보는 그들 각자는 텅 빈 눈을 하고 있었다. 모두는 자신들이 살아왔던 삶으로부터 매우 총체적으로 분리되었다는 사실에 고통받고 있는 것처럼 보였다. 또한 그들은 항상 죽음에 대한 생각만

할 수 없었기 때문에, 아무 생각도 하지 않았다. 그들은 휴가
중이었다. 타루는 적었다. "하지만 더 나쁜 것은, 그들은 잊혀졌
고 그것을 안다는 것이었다. 자신들을 알던 사람들이 뭔가 다
른 생각을 해야 했기에 잊었으리라는 것은 잘 이해할 수 있었
다. 그들 역시 자신들을 꺼내기 위한 과정과 계획에 지쳐야 했
기 때문에, 잊어버리기도 했던 것이다. 그 출구를 생각해 보는
것으로서, 그들은 더 이상 나와야 할 사람들을 생각하지 않게
되는 것이다. 이 또한 정상이었다. 그리고 결국에는, 우리는 최
악의 불행 속에서, 누구도 진정으로 누군가를 생각할 수 없다
는 것을 깨닫게 된다. 왜냐하면 누군가에 대해 진정으로 생각
한다는 것은, 어떤 것으로부터도 방해받지 않고, 살림 걱정도
않고, 날아다니는 파리도, 밥 먹는 것도 잊고, 가려움 따위도
못 느끼면서 매순간 그것에 대해 생각하고 있다는 것이기 때문
이다. 하지만 항상 파리와 가려움증은 있다. 이것이 인생이 힘
든 이유이다. 그리고 그들은 그것을 잘 알고 있다."

관리자가 돌아와서, 그들에게 오통 씨가 만나고 싶어 한다고
말했다. 그는 곤잘레스를 자신의 사무실로 안내하고 나서, 오
통 씨가 있는 구석진 관중석으로 그들을 데리고 갔다. 떨어져
앉아 있던 오통 씨가, 그들을 맞기 위해 일어섰다. 그는 항상 입
던 옷을 입고 있었고 뻣뻣한 깃도 같았다. 타루는 다만 관자놀
이 위의 머리뭉치가 훨씬 더 뻣뻣하고 신발 끈 하나가 풀려 있

는 것을 알아보았다. 판사는 피곤해 보였고, 또한, 대화 상대의 얼굴을 한 번도 바라보지 않았다. 그는 그들을 보게 되어 기쁘다며 의사 리외에게 그가 한 일에 대해 감사하다는 말을 전해 달라고 요청했다.

"제발…" 판사가 잠시 후 말했다. "필리프가 너무 고통스럽지 않았길 바랍니다."

타루로서는 그가 자기 아들의 이름을 부르는 것을 들은 것은 처음이었다. 그는 무언가 변했다는 것을 알 수 있었다. 태양이 지평선 위로 지고 있었고, 두 구름 사이에, 그 빛이 관중석으로 비스듬히 파고들어, 그들 세 얼굴을 누렇게 물들이고 있었다.

"아닙니다." 타루가 말했다, "아닙니다, 그 아이는 정말로 고통스럽지 않았습니다."

그들이 자리를 뜨고도, 판사는 여전히 태양이 비치는 쪽을 바라보고 서있었다.

그들은 곤잘레스에게 작별 인사를 하러 갔고, 그는 경계 교대표를 외우고 있었다. 그 선수는 그들의 손을 잡고 흔들며 웃었다.

"적어도 나는 라커룸을 되찾았어." 그가 말했다. "이 정도만 해도 감지덕지하지."

잠시 후, 관리자가 타루와 랑베르를 배웅하고 있을 때, 관중석으로 과도할 정도로 큰 지글거리는 소음이 들려왔다. 그러고 나서 좋은 시절에는, 경기 결과나 팀을 소개하는 데 사용하던 확성기가, 코맹맹이 소리를 내며 저녁식사를 배급할 수 있도록 수감자들은 자신들의 텐트로 돌아가야 한다고 고지하고 있었다.

천천히, 사람들은 관중석을 떠나 신발을 끌면서 자신들의 텐트 안으로 돌아갔다. 그들이 전부 자리를 잡자, 두 대의 작은 전기차가, 기차역에서 볼 수 있는 것처럼, 텐트 사이로 지나며, 커다란 냄비를 날랐다. 사람들은 그들의 팔을 뻗어서, 국자 두 개를 두 개의 냄비에 담았다가 두 개의 그릇에 담았다. 차들이 다시 움직이기 시작했다. 다음 텐트에서도 되풀이되었다.

"과학적이군요." 타루가 관리자에게 말했다.

"네", 그는 악수한 손을 흔들며 만족감으로 상대에게 말했다. "과학적입니다."

황혼 녘, 하늘이 열렸다. 부드럽고 싱그러운 빛이 캠프를 감쌌다. 저녁의 평화 속에서, 스푼과 접시 소리가 사방에서 일었다. 텐트 위에서 날개를 펄럭이던 박쥐들이 갑자기 사라졌다. 시내 전차가 벽 저 너머, 선로변경기 위에서 울부짖었다.

"가엾은 판사님," 타루가 문을 통과하면서 중얼거렸다. "저분을 위해 뭔가라도 해야 할 텐데. 하지만 어떻게 판사를 도울 수 있지?"

도시에는, 이 같은 여러 다른 수용소가 있었는데 화자는, 직접적인 정보의 부족과 조심스러움으로 더 많은 것을 말할 수는 없다. 하지만 분명히 말할 수 있는 것은, 캠프들의 존재, 거기서 풍기는 사람 냄새, 황혼 녘 엄청난 확성기 소리, 담의 비밀과 이런 버림받은 장소에 대한 두려움이, 우리 동료 시민들의 사기를 무겁게 짓눌렀고 모두의 실망과 불안을 더욱 가중시켰다는 사실이다. 행정당국과의 마찰과 불화도 증대되었다.

그런 가운데 11월 말이 되자 아침이면 몹시 추워졌다. 폭우가 도로를 씻어내고, 하늘을 맑게 했으며 빛나는 도로 위로 구름이 없어졌다. 힘을 잃은 태양이 매일 아침 도시 위에서 차갑고 눈부시게 빛났다. 반대로 저녁이면 공기는 다시 온화해졌다. 타루가 의사 리외에게 자신을 좀 더 드러낸 것은 바로 그즈음이었다.

어느 날, 길고 힘든 하루를 보낸 후, 저녁 10시경에 타루는 천식환자 노인 방문길에 리외와 동행했다. 하늘은 구시가지의 집들 위에서 부드럽게 빛났다. 가벼운 바람이 어두운 교차로로 소리 없이 불었다. 조용한 길에서 들어서자마자, 두 사람은 노인의 수다에 직면해야 했다. 그는 그들에게, "동의하지 않는 사람도 있겠지만, 버터 접시는 항상 같은 사람들의 것이고, 물 담긴 항아리를 너무 많이 내돌리면 결국 깨지고 만다. 그리고, 아마(거기서 그는 손을 비볐다) 무언가 혼란이 있을 것 같다."고 말했다. 의사는 그의 말들을 끊는 법 없이 치료를 계속했다.

그들은 위에서 나는 발소리를 들었다. 늙은 아내가, 타루의 관심 있는 표정을 알아차리고, 이웃 사람 몇이 옥상에 나와 있는 모양이라고 말했다. 동시에 거기에 오르면 아름다운 경치를 볼 수 있다는 것과 집들의 옥상이 대개 한쪽으로 이어져 있어서, 이웃 여자들이 집을 나서지 않고도 서로를 방문하는 것이 가능하다는 것을 알려주었다.

"그래요." 노인이 말했다. "그러니 올라가들 보시오. 저 위는 공기가 좋지요."

그들은 비어 있는 테라스에 의자 세 개가 갖추어져 있는 걸 보았다. 한쪽으로는, 시야가 닿는 끝까지 옥상이 펼쳐져 있었고 그 끝에 어두운 바윗덩어리가 보였다. 첫 번째 언덕으로 여겨졌다. 다른 한쪽으로는, 몇몇 거리와 보이지 않는 항구 너머로, 하늘과 바다가 불분명하게 흔들리며 뒤섞인 수평선이 눈에 들어왔다. 그들이 해안 절벽으로 알고 있는 그 너머에서, 이전에 본 적 없는 근원을 알 수 없는 불빛이 규칙적으로 깜박이고 있었다. 해협의 등대가, 봄부터, 다른 항구로 방향을 바꾸는 배를 향해 계속해서 비추고 있는 것이다. 바람에 쓸리고 닦인 하늘에는, 맑은 별들이 빛나고 먼 등대의 불빛이 그것들과 섞여, 순간순간 회색빛을 냈다. 산들바람이 향료와 돌 냄새를 실어 왔다. 침묵은 완벽했다.

"좋네요." 리외가 의자에 앉으면서 말했다. "마치 이곳은 역병이 오르지 못할 곳 같군요."

타루는 그를 등진 채 바다를 보고 있었다.

"예." 잠시 후 그가 말했다. "좋군요."

그가 와서 의자 옆에 앉더니 주의 깊게 그를 바라보았다. 불빛이 세 번, 하늘에서 깜박였다. 접시 부딪치는 소리가 길 안쪽 깊은 곳으로부터 그들에게까지 들려왔다. 문 하나가 집에서 쾅 하고 닫혔다.

"리외," 타루가 아주 자연스러운 어조로 말했다. "내가 누구인지 알려고 해본 적이 전혀 없죠? 내게 우정을 느끼나요?"

"그래요." 의사가 대답했다. "나도 당신에게 우정을 느껴요. 하지만 아직까지 우리만의 시간을 갖지 못했던 거지."

"그럼, 안심이 되는군. 이 시간이 우정을 나누는 시간이 되면 어떨까요?"

대답으로, 리외는 그에게 미소를 지어 보였다.

"그럼 이제…"

몇 개의 길 저편에서, 자동차 한 대가 젖은 포장도로를 오랫동안 미끄러지며 달리는 듯했다. 차가 멀어졌고, 그 후에, 혼란스러운 외침이 멀리서 들려와서, 다시 고요를 깨뜨렸다. 그러고 나서 그것은 하늘과 별의 무게를 고스란히 담아서 두 사람에게로 떨어졌다. 타루는 여전히 의자에 웅크리고 앉아 있는, 리외가 마주 보이는 옥상 난관에 자리를 잡고 앉았다. 보이는 것은 하늘을 배경으로 잘려진 육중한 형체뿐이었다. 타루는 오랫동안 이야기했는데 이것이 그의 말을 대략적으로 재구성한 것이다.

단순화시켜서 말하자면, 리외, 나는 이 도시와 이 전염병을 알기 전부터 이미 '치명적인 역병'으로 고통받고 있었소. 그건 나 역시 남들과 똑같다는 말로 충분할 거요. 하지만 그걸 알지 못하는 사람도 있고, 또는 그 상태로 잘 지내는 사람도 있고, 그것을 알고 벗어나고 싶어 하는 사람들도 있지. 나는, 항상 벗어나고 싶었소.

젊었을 때, 나는 순수하다는 생각을 가지고 살았소, 말하자면 전혀 생각이 없었던 거지. 나는 고민하는 타입이 아니었고, 맞다 싶으면 시작했지. 모든 게 내게 잘 맞았고, 나는 지적으로 안정되어 있었고, 여자와도 최고였소. 내게 걱정거리가 있었다면, 그 모든 것들이 왔던 것처럼 지났다는

것이오. 그러던 어느 날, 깊이 생각해 보기 시작했죠. 이제
는….

　　나는 당신처럼 가난하지는 않았다는 걸 말해 두어야
만 하겠네요. 내 아버지는 총변호사*로 꽤 높은 자리에 있었
죠. 그럼에도, 그분은 그렇게 보이지 않았는데, 천성적으로
좋은 사람이었죠. 내 어머니는 곧으면서 나서지 않는 분으
로, 나는 그분에 대한 사랑을 멈춰본 적이 없지만, 그에 관해
서는 말하지 않는 게 좋겠네요. 아버지는 나를 사랑으로 돌
봐주셨고 나를 이해하려고 애쓰셨다고 믿고 있소.

이제 확신하지만, 그분은 밖에서 바람을 피웠죠. 나도 다를
바 없었기에, 그에 대해서는 거의 분개하지 않았어요. 이 모
든 과정에서 그분은 예상하시는 대로 누구와 충돌하는 법
없이 처신했죠. 간단히 말해서, 그분은 그다지 괴상한 사람
은 아니었어요. 그분이 돌아가시고 나서, 나는 그분이 성자
처럼 살지는 않았지만, 그다지 나쁜 사람은 아니었다고 깨달
았죠. 그는 중간쯤에 있었고, 계속해서 합리적인 애정을 느
끼는 유형의 사람으로 살아갔던 겁니다. 그게 다였죠.

---

* 예심판사 오통 씨와도 비교해 볼 만하다. 예심판사는 프랑스에서 사건을 조사하는 판사이
다. 형사사건에서 중립적인 입장에서 사건을 조사하고, 증거를 수집하여 사건이 재판에
회부될 수 있는지 결정하는 역할을 한다. 반면에 총변호사 또는 대리검사는 주로 항소심
재판소에서 활동하는 법률 전문가로, 특정 법률 사안에서 정부를 대표한다. 그들은 법률
적인 의견을 제시하고 법관에게 권고하는 역할을 수행한다.

그렇긴 해도 그분에겐 한 가지 특이한 점이 있었어요. 주요한 성姓 안내서가 그분 침대 머리맡에 항상 놓여 있었죠. 휴가 때 그분이 가진 작은 부동산이 있는 브라타뉴에 가는 것 말고는 여행도 하지 않았으면서 말이오. 하지만 그는 파리-베를린의 출발 시간과 도착 시간, 리옹에서 바르샤바까지 가기 위한 시간표 조합, 선택한 수도 사이의 주행 거리를 정확히 이야기해 줄 수 있을 정도였죠.

당신이라면 브리앙송에서 샤모니까지 어떻게 가는지 말해 줄 수 있겠소? 역장조차 길을 잊을 거요. 내 아버지는 잊지 않으셨죠. 그분은 그에 대해 지식을 넓히기 위해 거의 매일 저녁 훈련하셨고, 그것을 오히려 자랑스러워했소. 그것은 나를 매우 즐겁게 했고, 나는 자주 질문을 했는데, 책에서 아버지의 답변을 확인하고 아버지가 실수하지 않았다는 걸 깨닫고는 기뻐하곤 했죠. 이 작은 연습은 우리를 많이 결속시켜 주었죠. 왜냐하면 내가 그분께 좋은 의도로 식별해 들어주는 청중이 돼주었기 때문이오. 나로서는, 철도와 관련한 이러한 우월성이 또 다른 가치가 있다는 것을 알았죠.

하지만 이러다가는 이 정직한 사람을 너무 중요하게 여길 위험이 있네요. 왜냐하면, 결국, 내 아버지는 내 결심에 간접적인 영향을 끼쳤을 뿐이니 말이오. 기껏해야 그분은 내게 기회를 주었을 뿐이죠. 내가 열일곱 살 때, 실제로, 아버지는 내게 자신이 내리는 판결을 들어볼 것을 권했죠. 중대 재판소에서 있는, 중요한 사건이었는데, 분명히 그분은 내게 자신의 최고의 모습을 보일 수 있을 거라고 생각했던 거죠. 내가 보기에 그분은 또한 그 의식이, 젊은 상상력을 자극하기에 적합해서, 자신이 선택했던 그 경력 안으로 나를 몰아갈수 있을 것으로 기대하고 있었던 것 같았소. 나는 받아들였죠. 왜냐하면 그것이 아버지를 기쁘게 하고, 또한, 우리 사이에 주어진 역할이 아닌, 다른 역할에서의 그분 모습을 보고듣고 싶어졌기 때문이라오. 더 이상은 아무 생각도 없었소. 법정에서 일어나는 일이 내겐 언제나 7월 14일 대혁명 기념일의 열병식이나 상장 수여식처럼 자연스럽고 불가피한 일로여겨졌었소. 나는 매우 추상적인 생각을 가지고 있었고 거북하지도 않았소.

그렇지만 그날 내게는 단지 하나의 이미지만 남게 되는데, 그건 피의자였소. 나는 정말로 그가 죄인이라고 믿었소. 무슨 죄인지는 별로 중요하지 않았소. 하지만 이 붉고 부족한 머리칼의 서른 살 정도의 가엾은 사내는, 모든 것을 인정하기로 결심한 듯 보였고, 그가 했던 일과 몇 분 후에, 그에게벌어질 일을, 너무나 진심으로 두려워하고 있어서, 나는 오직그 사람에게만 눈이 갔소. 그는 너무 밝은 빛에 겁에 질린 부엉이처럼 보였소. 넥타이 매듭도 칼라의 각도와 정확히 맞지 않았소. 그는 한손의… 오른쪽 손의 손톱을 물어뜯고 있었소. 요컨대, 더 강조할 필요 없이 그는 살아 있는 사람이었다는 걸 이해할 거요.

하지만 나는, 갑자기 깨달았는데, 그때까지 나는 그를 '피고'라는 간단한 범주를 통해서밖에는 생각하지 못했던 거요. 나는 그때 아버지를 잊었다고 말할 수는 없겠지만, 무언가가 내 위장을 움켜쥐어 미결수에게 데려가는 것 말고는 모든 주위를 빼앗아 갔소. 나는 거의 아무것도 듣지 못했고, 사람들이 그 살아 있는 사람을 살해하려 한다고 느꼈고, 파도 같은 강력한 본능이 일종의 맹목적인 고집쟁이처럼 그쪽 편으로 나를 이끌어갔소. 나는 겨우 아버지의 논고 소리에 깨어났소.

적갈색 옷으로 바뀐, 호인도 아니고 다감하지도 않은, 그분의 입에서 많은 문장들이 가득 차 있다가는, 거침없이, 뱀처럼 흘러나왔소. 그리고 나는 이해했소. 그분이 사회의 이름으로 그 남자의 죽음을 요구하고 있다는 것을, 더구나 그의 목을 자를 것을 요구하고 있다는 것을. 그분은 실제로는 단지 이렇게 말했소. "이자의 머리는 떨어져야 합니다." 하지만, 결국, 차이는 크지 않죠. 그리고 그 같은 일은 실제로, 그분이 그자의 목을 얻는 것으로 돌아왔으니. 다만, 그때 그 일을 직접 했던 사람이 그분이 아니었던 것뿐이죠. 그리고 그 사건이 끝날 때까지 지켜본 나는, 그 불행한 젊은이에게 아버지에게서는 가질 수 없는 엄청난 친밀감을 느꼈소. 아버지는 관습에 따르면, 최후의 순간이라고 정중하게 불리지만, 가장 비천한 모살이랄 수 있는 그 일에 참여하고 있었던 거였소.

그때부터, 나는 가증스런 혐오감으로 아버지를 바라볼 수밖에 없었소. 그때부터, 나는 재판, 사형선고, 집행에 대한 공포에 관심을 가졌고 그분이 그런 모살에 여러 번 입회했다는 것과 그분이 아주 일찍 일어난 날이 바로, 그런 날이었다는 걸 공포스럽게 확인하게 되었던 거요. 그렇소, 그분은 그런 경우 자명종을 사용했던 거요. 나는 어머니에게 감히 그에 대해 말할 수 없었지만, 그러고 나서 더 잘 관찰해보고 두 분 사이엔 아무것도 남아 있지 않다는 것과 어머니는 포기한 삶을 살고 있다는 걸 이해하게 되었소. 그때 내가 말한 것처럼, 그것은 나로 하여금 그분을 용서하는 데 도움이 되었소. 후에, 나는 어머니를 용서할 일이 아무것도 없다는 걸 알았는데, 그분은 결혼할 때까지 평생 가난했고 그 가난은 체념을 가르쳤기 때문이었소.

당신은 분명 내가 즉각 떠났다고 말하길 기대했겠죠. 아니요, 나는 수개월을, 거의 일 년쯤을 더 머물러 있었소. 하지만 나는 마음이 병들어 있었소. 그러던 어느 날 저녁, 아버지가 일찍 일어나야 하니 자명종을 켜달라고 요청하셨죠. 나는 밤새 잠을 이룰 수 없었소. 다음 날, 그분이 돌아왔을 때 나는 떠났소. 아버지는 즉시 사람을 시켜 내게 돌아오라고 했고, 나는 보러 갔죠. 그리고 어떤 설명도 없이, 침착하게 말했소. 만약 나를 강제로 돌아오게 만들려고 하면 나는 자살하겠다고. 그분은 결국 받아들였소. 왜냐하면 그분은 천성적으로 어지간히 순했기 때문이오. 그분은 내게 자신의 삶을 살고 싶어 하는 것에 대한 어리석음(그분은 내 행동을 그렇게 설명했고 나는 그에 대해 아무 말도 하지 않았소)에 관해 일장 연설을 하셨소. 그리고 본심에서 나오는 눈물을 억누르셨소. 나중에, 그래도 꽤 오랜 시간이 지난 후, 나는 어머니를 보기 위해 정기적으로 집에 들렀고 그때 그분도 만났소. 그런 관계만으로도 그분은 만족했던 걸로 나는 믿소. 나로서는, 그분에 대해 적개심이 없었고, 단지 마음속에 약간의 슬픔이 있었을 뿐이었죠. 그분이 돌아가셨을 때, 나는 어머니와 함께 지냈는데, 만약 어머니마저 돌아가시지 않았다면 여전히 거기 있었을 거요.

내가 긴 시간 그 시작점을 고집한 것은 그것이 실제로 모든 것의 시작이기 때문이오. 이제 좀 더 빠르게 가보죠. 나는 열여덟에 유복함을 떠나 가난을 경험했소. 나는 생계를 이어가기 위해 수많은 일을 했소. 그것은 내게 크게 나쁘지 않았소. 하지만 내 관심은 사형선고에 있었죠. 나는 적갈색 머리 부엉이를 청산하고 싶었소. 따라서, 나는 소위 정치*를 했죠. 나는 결코 역병 환자가 되길 원치 않았던 겁니다. 나는 내가 살고 있는 사회가 사형선고를 기반으로 하고 있고 그것과 싸우고 있다고 믿었기에, 나는 그 모살과 싸워야만 했소. 나는 그걸 믿었고, 다른 이들도 그걸 부정하지 않았으니, 결국, 그것은 대체로 진실이었소. 나는 따라서 내가 좋아하고, 내가 좋아하길 멈추지 않을 다른 사람들과 함께했소. 나는 오랫동안 거기 머물렀는데 유럽에서 내가 함께 싸우지 않은 나라는 없었소. 넘어갑시다.

물론, 나도 압니다. 우리 역시, 때때로, 사형선고를 내린다는 것을. 그 몇몇 죽음은 더 이상 사람을 죽이지 않는 세상을 유지하기 위해 필요한 것이라는 말도 들었소. 그것도 어느 정도 진실이지만, 요컨대, 나는 그런 유의 진실을 받아들일 수 없었던 거요. 분명한 건 나도 주저했다는 것이오. 하지만 나는 부엉이 사내를 생각했고 내가 사형집행(헝가리에서였어요)을 보고 아이를 사로잡은 것과 같은 고소공포증으로 인간적인 눈이 멀어버렸던 그날까지 계속해야만 했소.

사람을 총살하는 걸 본 적이 있나요? 물론, 없겠죠. 그

---

* 사회운동.

건 보통 초대로 이루어지고 볼 사람들은 미리 선택됩니다. 그 결과 사람들은 인쇄물과 책들에 갇히게 되죠. 눈가리개, 기둥, 그리고 먼 곳의 몇몇 군인들. 글쎄요, 아닙니다! 총살대는 외려 사형수 1미터 50센티 떨어진 곳에 위치하고 있다는 걸 아시오? 만약 사형수가 두 발짝 앞으로 나아가면, 가슴이 총에 닿을 정도라는 걸 아시오? 이 짧은 거리에서, 총살꾼들이 가슴 부위에 화력을 집중해 쏘면, 굵직한 탄환들로, 주먹을 넣을 수 있는 구멍이 만들어지는 걸 아시오? 모를 거요, 알 수 없는 겁니다. 왜냐하면 그 세부 사항은 사람들에게 말해지지 않기 때문이오. 사람의 죽음은 역병 환자들에게 있어서의 삶보다 신성하죠. 정직한 사람이 영면에 드는 것을 방해해서는 안 되오. 거기엔 나쁜 미각이 필요한데, 세상 사람들 모두가 알고 있듯, 그 미각을 고집하지 않는 데 있죠. 그러나 나는, 그때 이후 잠들 수 없었소. 그 나쁜 미각이 입안에 남아 있었고, 고집하는 것을, 즉, 그것에 관해 생각하는 것을 멈추지 않았던 거요.

나는 그제야 깨달았소. 적어도, 내가 내 영혼을 다해, 당연히 역병에 맞서 싸우고 있다고 믿었던 그 오랜 세월 동안 정작 나는 역병 환자로서의 삶을 멈추지 않았다는 것을. 나는, 내가 수천 명의 죽음에 간접적으로 동의했고, 심지어 필연적인 결과를 초래한 그 행동과 원칙에서 좋은 점을 발견하는 것으로서 이 죽음을 부추겼다는 사실을 알게 되었죠.
다른 이들은 그것으로 고통을 받는 것 같지도 않았고, 적어
도 자발적으로 말하지 않았다는 것도 말이오. 나는 숨이 막
혔소. 나는 그들과 함께 있었지만 그럼에도 혼자였소. 양심
의 가책을 표현할 때마다, 그들은 내게 무엇이 문제가 되는
지 숙고해 보아야만 한다고 말했고, 그들은 내게 내가 삼킬
수 없는 걸 삼키게 하기 위해 인상적인 이유를 제시했소. 하
지만 나는 중대한 역병 환자들은, 적갈색 법복을 입은 그들
이라고, 물론 그들의 경우에도 완벽한 이유는 있다고, 만약
그 이유를 인정한다면, 불가항력의 힘과 가벼운 역병 환자들
에게 요구되는 불가피성이며, 나는 심각히 병을 앓고 있는 그
들을 물리칠 수 없다고 답했소. 그들은 내게 붉은 법복을 옹
호하는 좋은 방법은 사형선고를 독점적으로 내리도록 내버
려두는 것이라고 지적했소. 하지만 나는 그때 만약 우리가
한번 양보하면, 멈출 이유가 없어진다고 말했소. 역사는 내가
옳았다는 것을 증명해 주었다고 여기오. 오늘날 가장 많이
사람을 죽인 이들이 그들이니 말이오. 그들은 모두 살인의
열정에 빠져 있고, 달리 어찌할 도리가 없는 거요.
아무튼, 내게 있어서의 그 일은, 추론이 아니었소. 그것은 다
갈색 머리칼의 부엉이였고, 그 악취 나는 입으로 사슬에 묶
인 사내에게 죽게 되리라고 말하고 죽도록 모든 준비를 해두

었다고 알려서, 실제로, 뜬눈으로 살해당하기를 기다리며 밤 낮으로 고통스럽게 만드는 더러운 시도였소. 내 경우는, 가슴에 난 구멍이었소. 그리고 나는 그사이 내 자신에게 말했소. 적어도 내 입장에서는, 이 역겨운 도살 행위에 대해 단 한 가지, 단지 하나의 정당성을 부여하려는 시도도 거부한다고. 그렇소, 나는 더 명백히 볼 수 있게 되길 기다리며 이 강퍅한 맹목을 선택하게 된 거요.

그때 이후, 나는 변하지 않았소. 오랫동안 나는 부끄러웠소. 아무리 멀리서라도, 심지어 좋은 의도였다 해도, 살인자 편에 있었다는 사실이 죽도록 부끄러웠소. 시간이 지남에 따라, 나는 더 나은 사람들조차, 오늘날 자신을 죽이거나 죽임을 당하는 것을 멈출 수 없다는 것과 이 세상에서 죽음을 무릅쓰지 않고는 행동할 수 없다는 것이 그들이 사는 논리라는 것을 깨달았소. 그렇소, 나는 계속해서 부끄러웠소. 나는 우리 모두가 역병 안에 있다는 것과 이제 내가 평화를 잃었다는 것을 알게 되었소. 나는 오늘도 여전히 그것을 찾고 있고, 모두를 이해하고, 누구에게도 치명적인 적이 되지 않으려고 노력하고 있소. 나는 다만, 우리가 더 이상 역병 환자가 되지 않기 위해서는 필요한 일을 해야 한다는 것과 그것이야말로 우리가 평화를 기대할 수 있고, 또는 좋은 죽음을 기대할 수 있다는 것이라는 걸 알고 있소. 그것이 바로, 구원은 아닐지라도, 사람들의 짐을 덜어줄 수 있는 것이고, 적어도 그들에게 가능한 한 작은 해를 끼치게 되는 것이고 때로는 얼마간 이익을 가져다줄 수 있는 것이오. 그리고 그것이 내가 멀든 가깝든, 좋은 이유든 나쁜 이유든, 죽음을 초래하거나 죽음을 초래하는 것을 정당화하는 모든 것을 거부하기로 결정한 이유요.

그것이 이 전염병이 내게 당신과 함께 싸워야 한다는 것 외에는 아무것도 가르쳐주지 않은 이유이고 말이오. 나는 확실히 알아요(그래요, 리외, 나는 인생에 대해 모든 것을 알고 있죠, 당신은 잘 알 겁니다), 모든 사람이 역병을 자신 안에 가지고 있다는 것을. 왜냐하면 세상에는 누구도 상처받지 않은 사람은 없기 때문이오. 그리고 그것이 주위가 산만해지는 순간, 누군가의 얼굴에 숨을 쉬어서 감염시키지 않도록 끊임없이 우리 자신을 감시해야만 하는 이유예요. 미생물은 자연적인 겁니다. 휴식, 건강, 성실성, 순결함은, 원한다면 구할 수 있는 의지의 결과이니 결코 멈춰서는 안 될 것이지요. 주위가 산만해지지 않기 위해서는 의지력과 긴장감이 필요하죠! 그래요, 리외, 역병 환자가 되는 일은 피곤한 일입니다. 하지만 그렇게 되고 싶지 않으려 하는 일은 더욱 피곤한 일이지요. 모두가 피곤해 보이는 것은 그래서인데, 왜냐하면 오늘날, 모든 사람들이 얼마간 역병 환자이기 때문입니다. 하지만 존재를 멈추고 싶은 어떤 사람들이, 죽음 말고는 해방될 것 같지 않은 극도의 피로를 받아들이는 것도 그런 이유에서죠.

거기서, 나는 내가 더 이상 이 세상에 어떤 가치도 없다는 것과 내가 살인을 포기한 그 순간부터, 나는 영원한 유배를 선고받았다는 것을 알게 되었소. 역사를 만드는 것은 다른 사람들이오. 나는 또한 다른 사람들을 명백히 판단할 수 없다는 것도 알고 있소. 합리적인 살인자가 되기엔 부족한 어떤 자질도 있죠. 따라서 그것은 우월한 것이 아닙니다. 하지만 이제, 나는 내 자신을 받아들였고, 겸손함을 배웠소. 나는 단지 지구상에는 도리깨와 희생자만 있으며, 가능한 한 도리깨는 거부해야만 한다고 말하려는 것이오. 당신에게 조금 단순해 보일 수도 있지만, 또 그게 단순한 건지는 모르겠지만, 나는 그것이 진실이라는 것을 알고 있소. 나는 고개를 돌려버릴 만큼의, 그리고 살인에 동의하도록 하기 위해 다른 사람들의 머리를 충분히 돌리게 할 만큼의 수많은 주장을 들었소. 그리고 나는 사람들의 모든 불행은 명확한 언어를 사용하지 않는다는 사실로부터 온다는 것을 이해했소. 나는 따라서 나를 올바른 길로 인도하기 위해, 명확히 말하고 행동하기로 결심했죠. 그러므로 나는 도리깨와 희생자만 있다고, 더는 없다고 말하고 있는 거요. 나는 무고한 살인자가 되려고 애쓰고 있소. 이것이 그리 큰 야망이 아니라는 것을 당신은 아실 거요.

　　물론, 실제 치료사라는 세 번째 범주가 있어야만 하겠지만, 우리가 그런 이를 많이 만날 수도 없고 만나기도 어려운 것이 사실이죠. 그것이 내가 어떤 경우에도, 피해를 최소화하기 위해 희생자들의 편에 서기로 결심한 이유요. 그 가운데서, 나는 적어도 우리가 다다라야 할 세 번째 범주, 말하자면 평화를 발견할 수 있을 거요.

　말을 마치자, 타루는 다리를 흔들며 발을 테라스에 대고 부드럽게 두드렸다. 침묵 후에, 의사는 조금 몸을 세우곤 타루에게, 평화에 도달하기 위해 취해야만 하는 길에 대한 생각이 무엇인지를 물었다.

"예, 공감이지요."

　구급차 두 대의 벨소리가 멀리서 울려왔다. 그 외침, 아까까지 혼란스럽던 그 부르짖음이 도시의 끄트머리 돌언덕 근처로 모이고 있었다. 동시에 무슨 폭발음 같은 것이 들렸다. 그리고 나서 침묵이 돌아왔다. 리외는 등대불이 두 번 깜박이는 것을 헤아렸다. 바람이 점점 강해지는 것 같았고, 동시에, 바다에서 소금 냄새를 실어온 바람이 훅 하고 끼쳐왔다. 이제는 절벽에 부딪치는 파도의 숨소리를 뚜렷이 들을 수 있었다.

"요컨대," 타루는 간결하게 말했다. "내가 관심 있는 건, 어떻게 사람이 성인이 되는가 하는 거요."

"하지만 당신은 신을 믿지 않잖소."

"바로 그래요. 신이 없이도 성인이 될 수 있을까? 이것이 내가 오늘날 알고 있는 유일한 구체적인 문제죠."

느닷없이, 부르짖음이 들려왔던 곳에서 커다란 불빛이 솟구쳤고, 바람의 강을 기어올라 어렴풋한 아우성이 두 사람에게 다다랐다. 그 빛은 즉시 어두워졌고, 멀리 테라스 끝에만 불빛이 남아 있었다. 바람이 그치자, 사람들이 외치는 소리, 그리고 사격 소리와 군중의 함성이 뚜렷하게 들려왔다. 타루는 일어나 귀를 기울였다. 이제 더 이상 아무런 소리도 들리지 않았다.

"출구에서 다시 싸움이 난 모양이군."

"이제 끝난 모양이오." 리외가 말했다.

타루는 결코 끝난 건 아니고 피해자는 여전히 생길 텐데, 그것이 순서이기 때문이라고 중얼거렸다.

"아마 그렇겠지." 의사가 답했다. "하지만 알다시피, 나는 성인들보다 패배자들에게 더 연대감을 느끼오. 나는 영웅주의나 신성함에 대한 미각이 없는 것 같소. 내가 관심을 갖는 건, 단지 인간이 되는 것이오."

"그래요. 우리는 같은 것을 찾고 있지만, 내가 야심이 덜한 거죠."

리외는 타루가 농담을 하고 있다고 생각하고 그를 바라보았다. 그러나 하늘에서 내려온 희미한 빛 속에서, 그는 슬프고 진지한 얼굴을 보았다. 바람이 다시 불기 시작했고 리외는 살갗이 따듯해지는 것을 느꼈다. 타루가 몸을 움직였다.

"우리는 우정을 위해 무슨 일을 할 수 있을까요?" 그가 물었다.

"당신이 원하는 무엇이든." 리외가 답했다.

"바다에 몸을 담급시다. 미래의 성인을 위해서도, 그게 가치 있는 즐거움이겠네요."

리외가 미소를 지었다

"신분증명서로, 우리는 선착장으로 나갈 수 있소. 결국, 역병 속에서만 살아가는 건 너무 어리석은 일이오. 물론, 사나이라면 피해자를 위해 싸워야만 하죠. 하지만 만약 그가 다른 어떤 것도 사랑하는 것을 멈춘다면, 그의 싸움이 무슨 의미가 있겠소?"

"그렇죠." 리외가 말했다. "가봅시다."

잠시 후, 차는 항만의 철책 근처에 멈췄다. 달이 떠올랐다. 우윳빛 하늘이 사방에 희미한 그림자를 드리웠다. 그들 뒤로 도시가 층을 이루고 있었고 뜨겁고 병든 숨결이 바다를 향해 그들을 몰아댔다. 그들은 특별허가증을 제법 오래 살펴보는 한 경비병에게 보여주었다. 그들은 그곳을 통과해 배럴통으로 가득한 평지를 가로질러, 와인과 생선 냄새 사이로, 방파제로 향해 갔다. 거기 도착하기 얼마 앞서, 짠내와 해조류 냄새가 그들에게 바다임을 알리고 있었다. 그러고 나서, 그들은 바닷소리를 들었다.

바다는 방파제의 커다란 블록 발치에서 부드럽게 휘파람을 불었고, 그들이 돌덩이를 기어오르자, 벨벳처럼 두텁고, 짐승처럼 유연하고 매끄럽게 나타났다. 그들은 먼바다가 바라보이는 바위 위에 자리를 잡고 앉았다. 물이 부풀어 올랐다가 완만히 다시 내려앉았다. 바다의 그 고요한 숨결이 물의 표면 위로 기름처럼 번지는 반사광이 생겨났다 사라지게 했다. 그들 앞에는 무한한 밤이 펼쳐져 있었다. 리외는, 손바닥 아래서 바위의 표면을 느끼며, 이상한 행복감이 차올랐다. 타루를 돌아보고, 그는 친구의 그 고요하고 엄숙한 얼굴에서, 아무것도, 심지어 모살조차 잊지 않은, 똑같은 행복감을 간파할 수 있었다.

그들은 옷을 벗었다. 리외가 먼저 뛰어들었다. 처음에는 차가웠지만, 그가 다시 올라왔을 때 물은 온기가 느껴졌다. 몇 번 헤엄친 후에, 그는 바다가 그 밤, 몇 달 동안 축적된 열기를 땅으로 돌려보내는 가을 바다의 온기로 훈훈하다는 것을 알았다. 그는 꾸준히 헤엄쳤다. 그의 발차기가 뒤에 물거품을 남겼고 물이 그의 팔을 따라 내려와 다리에 붙었다. 첨벙하는 물소리가 그에게 타루가 뛰어들었다는 것을 알려주었다. 리외는 뒤로 누워, 달과 별이 가득 찬 뒤집힌 하늘을 바라보며, 꿈

짝하지 않았다. 그는 깊게 숨을 들이마셨다. 그러고 나서 밤의
고요와 외로움 속에서 이상하게 선명한 물 차는 소리를 점점
더 뚜렷이 들었다. 타루가 점점 가까워졌고, 곧 그의 숨소리를
듣게 되었다. 리외는 몸을 돌렸고, 친구와 같은 수준에서, 같
은 리듬으로 헤엄쳤다. 타루가 그보다 더 힘차게 나아갔고 그
는 자신의 속도를 올려야 했다. 몇 분 동안, 그들은 같은 리듬
과 혼자만의 기세로 세상으로부터 멀리, 마침내 도시와 역병로
부터 해방되어 나아갔다. 리외가 먼저 멈추었고, 그들은 한순
간 차가운 해류에 들었을 때를 제외하곤 천천히 헤엄쳐 돌아
왔다. 아무 말 없이, 그들은 둘 다 바다의 그 놀라운 후려침에
서둘러 움직였다.

다시 옷을 입고, 그들은 한마디 말도 하지 않고 떠났다. 하지
만 그들의 마음은 같았고, 그날 밤의 추억은 그들에게 달콤한
것이었다. 멀리서 역병의 초병을 보았을 때, 리외는 타루 역시
자기처럼, 병이 단지 그들을 잊어버렸고, 그건 좋은 일이며, 이
제 다시 시작해야 한다고 말하고 있다는 것을 알았다.

그렇다. 우리는 다시 시작해야만 했고 역병은 너무 오랫동안 누구도 잊지 않았다. 12월 한 달간, 그것은 시민들의 가슴속에 타올랐고, 화장터를 환하게 밝혔으며, 절망에 빠진 역병 환자들로 캠프를 채우는 등, 적어도 끈기 있고 불규칙하게 멈춤 없이 진행되었다. 당국은 이러한 진행이 날이 추우면 그칠 것으로 기대했다. 그럼에도 불구하고 그것은 그침 없이 혹독한 첫 시즌을 통과했다. 우리는 여전히 기다려야 했다. 하지만 사람들은 결국 더 이상 기다림을 기대하지 않았고, 도시 전체는 희망 없이 살아가고 있었다.

의사의 경우, 그가 누린 평화와 우정의 일시적인 순간도, 내일이 있는 것이 아니었다. 또 다른 병원이 열렸고 환자들 말고는 더 이상 얼굴을 마주할 시간이 없었다. 그렇지만 그는 이 전염병 상황에서, 점점 더, 폐장성肺腸性 역병 환자가 늘어나는 것 같았지만, 환자들은 어떤 면에서 의사를 돕는 것처럼 보인다는 것을 알아챘다. 초기의 굴복처럼 낙담해 포기하는 대신, 그들은 자신들의 이익에 더 명확한 생각을 가진 듯했고 자신들에게 유리한 게 무엇인지 스스로에게 묻는 것 같았다. 그들은 계속해서 마실 것을 요구했고, 모두 따뜻함을 원했다. 의사로서 피곤하기는 마찬가지였지만, 그래도 이런 경우 그는 혼자라는 것을 덜 느꼈다.

12월 말쯤, 리외는 예심판사 오통 씨로부터 격리 기간이 지났는데, 당국이 자신의 입소 데이터를 찾을 수가 없어서 명백한 실수로 아직 캠프에 갇혀 있다는 내용의 편지 한 통을 받았다. 얼마 전 풀려나온 그의 아내가, 당국에 항의했지만 잘 받아들여지지 않았고, 결코 실수는 있을 수 없다는 말만 들었을 뿐이라는 것이다. 리외는 그 일을 랑베르에게 맡겼고, 며칠 후, 그곳으로 찾아온 오통 씨를 만났다. 실제로 실수가 있었고 리외는 그에 대해 다소 분개했다. 하지만 살이 빠진 오통 씨는, 오히려 축 처진 손을 들고 말에 무게를 실어서 모든 사람들이 실수할 수 있다고 말했다. 의사는 그가 어딘가 달라졌다고만 생각했다.

"어쩌실 겁니까, 판사님? 소송 자료들이 기다리고 있겠군요." 리외가 말했다.

"아니요." 판사가 말했다. "나는 휴직할까 합니다."

"사실, 좀 쉬셔야 합니다."

"그건 아닙니다. 나는 캠프로 돌아가고 싶습니다."

리외는 놀랐다.

"하지만 나오셨는데요!"

"제가 불충분하게 말씀드렸군요. 제 말은 그 캠프 안, 행정기관의 자원봉사자로 가겠다는 것입니다."

판사는 작고 둥근 눈을 굴리며 머리칼 한 무더기를 누르려 애썼다.

"이해하시겠지만, 저도 할 일이 있을 겁니다. 그러고 나면, 이렇게 말하는 게 바보 같겠지만, 내가 내 어린 아들과 덜 분리되어 있다는 느낌을 받을 것 같습니다."

리외는 그를 바라보았다. 그 굳고 곧은 눈이 순식간에 부드러워진다는 것은 가능치 않은 일이었다. 하지만 그것들은 점점 더 뿌예졌고, 금속 같은 맑음을 잃었다.

"그럼," 리외가 말했다. "원하신다면 할 만한 일을 알아보겠습니다."

실제로 의사는 그 일을 알아봐 주었고, 전염병 도시의 삶은 크리스마스까지 그 추이를 이어갔다. 타루는 계속해서 그 효율적인 침착성을 어디서든 발휘했다. 랑베르는 의사에게 그가 확보해 둔 두 어린 경비원 덕분에, 자신의 여자와 비밀리에 연락하는 시스템을 갖추었음을 털어놓았다. 그는 때때로 편지를 받고 있었다. 그는 리외에게 자신의 시스템을 이용해 볼 것을 제안했고 그것은 받아들여졌다. 그는 몇 달 만에 처음으로, 편지를 썼지만 무엇보다 큰 어려움을 겪어야 했다. 못 쓰게 된 언어가 있었던 것이다. 편지는 보내졌다. 답신은 느렸다. 한편, 코타르는 행운을 누렸고 그의 작은 투기는 그를 부자가 되게 했다. 그랑의 경우는, 축제 기간 중 좋은 결과를 얻지 못했다.

그해의 크리스마스는 복음보다는 오히려 지옥을 축하하는 날에 가까웠다. 텅 비고 불이 꺼진 가게, 가짜 초콜릿이나 유리창 안의 빈 상자, 어두운 표정의 승객을 실은 전차, 과거의 크리스마스를 떠올리게 하는 것은 아무것도 없었다. 한때 부유하든 가난하든 모든 사람이 함께했던 이 축제가, 소수의 특권층이 고가의 비용을 지불할 수 있는 고독하고 수치스러운 흥청거림 외에 다른 것을 위한 공간은 남아 있지 않았다. 교회는 감사보다는 불평으로 채워졌다. 황폐하고 얼어붙은 도시에서, 몇몇 아이들이 여전히 무엇이 그들을 위협하는지 모르는 채로 달리고 있었다. 하지만 누구도 감히 인간의 고통만큼 오래된, 하지만 젊은 희망처럼 새로운 선물을 가득 싣고 오던, 옛 신을 입에 올리지 못했다. 모든 이의 가슴에는 사람이 죽음에 이르지 못하게 막는, 즉 단지 살고자 하는 단순한 고집으로서의 바로 그 것으로서의 아주 오래되고 암울한 희망 말고는 남아 있는 것이 없었다.

전야에, 그랑은 약속 시간을 어겼다. 걱정이 된 리외는, 아침 일찍 그의 집으로 갔지만 그를 찾을 수 없었다. 그 사정을 모두에게 알렸다. 11시경, 랑베르가 일그러진 표정으로 거리를 방황

하고 있는 그랑을 보았고, 그러고 나서 그를 놓쳤다고 의사에게 말하기 위해 병원으로 왔다. 의사와 타루는 그를 찾아 차를 몰고 나갔다.

몹시 추운 시간인, 정오에, 리외는 조잡하게 깎인 나무 인형이 채워진 창문에 거의 붙다시피 하고 있는 그랑을 멀리서 보고 차에서 내렸다. 늙은 사무원의 얼굴에는 계속해서 눈물이 흘러내렸다. 그리고 이 눈물이 리외를 압도했는데, 그는 그 눈물을 이해하고 있었고, 그 역시 목구멍 깊숙이 느끼고 있었기 때문이다. 그는 또한 크리스마스 상점 앞에서의 불행한 약혼과, 잔느가 그에게 기대어 행복하다고 말하던 모습을 기억했다. 먼 세월의 깊은 곳에서, 이 광기의 중심에서, 잔느의 신선한 목소리가 그랑에게 돌아온 게 분명했다. 리외는 다 늙은 사내가 눈물을 흘리며 그 순간 무슨 생각을 하는지 알고 있었고, 또한, 그도 그처럼 사랑이 없는 세상은 죽은 세상과 같고, 감옥 생활과 일과 용기에 지쳐 존재의 얼굴과 다정함에 경탄한 마음을 되찾으려는 때가 반드시 온다고 생각했다.

그런데 상대가 거울 속에서 그를 보았다. 눈물을 그치지 않고 그는 돌아섰고, 그가 오는 것을 지켜보며 창문에 기댔다.

"아! 의사 선생님, 아! 의사 선생님." 그가 말했다.

리외는 말이 나오지 않아서 다 안다는 의미로 고개를 끄덕였다. 그 비탄은 그의 것이었고 그 순간 심장을 쥐어짜는 것은 사람이라면 모두가 공유하는, 괴로움을 마주한 사람에게 오는 엄청난 분노였다.

"그래요, 그랑." 그가 말했다.

"그녀에게 편지를 쓸 시간을 갖고 싶었습니다. 그래서 그녀가 알 수 있게… 그리고 그녀가 후회 없이 행복할 수 있게…"

거의 강제적으로, 리외는 그랑을 앞서 걷게 했다. 상대는 계속해서, 거의 끌려가다시피 하며, 더듬더듬 말했다.

"이건 너무 오래 계속되고 있어요. 사람들은 강제로라도 보내버리길 원하죠. 아! 의사 선생님! 저는 그저 평온하게만 보였겠죠. 하지만 제가 그저 평온해 보이기 위해서는 엄청난 노력이 필요했어요. 그런데 이제, 너무 힘듭니다."

그는 사지를 떨면서 미친 사람의 눈을 하고 멈추었다. 리외는 그의 손을 잡았다. 그의 손이 타는 듯이 뜨거웠다.

"돌아가야만 해요."

하지만 그랑은 그에게서 빠져나가 몇 걸음을 달렸고, 그러고는 멈춰서, 팔을 벌려서 앞뒤로 흔들기 시작했다. 그는 빙그르 돌고는 차가운 보도 위로 쓰러졌다. 그의 얼굴은 계속해서 흐르는 눈물로 더럽혀져 있었다. 멀리서 지켜보던 행인들은 갑자기 멈춰 서서, 감히 앞으로 나아갈 엄두를 내지 못했다. 리외는 그 나이 든 사내를 팔로 안아야만 했다.

이제 그의 침대에서, 그랑은 숨 가빠 했다. 폐가 병에 걸렸다.

리외는 깊이 생각했다. 그 시청 사무원에게는 가족이 없었다. 옮겨야 할 이유가 있을까? 그는 혼자일 테니, 타루와 함께, 돌보면 되지 않을까….

그랑은 푸르뎅뎅한 피부와 빛을 잃은 눈으로 베개에 파묻혀 있었다. 그는 타루가 박스 조각으로 벽난로에 붙이고 있는 빈약한 불을 뚫어지게 바라보았다. "상태가 좋지 않죠." 그가 말했다. 그리고 타는 듯한 그의 폐에서 그가 말할 때마다 타닥거리는 묘한 소리가 났다. 그는 그에게 말을 하지 말고 조용히 있으라고 하고 다시 돌아오겠다고 말했다. 환자가 묘한 미소를 지어 보냈고, 그와 함께 얼굴에 일종의 다정함이 피어올랐다. 그는 애써 윙크를 했다. "만약 제가 이겨서 나가면, 모자를 벗길 겁니다. 의사 선생님!" 하지만 그 직후, 그는 탈진 상태에 빠졌다.

몇 시간 후, 리외와 타루는 침대에서 반쯤 몸을 일으켜 세우고 있는 환자에게로 돌아왔고, 리외는 그의 얼굴에서 그를 태우고 있는 병의 진행 상황을 읽고 두려웠다. 하지만 그는 좀 더 냉철해 보였고, 이상하게 울리는 목소리로 즉시 그들에게 서랍 안에 넣어두었던 자신의 원고를 가져다달라고 부탁했다. 타루가 가까이 두었던 습작지를 그에게 주자, 보지도 않고, 의사에게 읽어달라는 몸짓을 해보였다. 50쪽 분량의 짧은 원고였다. 의사는 그것을 대충 훑어보고 그 습작지 전부가 동일한 문장으

348

로 채워져 있으며 같은 문장을 전부 반복해서 고치고, 고쳐서, 풍부해지거나 빈약해진 상태라는 사실을 깨달았다. 끊임없이, 5월과, 말 탄 여전사와 불로뉴 숲길이, 다양한 방식으로 비교 대조되고 정돈되어 있었다. 작업에는 또한 때때로 지나치게 길고, 변종인 설명도 포함되어 있었다. 하지만 마지막 페이지 끝에는, 정성을 들인 손글씨가 아직도 마르지 않은 잉크로 간단히 적혀 있었다. "내 사랑 잔느, 오늘은 크리스마스요…." 그 위에는, 주의 깊은 손글씨로 쓰여진, 최신 버전의 문장이 있었다. "읽어주십시오." 그랑이 말했다. 리외는 그렇게 했다.

아름다운 오월 아침, 한 우아한 여성이, 화려한 갈색 암말을 타고, 불로뉴 숲길의 꽃들 사이를 관통해 지나고 있었다….

"다인가요?" 그 연장자가 열에 들뜬 목소리로 말했다.

리외는 그를 쳐다보지 않았다.

"아!" 상대가 불안해하며 말했다. "저도 알아요. 아름다운, 아름다운, 그건 적당한 단어가 아니네요."

리외는 담요 위의 그의 손을 잡았다.

"놔두세요, 의사 선생님. 제겐 시간이 없을 거예요…."

그의 가슴이 통증으로 들어 올려지더니 갑자기 소리쳤다.

"태워버리세요!"

의사는 주저했지만, 그랑이 끔찍해하는 억양과 목소리에 고통을 담아 되풀이해서 요청했기에 리외는 그 습작지를 거의 꺼져가는 불길 속에 던져 넣었다. 방이 빠르게 밝아지고 한순간 열이 따스함을 가져왔다. 의사가 환자에게 돌아왔을 때, 그는 등을 돌리고 있었고 그의 얼굴은 거의 벽에 닿아 있었다. 타루는 그 광경이 낯선 것처럼 창밖을 내다보았다. 혈청을 주사한 후에, 리외가 친구에게 말했다. 그랑은 오늘 밤을 넘기지 못할 거라고. 타루는 자신이 머물 것을 제안했다. 의사는 받아들였다.

밤새도록, 그랑이 죽을 것이라는 생각이 그를 괴롭혔다. 하지만 다음 날 아침, 리외는 그랑이 그의 침대에 앉아 타루와 이야기를 나누고 있는 것을 발견했다. 열은 사라졌다. 남은 것은 전반적인 피로의 징후뿐이었다.

"아! 의사 선생님," 시청 사무원이 말했다. "제가 실수했네요. 하지만 저는 다시 시작할 겁니다. 저는 모든 걸 기억하고 있거든요. 두고 보세요."

"기다려봅시다." 리외가 타루에게 말했다.

하지만, 정오에도 변화는 없었다. 저녁이 되어, 그랑은 구제되었다고 간주될 수 있었다. 리외는 이 부활에 대해 아무것도 이해하지 못했다.

그런데 같은 시기에, 리외에게 보내진 한 명의 환자를 그는 희망이 없다고 판단하고 병원으로 오자마자 격리시켰었다. 그 젊은 여자는 혼수상태였고 폐렴성 역병의 모든 증상을 보였었다. 하지만, 다음 날 아침, 열이 떨어졌다. 의사는 그랑과 마찬가지로, 경험상 나쁜 징조로 간주되도록 익숙해져 있는 아침의 일시적 차도로 믿었다. 그러나, 정오가 되어도, 열은 다시 오르지 않았다. 저녁때, 조금 올랐을 뿐이고, 다음 날 아침에는 사라졌다. 젊은 여자는, 약하긴 했지만, 침대에서 자유롭게 호흡하고 있었다. 리외는 타루에게 그녀는 모든 통례와 달리 구제되었다고 말했다. 하지만 그 주 동안에만, 그 의사의 관할 구역에서 네 번의 유사한 경우가 발생했다.

같은 주가 끝날 무렵, 그 천식 노인은 큰 동요의 징후를 보이며 의사와 타루를 맞았다.

"됐습니다." 그가 말했다. "그것들이 다시 나옵니다."

"뭐가요?"

"뭐긴요! 쥐들이죠!"

4월 이래로 죽은 쥐는 발견되지 않았었다.

"그럼 다시 시작된다는 건가?" 타루가 리외에게 말했다.

노인이 그의 손을 비볐다.

"녀석들이 달리는 걸 봐야만 해요! 기쁜 일이죠."

그는 길로 난 문을 통해 자신의 집으로 들어오는 살아 있는 쥐 두 마리를 보았었다. 이웃들은 그에게 그들 집에도 그 짐승들이 다시 나타났다고 말했었다. 일부 목공 구조물에서는 수개월 동안 잊혀졌던 소요 소리가 다시 들려왔다. 리외는 매주 초에 진행되는 전체 통계 발표를 기다렸다. 그것은 질병의 감소를 드러냈다.

비록 질병의 이 갑작스런 퇴조가 예기치 않은 일이었다 하더라도, 우리 시민들은 선뜻 환호하기를 주저했다. 방금 지나간 몇 달은, 해방에 대한 욕구를 키우는 동시에, 그들에게 신중함을 가르쳐주고 전염병이 곧 끝날 것이라는 기대를 점차 덜 품게 되는 데 익숙하게 만들었던 것이다. 그렇지만, 이 새로운 사실은 모두의 입에 오르내렸고, 사람들은 마음 깊이, 자신도 모르는 사이 희망을 품었다. 나머지 모두는 뒷전이었다. 새로운 역병 희생자의 영향은, 통계 수치가 내려갔다는 이 엄청난 사실에 비교하면 아주 작은 것이었다. 건강한 시대가 다가오고 있다는 하나의 징조는, 드러내놓고 희망을 말하지는 않았다 하더라도, 역병 이후 삶이 어떻게 재편될지에 대해 시민들이 기꺼이 이야기하는 것에서 드러나고 있었다.

모든 사람들은 지나간 삶이 갑자기 회복되지는 않으리라는 점과 재건하는 것보다는 무너뜨리는 것이 훨씬 쉽다는 점에 대해서는 동의하고 있었다. 단지 물자의 공급 자체는 조금 나아지리라고, 그리하여, 가장 시급한 걱정은 덜게 되리라는 정도는 추정하고 있었다. 하지만, 사실, 이 무해한 발언 아래는, 동시에 무분별한 희망이 분출하고 있었고 이 점을 우리 시민들은 때때로 인식하고 확인했으며 그러고 나면, 서둘러 어떤 경우든, 구원은 바로 다음 날 오는 건 아니라고 말하곤 했다.

그리고, 실제로, 다음 날에도 역병은 그치지 않았지만, 외견상으로는, 상식적 수준으로 기대했던 것보다는 점점 더 빠르게 약화되고 있었던 게 사실이다. 1월의 첫 며칠간, 추위는 이례적으로 완강히 자리를 잡고서 도시 위에서 결정화된 것처럼 여겨졌다. 그럼에도 불구하고, 결코 하늘이 그렇게 파랬던 적이 없었다. 며칠 동안 계속해서, 그 불변의 얼음 광채가 우리 도시를 끊임없는 빛으로 가득 채웠다. 이렇게 정화된 공기 속에서, 역병은 3주에 걸친 연속적인 감소와 점점 줄어드는 길게 늘어놓은 시체들의 수를 통해 그 자체가 지쳐가고 있는 것처럼 보였다. 그걸 모으는 데 몇 달이 걸렸던 거의 모든 힘을 짧은 시간안에 상실했다. 리외의 젊은 여자 환자나 그랑처럼, 이미 정해진 먹잇감을 놓쳐버리거나, 어떤 지역에서는 이삼 일 동안 악화되는 반면 다른 지역에서는 완전히 사라진다거나, 월요일에는 늘어났던 희생자 수가, 수요일에는, 거의 전부 빠져버리는 것을 두고 보면, 그것은 그렇게 힘에 겨워 허덕이거나 몰락하고 있는 것처럼 보였다. 그것은 마치 역병이 긴장과 피로로 혼란스러워지고 있으며, 역병이 졌다고, 동시에 그 자체의 지배력과 함께 그것이 가졌던 수학적이고 절대적인 효력을 잃은 것처럼 여겨졌다.

갑자기 카스텔의 혈청은 이전에는 인정받지 못했던 성공을 계속해서 누리고 있었다. 의사가 취한 각각의 조치들이, 앞서는 아무런 결과를 얻지 못하다가, 갑자기 틀림없는 효과를 거두는 듯했다. 그 결과 역병은 이제 쫓기는 듯했고, 그것의 갑작스런 약화는 지금까지 그것에 대항해 사용되던 무딘 무기들에게 새로운 힘을 부여하는 것 같았다. 가끔씩 그 질병은 일종의 무차별 폭발로 갑자기 심해져서, 회복을 기대했던 환자 서너 명을 데려가기도 했다. 그들은 역병으로 인해 불운했던 사람들이었는데, 희망이 가득했을 때 죽임을 당한 이들이었다. 격리 캠프로부터 나올 수 있었던 오통 판사의 경우가 그랬는데, 타루는 그에 대해 실제로 그는 운이 없었다고 말했다. 그렇지만 그 말이 판사의 죽음을 생각해서였는지 삶을 생각해서였는지는 알 수 없었다.

하지만 전반적으로, 감염자는 점차 줄어들고 있었고, 도청의 보도자료는, 처음으로 소심하면서 은밀한 희망을 가져다주었고, 결국 승리가 확실하며 질병이 그 자리를 포기하고 있다는 확신이 대중들 마음속에서 확인되었다. 사실, 이것이 승리라고 결정짓기는 어려웠다. 우리는 다만 질병이 왔던 것처럼 떠나가고 있다는 것을 알아볼 수는 있었다. 우리가 그것을 상대했던 전략은 변하지 않았는데, 어제는 효과가 없던 것이, 오늘은, 분명한 성과를 거두었다. 우리는 다만 질병이 스스로 지쳐버렸거나 어쩌면 모든 목적을 이룬 후에 돌아가고 있는 것 같은 인상을 받았다. 어떤 면에서, 그의 역할은 끝났던 것이다.

그럼에도 불구하고 도시는 아무것도 변한 게 없는 것으로 보였다. 낮에는 항상 고요한 거리가 저녁이면, 코트와 목도리를 두른, 같은 사람들로 점령당했다. 영화관과 카페도 사정은 같았다. 하지만, 가까이서 보면, 얼굴들이 좀 더 여유로워졌고 때때로 웃기까지 한다는 것을 알 수 있었다. 그럴 때면 그때까지, 누구도 웃지 않았다는 사실 또한 확인하는 기회가 되기도 하였다. 실제로, 몇 달 동안, 도시를 둘러싼 불투명한 베일이, 이제 막 찢기기 시작했고, 매주 월요일 라디오 뉴스를 통해, 그 찢김이 점점 더 커져서, 마침내 숨을 쉬게 되었다는 사실을 모두가 알게 되었던 것이다. 그것은 아직 부정적인 안도감이어서, 솔직하게 표현되지는 않았다. 하지만 이전에는 기차가 떠났다거나 배가 도착했다거나, 더군다나 자동차의 운행이 다시 허용될 거라는 등의 소식을 들으면 얼마간 의심을 품었을 텐데, 오히려 1월 중순경에 그런 발표가 있다면 아무도 놀라지 않았을 것이다. 그것은 별것 아닐 수도 있었다. 하지만 그러한 가벼운 뉘앙스는 사실상, 희망을 향한 길에서 우리 시민들에 의해 만들어진 엄청난 진전으로 해석될 수 있었다. 우리는 또한 사람들에게 가장 작은 희망이 가능해진 그 순간부터 전염병의 효과적인 지배는 끝났다고 말할 수 있었다.

사실 1월 한 달 내내, 우리 시민들이 모순된 방식으로 반응했다는 사실은 여전히 남아 있었다. 엄밀히, 시민들은 흥분과 우울을 번갈아 내보였던 것이다. 그것이 통계 수치가 가장 긍정적이었던 그 시기에 새로운 탈출 시도를 기록해야만 했던 이유였다. 이는 당국을 크게 놀라게 했고, 경비초소들도 마찬가지였는데, 대부분의 탈출이 성공했기 때문이다. 하지만, 사실은, 그 시기에 탈출해 간 그 사람들은 본능적인 감정에 따랐던 것이다. 어떤 사람들에게 역병은 자신들이 어떻게 해도 벗어날 수 없는 것이라는 깊은 회의감이 뿌리 내려 있었다. 희망은 더 이상 그들을 잡아두지 못했다. 심지어 역병의 시간이 끝났음에도, 그들은 자신의 기준에 따라 살기를 계속했다. 그들은 사건의 흐름에 뒤처졌던 것이다. 반면, 다른 이들은, 특히 그때까지 사랑하는 사람들과 강제로 격리되어 살고 있었던 사람들은, 몇 달간의 감금 생활과 우울함을 겪은 끝에 희망의 바람이 그들의 초조감에 불을 붙여 자제력을 잃어버렸던 것이다. 목표에 거의 다 와서, 어쩌면 죽을 수도 있고, 자신들이 소중히 여겼던 그 존재를 다시 볼 수 없을 것이고 이 오랜 고통이 그들에게 보상되지 않을 거라는 그런 생각이 그들을 일종의 공황 상태에 빠지게 했다. 몇 달 동안, 막연한 끈기로, 감옥과 유배 생활에도 불구하고, 인내하며 기다려왔는데, 이렇게 갑작스레 찾아든 첫 번째 희망은 두려움과 절망이 건드릴 수 없었던 것을 파괴하기에 충분했던 것이다. 마지막까지 그 페이스를 따라갈 수 없었던, 그들은 역병을 앞지르려 미친 것처럼 내달렸다.

그 밖에, 동시에 자발적인 낙관주의의 징후도 나타났다. 물건 가격이 큰 하락을 기록했다. 순수한 경제학의 관점에서 이러한 움직임은 설명될 수 없었다. 어려움은 여전히 동일했고, 검역 절차는 문 앞에서 계속 유지되었으며, 공급은 전혀 개선되지 않았다. 따라서 이는 순전히 도덕적 현상을 목격하게 되었는데, 마치 역병의 후퇴가 곳곳에 영향을 미치는 것처럼 보였다. 동시에, 질병으로 인해 분리됐던 그룹에서 이전에 함께 살던 사람들은 낙관주의에 휩싸였다. 도시의 두 수도원은 다시 구성되기 시작했고, 공동체 생활이 다시 시작될 수 있었다. 군인들도 마찬가지였다. 그들은 남아 있던 병영에 다시 모였고, 평범한 주둔지 생활을 재개하였다. 이러한 작은 사실들이 사실은 큰 징후였다.

사람들은 1월 25일까지 이러한 은밀한 동요 속에서 살아갔다. 그 주, 통계는 매우 낮아져서 의료위원회와 협의를 거쳐, 도청은 전염병이 멈추었다고 간주될 수 있다고 발표했다. 성명서에는 사실, 시민들도 동의하리라 믿지만 신중을 기하자는 취지에서 도시의 문은 2주 동안 여전히 닫힌 상태일 것이고, 예방

조치는 한 달 동안 계속 유지될 것이며, 이 기간 동안 위험이 다시 시작될 수 있다는 작은 징후에도 "현 상태는 유지되어야만 하며, 조치는 이후에도 계속된다."라는 내용도 덧붙여졌다. 그렇지만 모두는, 그 덧붙인 말을 관례적인 조항으로 간주하는데 의견 일치를 보았고, 1월 25일 밤, 유쾌한 흥분이 도시를 채웠다. 전반적인 기쁨에 동조하기 위해, 도지사는 등화관제를 해지하라는 지시를 내렸다. 그러자 차고 맑은 하늘 아래, 불이 밝혀진 거리로, 시민들이 떠들썩하게 웃음 지으며 쏟아져 나왔다.

물론, 많은 집의 겉창은 여전히 닫힌 채였고 가족들은 다른 사람들의 함성이 가득한 그 밤을 침묵 속에서 보냈다. 그렇지만, 이 슬픔에 잠긴 많은 이들도, 다른 가족을 빼앗길 수 있다는 공포가 누그러져서든, 개인적인 목숨 보존에 대해 더 이상 위협을 느끼지 않게 되었다는 감정 때문이든 안도감은 역시 깊었다. 하지만 전반적인 기쁨에도 여전히 이방인으로 남아 있던 가족들, 바로 그, 병원에서 그리고 격리소나 집에서, 역병으로 고통받고 있는 환자가 있는 가족들은, 다른 사람들처럼, 재앙이 실제로 자신들에게도 끝나기를 기다리고 있었다. 그들은 확실히 희망을 품었지만, 그것을 조항을 만들어 유보해 두었고, 실제로 그렇게 할 권리가 있기 전에는 그로부터 꺼내 쓰길 거부했다. 그리고 그 기다림, 괴로움과 기쁨의 중간에 있는 그

적막한 밤샘은, 그들에겐 일반적인 환희 속에서, 더욱 잔인하게 여겨졌다.

하지만 그런 예외가 다른 이들의 만족감까지 앗아간 것은 아니었다. 의심의 여지 없이, 역병은 아직 끝나지 않았고 그것을 증명해 보일지도 몰랐다. 그렇지만, 이미 모두의 마음속에는, 몇 주 전부터, 시가전차들이 끝없는 선로를 휘파람을 불며 떠났고 선박들은 빛나는 바다를 향해해 가고 있었다. 다음 날, 마음이 가라앉으면 의심은 다시 일어날 수도 있었다. 하지만 지금 당장은, 그 폐쇄된, 어둡고 움직임 없는, 재앙이 돌뿌리를 던져두었던 도시 전체가 흔들리고 있었고, 마침내 생존자들을 싣고 나아가고 있는 데 이르러 있었던 것이다. 그날 밤, 타루와 리외, 랑베르와 다른 이들도 군중들 가운데서 걸었고 그들 역시 발밑의 땅이 없는 것같이 느껴졌다. 큰길을 떠난 지 한참 후, 타루와 리외는 인적 없는 거리, 겉창이 닫힌 창문들 사이를 걷고 있는 중에도 여전히 뒤따르는 그 기쁨의 소리를 듣고 있었다. 그리고 심지어 피로에도 불구하고, 그들은 겉창 뒤에서 계속되는 그 고통을 좀 더 멀리에서 거리를 채우고 있는 기쁨과 분리해 낼 수 없었다. 다가오는 해방은 웃음과 눈물이 뒤섞인 얼굴을 하고 있었던 것이다.

웅성거림이 더 커지고 기쁨이 더 커지는 가운데, 타루는 멈춰 섰다. 어두운 보도 위로, 형체 하나가 가볍게 달려갔던 것이다. 그것은 고양이로, 봄 이후 처음으로 본 것이었다. 고양이는 길 한가운데서 잠시 움직이지 않고 있다가, 주저하며, 자신의 발을 핥았고, 빠르게 오른쪽 귀를 문지르고는, 조용한 질주를 재개해 어둠 속으로 사라졌다. 타루는 미소를 지었다. 그 작은 노인도 기뻐했을 것이다.

그러나 역병이 소리 없이 나타났던 미지의 소굴로 돌아가기 위해 멀어지는 것처럼 보이던 그때, 적어도 도시에는 그 시작에 망연자실한 한 사람이 있었다. 타루의 수첩에 따르면, 그것은 코타르였다.

사실을 말하자면, 이 수첩은 수치가 내려가기 시작한 그 시점에 들어섰을 때부터 꽤 모호해졌다. 피로 때문이었겠지만, 글씨가 읽기 어려워졌고 한 주제에서 다른 주제로 너무 자주 이동했다. 더군다나, 처음으로 객관성이 떨어졌고 개인적인 의견이 비집고 들었다. 따라서 코타르에 관한 꽤 긴 문장의 중간에, 고양이와 함께한 노인에 대한 짧은 보고가 발견되기도 하였다. 타루에 따르면, 역병은 결코 전염병 이후에도 흥미를 끌었던 이 인물에 관해 이전에 가졌던 것과 같은 관심을 없애지는 못했고, 불행히도, 더 이상 관심을 가질 수 없게 된 것은, 비록 자신의 호의에도 불구하고, 타루, 자신의 문제는 아니었다. 왜냐하면 그는 그를 다시 보려 애썼기 때문이다. 1월 25일 저녁이 지난 며칠 후, 그는 그 작은 길 구석에 머물렀다. 고양이들은 거기, 햇볕의 웅덩이에서, 전과 다름없이 몸을 덥히고 있었다. 하지만 여느 때와 같이, 그 덧문은 여전히 굳게 닫혀 있었다. 이후 며칠 동안도, 그것들이 다시 열리는 것을 전혀 보지 못했다. 그는 기이하게 그 작은 노인이 화가 났거나 죽었으리라고 결론을 내렸다. 만약 그가 화가 난 것이라면, 그 사람은 자기는 옳은데, 역병이 그에게 해를 끼쳤다고 생각한 것이겠지만, 만약 죽었다면, 천식환자 노인처럼 그도 성자였는지 확인해 볼 필요가 있다고도 썼다. 타루는 그렇게 생각하지 않았지만, 노인의 경우에는 어떤 '징후'가 있었다고 평가했다. "어쩌면 우리는 성스러움의 근사치에만 도달할 수 있을 것이다. 이런 경우 우리는 겸손하고 자비로운 사탄주의에 만족해야만 할 것이다." 수첩은 그런 시각을 견지했다.

여전히 코타르에 관한 견해와 섞여 있는, 노트에서는 또한 종종 산만한 발언이 많이 발견되는데, 그중에는 지금은 회복기에 있는, 아무 일도 없었다는 듯 직장으로 돌아간 그랑과 관련한 것들이 있었고, 의사 리외의 어머니에 대해 표현한 것도 있었다. 함께 사는 관계로 이루어지는 그녀와 타루 간의 몇 안 되는 대화들, 나이 든 여인의 태도, 미소, 역병에 관한 견해 등이 꼼꼼하게 기재되어 있었다. 타루는 무엇보다 리외 어머니의 자신을 내세우지 않으려는 면을 강조하고 있었다. 간단한 문장으로 모든 것을 표현하는 방식에 대해, 조용한 거리가 내다보이는 어떤 창에서 보여주는 특별한 멋에 대해. 저녁이면 조금 꼿꼿한 자세로 앉아, 차분한 손과 주의 깊은 눈길로 방이 황혼에 물들고, 차츰 어두워져서 그녀를 회색빛에서 검은 그림자로 만들고, 다음으로 정지된 실루엣으로 녹여버리기까지 기다리던 모습에 대해. 이 방에서 저 방으로 이동할 때의 가벼운 움직임에 대해. 타루 앞에서는 한 번도 분명히 드러내지는 않았지만, 모든 행동이나 말에서 느껴지던 선량함의 빛에 대해. 마지막으로 언제나 생각하지 않고도 모든 것을 알고, 그처럼 조용히 어둠 속에 묻혀 있으면서도 어떤 빛과도, 심지어 역병의 빛과도 꼿꼿이 겨루어 나갈 수 있었다는 사실에 대해. 여기에 더해 타루의 글쓰기는 이상하게 약해지는 기색을 보였다. 그다음 줄은 읽기 힘들었고, 마치 이 쇠퇴에 대한 새로운 증거를 제시하는 것처럼, 마지막 말은 처음으로 사적인 것이었다. "내 어머니가 역시 그랬는데, 나는 자기를 내세우지 않는 그녀를 사랑했고, 그녀는 내가 항상 함께하고 싶었던 사람이었다. 8년 전, 어머니가 돌아가셨다고 말할 수는 없다. 평소보다 좀 더 희미해졌고, 내가 돌아보았을 때, 그녀는 더 이상 거기 없었다."

하지만 우리는 코타르에게 돌아와야만 한다. 통계가 떨어지면서부터 그는 다양한 구실을 동원하여 수시로 리외를 방문했었다. 그러나 실상, 그는 매번, 리외에게 전염병의 진행 사항에 대한 예측을 물어왔던 것이다. "갑자기 예고도 없이 멈출 수도 있다고 생각하시나요?" 그는 그 점에 대해 회의적이었고, 적어도, 그렇게 말했다. 하지만 그가 되풀이해서 묻는다는 점은 곧 덜 확고한 확신을 가지고 있음을 가리키고 있는 것과 같았다.

1월 중순, 리외는 꽤 낙관적인 투로 답했었다. 그리고 매번, 그 대답은 코타르를 기쁘게 하는 대신, 나쁜 유머부터 낙담까지, 날마다 다른 반응을 이끌어냈다. 나중에는, 그에게 의사는 통계에 따른 유리한 징후에도 불구하고, 아직 승리를 낙관할 만큼은 못 된다고 말해 주어야만 했다.

"다른 말로 하면, 어떤 것도 알 수 없다. 오늘내일 다시 시작될 수 있다는 거죠?" 하고 코타르는 결론을 끌어냈다.

"그래요. 치유가 가속화되었던 것처럼 그럴 가능성도 있겠죠."

모든 사람이 걱정하는, 이 불확실성이, 코타르를 눈에 띄게 안도하게 만들었고, 그는 타루 앞에서, 이웃 상인들과 리외의 그런 견해를 전파하기 위해 애쓰며 대화를 나누었다. 그게 틀린 것은 아니니, 그렇게 하는 데 어려움이 없었던 것이다. 첫 번째 승리의 열광 이후, 많은 사람들의 마음속에 도청의 발표로 일어났던 흥분이 가시고 끝까지 살아남을 수 있을까 하는 의심이 되살아나 있기도 했다.

코타르는 사람들의 그런 걱정하는 광경을 보고 두려움에서 벗어났다. 그는 다른 때처럼 의기소침해지기도 했다. "그렇죠,

우리는 결국 문을 열 겁니다." 타루에게 말했다. "그리고 보시겠지만, 다들 나를 실망시킬 거예요!"

1월 25일까지, 모든 사람들이 그의 성격이 불안정하다는 것을 알아차렸다. 여러 날을, 오랜 시간 이웃과의 관계를 회복하려고 노력해 온 마당이었는데, 눈에 띄게 틀어지고 말았다. 적어도 표면적으로는, 그때 그는 세상과 절연했고, 어느덧, 야만적으로 살기 시작했다. 우리는 더 이상 레스토랑에서, 극장에서, 그 자신이 좋아했던 카페에서도 그를 볼 수 없었다. 또한 그럼에도 그는 전염병 이전의 제한되고 알려지지 않은 생활로 돌아가지는 못하는 듯 보였다. 그는 자신의 아파트에서 완전히 틀어박혀 살면서 식사는 근처 식당에서 시켜 먹었다. 다만 저녁에는 몰래 빠져나와, 필요로 하는 것을 사서는 상점을 나오자마자 사람 없는 길로 몸을 숨기곤 했다. 타루가 그를 만났던 그때도, 짧은 대답만 들을 수 있었을 뿐이었다. 그러고 나서, 갑자기 사교적이 되어, 역병에 대해 많은 말을 쏟아내고, 모든 사람들의 의견을 불러일으키며 매일 저녁 군중의 흐름 속으로 편안하게 뛰어드는 것을 발견할 수 있었다.

도청의 발표가 있던 날, 코타르는 완전히 내왕을 끊었다. 이틀 후, 타루는 거리를 방황하고 있는 그를 만났다. 코타르는 그에게 교외까지 동행해 달라고 부탁했고, 그날 유난히 피곤했던 그는 주저했다. 하지만 상대는 끈질기게 간청했다. 그는 매우 불안해 보였고, 빠르고 큰 소리로 떠들어대며 종잡을 수 없는 태도를 보였다. 그는 그의 동료에게 진짜로, 도청의 발표처럼 역병이 종식되었다고 생각하는지를 물었다. 의당, 타루는 행정선언 자체가 재앙을 멈추게 하는 것은 아니지만, 뜻밖의 일이 없는 한, 전염병이 멈춰가고 있다고, 합리적으로 생각해 볼 수 있다고 답했다.

"그렇죠." 코타르가 말했다. "뜻밖의 일이 없는 한. 그리고 언제나 뜻밖의 일은 일어나죠."

타루는 게다가, 도에서도 출입구를 여는 데 2주라는 시간을 늦춰두는 것으로 뜻밖의 사태를 대비하고 있는 것이 아니겠느냐고 말해 주었다.

"그들은 제 딴엔 할 걸 했지만." 여전히 어둡고 불안한 얼굴로 코타르가 말했다. "일이 진행되는 중이니, 아무 말도 않는 게 좋았을 수도 있죠."

타루는 그럴 가능성도 있지만, 다음번에 출입구가 열릴 것으로 보고 일상생활로 돌아가는 걸 고려해 두는 게 더 나을 것 같다고 말했다.

"그렇다고 치죠." 코타르가 그에게 말했다. "그렇다고 쳐요, 그런데 일상생활로 돌아간다는 게 무슨 의미일까요?"

"극장에 새로운 영화가 들어온다는 거겠죠." 타루가 웃으며 말했다.

하지만 코타르는 웃지 않았다. 그는 역병이 도시에서 아무것도 바꾸지 않으리라고도 생각할 수 있을지, 그리고 모든 것이 이전처럼, 말하자면 아무 일도 일어나지 않은 것처럼 다시 시작할 수도 있을지를 알고 싶어 했다. 타루는 역병은 바뀌어도 도시는 바뀌지 않을 거라고 생각했다. 물론, 우리 시민들의 가장 센 욕망은 아무것도 바뀌지 않은 것처럼 행동하는 것이고, 따라서, 어떤 의미에서는 아무것도 바뀌지 않을 것이지만, 다른 의미로는, 꼭 필요한 의지가 있다 하더라도 모든 것을 잊을 수 없으니, 역병은 적어도 마음속에 흔적을 남길 것이라고. 작은 연금생활자는, 자기는 마음에 관심이 없다, 있다 해도 그건 그의 걱정 중 가장 작은 것이라고 명확히 선언했다. 자신이 관심 있는 것은, 조직 자체가 변화되지는 않을까 하는 것이다. 예를 들어, 모든 공공업무가 이전처럼 작동할 것인가 하는 것이다. 타루는 그것에 대해서는 아무것도 모른다는 사실을 인정해야만 했다. 그에 의하면, 전염병 기간 동안 중단된 모든 공공업무는 다시 시작하는 데 얼마간 어려움이 있을 것으로 가정할 필요가 있다. 또한 이를 필요로 하는 많은 새로운 문제가 발생할 것이고, 적어도, 오래된 공공업무는 재조직될 것이라고 믿을 수 있다.

"아!" 코타르가 말했다. "그건 가능하네요. 사실, 모두가 전부 다시 시작해야 할 겁니다."

두 보행자는 코타르의 집 근처에 이르렀다. 그는 더 활기를 띠었고, 낙관적이 되려고 애쓰고 있었다. 그는 도시가 새롭게 다시 시작하는 것을, 과거를 지우고 완전히 제로부터 다시 시작하는 것으로 상상했다.

"그래요." 타루가 말했다. "결국, 당신의 그 일도 틀림없이 잘 풀릴 겁니다. 어떻게든, 새로운 삶이 다시 시작되는 거지요."

그들은 문 앞에서 악수를 나누었다.

"당신 말이 맞아요." 코타르가 점점 더 흥분하며 말했다. "제로부터 다시 시작하는 거, 그건 참 좋은 일이죠."

그러나, 복도의 어둠 속에서 두 사람이 나타났다. 타루는 그의 동료가 저놈들이 무얼 원하는 건지 묻는 소리를 들을 시간이 거의 없었다. 사복형사처럼 보이는 그자들이, 코타르에게 '코타르'가 맞냐고 물었고, 그는 일종의 절규를 토해 내며, 옆의 타루가 무슨 행동을 취할 틈도 없이, 스스로 돌아서 이미 어둠 속으로 내달리고 있었다. 놀라움이 가시고 나서, 타루는 두 사람에게 원하는 게 무엇인지를 물었다. 그들은 조용하고 정중하게 제보가 있었다고 말하곤 서두르지 않고, 코타르가 달아난 방향으로 사라졌다.

집으로 돌아온 타루는 그 장면을 기록해 놓자마자 즉시(글씨가 그걸 충분히 설명했다) 자신의 피로감을 적었다. 그는 덧붙였다. 아직 할 일이 많다, 하지만 이것이 준비가 되어 있지 않은 이유가 될 수는 없다. 그리고 만약 묻는다면, 마땅히, 자신은 준비가 되어 있다. 그는 마지막으로 답했는데, 낮이나 밤이나 사람이 비겁해지는 시간은 항상 있는데 자신은 그 시간만을 두려워한다고. 그것이 바로 타루의 수첩이 끝나는 지점이었다.

이틀 후, 출구가 열리기 며칠 전, 의사 리외는 기다리는 전보가 와 있지 않을까 자문하면서 정오에 집으로 돌아왔다. 그때 역시 그의 나날은 역병이 절정이었던 때만큼이나 지친 일상이었지만, 최종적인 해방을 기다리면서 모든 피로가 사라졌다. 그는 지금 희망을 품었고, 그럴 수 있는 것이 기뻤다. 항상 의지를 긴장시키고 자신을 굳건히 한 채로 지낼 수만은 없는 것이니 싸움을 위해 엮었던 그 힘의 뭉치를 마침내 맘껏 풀 수 있으니 행복했다. 만약 기대했던 전보, 역시 긍정적이라면, 리외 역시 다시 시작할 수 있을 것이었다. 또한 모든 사람들이 다시 시작해야 한다는 의견이었다.

그가 관리실을 지나가는 중이었다. 새로운 관리인이 유리창에 바짝 붙어서 그에게 미소를 지었다. 계단을 올라가면서, 리외는 피로와 결핍으로 창백해진 자신의 얼굴을 다시 생각해 보았다.

그렇다, 추상이 끝나면 다시 시작할 테고, 좀 더 운이 좋으면… 그런데 그가 막 문을 여는 순간 어머니가 그를 맞으러 나와서는 타루 씨가 몸이 안 좋다고 말했다. 그는 아침에 일어났지만, 나가지도 못하고 지금 막 다시 누웠다는 것이다.

리외 어머니는 걱정했다.

"심각한 건 아닐 거예요." 아들이 말했다.

타루는 온몸을 쭉 뻗고, 무거운 머리를 베개에 묻고 있었는데, 두꺼운 이불 아래로 탄탄한 가슴이 드러나 보였다. 그는 열이 났고, 머리가 아파서 고통스러워했다. 그가 리외에게 이건 모호한 증세인데 역병일지도 모른다고 말했다.

"아닐세, 아직 구체적인 것도 없고." 리외가 진찰한 후에 말했다.

하지만 타루는 갈증에 시달렸다. 복도에서, 의사는 자신의 어머니에게 역병의 시작일 수 있다고 말했다.

"오!" 그녀가 말했다. "말도 안 돼, 이제 와서!"

그러고 나서 즉시 "여기서 돌보자꾸나, 베르나르." 했다.

리외는 깊이 생각했다.

"제겐 그럴 권리가 없어요." 그가 말했다. "하지만 문도 곧 개방되겠죠. 저도 어머니가 여기 없었다면, 그게 내 뜻대로 할 수 있는 첫 번째 권리일 거라고 믿어요."

"베르나르." 그녀가 말했다. "우리 둘 다 있게 해다오. 너도 잘 알다시피 난 새로 백신을 맞았단다."

아마, 타루 역시 맞았겠지만, 피로로, 마지막 혈청주사를 놓치고 다른 주의사항을 잊었을 거라고 의사가 말했다.

리외는 이미 그의 진료실로 가고 있었다. 그가 방으로 돌아왔을 때, 타루는 그가 커다란 혈청병을 들고 있는 것을 보았다.

"아, 역시 그거군." 그가 말했다.

"아닐세, 하지만 예방 차원에서 맞자고."

타루는 대답 대신 팔을 내밀었고 그 자신이 다른 환자들에게 놓아주었던 그 하염없이 긴 주사를 맞았다.

"결과는 밤에 보자구." 리외가 말했다. 그리고 그는 타루를 똑바로 쳐다보았다.

"리외, 그런데 격리는?"

"자네가 역병에 걸린 건지 전혀 확실하지 않아."

타루가 애써 미소 지었다.

"격리를 지시하지 않고 동시에 혈청주사를 놓는 걸 본 건 이번이 처음이군."

리외가 얼굴을 돌렸다.

"어머니와 내가, 자넬 돌볼 걸세. 여기가 더 나을 거야."

타루는 입을 다물었고 의사는, 앰풀을 챙기며, 그가 돌아누워 말하길 기다렸다. 마침내, 그가 침대 쪽으로 향했다. 그 환자가 그를 바라보았다. 그의 얼굴은 피로해 보였지만, 회색 눈은 고요했다. 리외는 그에게 미소를 지었다.

"가능하면 잠을 자게. 이따 다시 오겠네."

문에 다다랐을 때, 그는 자신을 부르는 타루의 목소리를 들었다. 그는 그에게 돌아왔다. 하지만 타루는 자신이 하려는 말의 표현 자체와 대항해 싸우고 있는 것처럼 보였다

"리외," 그가 마침내 명확히 말했다. "내게 모든 걸 말해 주어야만 해, 내겐 그게 필요하네."

"약속하지."

상대는 그 큰 얼굴을 살짝 비틀어 미소를 지어 보였다.

"고맙네. 나는 죽고 싶지 않아, 그러니 맞서 싸울 거네. 하지만 만약 지는 게임이라면 깨끗이 끝내고 싶네."

"아니," 그가 말했다. "성자가 되기 위해, 자넨 살아야만 하네. 싸우게."

낮 동안에는, 매서운 추위가 조금 누그러졌지만 오후가 되자 굵은 소나기와 우박이 쏟아져 내렸다. 황혼 무렵, 하늘이 조금 열리고 추위가 더 기승을 부렸다. 리외는 저녁에 집으로 돌아왔다. 외투도 벗지 않은 채, 그는 친구가 있는 방으로 들어갔다. 어머니는 뜨개질을 하고 있었다. 타루는 자리에서 움직이지 않은 것 같았지만, 열로 하얘진 그의 입술이, 지금도 계속 맞서 싸우고 있음을 말해 주고 있었다.

"어땠어?" 의사가 말했다.

타루는 침대 밖의 그의 두툼한 어깨를 약간 으쓱해 보였다.

"아무래도," 그가 말했다. "내가 진 게임이야."

의사는 그에게로 몸을 굽혔다. 타는 듯한 피부 아래서 멍울이 뭉쳐 있었고, 가슴은 대장간 풀무질 소리처럼 들끓고 있었다. 타루는 기이하게 두 가지 증상을 보이고 있었다. 리외는 일어서면서 혈청이 아직 효력을 발휘할 시간이 되지 않았다고 말했다. 그러나 그의 목구멍을 타고 올라오는 발열의 물결은 타루가 발음하려 애쓰는 몇 마디 단어조차 잠기게 만들었다.

　저녁식사 후, 리외와 어머니는 환자 곁에 와서 앉았다. 밤은 그에게 싸움으로 시작되었고 리외는 역병 천사와의 그 힘든 전투가 새벽까지 계속되리라는 것을 알았다. 타루가 지닌 최고의 무기는 그의 강한 어깨와 넓은 가슴이라기보다는, 오히려 리외가 앞서 바늘 끝으로 품어냈던 피, 그리고, 그 핏속, 영혼보다 더 내밀하면서 어떤 과학으로도 밝힐 수 없는 그 무엇이었다. 그리고 그는 단지 친구가 싸우는 것을 지켜보아야만 했다. 그가 해볼 수 있는, 농양을 촉진시키고, 강심제를 접종하는 조치는, 수개월 동안 되풀이한 실패로 그 효과가 어느 정도인지 잘 알고 있었기 때문이다. 그가 할 수 있는 유일한 조치는, 사실, 자극해야만 움직일 가능성이 가장 높은 그 우연에 기회를 주는 것이었다. 그리고 그 우연이 고장을 일으켜야 했다. 왜냐하면 리외는 그를 좌절시킨 역병의 얼굴과 다시 직면해야 했기 때문이다. 한 번 더, 역병은 자신에게 불리하게 짜여진 상황을 우회하려고 애쓰고 있었다. 그것은 예상치 못했던 곳에서 나타

났고 이미 자리 잡고 있었던 곳에서 사라져버렸다. 한 번 더, 그
것은 사람들을 놀래려고 애쓰고 있었다.

타루는 요지부동으로 싸웠다. 심지어 밤사이 한번은, 악의
공격에 저항하지 않고, 오직 자신의 몸뚱이와 철저한 침묵만으
로 전투를 치르기도 했다. 단 한 번도, 입을 열지 않았으므로,
그는 말이 아니라 그런 방식으로, 부주의가 그에게 더 이상 가
능하지 않다는 것을 털어놓았던 셈이다. 리외는 단지 눈꺼풀이
안구에 반해 더 단단해지거나, 거꾸로, 시선을 물체에 고정시
키거나 자기와 어머니에게로 옮기느라, 팽창하고, 번갈아 열리
거나 닫히는 친구의 눈을 통해 싸움의 양상을 쫓았을 뿐이었
다. 의사가 그 시선과 마주칠 때마다, 타루는 엄청난 노력으로
미소를 지었다.

한순간, 서두르는 발걸음 소리가 거리에서 들려왔다. 그들은
멀리 으르렁거리는 천둥소리로부터 달아나는 듯했고 소리가
조금씩 가까워지더니 빗물이 거리를 가득 채웠다. 비가 다시
시작되고 곧 우박이 섞여 인도를 때려댔다. 커다란 벽걸이 천이
유리창 앞에서 휘날렸다. 조각난 어둠 속에서, 비로 인해 잠깐
방심했던 리외는, 다시 침대 스탠드에 비치는 타루를 바라보았
다. 그의 어머니는 환자를 보기 위해 때때로 고개를 들면서 뜨
개질을 하고 있었다. 의사는 이제 그가 할 수 있는 모든 것을
마쳤다. 비가 그친 후, 방 안에 침묵이 짙어졌고, 보이지 않는

전쟁의 소리 없는 소용돌이만 가득 차 있을 뿐이었다. 잠을 자지 못해 예민해진, 의사는 그 침묵의 끝에서, 전염병 기간 내내 그와 동행했던 부드럽고 규칙적인 휘파람 소리가 들리는 것 같은 착각에 빠졌다. 그는 어머니에게 주무시러 가라는 손짓을 해보였다. 그녀는 눈을 빛내며 머리를 흔들어 거부하고 나서는 그 바늘 끝의, 그녀가 확신하지 못했던 바늘코를 신중하게 헤아렸다. 리외는 환자에게 마실 것을 주기 위해 일어났다가, 돌아와 앉았다.

행인들은, 비가 소강상태인 틈을 이용해 인도를 빠르게 걸어가고 있었다. 그들의 발걸음 소리가 줄어들고 멀어져 갔다. 의사는 처음으로, 이 밤이, 늦은 행보객이 가득하고 구급차의 사이렌 소리가 없어진, 과거와 비슷하다는 사실을 깨달았다. 역병으로부터 벗어난 밤이었다. 또한 추위와, 빛과 군중에게 쫓겨난 그 질병은 도시의 어두운 심연에서 빠져나와 이 따뜻한 방으로 피신해 타루의 무기력한 몸에 마지막 공격을 가하고 있는 듯했다. 재앙은 더 이상 도시의 하늘을 휘저어 섞지 않았다. 그러나 그것은 방 안의 무거운 기운 속에서 부드럽게 휘파람을 불고 있었다. 리외가 몇 시간 동안 듣고 있는 것이 바로 그것이었다. 그곳에서도 역시 역병이 멈추고, 그가 패배를 선언하길 기다리고 있어야만 했다.

동이 트기 직전, 리외는 어머니에게로 몸을 기울였다.

"8시에 저와 교대하려면 좀 주무셔야 해요. 잠자리에 들기 전에 소독하시고요."

어머니가 일어서서는, 뜨개질하던 것을 치우고 침대 쪽으로 향했다. 타루는, 이제 가끔, 눈을 감고 있었다. 땀이 그의 단단한 이마 위로 머리칼을 눌러 붙여두고 있었다. 어머니가 한숨을 쉬었고 그가 눈을 떴다. 그는 자신을 향해 기울고 있는 온화한 얼굴을 보았고, 요동치는 열의 파도 밑으로 악착스런 미소를 다시 지어 보였다. 하지만 눈은 곧 감겼다. 혼자 남게 되자, 리외는 방금 전 어머니가 떠난 안락의자에 몸을 묻었다. 거리는 잠잠했고 이제 완전한 정적에 들어 있었다. 아침의 냉기가 방 안에 느껴지기 시작했다.

의사는 깜박 잠이 들었다. 그러나 새벽 첫차가 그를 깨어나게 했다. 그는 진저리를 치고 타루를 바라보았다. 휴지기가 발생했고 환자 역시 잠들었다는 걸 알 수 있었다. 말마차의 나무와 쇠바퀴 소리가 아직 멀리서 들려오고 있었다. 창밖은 여전히 어두웠다. 의사가 침대로 향해 갔을 때, 타루는 마치 아직 잠에 들어 있는 것 같은 감정 없는 눈으로 그를 바라보았다.

"잠에 들었었지, 그렇지 않아?" 리외가 물었다.

"그래."

"숨 쉬기는 좀 편해졌나?"

"조금. 이게 의미하는 게 있나?"

리외는 입을 다물었고, 잠시 후 말했다.

"아닐세, 타루. 아무 의미 없어. 자네도 나처럼 알잖나, 아침의 일시적 차도란 걸."

타루가 인정했다.

"고맙네." 그가 말했다. "언제나 그렇게 솔직히 말해 주게."

리외는 침대 발치에 앉았다. 그는 염殮한 사람의 사지처럼 길고 단단한, 환자의 다리가 가까이 있는 것을 느꼈다. 타루는 더 격렬하게 숨을 쉬었다.

"열이 다시 시작되는 모양인데, 그렇지 않나, 리외?" 그가 숨 가빠하는 목소리로 말했다.

"그래, 하지만 정오가 되면, 결정 나겠지."

타루는 힘을 모으려는 것처럼 눈을 감았다. 표정에서 그가 지쳐 있는 것이 역력히 읽혀졌다. 그는 그의 내부 어딘가에서 이미 다시 시작된 열이 끓어오르길 기다리고 있었다. 그가 눈을 떴을 때, 그의 시선은 흐릿했다. 리외가 자기 가까이서 기대어 있는 것을 보고 맑아졌다.

"물 마시게." 리외가 말했다.

그는 물을 마시고 고개를 젖혔다.

"오래 걸리는군." 그가 말했다.

리외가 팔을 잡았지만 타루는, 시선을 돌리고 더 이상 반응하지 않았다. 그리고 갑자기, 열이 마치 내부의 둑에 틈이 생기기라도 한 것처럼 그의 이마까지 눈에 띄게 차올라 왔다. 타루의 시선이 의사에게로 왔을 때 그는 긴장된 얼굴로 용기를 내라는 표정을 지어 보였다. 타루가 다시 지으려 애쓴 미소는 단단한 턱과 하얀 포말로 굳어진 입술을 통과해 내지 못했다. 하지만 굳어진 얼굴에서, 두 눈만큼은 용기의 광채를 띠면서 빛나고 있었다.

7시에 어머니가 방으로 들어왔다. 의사는 그의 진료실로 가서 병원에 전화를 걸어 자기 근무시간을 바꾸게 준비시켰다. 그는 또한 자신의 상담과 진료도 연기시키기로 결정하고, 진료실 의자에 잠시 몸을 뻗고 누웠지만, 거의 즉시 다시 일어나 방으로 왔다. 타루는 친구의 어머니에게로 머리를 돌리고 있었다. 그는 자신의 곁, 의자 위에서 손을 허벅지에 올린 채 몸을 웅크리고 있는 작은 그림자를 바라보았다. 그가 너무도 강렬히 바라보았기에 어머니는 입술에 손을 대고 일어나 머리맡 등을 껐다. 하지만 커튼 뒤로, 빠르게 날이 밝아왔고, 잠시 후, 환자의 모습이 어둠으로부터 드러났을 때, 어머니는 그가 여전히 자신을 바라보고 있는 것을 알았다. 그녀는 그에게로 몸을 기울여, 베개를 바로 해주고, 일어나며, 잠시 젖어 들러붙은 머리칼 위로 손을 얹었다. 그녀는 그때 먼 곳에서 오는 듯한, 감사하다며 이제 모든 게 괜찮다고 말하는 희미한 목소리를 들었다. 그녀가 다시 자리에 앉았을 때, 타루는 눈을 감고 있었고,

입이 다물려 있음에도 불구하고, 지친 얼굴은 다시 미소 짓고 있는 것처럼 보였다.

정오에, 열은 절정에 다다랐다. 일종의 내장성 기침이 이제 막 피를 토하기 시작한 환자의 몸을 뒤흔들었다. 멍울의 붓기는 멈추었다. 그것들은 여전히 거기 있으면서, 견과류처럼 단단하게, 관절 사이에 나사로 조여진 듯해서, 리외는 그것을 절개하기가 불가능하다고 판단했다. 열과 기침 중간에, 타루는 여전히 그의 친구들을 때때로 바라보았다. 하지만, 곧, 그의 눈은 차츰 덜 뜨여졌고, 그의 황폐해진 얼굴에서 나오던 빛은 갈수록 창백해져 갔다. 경련성 충격으로 불을 밝혀 몸을 흔들어대던 폭풍은 점점 더 드문 번개가 되어 그것을 비추었고 타루는 천천히 그 폭풍의 깊은 곳으로 떠밀려 갔다. 이제 리외가 볼 수 있는 것은 미소가 사라진 활기 없는 마스크뿐이었다. 그와 그토록 가까웠던 이 인간의 형상은, 이제 창에 찔리고, 초인적인 악에 의해 불태워지고, 하늘의 모든 가증스런 바람에 뒤틀려지면서, 그의 눈앞에서 역병의 물에 잠겨가고 있었지만 그는 이 난파선에 대해 할 수 있는 게 아무것도 없었다. 그는 다시 한번, 이 재앙에 맞서, 어떤 무기도 의지할 것도 없이 빈손과 뒤틀리는 마음으로, 해안에 머물러 있어야만 했다. 그리고 마침내, 타루가 갑자기 벽으로 등을 돌리고, 마치 그 안의 무언가 중요한 코드가 끊기는 것처럼, 공허한 외마디로 마지막 숨을 내쉬는 것을, 리외가 보지 못하도록 방해한 것은 그 자신의 무력함에 대한 눈물이었다.

뒤따르는 밤은 싸움의 밤이 아니라 침묵의 밤이었다. 세상으로부터 단절된 그 방 안에서, 이제 옷을 입은 죽은 몸뚱이 위에서, 리외는 놀라울 정도로 평온을 느꼈다. 여러 날 전, 역병이 창궐해 있는 테라스 위에서, 그리고 성문 공격 이후에도 느꼈던 바로 그 평온이었다. 이미, 그때에, 그는 자신이 사람들을 죽게 내버려둔 침대에서 피어오르는 이 침묵에 대해 생각했었다. 그것은 어디에서나 똑같은 휴지기였고, 전투 뒤에 오는 똑같은 정적이었으며, 패배의 침묵이었다. 하지만 지금 자신의 친구를 둘러싸고 있는 그것은, 너무나 촘촘했고, 역병으로부터 해방된 도시와 거리의 침묵과 너무나 잘 어울렸기에, 리외는 이번에야말로 전쟁을 끝내면서 맞는 평화 그 자체를, 치유할 수 없는 고통으로 만드는, 결정적인 패배였음을 명백하게 느꼈다. 의사는 결국, 타루가 평화를 찾았는지 알지 못했지만, 적어도 이 순간, 자기 자신에게는 더 이상 평화가 가능하지 않다는 것과, 아들을 잃은 어머니나 친구를 묻은 남자를 위한 휴전은 없는 것과 마찬가지라는 사실을 알 것 같다는 생각을 했다.

밖은, 여전히 추운 밤이었고, 맑고 차가운 하늘에는 별들이 얼어붙어 있었다. 반쯤 어두운 방에서도, 유리창을 얼리는 냉기와 극지방 밤의 크고 창백한 숨소리를 느낄 수 있었다. 침대 옆에는, 오른편에 침대 등의 불빛을 받으면서 여느 때처럼 낯익은 자세로, 어머니가 앉아 있었다. 빛이 닿지 않는 방 중앙에는 리외가 안락의자에 앉아서 기다리고 있었다. 아내에 대한 생각이 떠올랐지만, 그는 매번 그것을 물리쳤다.

밤이 시작될 무렵, 지나는 이들의 구두굽 소리가 차가운 밤 속에서 선명하게 울렸다.

"해야 할 일은 다 한 거니?" 어머니가 말했다.

"예, 전화를 걸었어요."

그들은 그러고 나서 침묵의 밤샘을 다시 시작했다. 어머니는 때때로 그를 보았다. 그는 그런 시선 중 하나와 마주치면, 그녀에게 미소를 지어 보냈다. 익숙한 밤의 소리가 거리에서 잇달아 들려왔다. 아직 허가가 나지 않았음에도 불구하고 차들이 다시 오가고 있었다.

그것들은 빠르게 도로를 훑고서 사라졌다가는 다시 나타났다. 목소리, 부름, 다시 침묵, 말발굽 소리, 커브길에서 삐꺽이는 두 대의 전차 소리, 그리고 다시 밤의 숨소리.

"베르나르?"

"예."

"피곤하지 않니?"

"아니요."

그는 어머니가 무슨 생각을 하고 있는지, 그리고 지금 자신에 대한 그녀의 사랑을 느꼈다. 그러나 그는 또한 누군가를 사랑하는 것이 그렇게 대단한 것은 아니라는 것을, 또는 적어도 사랑은 결코 자신만의 표현을 찾을 만큼 강력한 것은 아니라는 것을 알고 있었다. 그리하여 그와 어머니는 언제나 침묵 속에서 서로를 사랑할 것이다. 그리고 그녀(또는 그)는 평생 동안, 자신들의 애정을 더 이상 고백하는 법 없이 죽음을 맞을 것이다. 마찬가지로, 그가 타루 곁에서 살았음에도 그날 저녁, 그는 자신들의 우정을 진정으로 경험할 시간도 없이 죽어갔던 것이다. 타루는 그가 말한 바처럼 게임에서 졌다. 그렇다면 리외는, 자신은, 이긴 것일까? 그는 단지 역병을 알고 그것을 기억하는 것으로서, 우정을 알고 그것을 기억하는 것으로서, 애정을 알고 어느 날 그것을 기억하는 것으로서만 이긴 것이다. 인간이 역병과 삶이라는 게임에서 이길 수 있는 것은, 자각과 기억으로서가 전부다. 아마 그것이 타루가 게임에서 이긴다고 한 것이리라!

다시, 차 한 대가 지났고 어머니가 의자 위에서 조금 움직였다. 리외는 미소를 지었다. 그녀가 그에게 자신은 피곤하지 않다고 하고는 즉시 이어서 말했다.

"너는 거기 산에 가서 좀 쉬어야만 할 것 같다."

"그럴게요, 엄마."

그랬다. 그는 거기서 쉴 참이었다. 안 될 게 뭔가? 그것은 또한 기억을 위한 구실이기도 했다. 그러나 게임에서 이긴다는 것이, 바로 그것이었다면, 사람이 단지 알고 기억하는 것만 가지고, 희망하는 것을 박탈당하며 살아가는 일은 얼마나 힘든 일일까. 그것이 틀림없이 타루가 체험한 삶이었고 그는 환상 없는 삶은 메마른 것이라는 걸 자각하고 있었던 것이다. 희망이 없는 평화는 있을 수 없으며, 인간이 다른 누군가를 정죄할 권리를 부정했던, 그러나 누구도 비난할 수 없다는 것과 심지어 희생자 자신도 때로는 사형집행인이 되기도 한다는 것을 알았던 타루. 타루는 모순과 격렬한 아픔 속에서 살았고, 그는 결코 희망을 알지 못했던 것이다. 그것이 그가 거룩함을 원하고 사람들을 섬기는 가운데 평화를 추구한 이유였을까? 진실로, 리외는 그것에 관해 아무것도 몰랐고 그것은 중요한 문제가 아니었다. 그가 간직할 타루의 유일한 이미지는 양손으로 핸들을 잡고 운전하는 한 사내의 이미지나, 이제 움직임 없이 누워 있는 이 두터운 몸의 이미지일 것이다. 삶의 따뜻함과 죽음의 이미지, 그것이 바로 인식이었다.

틀림없이 그렇기 때문에, 의사 리외는, 다음 날, 아내의 죽음에 대한 소식을 차분하게 받아들일 수 있었을 것이다. 그는 자신의 진료실에 있었다. 그의 어머니는 그에게 전보를 가져다주기 위해 거의 뛰다시피 해서 왔고, 그러고 나서 전보를 가져온 이에게 팁을 주기 위해 밖으로 나갔다. 그녀가 돌아왔을 때, 그의 아들은 손에 뜯겨진 전보를 쥐고 있었다. 그녀는 그를 바라 보았지만, 그는 창밖, 항구 위로 떠오르는 장엄한 아침을 고집 스럽게 응시하고 있었다.

"베르나르." 어머니가 말했다.

의사는 멍하니 그녀를 보았다.

"전보는?" 그녀가 물었다.

"그거였어요." 의사가 솔직히 말했다. "8일 전이었군요."

어머니는 창 쪽으로 고개를 돌렸다. 의사는 침묵하고 있었다. 그러고 나서 그는 어머니에게 울지 말라고, 예상은 했었지만, 아직 힘들다고 말했다. 단지, 그 말을 하면서, 자신의 고통이 놀랄 일이 아니라는 것을 알았다. 몇 달 동안, 그리고 이틀 동안 계속되는 똑같은 아픔이었던 것이다.

도시의 출구는, 어느 화창한 2월 아침, 도청의 공식 발표와 신문, 라디오, 사람들의 환호 속에서 마침내 열렸다. 따라서 화자는 비록 그 자신이 그것에 전적으로 참여할 수 없는 사람 중 하나였음에도 불구하고, 출구가 열리고 뒤따른 기쁨의 시간을 기록하는 사람으로 남아야만 했다.

성대한 축제가 밤낮으로 준비되었다. 동시에, 먼바다로부터 오는 배들이 이미 우리 항구로 향해 오고 있는 가운데, 기차는 역에서 연기를 내기 시작했다. 이별에 대해 고통스러워했던, 모든 이들에게, 그날이 성대한 재회가 있는 바로 그날이라는 것을 그들만의 방식으로 표출하면서.

우리는 여기서 수많은 시민들이 사로잡혀 있던 이별의 감정이 어떠했을지를 쉽게 상상할 수 있다. 그날 하루 동안 우리 도시로 들어오는 기차는 떠나는 기차보다 더 많은 승객을 태우고 있었다. 2주간의 유예 기간 동안, 사람들은 마지막 순간 도청의 결정이 취소될지 모른다는 두려움 속에서도 이날을 위해 자리를 예약해 두었던 것이다. 도시로 접근해 오고 있던 여행자 중 일부는 여전히 그들의 불안감을 완전히 떨쳐버리지는 못했는데, 왜냐하면 그들은 대체로 자신과 가까운 사람들의 운명은 알고 있었지만, 다른 사람들과 도시 자체의 상황에 대해서는 아무것도 몰랐고, 막연히 위험한 얼굴을 하고 있으리라고 상상했기 때문이다. 그러나 그것은 그 긴 시간 동안 열정에 타오르지 않았던 사람들에게나 해당되는 일이었다.

실제로 열정적인 사람들은, 고정적인 생각에 빠져 있었다. 그들에게 변한 것은 단 하나뿐이었다. 유배 생활의 몇 달 동안, 그들은 시간이 서둘러 흐르도록 떠밀기라도 하고 싶은 심정으로, 어서 달리라고 성화를 부렸었는데, 이번엔, 도시가 이미 시야에 들어오고, 기차가 멈추기 위한 브레이크가 걸리기 시작하자마자, 오히려 속도를 늦추고 정지 상태를 유지해 주길 바랐던 것이다. 사랑 때문에 잃어버렸던 그 몇 달간의 시간에 대한 모호하기도 하고 강렬하기도 한 그 감정은, 그들로 하여금 기대했던 그 시간이 절반만큼이라도 느리게 흘러갔으면 하는, 일종의 보상을 요구하게 만들었던 것이다. 그리고 방이나 플랫폼에서 기다리고 있는 사람들은, 그의 여자를 포함한 랑베르처럼, 몇 주 전 통지를 받고, 도착하는 데 필요한 일을 했고, 똑같은 조바심과 똑같은 동요에 빠져 있었다. 몇 달간의 전염병으로 인해 추상화되어 버린 이 사랑 혹은 애정 때문에, 랑베르도 떨리는 마음으로 자신의 버팀목이 되어 준 육체적 존재와 대면하기를 기다리고 있었다.

그는 전염병 초기 때 즉시 도시 밖으로 뛰쳐나가 사랑하는 사람을 만나러 달려가고 싶어 했던 그때의 존재로 돌아가고 싶었을 것이다. 하지만 그는 그것이 더 이상 가능하지 않다는 것을 알고 있었다. 그는 변했는데, 역병은 그에게 온 힘을 다해, 부정하려고 애썼지만, 그럼에도 불구하고, 계속되는 어렴풋한 두려움 같은, 방심을 심어놓았던 것이다. 어떤 의미에서, 그는 역병이 너무 갑작스레 사라진 것같이 느껴져서, 현실감을 잃고 있었다. 행복은 최고의 속도로 도착했고, 일은 기대보다 훨씬 빠르게 진행되었다. 랑베르는 모든 것이 단번에 그에게 되돌아오리라는 것과 그 기쁨은 음미할 순간도 없이 불타오르리라는 것을 깨달았다.

나머지 모든 사람들도, 정도의 차이는 있겠지만, 그와 같았으므로 우리가 이야기해야 할 것은 그들 모두에 관한 것이다. 사람들이 각자의 삶을 다시 시작하는 이 기차역 플랫폼에서, 그들은 여전히 서로의 눈빛과 미소를 교환하면서 공동체임을 느꼈다. 하지만 그들의 유폐의 감정은, 기차 연기를 보자마자, 혼란스럽고 어지러운 기쁨의 소나기로 갑자기 사라져버렸다. 기차가 멈춰 서고, 잠시 후, 그들이 잊고 있었던 살아 있는 형태의 육체에 팔을 걷는 순간, 같은 역 플랫폼에서도 많이 이루어졌던, 그 끝이 없을 것 같았던 이별의 감정은 거기서 끝났던 것이다. 랑베르, 그는, 자신을 향해 달려오는 그 형체를 볼 사이도 없이, 이미, 그녀가 그의 가슴에 안겨 있었다. 그리고 그녀를 두 팔로 안고, 익숙한 머리칼 말고는 볼 수도 없는 머리를 끌어 안고 있었다. 그는 그것이 현재의 행복에서 나오는 것인지 아니면 너무 오랫동안 억눌린 고통에서 나오는 것인지 모른 채 눈물을 흘렸다. 적어도 그것이 그가 그토록 꿈꿔 왔던 얼굴인지, 아니면 반대로 낯선 사람의 얼굴인지 확인할 필요는 없을 것이라고 확신하면서. 자신의 의심이 사실인지는 후에 알게 될 터였다. 지금으로서는, 역병이 사람의 마음을 바꾸지 않고도 왔다가 되돌아갈 수도 있다는 것을 믿는 것 같아 보이는 그를 둘러싼 모든 이들처럼 하고 싶었다.

모두는 그러고 나서, 서로를 꼭 껴안은 채, 역병과 싸워 승리한 자의 모습으로, 모든 불행과 같은 기차를 타고 왔지만, 누구도 발견할 수 없어서 그 오랜 동안의 무소식으로 이미 마음속에 생겨난 두려움에 대해 집에서 확인받을 준비를 하고 있는 사람들은 잊은 채, 집으로 돌아갔다. 지금은 동료에 대한 생생한 아픔이 전부인, 그 잊혀진 이들은, 그 순간, 고인을 회상하는 다른 사람들과는 상황이 아주 달랐고 이별의 감정은 정점에 다다라 있었다. 그 누군가의 어머니, 배우자, 이제 이름 모를 구덩이 속에 묻혀버렸거나 잿더미 속에 녹아버린 존재와 함께 모든 기쁨을 잃은 연인들에게 역병은 여전히 진행 중이었던 것이다.

그러나 누가 그런 고독을 생각이나 해줄 것인가? 정오에, 태양은, 아침 동안 싸운 차가운 기운에 승리하고, 움직임 없는 빛의 끊임없는 물결을 쏟아부었다. 하루가 멈추었다. 언덕 정상에 있는 요새의 대포들이, 고정된 하늘에 중단 없는 천둥소리를 냈다. 도시 전체가 고통의 시간이 끝나고 망각의 시간은 아직 끝나지 않은 이 숨 막히는 순간을 축하하기 위해 온몸을 내던졌다.

사람들은 모든 광장에서 춤을 추웠다. 하룻밤 새, 교통량은 현저히 증가해 더 많아진 자동차들이 혼잡한 거리를 힘들게 움직여 갔다. 도시의 종소리가, 기세 좋게, 오후 내내 울렸다. 그것들은 푸르고 황금빛인 하늘을 전율로 채웠다. 교회에서는, 실제로, 감사 미사를 올렸다. 하지만, 동시에, 축제 장소는 폭발할 듯 가득 찼고 카페에서는, 미래에 대한 근심 없이, 자신들의 마지막 술까지 내놓았다. 카운터 앞에는, 너나없이 흥분한 군중들이 몰려들었고, 그들 사이에는, 자신들의 모습을 드러내는 것을 두려워하지 않는 포옹한 커플들이 많았다. 모두가 소리를 지르거나 웃고 있었다. 사람들은 저마다 자신의 영혼을 붙들고 있던 그 몇 달 동안 만든 삶의 비축품을, 자신들의 생존의 날과 같은 그날 사용했다. 다음 날이면, 그 자체의 삶이 예방 조치와 함께 다시 시작될 터였다. 그 순간은 매우 다양한 출신의 사람들이 팔꿈치를 맞대고 우애를 나누었다. 적어도 몇 시간 동안은, 실상 현존하는 죽음 앞에서도 도달할 수 없었던 평등이, 구원의 기쁨 속에서 이루어지고 있었다.

하지만 이 진부한 활기가 모든 것을 말해 주는 것은 아니었고, 오후가 지날 무렵 랑베르와 함께 거리를 가득 메운 사람들 중에는, 종종 더 미묘한 기쁨을 위장하고 있는 이들도 있었다. 실제로 수많은 커플과 가족들이, 평화로운 산책객으로밖에는 보이지 않았다. 실제로는, 그들 대부분이 자신들이 고통받았던 곳을 찾아 미묘한 순례를 행하고 있는 중이었다. 그것은 새로 온 사람들에게 역병의 생생한 현장을, 또는 숨겨진 이면을, 그 역사의 유적을 보여주고자 함이었다. 일부는 역병이 창궐했을 때, 많은 것을 본 사람으로서, 안내하는 것으로 만족했고, 두려움을 불러일으키지 않는 선에서 위험에 대해서 이야기했다. 이러한 즐거움은 해로울 게 없었다. 다른 경우로, 기억의 달콤한 괴로움 속에 버려진 연인이 함께할 수 있는 더 흥미로운 경로도 있어서, 연인에게 이렇게 말할 수도 있었다. "이곳에서, 그때, 나는 당신을 원했지만 당신은 여기 없었지." 그때 그 열정적인 여행객들은 그들 자신을 알아볼 수 있었다. 그들은 걷고 있는 소란 속에서 속삭이며 신뢰의 섬을 형성했던 것이다. 교차로에 나와 있는 오케스트라보다 더 나은, 진정한 구원을 알리고 있는 것은 바로 그들이었다. 왜냐하면 이 유쾌한 커플들이, 소란의 중심에서도 긍정적으로 서로를 끌어안고 말을 아끼며, 모든 승리와 행복의 불공정성으로, 역병이 끝났고 공포 과정이 지났다는 것을 확인시켜 주고 있었기 때문이다. 사람들은 모든 증거에도 불구하고 빠르게 부정했다. 결코 알지 못했던 파리 한 마리를 죽이듯 사람의 살인이 매일 있었던 그 미친 세상, 그 뚜렷이 드러난 야만성, 그 계산된 정신착란, 현재가 아닌 모든 것에 끔직한 자유를 가져다주었던 그 감금 생활, 죽이지 않은 모든 이들을 놀라게 했던 그 죽음의 냄새, 사실은 우리가 화장터 아궁이에 쌓여 연기로 증발되고, 한편으로는, 무력함과 두려움의 사슬에 묶여 자기 차례를 기다리고 있었던, 매일매일 얼이 빠져 있었던 바로 그 사람들이었다는 사실을 결국에 부정하고 있었던 것이다.

어쨌든 그것이, 오후의 끝 무렵, 변두리 지역으로 가기 위해, 종소리, 대포 소리, 악단과 시끄러운 아우성 사이로, 혼자 걸어서 가고 있는 의사 리외의 눈에 들어온 모습들이었다. 그의 일은 계속되었는데, 환자들이 휴가를 갈 리는 없었던 것이다. 도시로 내려앉은 고운 빛 속에서, 예전의 고기 굽는 냄새와 아니스 술 향기가 피어오르고 있었다. 그의 주변으로 웃는 얼굴들이 고개를 젖혀 하늘을 우러러보고 있었다. 남자와 여자가 정염에 불타는 얼굴로, 흥분과 욕망의 외침으로 가득 차 서로를 끌어안고 있었다. 그렇다. 역병은 공포와 함께 그쳤고, 사실은 함께 얽힌 그 팔들이, 엄밀한 의미에서, 그것이 곧 유배와 이별이었음을 일러주고 있었다.

처음으로, 리외는 몇 달 동안 행인들의 모든 얼굴에 나타났던 그 가족 같은 분위기에 이름을 부여할 수 있었다. 이제 그가 해야 할 일은 주위를 둘러보는 일뿐이었다. 역병이 끝날 무렵 비참함과 결핍과 함께 도착한, 그 사람들 모두는 오랫동안 자신들이 이미 맡아왔던 역할의 의상을 입게 되었고, 그것은 처음에는 얼굴로, 지금은 입고 있는 옷으로, 부재와 먼 고향을 말해 주고 있었다. 역병이 도시의 문을 닫은 순간부터, 그들은 단지 이별 속에 살았고, 모든 것을 잊게 만드는 인간의 온정으로부터 단절되어 있었다. 정도는 다양하지만, 도시 구석구석에서, 그 남자와 여자들은 모두가 같은 성격의, 하지만 모두가 역시 불가능했던 재회를 갈망했었다. 그들 대부분은 부재하는 누군가를 향해, 애정하거나 익숙한 육체의 따뜻함을 향해 있는 힘을 다해 소리쳤었다. 어떤 사람들은, 종종 자신도 모르는 사이, 남자의 애정의 위치에서 벗어나 고통스러웠고, 편지나, 기차, 배 같은 애정의 보통 수단으로는 더 이상 그것에 다가갈 수 없었다. 타루처럼 좀 더 드문 다른 이들은 그들이 정의할 수 없었던 뭔가로 재회를 갈망했지만, 그것은 그들에게 유일한 좋은 갈망으로 보였었다. 그리고 다른 이름이 없었기에 그들은 종종 그것을 평화라고 불렀다.

리외는 여전히 걷고 있었다. 그가 나아갈수록, 주변으로 군중이 늘어나고 소음도 더 커져서, 가고자 하는 교외 지역도 그만큼 물러서는 것처럼 여겨졌다. 점점, 그는 비명을 지르는 그 거대한 몸집 속에 녹아들어 점점 더 잘 이해하게 되었는데, 적어도 부분적으로는, 그것이 그의 외침이었던 것이다. 그렇다. 모두가 함께 고통받았고, 육체적으로든 정신적으로든, 구제받을 수 없는 유배와 결코 채워지지 않는 갈증의 힘든 휴가였다. 그 가운데, 시체 더미, 구급차 벨소리, 우리가 운명이라고 부르는 것에 대한 경고, 집요한 공포의 짓밟음과 마음의 끔직한 반란, 등등의 거대한 소문은 그 겁에 질린 존재들에게 계속해서 퍼져가고 경고하길 멈추지 않았고, 그들에게 진정한 고국을 찾아야만 한다고 말하고 있었다. 그들 모두에게, 진정한 고국은 이 억압된 도시의 벽 너머에 있었다. 그것은 언덕 위의 향기로운 덤불 속에, 바다 속에, 자유국가의 사랑의 무게 속에 있었다. 그리고 그것은 진정한 고국을 향한 것이었고, 행복을 향한 것이었고, 그들이 혐오스런 나머지 사람들로부터 멀어져 돌아오고 싶어 하는 것이었다.

이 유배와 재회에 대한 갈망이 가질 수 있었던 의미에 대해 리외는 아무것도 아는 게 없었다. 사방에서 떠밀고, 말을 걸어오는 사람들 사이에서 여전히 걸어서, 그는 점차 덜 붐비는 거리에 도착했고 이러한 것들이 의미가 있는지 없는지가 중요한 게 아니라, 그는 다만 인간의 희망에 대한 응답을 보아야만 한다고 생각했다.

그는 이제 그 응답이 무엇인지 알았고 변두리의 거의 인적이 끊긴 첫 번째 길에서 그것을 더 잘 볼 수 있었다. 자신들의 부족함을 받아들이며, 다만 자신들의 사랑하는 보금자리로 돌아가길 갈망했던 사람들은 때때로 보상을 받았다. 물론, 그들 중 일부는 자신들이 기다리고 있었던 존재를 빼앗기고, 계속해서 혼자 도시를 가로질러 걷고 있었다. 전염병 전에, 첫 번째 시도에서, 사랑을 이룰 수 없었고, 한 해 동안, 적대적인 연인을 하나로 묶는 어려운 합의를 맹목적으로 좇았던 누구처럼 두 번 갈라지지 않을 수 있어서 다시 행복해진 사람도 있었다. 그 사람들은 리외 자신과 마찬가지로, 시간 계산에 경솔하기도 했다. 그런 이들은 영원히 분리되었다. 하지만 의사가 그날 아침 떠나면서 그에게, "용기를 내세요, 이제 바로잡을 시간입니다." 라고 말했던 랑베르 같은 다른 이들은, 잃었다고 생각했던 부재자를 주저 없이 찾았다. 적어도 한동안은, 그들은 행복할 것이다. 우리가 항상 갈망하고 때때로 얻을 수 있는 것이 있다면, 그것은 바로 인간의 애정이라는 것을 그들은 이제 알았다.

반대로, 인간을 넘어서 자신들이 상상조차 못한 무언가에 물었던 모든 사람들에게는, 응답이 없었다. 타루는 그가 말했던 그 힘든 평화에 합류한 것처럼 보였지만, 그에게 아무 소용이 없어진 죽음 속에서만 그것을 발견했던 것이다. 반대로, 리외가 집 문지방에서 본, 희미해지는 빛 속에서, 온 힘을 다해 끌어안고 열정적으로 서로를 바라보던 다른 이들, 그들이 원하는 것을 얻었다면, 그것은 그들이 자신들에게 달려 있는 유일한 것을 요청했기 때문이었다. 그리고 리외는, 그랑과 코타르가 살고 있는 길로 접어들었을 때, 적어도 때로는, 인간과 자신의 가난과 가혹한 사랑에도 만족하는 사람들에게, 기쁨이 보상으로 찾아오는 것은 당연하다고 생각했다.

이 연대기도 그 끝에 이르렀다. 의사 베르나르 리외가 자신이 저자라는 것을 털어놓을 시간이다. 하지만 최근 사건을 되새겨 이야기하기 전에, 그는 적어도 자신의 개입을 정당화하고 전염병이 지속되는 동안 객관적인 어조를 취해야 한다고 주장했던 것에 대한 이해를 구하고 싶어 한다. 그의 직업은 그를 대부분의 시민을 만나는 위치에 있게 했고 그들의 감정을 수집하게 만들었다. 따라서 그는 들춰 보고 들은 것을 기록할 수 있는 좋은 위치에 있었다. 하지만 그는 바람직한 신중함으로 그 일을 하길 원했다. 일반적인 경우, 그는 볼 수 있었던 것 이상으로 이야기하지 않으려고, 간단히 말해 역병 동료들이 마음에 품지도 않았을 수도 있는 생각들을 강제로 만들어 제공하지 않으려 했고 기회든 불행이든 그의 손 안에 들어온 텍스트만 사용하려 했다.

어떤 종류의 범죄가 발생해, 증언하라는 부름을 받은, 그는 선의의 증인에 걸맞게, 분명한 유보적 태도를 견지했다. 하지만 동시에, 정직한 마음의 법에 따라, 결연히 희생자의 편에 섰고 그의 동료 시민인, 그들이 공통적으로 갖고 있는 유일한 확신인, 사랑과 고통과 유배의 마음으로 그 남자와 함께하길 원했다. 그것은 동료 시민들의 고민 중 그가 함께하지 못할 게 하나도 없었고, 어떤 상황도 그 자신의 상황이 아닌 게 없었기 때문이다. 성실한 증인이 되기 위해서, 그는 특히 그의 행동, 그에 대한 자료와 소문들을 보고할 필요가 있었다. 하지만 사적으로, 그가 말해야만 하는, 자신의 기다림, 자신의 시련에 대해서는, 입을 다물었다. 만약 그가 그것을 사용했다면, 그것은 단지 동료 시민들을 이해하거나 또는 이해시키고 그들이 혼란스럽게 느낀 대부분의 시간의 윤곽을 가능한 한 정확하게 만들기 위해서였다. 사실을 말하자면, 그 이성적인 노력은 그로서는 거의 비용이 들지 않았다. 그가 자신의 속내 이야기를 수천 명의 목소리에 직접적으로 섞고 싶은 유혹을 느꼈을 때, 그는 자신의 고통 중 다른 사람들의 고통이 아닌 것은 하나도 없다는 것과 고통이 종종 고독한 세상에서는 이점이 된다는 생각으로 멈추었다. 어찌되었건 그는 모든 사람을 대변해야 했다.

하지만 의사 리외가 말하지 않은 이가 우리 시민 중에 적어도 한 명 있었다. 사실, 그자는 타루가 어느 날 리외에게 말했던 바로 그 사람이었다. "그의 유일한 진짜 범죄는, 마음으로 아이들과 사람들이 죽는 것에 대해 동의했다는 데 있네. 나머지는, 나는 이해하네. 하지만 이건, 내가 그를 용서할 의무가 있네." 이 연대기가 무지한 마음을 지녔던, 말하자면 고독했던 그에게서 마쳐지는 것은 당연할 것이다.

의사 리외는, 사실, 축제로 요란스러운 주도로를 벗어나 그랑과 코타르가 사는 길목으로 접어들었을 때, 경찰들이 쳐놓은 바리케이드로 멈추어야 했다. 생각지 못했던 일이었다. 축제로 인한 먼 곳의 소음들이 그 지역을 눈에 띄게 조용하게 느끼게 만들었기에, 소리가 끊긴 그곳이 오히려 한산할 것으로 상상했었던 것이다. 그는 자신의 신분증을 꺼내 보였다.

"불가능합니다. 의사 선생님," 경찰이 말했다 "사람들에게 총질을 하는 놈이 있어요. 그런데 잠깐 기다려주시겠습니까, 도움이 필요할 것 같아서요."

그때, 리외는 그를 향해 오고 있는 그랑을 보았다. 그랑 역시 아는 바가 아무것도 없었다. 그도 통과하지 못하게 했고 총 쏘는 소리가 자신의 집에서 나고 있다는 것을 알았다. 멀리서, 식은 태양의 마지막 빛으로 황금색으로 물든 건물의 외관을 실제로 볼 수 있었다. 건물 주변은, 맞은편 보도까지 쭉 뻗어 있는 넓은 빈 공간이 있었다. 그 길의 중간에서 우리는 깃발 하나와 더러운 천 조각 하나를 뚜렷이 볼 수 있었다. 리외와 그랑은 아주 멀리로, 다른 편 길 위에, 사람들이 앞으로 나아가는 것을 막고 있는 경찰 라인이, 평행을 이루고 있는 것과 그 뒤로 동네 주민들이 빠르게 지나다니는 것을 볼 수 있었다. 자세히 보니, 또한 손에 권총을 들고, 그 집이 정면으로 보이는 건물 문에 찰싹 달라붙어 있는 경찰들도 보였다. 모든 셔터는 닫혀 있었다. 그러나, 3층 셔터 중 하나는 반쯤 열린 것처럼 보였다. 침묵이 거리를 완전히 덮고 있었다. 도시 중심부에서 들려오는 음악 소리만 들을 수 있을 뿐이었다.

어느 순간, 그 집 정면의 건물 하나에서, 총성이 두 번 울리더니, 망가진 셔터에서 파편이 튀어나왔다. 그러고 나서, 다시 침묵이 흘렀다. 하루의 소란 후, 멀리서 보이는 이 광경은 리외에게 조금 비현실적으로 여겨졌다.

"코타르의 방 창문인데요." 그랑이 갑자기 몹시 흥분해서 말했다. "하지만 코타르는 사라졌는데."

"총은 왜 쏘는 거죠?" 리외가 경찰에게 물었다.

"주위를 딴 데로 돌리도록 하려는 겁니다. 필요한 장비를 갖춘 차를 기다리고 있죠. 저자가 건물 문을 통해 들어가려는 사람에게 총을 쏘았기 때문입니다. 경찰 한 명이 맞았죠."

"그는 왜 쏘는 거죠?"

"모르겠습니다. 사람들은 자기들끼리 즐기고 있었어요. 첫 발을 쏘았을 때는 사람들도 몰랐죠. 두 번째에, 비명이 터져 나왔고, 누군가 다쳤습니다. 그리고 모두 도망친 겁니다. 미친놈이에요!"

돌아온 침묵 속에서, 일분일초가 눈에 띄게 느리게 흘렀다.

갑자기, 길 건너편에, 리외로서는 오랜만에 처음 보는, 그때까지 주인이 숨겨두었을 게 틀림없는 더러운 스패니얼 개 한 마리가 나타나 벽을 따라 종종걸음으로 뛰어다니는 것이 보였다. 문 가까이 이르러, 주저하다가, 뒷다리로 앉아서는 벼룩을 잡기 위해 드러누웠다. 경찰이 그것을 부르느라 여러 차례 호루라기를 불었다. 개가 고개를 들었고, 그러고는 천천히 길을 가로질러 가서 떨어져 있는 모자 냄새를 맡기 시작했다. 바로 그때, 권총이 발포되었고 개는 크레이프 빵처럼 뒤집어지더니, 격렬하게 사지를 흔들다가는 마침내 옆으로 쓰러졌다. 그에 대한 답으로, 대여섯 발의 총성이 맞은편 문에서 나왔고, 다시 셔터가 부서졌다. 침묵이 다시 내려앉았다. 해가 조금 기울어져 그늘이 코타르 방 창문으로 가까워졌다. 차 브레이크가 의사 뒤편에서 천천히 신음 소리를 냈다.

"왔습니다." 경찰이 말했다.

경찰이 밧줄과 사다리와 기름천에 싸인 길쭉한 꾸러미 두 개를 들고 그들 뒤로 나타났다. 그들은 그랑이 있는 건물을 에워싼 골목이 있는 맞은편 길로 들어갔다. 잠시 후, 그 집들 문 안에서 어떤 움직임들이 있다는 것은 누구라도 짐작할 수 있었다. 그러고 나서 기다렸다. 개는 더 이상 움직이지 않았다. 그것은 검붉은 웅덩이에 잠겨 있는 듯했다.

갑자기, 경찰이 점유한 건물의 창문에서, 기관총이 발사되기 시작했다. 총격이 계속되면서, 아직 붙어 있던 덧문이 그야말로 산산조각 나 떨어졌고, 그 속에, 리외와 그랑이 서 있는 곳에서는 아무것도 구별할 수 없는 검은 표면이 드러났다. 그 총격이 멈추자, 두 번째 기관총이 더 먼 곳의 건물, 다른 각도에서 따다다닥 소리를 냈다. 총알은 창문 안으로 집중된 게 분명했는데, 그중 하나로 벽돌 파편이 튀었기 때문이다. 동시에, 경찰 셋이 길을 건너 출입문으로 달려 들어갔다. 거의 즉시, 다른 셋이 그리로 달려갔고 기관총 사격은 멎었다. 다시 기다렸다. 두 번의 먼 폭발음이 건물 안에서 울렸다. 그러고 나서 소란이 커지더니 셔츠 바람에 끊임없이 소리를 지르는 작은 사내 하나가 건물에서 끌려 나온다기보다는 들려 나오는 것이 보였다. 기적이라도 일어난 듯, 그 길의 닫혀 있던 모든 덧문들이 열리고 창문들에는 호기심에 찬 사람들이 모습을 드러냈고, 많은 사람들이 집에서 나와 바리케이드 뒤로 모여들었다. 사람들은 잠시, 길 가운데 경찰에 의해 팔을 뒤로 묶인 채 마침내 발을 땅에 딛고 있는 작은 사내를 바라보았다. 그는 소리치고 있었다. 한 경찰이 그에게 다가가더니, 당연한 듯이 차분하면서도, 주먹에 온 힘을 실어, 두 방을 먹였다.

"코타르예요." 그랑이 떠듬떠듬 말했다. "미쳤군요."

코타르가 쓰러졌다. 그 경찰이 다시 땅에 엎어진 그 몸뚱이에 세찬 발길질을 하는 게 보였다.

그러자 혼란스러운 한 무리가 동요해서는 의사와 그의 오랜 친구가 있는 쪽으로 왔다.

"가시오!" 경찰이 말했다.

리외는 그 무리가 그를 지나쳐 가는 동안 고개를 돌렸다.

그랑과 의사는 석양이 지는 가운데 그 자리를 떴다. 마치 그 사건이 죽어 있던 마을의 무감각 상태를 흔들어놓기라도 한 것처럼, 이 외딴 거리는 다시 한 번 들뜬 군중의 웅성거림으로 가득 찼다. 집 앞에서 그랑은 작별 인사를 했다. 그는 작업을 할 예정이었다. 계단을 막 오르면서, 그는 잔느에게 편지를 썼으며, 이제, 만족한다고 말했다. 그러고 나서, 그는 그 문장을 다시 시작했다고 말했다. "빼버렸어요. 형용사는 전부."

그리고 해맑은 미소와 함께, 그는 엄숙하게 모자를 벗어 보이며 인사를 했다. 그러나 리외는 코타르를 생각했다. 그리고 그의 얼굴을 박살내던 그 둔탁한 주먹 소리가 천식환자 노인의 집을 향해 길을 걸어가는 내내 따라오고 있었다. 어쩌면 죽은 사람보다 죄 있는 사람을 생각하는 것이 더 힘든 일인지도 모를 일이었다.

리외가 노인 환자의 집에 도착했을 때는, 어둠이 이미 하늘 전부를 먹어치우고 나서였다. 방에서는, 멀리서 나는 자유의 소리를 들을 수 있었고, 노인은 한결같은 자세로, 그의 콩을 옮기는 일을 계속하고 있었다.

"사람들이 기뻐하는 게 당연하죠." 그가 말했다. "세상을 만들기 위해서는 모든 게 필요하죠. 그런데 당신 친구는요? 의사 선생님, 그분은 어찌 되었나요?"

폭발음이 그들에게까지 들려왔지만, 평화로운 것들이었다. 아이들이 폭죽을 터뜨리고 있었다.

"그는 죽었습니다." 거친 숨소리를 내는 가슴을 청진하면서 의사가 말했다.

"아!" 노인이 매우 놀라 신음했다.

"역병이었습니다." 리외가 덧붙였다.

"그랬군요." 노인이 잠시 후 받아들이며, "제일 좋은 사람이 떠나는 겁니다. 그게 인생이죠. 하지만 그분은 자신이 원하는 게 무엇인지 아는 사람이었죠."라고 말했다.

"왜 그런 말을 하시나요?" 의사가 청진기를 정리하면서 말했다.

"별다른 이유는 없습니다. 그분은 불필요한 말은 하지 않으셨죠. 글쎄요, 저는, 그분이 좋았습니다. 그냥 그랬습니다. 다른 사람들은 말하죠. '그거 심각한 역병이었어. 우리는 역병을 앓았어.' 얼마 후엔, 그들은 꾸미길 요구할 겁니다. 하지만 역병, 그게 의미하는 바가 뭘까요? 그게 인생이죠, 그게 다죠."

"정기적으로 훈증 소독을 하십시오."

"예! 염려 마세요. 저는 아직 갈 시간이 많이 남아서 모두가 죽는 걸 보게 될 겁니다. 사는 방법을 알고 있죠, 저는."

기쁨의 아우성이 그에게 멀리서 답했다. 의사가 방 중간에서 멈춰 섰다.

"테라스에 좀 올라가 봐도 괜찮을까요?"

"물론입니다. 저 위에서 저 사람들을 보고 싶으신 게죠? 좋으실 대로 하십시오. 하지만 그들은 항상 똑같죠."

리외는 계단으로 향했다.

"헌데, 선생님, 역병으로 죽은 이들을 위한 기념물을 세운다는 게 사실인가요?"

"신문에서 그러더군요. 비석이나 동판이 될 거라고."

"내 그럴 줄 알았죠. 게다가 연설도 있을 겁니다."

노인은 경멸스럽다는 듯 비웃었다.

"여기서도 들리네요. '우리의 죽은⋯' 그리고 그들은 빵부스러기를 먹으러 가겠죠."

리외는 이미 계단을 오르고 있었다. 드넓은 차가운 하늘이 집들 위에서 빛나고 있었고, 언덕 근처, 별들은 부싯돌처럼 굳어 있었다. 이날 밤은 타루와 그가 역병을 잊기 위해 이 테라스에 올랐던 그날과 다르지 않았다. 하지만, 오늘, 절벽 기슭의 바다는 그때보다 더 시끄러웠다.

대기는 움직임이 없이 가벼웠고, 온화한 가을바람이 실어온 짠 숨결을 완화시키고 있었다. 그렇더라도 도시의 웅성거림은,

여전히 파도 소리와 함께 발밑의 테라스를 두드리고 있었다. 하지만 이 밤은 반란이 아닌, 구원의 밤이었다. 멀리서, 검붉은 빛이 큰길과 조명이 켜진 광장을 가리키고 있었다. 이제 해방된 밤, 욕망은 방해를 받지 않았고, 리외에게 도달한 것은 그 요란하게 울리는 소리였다.

어두운 항구에서 공식적인 축하의 첫 번째 불꽃이 솟아올랐다. 도시는 길고 은밀한 외침으로 그들을 환영했다. 코타르, 타루, 리외가 사랑했던 그들과 그녀들, 그리고 죽거나 죄를 짓고 사라진 이들, 모두가 잊혀졌다. 노인이 옳았다. 사람들은 언제나 똑같았다.

하지만 그것이 그들의 힘이었고 무고함이었으며, 그것이 무엇보다 고통이었기에, 리외는 자신이 그들과 함께 있음을 느꼈다. 그 힘과 길이가 두 배가 된 외침소리가, 테라스 바닥까지 오랜 시간 퍼져 나갔고, 다양한 색깔의 불꽃 다발이 폭넓게 하늘로 솟구쳐 오르는 가운데, 의사 리외는 따라서, 침묵하는 자들 가운데 하나가 되지 않기 위해, 적어도 그들에게 남겨진 불의와 폭력에 대한 기억을 남기기 위해, 그리고 우리가 재앙 중에 배운 것을 꾸밈없이 말하기 위해, 인간에게는 경멸할 것보다 예찬할 것이 더 많이 있다는 것을 알리기 위해, 여기서 끝나는 이 이야기를 쓰기로 결심했다.

하지만 그럼에도 불구하고 이 연대기가 결정적인 승리의 그것이 될 수는 없다는 것을 그는 알고 있었다. 다만, 의심의 여지 없이, 이뤄져야만 하는, 그럼에도 공포와 지칠 줄 모르는 무기에 맞서, 개인적인 마음의 상처에도 불구하고, 성자가 되지 못하고 재앙을 받기를 거부하는, 그렇지만 치료사가 되고자 노력한, 모든 인간이 다시 이루어야만 하는, 목격담이 될 수는 있을 것이다.

도시로부터 올라오는 그 환희의 외침을 들으려 애쓰면서, 리외는 이 환희는 항상 위협받고 있다는 것을 명심했다. 왜냐하면 그는 이 기뻐하는 군중들이 모르고 있는 것, 그리고 우리가 책에서 읽을 수 있는 것, 역병 병균은 결코 죽거나 사라지지 않는다는 것, 가구나 헝겊, 방 안, 지하실, 트렁크, 손수건과 서류 속에서 수십 년 동안 잠들어 있을 수 있다는 것을, 그리고 어쩌면, 인간의 불행과 교훈을 위해, 역병이 그 쥐들을 깨워 행복한 도시에서 죽게 만드는 그날이 올 것이라는 것을 알고 있었기 때문이다.

〈끝〉

우리가 읽은 『페스트』가
과연 카뮈의 『La Peste』였을까?

『역병La Peste』은 어떤 소설일까?

알베르 카뮈의 『역병』은 프랑스의 갈리마르 출판사에서 1947년 6월 출간되었다. 카뮈 나이 34살 때였다. 그의 대표작 『이방인』이 같은 출판사에서 1942년 6월 출간되었으니 5년 만에 이루어진 소설 발표인 셈이다.

두 작품은 여러 면에서 비교가 되는데, 일단 『역병』은 『이방인』과 달리 출간과 동시에 판매 면에서도 큰 성공을 거둔 작품이다. 물론 그 무렵의 카뮈는 출판사에 원고를 투고해서 어렵사리 『이방인』을 출간하던 무명의 알제리 소설가는 아니었다. 세계 2차 대전 중에 그는 비밀리에 창간되어 전후에 큰 영향력을 발휘한 일간지 「꼼바Combat」의 편집자였고, 거기 발표한 글들로 지식인 레지스탕스의 대표작가 가운데 하나로 우뚝 서 있었기에 이미 전국적인 인물이 되어 있었던 것이다. 그렇게 『역병』은 종전 직후임에도 불구하고 출간 일 년 만에 수십 개 언어로 번역되어 세계인의 주목을 받았을 만큼 일찌감치 세계문학의 고전에 오른 작품이다.

한편 모든 유명 작가의 '잘 팔린' 작품이 그러하듯, 『역병』 역시 모든 이들로부터 찬사만 받은 것은 아니었다. 『역병』에 대한 대표적인 비평은 아이러니하게도 유명 철학가이자 작가인 롤랑 바르트에게서 나왔는데, 그는 앞서 『이방인』에 대해서는 극

411

찬을 쏟아낸 바 있었던 것이다.

바르트는 이 소설에서, 제2차 세계대전 동안 독일 점령에 맞선 프랑스 레지스탕스의 실제 역사와 역병에 맞서 싸운 오랑 시민들의 허구적 투쟁 사이에는 일관성이 결여되어 있다고 주장했다. 현실 속 레지스탕스의 투쟁은, 치명적인 질병과 싸우고 있는 사람들의 알레고리로 표현되기엔 한계가 있다고 지적한 것이다. 예컨대 프랑스 레지스탕스 대원들의 나치와의 투쟁은 실제 사람들에 맞서 싸운 것으로 그 안에는 개인의 도덕적 힘만이 아닌 보다 복잡한 현실이 작용하고 있는데 반해 '선 페스트'라는 '추상'과 싸우는 인간들에게서 그런 것은 찾아보기 힘들다는 것이다. "악은 때때로 인간의 얼굴을 하고 있는데, 이에 관해 『역병』은 아무것도 말하지 않는다."고 바르트는 평가했다. 소설로는, 같은 인간이 가해 오는 위협에 맞서 싸울 때 오랑 시민들이 어떤 행동을 취했을지 예상하기 힘들다며, "카뮈의 캐릭터들은 혼자가 되는 것 말고는 사형집행인이나 공범자가 되는 것을 피할 수 없었고 이것이 그들의 진정한 모습이다."라고도 했다.

결국 그의 비평은 역사적 레지스탕스의 투쟁을 자연적 전염병에 맞선 투쟁으로 알레고리화하는 것으로는 시민들이 실제 현실의 도덕적 딜레마를 인식하지 못한다는 주장이다.

픽션을 그대로 현실에 대입시키려 한 이러한 비평은 당시에는 광범위한 지지를 받기도 했다.

그러나 당연히 카뮈로부터는 가차 없는 반론이 제기된다. 카뮈는 '롤랑 바르트에게 보낸 편지'를 통해 말했다. "『역병』은, 1940~1945년 기간까지만 거슬러 올라가는 알레고리가 아니다."

카뮈는 우선 전쟁에 대한 질병 알레고리의 사용에 대한 비판을 지적했다. 이 소설의 최종고가 독일의 검열 문제가 불거졌던 1947년 나왔기에 실제 의미를 은폐하기 위해 적을 질병으로 전환하는 것은 역사적 정당성을 갖지만, 더 중요하게는, 레지스탕스 투쟁의 표현은, 단지 이 책에 담긴 많은 요소 가운데 하나에 불과하다고 밝혔다. 이 주장이 바르트의 주장을 반박하기 위한 수단으로써 단독으로 나타난 것이 아니라는 점은 명백하다. 카뮈는 1942년 10월 자신의 작가노트에 이미 다음과 같이 쓰기도 했던 것이다. "『역병』은 사회적 의미와 형이상학적 의미를 가지고 있다. 그것은 정확히 같은 것이다. 그런 모호성은 『이방인』에도 있다."

지금 시점에서 보면 실상 바르트의 비판적 비평은 문학이라는 예술 창작의 역할에서는 많이 멀어져 있었던 것이다.

그러나 이런 모든 논의에 앞서 코로나19라는 팬데믹을 경험한 2024년의 우리로서는 단지 작품을 읽어보는 것만으로도 이 소설이 (바르트가 주장한 것처럼) 어떤 알레고리를 가졌다기보다는, '역병 그 자체'를 이야기하고 있으며 전염병에 둘러싸인 사람들의 반응을 놀라울 정도로 섬세히 그리고 있다는 사실을 확인할 수 있다.

우리 시민들이 이 갑작스러운 유배 생활에 적응하려고 애쓰는 동안, 역병은 입구에 경비병을 세우고 오랑으로 오던 뱃머리를 돌리게 했다. 폐쇄 이후 한 대의 차량도 도시로 들어오지 않았다.

그러나 여전히, 대중의 반응은 즉각적으로 나타나지 않았다. 실제로, 역병이 발생한 3주차에 사망자가 302명에 다다랐다는 발표도 사람들의 감정에 호소하지는 못했다. 한편으로, 사망자 전부가 역병으로 죽은 것은 아니었기 때문일 수도 있다. 다른 한편으로, 지금껏 누구도 평상시 한 주에 얼마나 많은 사람들이 죽어가는지조차 알지 못했던 때문일 수도 있다.

그처럼, 한 주 내내, 역병에 감금된 이들은 그들이 할 수 있는 최선을 다해 고군분투했다. 그리고 그들 중 일부는, 랑베르처럼, 알다시피, 여전히 자유로운 사람처럼 행동했고, 심지어 여전히 무언가를 선택할 수 있다고 상상하기까지 했다. 하지만, 사실 8월 중순경부터 역병은 모든 것을 뒤덮었다고 말할 수 있다. 따라서 더 이상 개인의 삶은 없었고, 역병이라는 공동의 이야기와 모두가 공유하는 감정만이 남아 있었다. 가장 큰 문제는 공포와 저항을 수반한 격리와 유배 생활이었다. 이것이 화자가 이 더위와 질병의 정점에서, 살아 있는 우리 시민들의 폭력, 죽은 자의 매장과 사랑하는 이와 이별하는 고통 등을 일반적인 방식과 예를 들어 서술하는 것이 적절하다고 믿는 이유이다.

이처럼 책장 어디를 펼쳐도 코로나19라는 팬데믹을 경험한 사람이라면 누구라도 놀라지 않을 수 없을 정도로 카뮈는 이미 전염병이 휩쓴 도시의 풍경과 사람들을 사실적으로 그려내고 있었던 것이다. 이것이 백 년 전에 쓰였다는 것이 결코 믿기지 않을 만큼.

그렇다면 문학을 문학으로 보지 않은 그런 비평을 논외로 하고 작품 그 자체만으로 볼 때 『역병』은 어떤 소설일까?

소설은 1940년대 당시 프랑스 식민지였던 알제리 연안 도시인 '오랑'을 배경으로 한다. 도시를 휩싼 치명적인 전염병에 대한 주민들의 반응을 서술자의 입을 통해 듣는 형식을 취하는데, 작품 속 주인공이기도 한 서술자의 정체는 이 소설의 마지막 부분에야 드러난다.

그만큼 객관적으로 사태를 그리고자 했던 작가의 의도가 반영된 기법이었던 셈이다.

이야기는 의사 리외가 죽은 쥐를 우연히 발견하는 것으로 시작하는데, 그 사건은 곧 도시 전역에 수천 마리의 쥐가 죽는 것으로 이어진다. 얼마 지나지 않아, 시민들은 목과 사타구니에 멍울이 잡히고 고열을 동반하는 등의 증상을 보이는 알 수 없는 열병에 걸려 죽어가기 시작한다. 작품 속에서는 이것을 선腺페스트로 명명한다(어느 번역서는 이것을 흔히 흑사병처럼 취급하지만 결코 그게 아니다. 흑사병인 '페스트 느와르'에 대해서는 본문 속에서도 달리 언급된다. 잘못된 번역이다).

오랑시 당국은 알 수 없는 전염병이 도시를 휩싸는 동안에 늦장 대응을 벌이기도 했지만 결국 사망자 수가 걷잡을 수 없이 늘어나면서, 도시를 폐쇄할 수밖에 없게 된다.

보통 소설이 대부분 그렇듯 이야기는 등장인물들이 그 상황에 대처하는 모습을 따라가는 것으로 전개된다. 그에 따라 주요 등장인물을 소개하면 다음과 같다.

베르나르 리외

이 소설을 이끌어가는 주인공으로 침착하고 이성적인 의사이다. 그의 진료실이 있는 건물 복도에서 그가 죽은 쥐를 발견하는 것으로 이야기가 시작된다. 가난 때문에 의사가 되었다는 그는 모든 것을 희생하며 어려운 경제 상황의 역병 환자들을 무료로 치료한다. 초기부터 그는 당국에 전염병 통제를 위한 보건 수단을 끊임없이 요구하면서 최전선에서 '역병'을 차단하기 위해 고군분투한다. 병든 아내를 먼 곳에 요양 보내놓고 한 번도 찾아가지 못하는 고지식한 의사이기도 한 그는 타루의 노트에 이런 모습으로 그려져 있기도 하다.

서른다섯 살쯤으로 보인다. 평균 키. 벌어진 어깨. 거의 사각형의 얼굴. 짙고, 곧은 눈이지만 턱이 돌출되어 나왔다. 견고한 코는 균형이 잡혔다. 검은 머리칼은 아주 짧게 잘렸다. 입은 거의 언제나 다물어져 있는 두툼한 입술과 함께 아치를 이룬다. 그을린 피부, 검은 머리칼과 항상 어두운 색이지만 잘 어울리는 양복이 얼마간 시칠리아 농부를 연상시킨다.

그는 빠르게 걷는다. 그는 보폭을 바꾸지 않고 보도로 내려서지만, 세 번에 두 번꼴로 가볍게 뛰어올라 반대편 보도에 오른다. 그는 운전하는 동안 딴 데 정신이 팔려서 코너를 돈 후에도 종종 방향등을 그대로 남겨둔 채 달리곤 한다. 언제나 맨머리다. 견문이 넓어 보인다.

장 타루

역병이 몰려오기 앞서 오랑에 머물러 있던 그는, 전염병이 번져 도시가 폐쇄될 수 있다는 사실을 알면서도 떠나지 않고, 오히려 노트에 그 사건에 대해 기록한다. 노트에는 그곳의 기후, 특징적인 사람들, 사소한 자기 견해를 적어두기도 하는데, 서술자에게는 없어서는 안 될 기록물이 된다. 그는 전염병과 싸우기 위해 자진해서 자원봉사 위생 단체를 결성해서 역병에 맞선다. 이 일을 계기로 의사 리외와 급격히 가까워지고 둘은 이후 각별한 친구가 된다. 죽음, 사형제도 등에 대한 그의 철학적 성찰은 이 소설의 아주 중요한 부분이다.

하지만 나는, 갑자기 깨달았는데, 그때까지 나는 그를 '피고'라는 간단한 범주를 통해서밖에는 생각하지 못했던 거요. 나는 그때 아버지를 잊었다고 말할 수는 없겠지만, 무언가가 내 위장을 움켜쥐어 미결수에게 데려가는 것 말고는 모든 주위를 빼앗아 갔소. 나는 거의 아무것도 듣지 못했고, 사람들이 그 살아 있는 사람을 살해하려 한다고 느꼈고, 파도 같은 강력한 본능이 일종의 맹목적인 고집쟁이처럼 그쪽 편으로 나를 이끌어갔소. 나는 겨우 아버지의 논고 소리에 깨어났소.

적갈색 옷으로 바뀐, 호인도 아니고 다감하지도 않은, 그분의 입에서 많은 문장들이 가득 차 있다가는, 거침없이, 뱀처럼 흘러나왔소. 그리고 나는 이해했소. 그분이 사회의 이름으로 그 남자의 죽음을 요구하고 있다는 것을, 더구나 그의 목을 자를 것을 요구하고 있다는 것을. 그분은 실제로는 단지 이렇게 말했소. "이자의 머리는 떨어져야 합니다." 하지만, 결국, 차이는 크지 않죠. 그리고 그 같은 일은 실제로, 그분이 그자의 목을 얻는 것으로 돌아왔으니. 다만, 그때 그 일을 직접 했던 사람이 그분이 아니었던 것뿐이죠. 그리고 그 사건이 끝날 때까지 지켜본 나는, 그 불행한 젊은이에게 아버지에게서는 가질 수 없는 엄청난 친밀감을 느꼈소. 아버지는 관습에 따르면, 최후의 순간이라고 정중하게 불리지만, 가장 비천한 모살이랄 수 있는 그 일에 참여하고 있었던 거였소.

그때부터, 나는 가증스런 혐오감으로 아버지를 바라볼 수밖에 없었소. 그때부터, 나는 재판, 사형선고, 집행에 대한 공포에 관심을 가졌고 그분이 그런 모살에 여러 번 입회했다는 것과 그분이 아주 일찍 일어난 날이 바로, 그런 날이었다는 걸 공포스럽게 확인하게 되었던 거요. 그렇소, 그분은 그런 경우 자명종을 사용했던 거요. 나는 어머니에게 감히 그에 대해 말할 수 없었지만, 그러고 나서 더 잘 관찰해 보고 두 분 사이엔 아무것도 남아 있지 않다는 것과 어머니는 포기한 삶을 살고 있다는 걸 이해하게 되었소. 그때 내가 말한 것처럼, 그것은 나로 하여금 그분을 용서하는 데 도움이 되었소. 후에, 나는 어머니를 용서할 일이 아무것도 없다는 걸 알았는데, 그분은 결혼할 때까지 평생 가난했고 그 가난은 체념을 가르쳤기 때문이었소.

조제프 그랑

천성적인 성실함으로 시청에서 계약직으로 일을 시작했다가 그의 능력과 성실함에 정규직 전환을 약속한 상사로 인해 시청에 남아 있다가 끝내 시청 하급 공무원으로 머물게 된 사십대 후반의 사내다. 그는 근무 후 시간을 오로지 자신의 소설 쓰기에 전념한다. 완벽한 문장을 만들기 위한 그의 노력은 이 소설에서 삶의 의미를 좇는 인간의 투쟁을 상징한다.

의사 리외는 그를 두고 전염병 시대에 다른 어떤 큰 인물보다 영웅이라고 생각한다. 그의 선함과 성실함은 역병조차 피해 갈 거라고 단언한다. 리외에게 무료로 치료를 받은 바도 있었던 그는 역병 기간 중에 의사를 도와 많은 잔일을 한다.

서술자는 그를 이렇게 평가한다.

그는 종종 리외가 있는 병원 중 한 군데를 찾아갔고 그곳이 사무실이건 병동이건 책상 하나를 달라고 요청했다. 그는 서류를 가지고 그곳에 자리를 잡았고, 거의 시청 내 자기 책상에 앉은 것처럼 앉아서, 소독약과 병 자체로 짙어진 공기 속에서,

자신이 작성한 서류의 잉크를 말리기 위해 그것을 흔들었다. 그럴 때 그는 자신의 '여전사'도 잊었고 단지 필요한 일만 해내려 충실하게 힘썼다.

그렇다. 만약 사람들이 스스로 모범과 모델을 제시하고 자신들의 영웅이라고 부르고 싶어 하는 것이 사실이라면, 또한 이 이야기에 반드시 그 하나가 있어야 한다면, 화자는 당연히 이 미약하고 나서지 않는, 마음속에는 약간의 친절과 우스꽝스러워 보이는 이상만을 지닌 이 영웅을 제시할 것이다. 이것은 진실이 실제로 그것에게 돌아가게 할 것이고, 2 더하기 2가 4라는 것을, 영웅주의에게 그것이 있어야 할 두 번째 자리를 내어줄 것이고, 바로 그런 직후에, 그것이 절대로 앞서서는 안 되는 행복에 대한 관대한 요구를 줄 것이다. 이것은 또한 이 연대기에 성격을 부여할 것인데, 말하자면 대놓고 나쁘지도 않고, 추잡한 방식으로 드라마틱하게 과장되지도 않은, 좋은 감정으로 맺어진 관계로서일 것이다.

이 밖에도 글에 대한 그랑의 집착을 듣고 있노라면 카뮈 자신의 한 면을 보여주고 있는 듯도 하다.

잘 생각해 보세요, 선생님. 엄밀히 말하면, '그러나'와 '그리고' 중에 선택하는 것은 아주 쉽습니다. '그리고'와 '그러고는' 중에 선택하는 것은 그 자체로 좀 어렵습니다. '그러고는'과 '그러고 나서'로는 어려움이 더 커집니다. 하지만, 확실히 가장 어려운 것은 '그리고'를 넣어야 할지 말아야 할지를 결정하는 데 있을 겁니다."

레몽 랑베르

파리에서 오랑의 아랍인들의 생활 상태를 취재하러 들어왔다가 도시가 폐쇄되면서 발이 묶인 기자. 그는 파리에 두고 온 연인을 만나기 위해 차단된 도시를 빠져나가려 애쓰지만, 끝내 포기하고 오랑에 남아 역병과 싸운다.

"의사 선생님," 랑베르가 말했다. "저는 떠나지 않고 당신들과 함께 머물고 싶습니다."

타루는 꼼짝하지 않았다. 그는 운전을 계속했다. 리외는 피로에서 헤어 나오지 못하는 것 같았다.

"그럼 그 여자분은?" 잘 들리지 않는 목소리로 그가 말했다.

랑베르는 다시 숙고해 봤는데, 그가 믿었던 것은 변함없지만, 떠나면 부끄러울 것 같다고, 남겨두고 온 그녀를 사랑하는 일도 고통스러울 것 같다고 말했다. 그러자 리외가 다시 몸을 일으키더니, 단호한 목소리로 그것은 바보스러운 짓이며, 행복을 좇는 게 부끄러운 일이 아니라고 말했다.

"네," 랑베르가 말했다. "하지만 혼자만 행복해지는 것은 부끄러운 일이 될 수 있습니다."

그때까지 말이 없던 타루가, 그들에게 고개도 돌리지 않고, 랑베르 씨가 남자들의 불행을 함께 나누길 원한다면, 다시는 행복할 시간이 없을 것이라고 지적했다. 선택해야만 한다는 것이다.

"그건 아닙니다." 랑베르가 말했다. "나는 언제나 이 도시에서 이방인이었고 당신들과는 아무 상관이 없다고 생각했습니다. 하지만 지금은 내가 볼 수 있는 걸 보았고, 내가 원하든 아니든, 나는 여기 사람이라는 걸 압니다. 이 문제는 우리 모두와 관련이 있습니다."

아무도 대답하지 않았고 랑베르는 초조해 하는 것 같았다.

"잘들 아시잖습니까! 그게 아니라면 이 병원에서 당신들이 하고 있는 게 뭐죠? 그래서 당신들은 선택했습니까? 당신들, 행복을 포기하면서?"

파늘루 신부

자신을 현대 자유주의와 지난 세기 계몽주의로부터 동등하게 거리를 둔 엄격한 기독교의 열렬한 옹호자로 여기고 있는 그는 청중들에게 엄정한 진실을 흥정하려 들지 않았고, 그 단호함으로 명성이 높았다. '오랑 지리학회' 회보에의 잦은 기고로 대중적 지명도가 높았고, '금석문 복원'에도 권위가 있었던 그는 처음에는 '역병'을 신의 형벌로 보았지만 결국에는 끊임없는 고통에 직면하는 사람들을 보면서 신의 뜻에 대해 고심하게 되는 예수회 신부이다.

"만약, 오늘, 역병이 당신들을 지켜보고 있다면, 성찰의 시간이 왔다는 것입니다. 의인은 두려워할 필요가 없겠지만, 악인은 두려움에 떨어야만 하는 것입니다. 우주라는 광대한 곳간에서, 가차 없는 도리깨는 쭉정이와 알곡이 분리될 때까지 인간이라는 밀을 때릴 것이기 때문입니다. 알곡보다 쭉정이가 더많고, 선민보다 부름을 받은 이가 더 많으니, 이 불행은 하느님의 뜻이 아니었습니다. 너무나 오랜 시간, 이 세상은 악과 타협했으며, 너무 오랜 시간, 하느님의 자비에 의지했습니다. 회개하는 것으로 충분해서, 모든 것이 허용되었습니다. 그리고 회개라면, 누구라도 잘할 수 있다고 느꼈던 것입니다. 때가 되면, 우리는 확실히 그것을 경험하게 될 것입니다. 그전까지 가장쉬운 일은 그냥 내버려두는 것입니다. 하느님의 자비가 나머지를 할 것입니다. 그러나! 그것이 지속될 수는 없습니다. 오랫동안, 이 도시 사람들에게 연민의 얼굴을 기울이셨던 하느님은, 이제 기다림에 지치고, 영속적인 희망에 실망해서 당신의 시선을 돌리셨습니다. 하느님의 빛을 빼앗기고, 여기 우리는 오랫동안 역병의 어둠 속에 있습니다!"

그랬던 그도 결국 아무 죄 없는 아이가 고통 속에 죽어가는 것을 보고 자신의 신념에 의문을 품게 되고, 의사 리외와 대척점에 서기도 하지만 결국, 그 자신조차 의학에 몸을 맡기는 위기를 맞게 된다.

마침내 역병은 물러나고 오랑의 삶은 서서히 평상으로 돌아간다. 그러나 의사 리외는 살아남은 자의 기쁨과 슬픔 속에서, 역병은 결코 완전히 사라진 게 아니라 언제든 깨어나 다시 한번 세상을 덮을 준비를 하고 있는 것이라고 말한다. 이것은 곧 세상의 부조리는 여전히 진행 중이고 그에 맞서기 위해서는 경계와 연대가 계속해서 필요하다는 카뮈의 신념을 반영하고 있는 것이다.

번역의 문제

이처럼 『역병』은 곧 정치적 알레고리와 철학적 담론, 그리고 휴먼 드라마가 층위를 이룬 다면적 소설이다. 그런데 이런 멋지고 계몽적이며, 잘 읽히기까지 하는 이 소설이 왜 이전에는 전혀 다른 느낌으로 다가왔던 것일까(적어도 내게는 그랬다).

그것은 잘못된 번역의 영향 탓이 가장 크다고 할 것이다. 문학 문장을 직역하지 않으면 문장의 의미가 달라지면서 이야기 자체가 달라질 수 있기 때문이다.

일례로 페스트가 발생한 오랑이라는 도시의 특색을 설명하면서 카뮈는 그곳의 날씨를 'laide(추한/불순한/지저분한)하다'고 말하고 있다. 그것을 문학적으로 이렇게 썼다.

'La cité elle-même, on doit l'avouer, est laide.'

여기서 laide는 이 작품이 쓰여질 당시에는 날씨를 말하는 형용사(고어)였다. 사전에 그리 기록되어 있다.

따라서 직역하면 '이 도시의 기후(날씨)가, 지저분하다laide는 것은, 인정해야만 한다.'가 된다.

그런데 우리 번역서는 이렇게 번역한다.

'솔직히 말해서 도시 자체는 못생겼다.'(『페스트』, 민음사, 김화영 역, 11쪽)

도시가 못생겼다고? 과연 카뮈가 정말 그런 의미로 저런 문장을 썼을까? 저것이 기후를 가리킨다는 것은 이후 서술되는 사계절 날씨를 설명하고 있는 것에서 충분히 확인할 수 있다.

사실 오랑이라는 도시에 역병이 발생한 정확한 이유는 알 수 없다. 쥐가 등장하지만, 흑사병은 아니다. 작가는 거기에 불순한 기후도 영향을 끼쳤을지 모른다고 개연성을 더하고 있는 것이다. 따라서 사실은 저렇듯 잘못 번역되어서는 안 되는 아주 중요한 문맥이다.

그 밖에도 번역자들이 상징과 은유가 풍부한 작가의 원래 문장을 읽기 편하게 한다고, 혹은 문장이 복잡해서 직역하기 힘들다고 의역해 놓으면 작품 속 캐릭터가 달라지고 궁극적으로 내용과 주제에까지 영향을 끼치게 된다.

일례로 오랑을 빠져나가려는 신문기자 랑베르를 돕는 '곤잘레스'라는 인물이 나온다. 그의 이름도 알기 전 랑베르의 눈에 비친 '말상(말대가리)'을 한 그는 이런 모습이다.

점심식사가 끝나갈 즈음, 말상은 꽤 친밀해졌고, 팀에서 센터하프보다 더 멋진 자리는 없다는 점을 납득시키기 위해 랑베르에게 반말을 했다. "너도 알지, 센터하프는 게임을 분배하는 사람이야. 게임을 분배하는 거, 그게 축구지." 랑베르는 항상 센터포워드를 봐왔지만 그의 견해에 동조해 주었다. (『역병』, 새움, 이정서 역, 205쪽)

À la fin du déjeuner, le cheval s'était tout à fait animé et il tutoyait Rambert pour le persuader qu'il n'y avait pas de plus belle place dans une équipe que celle de demi-centre. « Tu comprends, disait-il, le demi-centre, c'est celui qui distribue le jeu. Et distribuer le jeu, c'est ça le football. » Rambert était de cet avis, quoiqu'il eût toujours joué avant-centre.

불어의 '튀투아예tutoyait'의 의미는 '반말하다', '말을 놓다'는 의미이다. 저 단어에 주의하면서 오리지널 문장을 서술구조 그대로 직역하면 저와 같은 의미가 된다. 같이 밥을 먹고 한 가지 주제를 두고 같이 공감하며 친밀감을 갖게 된다는 것을 보여주고자 쓴 문장이다. 이후 곤잘레스는 자기 일처럼 나서 끝까지 랑베르를 돕게 된다.

이것을, 기존 번역서 중 가장 잘된 번역으로 보이는 책조차 이렇게 번역하고 있다.

식사가 끝날 무렵, 그 말상의 사내는 아주 신이 나서 랑베르에게 말까지 놓아가며, 팀에서는 센터하프만큼 화려한 위치는 없다는 것을 납득시키려 했다. "센터하프는 알다시피 선수들에게 게임 역할을 배당하는 사람이란 말이야. 역할을 배당하는 것, 그게 바로 축구라는 거지." 랑베르는 사실 자기는 항상 포워드를 보아 왔지만, 그의 의견에 동조해 주었다.

(『페스트』, 민음사, 김화영 역, 197쪽)

번역자는 실제 카뮈가 여기서 쓴 '튀투아예'의 뉘앙스를 잘못 이해하고 의역하고 있는 것이다. 그러다 보니 상대에 친밀감을 드러내 보이는 장면이 마치 '자기 잘난 체'하는 대목으로 변해 버린 것이다.

역자는 축구에 대한 이해도 부족해 보인다. 축구에서의 센터하프의 자리는 공수를 연결하는 중심으로 전체 게임을 이끄는 역할을 한다. 구체적으로는 경기 중 좌우 중앙 공격수들에게 적재적소에 공을 공급해 주는 위치에 있는 것이다. 그래서 '분배한다distribue'는 표현을 쓴 것이다.

그렇다면 존칭어가 따로 없어 '튀투아예'라는 의미의 단어조차 없는 영어는 이런 문장을 어찌 번역하고 있을까? 불어를 영어로는 절대 제대로 번역할 수 없다는 게 평소 지론인 필자에게 이 문장은 그에 대해서도 좋은 예시가 된다.

『역병』을 카뮈 생존 당시 최초로 번역한 영국의 스튜어트 길버트의 번역을 보면 이렇게 되어 있다.

By the end of the meal horse-face was in high good humor, was calling Rambert "old boy," and trying to convince him that the most sporting position by far on the football field was that of center half. "You see, old boy, it's the center half that does the placing. And that's the whole art of the game, isn't it?" Rambert was inclined to agree, though he, personally, had always played center forward.

_TRANSLATED FROM THE FRENCH BY Stuart Gilbert First published in 1948

객관성을 위해 이것의 번역을 현재 시점의 인공지능에 맡겨 보았다. 요즘 전문가들 사이에서 가장 앞서 있다고 평가받는 Deeps 번역기는 이렇게 번역했다.

식사가 끝날 무렵 말 얼굴은 유머러스한 표정으로 램버트를 '늙은이'라고 부르며 축구장에서 가장 운동량이 많은 포지션 은 센터하프라고 설득하려고 했습니다. "알다시피, 늙은이, 포 지셔닝을 하는 건 센터하프야. 그게 축구의 모든 예술이잖아 요, 그렇죠?" 램버트는 개인적으로 항상 센터포워드를 맡아왔 지만 그도 동의하는 분위기였습니다.

_Deeps 2024. 02. (인공지능 번역은 끊임없이 발전하고 있으므로 날짜를 밝혀둔다.)

영국인인 스튜어트 길버트는 영어로 번역하면서 '말을 놓 다'는 의미의 '튀투아예'를 영작할 수 없었기에 "랑베르를 'old boy'라고 부르면서(was calling Rambert "old boy,")"로 의역한 것이다. 여기서부터 일단 큰 차이가 발생한 것이다.

'말을 놓다'는 의미로 친밀감을 드러내고자 했던 불어 문장을 영어 번역기가 'old boy'로 의역했는데, 앞뒤 맥락을 알 수 없는 번역기는 이것을 다시 '늙은이'로 중역하면서 정반대의 내용으로 바꾸어 버린 것이다. 여기서 'old boy'는 구어로 '친구'로 보면 무난하다. 길버트도 그런 의미로 영작한 것이고….

이렇듯 번역은, 의역으로 인해 그 내용이 완전히 달라질 수 있다.

번역이 그게 그거지, 큰 차이가 있겠느냐는 우리의 인식이 얼마나 위험한지를 보여주는 문장이라 하겠다(한편, 문학 번역은 아직까지 절대 번역기로 이해하려 해서는 안 된다. 아니, 번역기는 아무리 발전해도 절대 문학 번역을 할 수 없을 것이다).

그런데 이런 것이 문맥 속에 한둘이 아니라면 과연 그게 같은 작가의 같은 작품이라고 할 수 있을 것인가.

『이방인』과 『페스트』는 같으면서 달랐다

젊은 날 『이방인』 번역서를 읽고 도대체 이게 왜 잘 쓴 소설이라는 것이지 이해할 수 없었다. 재미도 없었다. 읽기가 힘들 정도였다. 카뮈가 무슨 소리를 하려는 것인지, 세계인이 왜 이 작품에 환호하는지 알다가도 모를 일이었다.

아주 나중에서야 직접 원문을 보고 '번역'이 문제였다는 것을 알았다.

『이방인』은 이제 내게도 세상에서 가장 좋아하는 소설이 되었다.

『페스트』는 읽으면서 군데군데 의아스런 부분이 있었지만, 우선 묵직한 재미가 있었다. 인물들이 어딘지 촌스럽고 억지스러웠지만 번역된 스토리 속에서는 그 자체로 이해할 수 있었다. 문체가 워낙 깊이가 있어 작가는 말할 것도 없거니와 역자까지도 위대해 보였다.

그런데 긴 시간을 들여 정확히 번역을 해보니 이 역시 『이방인』 못지않게 오역이 심해 내용 왜곡이 많았다. 무엇보다 등장인물들이 번역서로 읽을 때 받았던 인상의 인물들이 아니었다. 그보다는 훨씬 매력적이고 개성 있는 캐릭터들이었다고나 할까?

그리고 작품 해설이나 비평들을 보면서, 의아했다.

왜 역자들과 비평가들은 '페스트'를 있는 그대로 보지 않고 '전쟁'이라는 알레고리로 해석하려는 것일까? 왜 인물들의 매력에 대해 카뮈가 롤랑 바르트에게 그러했듯 반론하고 옹호하지 못하고 있는 것일까? 작품을 읽어보면 카뮈가 왜 이 작품을 가장 반기독교적 작품이라고 한 것인지도 금방 이해할 수 있는데 왜 그에 대해서도 한마디 해설을 내놓지 못하고 있는 것일까?

한편, 그래서 역자 해설을 준비하면서, 방향을 그렇게 잡았었다. "왜 세계인들은 이 작품을 '역병La peste' 그 자체로 보지 못하고 '우화allegory'로 보려 하는가?"

그런데 롤랑 바르트와 카뮈 사이에 오간 글 등의 원문 자료들을 찾아보니 내가 하고 싶었던 이야기를 이미 작가 본인뿐만 아니라 남들이 다 하고 있었다. 예컨대 무엇보다 그 '상징'의 문제는 세계 2차 대전 직후라는 시기적인 문제가 작용한 때문일 거라고 짐작하고 있었는데, 역시 그랬다. 내가 게을러 찾지를 못했던 것인지, 선택적 해석으로 같은 내용이 다르게 전달되고 있는 것인지, 우리 책에서는 볼 수 없었던 다양한 정보들이 이미 차고 넘치고 있었던 것이다.

그에 대해 카뮈는 『역병』은 단순히 점령군의 우화allegory로서가 아니라 하나의 '상징symbol'으로 이해해야만 한다며 이렇게 밝히기도 했다.

"테러는 여러 얼굴을 가지고 있다. 그럼에도 내가 어느 특별한 하나의 이름을 가리키지 않은 이유는 그들 전부를 더 잘 때리기 위해서다. 거의 틀림없이 내가 비난받고 있는 것은 『역병』이 어떤 폭정에도 맞서는 모든 저항에 적용할 수 있기 때문이라는 점일 것이다."

　문학을 현실로 동일시해, 자신의 지식이 곧 진실의 전부인
것으로 오해해 해석하고 비평하려는 롤랑 바르트에게 한 카뮈
의 말은 그래서 시사하는 바가 크다 할 것이다.

　"논문소설, 모든 것 중에 가장 혐오스러운 작업으로 입증된
그것은, 우쭐한 생각으로 가장 자주 영감을 받는 것 중의 하
나이다. 당신은 당신이 소유하고 있다고 확신하는 진실을 입증
해 보여준다. 하지만 그것은 시작하는 착상에 불과하고, 착상
은 사고의 반대이다. 그 창작자들은 자괴감에 빠진 철학자들
이다. 반대로 내가 말하고 있거나, 혹은 상상하는 사람들은, 명
쾌한 사상가들이다. 주위를 둘러보면서 모든 생각을 버리고,
일관성을 포기하고 앞을 내다보는 것은 다양성을 명예롭게 하
는 것이다. 또한 다양성은 예술의 고향이다."

알베르 카뮈

Albert Camus, 1913. 11. 7. ~ 1960. 1. 4.

알베르 카뮈는 1913년 11월 7일, 알제리의 몬도비에서 뤼시앵 오귀스트 카뮈와 카테린 생테스 사이에서 차남으로 태어났다. 이듬해 독일이 프랑스에 선전포고하면서 제1차 세계대전이 발발했고, 아버지 뤼시앵 카뮈는 알제리 보병으로 징집당했다가 그해 10월 부상을 입고 이후 사망한다.

이후 카뮈는 어머니와 함께 벨쿠르의 외할머니 집에서 성장했다. 귀가 좋지 않고 말을 더듬었던 어머니는 가정부로 일하며 카뮈를 키웠다. 카뮈는 17세까지 그곳에서 생활했다. 그곳, 리옹가 벨쿠르의 한쪽 끝이 해변가다. 영세한 공장과 항만 시설이 생활 터전인 그곳에서의 생활이 곧, 『이방인』의 배경이 된다.

1930년, 카뮈는 자신의 인생에 결정적인 영향을 끼치게 되는 장 그르니에를 만난다. 평생 교직에 있었던 장 그르니에는 그곳 학교로 오기 전, 『이방인』이 출간된 프랑스 파리 갈리마르 출판사의 편집자로 근무했었다. 이후 카뮈는 그를 평생 동안 정신적 지주로 여겼다. 훗날 그의 유명 저서 『섬』이 재출간될 때 써준 추천사는 지금까지도 여전히 사람들 사이에 회자된다.

1931년, 젊은 카뮈에게 결핵이 발병한다. 그는 당시 교내 축구선수(골키퍼)로 활약했는데 그로 인해 축구를 그만두게 된다. 그는 자신에게 도덕과 인간의 의무에 관해 가르쳐 준 것은 축구였다고 회상했다.

1932년, 카뮈의 글이 처음 공식적으로 세상에 나오게 된 해이다. 장 그르니에가 주도한 작은 월간 문예지 《쉬드》를 통해서였다. 「새로운 베를렌」이 첫 에세이다.

1933년, 미술레 거리에 있는 형 뤼시앵의 집으로 이사했고, 그곳에서 「지중해」, 「사랑하는 존재의 상실」 등을 탈고한 것으로 추정된다.

1934년 6월, 오래전부터 카뮈가 좋아서 쫓아다니던 아름다운 외모의 여인 시몬 이에와 결혼했다.

1935년, 자신의 유년 시절을 다룬 에세이들이 포함된 『안과 겉』을 쓰면서 철학 학사 학위를 취득했다. 장 그르니에의 설득으로 공산당에 가입하여 선무 공작을 담

당했고, 친구들과 '노동극단'을 창단하고 집단극 〈아스투리아스의 반란〉을 공동으로 집필했다.

1936년, 고등 학위 과정인 철학 디플롬(D.E.S)을 취득했다. 스페인 내전이 시작된 그해, 시몬이에와 함께 중부 유럽으로 여행을 떠났다가 그녀의 외도를 알게 되고 충격을 받는다.

1940년 2월, 모르핀 중독자였던 시몬과 결별하고 12월, 프랑신 포르와 결혼했다.

1942년 6월, 갈리마르사에서 『이방인』이 출판되었다.

『이방인』이 언제 적부터 구상되었는지 정확히 알 수는 없을 테지만, 1937년 쓰인 그의 일기에는 『이방인』의 주제에 대한 기록이 있다.

"자신을 설명하고 싶지 않은 남자. 그는 홀로 진리를 깨닫고 죽어 간다."

『이방인』은 장 그르니에에 의해 처음으로 갈리마르사에 전달된다. 장 그르니에는 카뮈와 그의 작품을 출판사 대표 가스통 갈리마르의 고문인 폴랑에게 추천했다. 폴랑은 편집회의에서 이 원고를 적극 추천했다. 원고는 점령기 동안 프랑스 출판물을 담당하고 있던 독일 측 수석고문 게르하르트 헬러에게 보내진다. 헬러는 그날 오후 원고를 받은 즉시 읽기 시작해서, 새벽 4시에 끝까지 읽을 때까지 원고를 손에서 뗄 수 없었다는 말을 갈리마르로 전해 온다.

1943년, 알제리 해안 마을인 오랑에 도착한 1941년 1월부터 자료 수집을 시작했던 『페스트』 초고를 완성한다. 카뮈가 이 작품을 얼마나 어렵게 썼는지에 대해서는 여러 곳에서 확인된다. 카뮈는 그 당시 일기에 이렇게 썼다. "내 평생에 이처럼 실패감을 맛본 적이 없다. 끝낼 수 있을 것인지조차 확신이 서지 않는다."

당시 카뮈는 '물질적인' 면에서는 곤궁한 작가였다. 『이방인』이 어느 정도 팔리고 〈칼리굴라〉 공연으로 대중들에게 이름이 알려졌지만, 생활을 해결할 수준은 아니었다. 그 런 와중에 갈리마르사의 후원을 받으며 그곳의 편집위원으로 일하게 된다.

1945년, 갈리마르사의 '희망' 총서 편집 책임자가 된다.

1946년, 미국을 방문해서 대학생들에게 강연하고 6월 프랑스로 돌아온 카뮈는 마침내 『페스트』를 탈고한다.

1947년, 마침내 "2차 세계대전 이후 최대의 걸작"으로 일컬어지는 『페스트』가 출 간되었다. 이 책은 상업적으로도 큰 성공을 거둔다. 출간 한 해 만에 9개 언어로 번 역 출간되기도 한다.

이후 카뮈는 결핵이 심해져, 병원으로부터 2개월의 장기요양 진단을 받고 침대에 누워 독서와 집필을 이어간다.

1949년, 희곡 『정의의 사람들』이 무대에 올려진다.

1950년, 장기 공연된 〈정의의 사람들〉은 많은 사람들로부터 갈채를 받는다. 카뮈 자신이 최 고의 신문으로 여기던 《맨체스터 가디언》지 에 실린 호평이 특히 그를 만족시켰다. "실로 우리는 오랜만에 이 작품으로 인해, 또한 다시 금 극장에서 신의 도움 없이도 몇몇 인간의 가 슴속에 들어 있던 신의 진정한 음성을 듣게 되 었다."

1951년, 카뮈 스스로 최고의 성취로 여기는 철학적 에세이 『반항인L'Homme Révolté』이 출 간되었다. 그는 여기서 반란과 혁명의 개념을 깊이 탐구하여 그 기원과 본질, 함의를 탐구한다. 허구를 통한 성찰인 『이방인』, 『역병』과는 다른, 좀 더 직접적인 철학적 담론을 담았다.

1953년, 카뮈는 자유주의 성향 주간지 《엑스프레스》의 제의를 받고 다시 잡지 발 행에 참여한다. 그해 5월에 창간호가 발행된다.

1956년, 『전락』이 갈리마르사에서 출간된다.

1957년. 노벨문학상 수상. 10월 16일, 카뮈는 베르나르가의 한 식당에서 젊은 웨 이터로부터 노벨상 수상자로 선정되었다는 소식을 처음으로 전해 듣는다. 그때 그의 첫마디는, "말로가 탔어야 하는데……."였다고 한다. 여기서 말로는 앙드레

말로를 가리킨다. 이후 갈리마르사가 마련해
준 축하 파티 자리에서 기자들이 묻는 질문
에도 같은 말을 했다.

"나는 노벨상이 적어도 내 것보다 탁월한 작
품에 수여돼야 했다고 생각한다. 만약 내가
투표에 참여했다면 앙드레 말로를 선택했을
것임을 밝혀두고 싶다. 그는 내가 숭배하고
우정을 느끼는 인물로 내 젊은 시절의 우상
이었다." 앙드레 말로는 그에 대해 "당신의
답변은 우리 두 사람 모두의 명예."라고 감사
를 표했다.

카뮈는 1960년 1월 4일, 그의 출판업자 미셸
갈리마르가 운전하는 자동차를 타고 파리로 올라오다, 욘 지방 몽트르 근처 빌블
르뱅에서 교통사고로 사망했다. 고속도로 위에서 한쪽 바퀴가 빠지는 사고였다.
카뮈는 그 자리에서 숨을 거뒀다. 그의 갑작스런 죽음은, 당시 서구 세계에서 가장
절정에 이르러 있던 한 문학가와의 아쉬운 단절을 의미했다.
카뮈는 남프랑스 루르마랭 마을에 묻혔다.

알베르 카뮈 사후 60년이 지나 그가 KGB에 의해 살해되었다고 주장하는 책도 나
왔다. 제목은 『카뮈의 죽음Camus's death』이다. 그에 관련한 《가디언The Guardian》
지의 기사를 요약해 보면, 프랑스 노벨문학상 수상 작가인 알베르 카뮈가 46세 나
이에 자동차 사고로 사망하고 60년이 지나, 새로운 책은 그가 반소련 발언에 대한
보복으로 KGB에 의해 암살당했다고 주장하고 있다.
이탈리아 작가 지오바니 카텔리Giovanni Catelli는, 2011년에 체코의 유명 시인이
자 번역가인 얀 자브라나의 일기 속에서 카뮈의 죽음은 사고가 아니었다고 암시
하는 말을 발견해 처음으로 신문에 기고해 발표했다. 카텔리는 그것을 발전시켜
『카뮈의 죽음』이라는 제목의 책으로 펴낸 것이다.
카뮈는 1960년 1월 4일, 그의 출판업자 미셸 갈리마르가 자신의 차의 통제력을
잃고 나무와 충돌해 산산이 부서지면서 사망했다. 작가는 즉사했고, 갈리마르도

며칠 후 사망했다. 그에 앞서 3년 전, 『이방인』과 『페스트』로 "우리 시대 인간의 양심 문제를 조명"해 노벨문학상을 수상했다.

"사고는 타이어 펑크나 액셀의 파열이 원인으로 보였다. 전문가들은 길게 뻗어 있는 30피트 넓이의, 곧바른 길 위에서 사고가 발생한 것에 대해 의아해했다. 또한 그 시간에 거의 통행이 없었다."고 허버트 로트만은 1978년 작가의 자서전에 썼다.

카텔리는 자브라나의 일기 속 구절이 이유를 설명한다고 믿고 있다. 그 시인은 1980년 늦여름에 "유력한 관계자"가 자신에게 KGB에게 책임이 있다고 말했다고 쓰고 있었다. "그들은 종국에 차가 고속 주행을 하는 중에 펑크가 나도록 도구를 사용해 타이어를 조작했다."

그 지시는, 1957년 3월에 발행된 프랑스 신문 《프랑-티에르》 속 카뮈의 기사에 대한 보복으로, 소비에트 연합 내무부 장관인 디미트리 셰필로프에 의해 내려졌다고 시인은 말했다.

"정보요원이 그 지시를 수행하는 데 3년이 걸린 것으로 여겨진다. 그들은 결국 그와 같은 방법으로, 오늘날까지, 모든 사람들이 카뮈는 평범한 차 사고 때문에 죽었다고 생각하게끔 관리했던 것이다."

사람들은 말하겠죠. 그는 너무 젊었다고, 아직은 끝낼 시간이 아니라고. 그러나 문제는 '얼마나 오래' 혹은 '얼마나 많이'가 아니라 '무엇을'입니다. 그의 문이 닫혔을 때, 그는 죽음을 자각하고 증오하면서 생을 헤쳐 나가는 모든 예술가들이 쓰고자 하는 것을 이미 써놓았습니다. '나는 여기 있었다'라고. 그러니, 아마도 그는 그 반짝이던 찰나에 자신이 성공했음을 알았을 겁니다. 다른 무엇을 더 바라겠습니까?

_윌리엄 포크너 | 1949년 노벨문학상 수상